mainbook

Die Handlung und die Figuren in diesem Roman sind fiktiv.

ISBN 978-3-948987-40-4

Covergestaltung: Mascha Vassena
Bildrechte: © STYLEPICS/ depositphotos.com +
Gladkov/ depositphotos.com

Auf der Verlagshomepage finden Sie weitere spannende Bücher:
www.mainbook.de

Jennifer Hauff

(IN)STABIL

Zwischen Angst und Wahn

Thriller

Die Autorin

Jennifer Hauff wurde 1984 in Frankfurt am Main geboren und lebt heute noch in der Stadt. Die gelernte Hotelkauffrau arbeitet als Front Desk Manager bei einer Fluggesellschaft und studiert Germanistik an der Goethe-Universität.
Nach ihren beiden Jugendbüchern „Herzverwandt“ und „Traumstimmen“ (beide Schwarzkopf & Schwarzkopf) ist 2020 bei mainbook der LGBTQI-Thriller „Verschnitt“ erschienen.

Das Buch

„Sie hat mich gefragt, ob das hier ein richtiges Gefängnis sei, sodass keiner von drinnen raus und auch keiner von draußen reinkäme.“

Sophia Konrad hat Angst, aber sie ist keine unzurechnungsfähige Straftäterin. Davon ist Pfleger Philipp überzeugt. Ihre unvollständige Akte und der fehlende Einlieferungsgrund zeigen, dass etwas nicht mit rechten Dingen zugeht. Philipp recherchiert, stößt aber nur auf verwischte Spuren in ihrer Vergangenheit. Sogar ihre Nachbarn behaupten, die junge Frau gar nicht zu kennen. Er tappt im Dunkeln und die Wahrheit ist gefährlich. Nicht nur Philipps eigenes Leben gerät in Gefahr. Jeder, der ihm nahesteht, wird Schritt für Schritt zur Zielscheibe einer skrupellosen Unternehmung, die unzählige Schicksale beeinflusst.

Die Zeit drängt! Wenn Sophia wirklich zu Unrecht in der forensischen Psychiatrie eingesperrt ist, muss das bewiesen werden, und zwar vor ihrer Gerichtsverhandlung.

Prolog

Ich habe keine Kraft mehr. Meine Schreie werden von seiner großen Hand erstickt. Seine Fingerspitzen graben sich tief in meine Wange. Meine Nasenflügel blähen sich auf. Durstig sauge ich die alkoholgeschwängerte Atemluft an.

Jede Faser meines Körpers vibriert unter seinem Gewicht und doch kann ich kaum etwas spüren.

Habe ich aufgehört, mich unter ihm zu winden? Hat etwas in mir aufgehört, zu kämpfen?

Noch ein Atemzug. Eine beißende Flüssigkeit fliegt in meine Luftröhre und sie beginnt zu krampfen. Der Versuch zu husten, drückt den letzten Sauerstoff in meinen Mund. Eine rote Sprühwolke schießt aus der Nase. Gleich darauf sauge ich die halbflüssige Luft wieder ein. Ich schmecke Blut. Der Geschmack erinnert mich an das Nasenbluten meiner Kindheit.

In Gedanken sehe ich meine Mutter, die mir ein kaltes Tuch in den Nacken legt. Ich hatte das Tuch weggestoßen. Das Blut hochgezogen und ausgespuckt. Ich war kein Opfer.

Mein Körper bäumt sich unter seinem Gewicht auf. Mein freier Arm schlägt erneut zu. Ich höre ein Quietschen, das nicht mehr klingt wie ein Hilferuf.

Hinter dem Rauschen in meinen Ohren befiehlt mir eine basslastige Stimme, ich solle aufhören. Er brüllt immer wieder: „Hör endlich auf!"

Mein Hinterkopf schlägt noch einmal auf den Boden. Mehr Blut zum Atmen. Ein letzter Zug. Seine Hand greift um, er hält jetzt auch meine Nase zu. Ich werde ersticken! Oder habe ich eine Wahl? Muss ich nicht sterben, wenn ich mich nicht mehr wehre?

***

Sie öffnete die Augen und blickte auf ihre zitternden Hände, die gefaltet in ihrem Schoß lagen. Unzählige Male hatte sie diese Erinnerung durchlebt. Doch jetzt hatte sie sich erstmals freiwillig, ja sogar absichtlich erinnert. Sie sah auf die filigrane Silberuhr an ihrem Handgelenk. Seit mindestens zehn Minuten saß sie auf der Holzbank im Flur des Gerichtsgebäudes und war immer noch nicht sicher, wie sie alles Erlebte auf den Punkt bringen konnte. Vielleicht würde auch an diesem Verhandlungstag nicht viel aufgedeckt werden. Die Essenz des Ganzen bliebe womöglich verschleiert. Geheim. So, wie diese Psychopathen es von Anfang an geplant hatten. Heute hing es von ihrer Aussage ab. Langsam kam sie auf die Beine, streckte den Rücken durch und ging bis zum Ende des langen Korridors. Hinter der scharfen Rechtskurve lag der menschenleere Vorraum. Vor Saal 17 blieb sie stehen und strich die dunkelblaue Bluse glatt. Ihre Hand wanderte zu dem silbernen Rosenanhänger an ihrer Halskette. Sie versuchte, ruhig zu atmen. Sie sollte längst auf ihrem Platz sitzen, doch etwas in ihr weigerte sich, den Türgriff zu berühren. Sie hob das Kinn und ihr Blick streifte das Messingschild neben der Holztür. Die Beschriftung *Prozessbeteiligte* schlug ihr förmlich ins Gesicht. Für alle Beteiligten, die diesem Prozess nicht mehr beiwohnen konnten, öffnete sie schließlich die schwere Holztür.

„Bitte nehmen Sie Platz!“, hörte sie die feste Stimme des vorsitzenden Richters sagen. Sie spurtete quer durch den Gerichtssaal zum freien Platz neben ihrer Anwältin. Mit einem Kopfnicken begrüßte sie die streng dreinschauende Frau im Hosenanzug, die konzentriert in ihren Akten blätterte. Sie kam sich vor, wie ein gerügtes Schulmädchen, als sie sich setzte. Dass ihre Klientin unpünktlich zu der Verhandlung erschien, machte die Juristin nicht glücklich. Das war ihr anzusehen.

„Zunächst wird festgestellt, dass zum heutigen Hauptverhandlungstag alle notwendigen Beteiligten erschienen sind. Mit einer offensichtlichen Ausnahme“, begann der Richter.

Sein grauer Haarkranz wippte, als er mit einer Armbewegung auf einen leeren Stuhl, ihr gegenüber, zeigte.

„Heute Morgen haben wir von der Justizvollzugsanstalt Frankfurt 1 die Nachricht erhalten, dass sich der Hauptangeklagte in seiner Zelle erhängt hat und nunmehr verstorben ist.“

Ihr Mund öffnete sich und ihre Augen drückten Erstaunen aus. Im Gerichtssaal herrschte absolute Stille.

„Eine Sterbeurkunde liegt uns noch nicht vor, allerdings ein vom Hauptangeklagten zuvor selbst verfasster Brief. Dieser Brief dient im Hinblick auf die hier noch Mitangeklagten der weiteren Sachverhaltsaufklärung und soll deshalb gemäß Paragraph 249 Absatz 1 StPO verlesen werden."

Wie zu einer Salzsäule erstarrt, saß sie kerzengerade auf ihrem Stuhl und nahm nur hintergründig das Knistern des Papiers wahr. Dann begann der Richter zu lesen:

Ich muss klar sehen und Klarheit bedarf einer gewissen Ruhe. Darum schreibe ich. Fragen, Zweifel und Erinnerungsbilder rauschen durch meinen Kopf. Auch in den letzten Stunden denke ich an Evelyn, wie ich scheinbar immer an sie gedacht habe. Doch vor meinem inneren Auge sehe ich nur ihr aschfahles Gesicht. Ich erinnere mich an die Blutstropfen auf der Teakholztreppe unseres Hauses. In Gedanken stoße ich erneut die Badezimmertür auf und sinke auf den Boden, wie ich es schon unzählige Male getan habe. Ich sehe den blutgetränkten Slip unter dem rechten Knie meiner Frau, den See aus Blut zwischen ihren Beinen, die bläuliche Schnur, die zu dem dunkelroten Klumpen in ihrem linken Arm führt. Auch wenn Evelyns Gesicht zu dem Bündel in ihrem Arm geneigt ist, kann ich die blutverschmierten, gräulichen Züge deutlich sehen. Ihr Mund steht offen und die Augen – das leuchtende Grün jetzt stumpf und milchig – sind in einem schmerzverzerrten Blick aus ihren Höhlen getreten. Der rechte Arm meiner Frau liegt bewegungslos neben ihr. Unter der Hand eine noch größere Blutlache. In der Pfütze liegt die Klinge meines Rasierers. Eine Anklage, viel aussagekräftiger als jede, die ein Gericht gegen mich erheben könnte. Schon in diesem Moment war die Schuldfrage geklärt. Ich bin schuldig und war es immer. Schon damals wollte ich tot sein. Merkwürdig, dass ich erst heute den Mut aufbringe, endlich zu sterben. Meine Taten nehme ich mit, doch den Zweifel überlasse ich anderen. Dem hohen Gericht gebe ich zu bedenken, dass Ihr Handeln nun über das Glück vieler intakter Familien bestimmen wird. Deren Glück zu schützen, war meine Pflicht, wie es die Pflicht eines jeden Schöpfers ist, sein Werk zu schützen.

Ich wünsche allen Beteiligten viel Glück mit dieser Verantwortung.

Tränen liefen über ihre Wangen. Sie hob den Kopf, drehte sich zu ihrer Anwältin und flüsterte: „Können wir jetzt überhaupt noch gegen das vorgehen, was mit Philipp passiert ist?“

Kapitel 1

Philipp nahm mehrere Stufen gleichzeitig. So schnell er konnte hechtete er über das Treppenhaus in den zweiten Stock der Klinik. Den Notfall-Piepser, der eben noch laut Alarm geschlagen hatte, hielt er immer noch in der Hand. Ein Notfall war nie etwas Gutes, doch wenn alle Pfleger wegen eines Zwischenfalls im Maßregelvollzug alarmiert wurden, zog sich jedem der Magen zusammen. Um in den Vorraum der forensischen Station zu gelangen, musste er zwei Chipkarten-gesicherte Schleusen passieren. Als die zweite Scheibe aus Sicherheitsglas mit einem Summen beiseite fuhr, sah er Professor Albrecht. Umringt von vier Pflegern stand der hochgewachsene ärztliche Direktor im hellen Wartebereich. Seine Statur und die Furchen auf seiner Stirn strahlten Kompetenz aus, wobei ihm der graumelierte Vollbart zusätzlich etwas Mysteriöses verlieh. Mit ernster Miene sah er Philipp kurz an, bevor er zu sprechen begann. „So, meine Herren, wir werden den Unruhestifter notfalls fixieren müssen. Herr Melius, Herr Koch, Herr Lenz und Herr Lehmann? Ich denke, Sie wissen, was zu tun ist!“

Philipp nickte entschlossen. Die anderen Pfleger taten es ihm gleich und die Gruppe bewegte sich geschlossen auf die dritte und letzte Schleuse vor der Station zu. Philipps Puls beschleunigte sich mit jedem Schritt. Das Adrenalin kribbelte bis in seine Haarspitzen. Keiner von ihnen wusste, um welche Art von Notfall es sich handelte. Bei dem Maß an Psychosen auf so engem Raum konnte trotz hoher Sicherheitsvorkehrungen alles passieren.

Als sich die Schleuse hinter ihnen schloss, hörten sie wildes Geschrei. Es kam aus dem Speiseraum. Philipp fühlte sich wie ein unbewaffnetes Mitglied des Sturmtrupps eines Sondereinsatzkommandos. In geübter Formation und auf alles gefasst, betraten die vier ausgewählten Pfleger angeführt vom Stationsarzt den Raum. Aufgebrachte Stimmen hallten von den hohen Wänden des Raumes wider. Die des Mannes mit dem Messer in der Hand stach deutlich hervor. Mit starrem Blick fixierte der große Kerl mit Glatze einen Mann am Boden. Der bedrohte Patient hatte seine Brille verloren und kauerte mit zusammengekniffenen Augen unter einem vergitterten Fenster. Seine graue Jogginghose hatte zwischen den Beinen einen dunklen Rand, der sich bis zu den Knien ausbreitete. Er fiepte wie ein bedrohtes Tier, während der Glatzkopf mit dem Ziegenbart das Buttermesser direkt unter sein rechtes Auge hielt.

„Ich hol's dir raus! Ich schlitz dich auf und hol's raus! Brauchst nicht denken, dass ich sowas zum ersten Mal mache!", schrie der riesige Kerl.

In Aushilfsschichten auf dieser Station hatte sich Philipp mit den meisten Patientenakten vertraut gemacht. Der Name des Angreifers war Karl Brauer. Die letzte akute Krankheitsphase seiner Schizophrenie war Monate her. Brauer wurde seit drei Jahren im Maßregelvollzug therapiert. Im Jahr vor seiner Verurteilung hatte er, auf Geheiß diverser Stimmen in seinem Kopf, drei Mädchen im Alter von fünf bis sieben Jahren getötet. Alle drei waren in verlassenen Waldstücken gefunden worden. Ihre Körper mit reißfestem Klebeband an Bäumen fixiert. Allen fehlten die Augäpfel. Später stellte sich heraus, dass Karls Stimmen ihm glaubhaft gemacht hatten, hinter den Augen der Kinder sei eine Art Code verborgen. Des Rätsels Lösung. Brauer war überzeugt gewesen, dass die Regierung mit Hilfe dieses Codes nicht nur alle Kriege auf einen Schlag beenden, sondern auch die Armut stoppen und alle Krankheiten kurieren könne.

Während die Männer mit gleichmäßigen Schritten auf die beiden Patienten zugingen, versuchte Professor Albrecht, Brauers Aufmerksamkeit auf sich zu lenken. Doch der Hüne war konzentriert. Sein Gesicht war rot angelaufen. Er hatte eine Mission. Der Wahn in seinem Blick war nicht zu übersehen. Der Arzt näherte sich ihm von der Seite. Dicht gefolgt von den Pflegern.

„Wo ist es? Hinter dem Auge? Ich schäl das Ding raus! Gib's mir endlich!"

Brauer war außer sich. Dieser Mann würde nicht mit sich reden lassen. Noch zwei Schritte und sie waren bei ihm. Nur beiläufig nahm Philipp wahr, dass jemand eine Rollbahre bereitstellte.

Seine Position in der V-Formation, bestehend aus dem Professor an der Spitze, gefolgt von den vier Pflegern, war für den rechten Arm des Patienten vorgesehen. Albrecht gab das Zeichen und alles ging schnell. Die Pfleger packten gleichzeitig zu. Mit festem Griff umschloss Philipp das Handgelenk und den Oberarm des Mannes, die anderen kümmerten sich um die restlichen Gliedmaßen des großen Kerls. Alle schienen das Geschrei des Patienten professionell auszublenden. Erst als der Arzt die Injektion setzte, öffnete sich Brauers Hand, deren Gelenk Philipp umklammert hielt, und das Messer fiel klirrend zu Boden. Der Patient wurde auf die Bahre gehoben und Philipp schnallte seinen Arm mit den gepolsterten Lederbändern fest. Die Kollegen fixierten derweil die Beine und den anderen Arm und schoben ihn daraufhin aus dem Raum. Alle anwesenden Patienten sahen ihm schockiert, besorgt, und zum Teil auch mitleidig hinterher. Bestimmt hatten sie sich vor seinem Ausbruch gefürchtet, aber vor dem Ort, an den er nun gebracht werden würde, fürchteten sich die meisten noch mehr. Der besonders gesicherte Haftraum, auch B-Zelle genannt, war kein angenehmer Ort für einen längeren Aufenthalt. Die wahllos durcheinandersprechenden Stimmen wurden immer leiser und die Aufregung im Speiseraum legte sich. Nach und nach nahmen die Patienten wieder ihre Plätze an den weiß lackierten Holztischen ein und beendeten das Mittagessen, das von dem Zwischenfall unterbrochen worden war.

Philipps Blick fiel auf eine dünne, am Boden kauernde Gestalt im hinteren Teil des Raumes. Die Beine dicht an den Oberkörper herangezogen, lehnte sie mit gesenktem Kopf an der sandfarbenen Wand. Vielleicht brauchte sie Hilfe. Philipp sah sich nach anderen Pflegern um. Erst jetzt erblickte er seine beste Freundin Joey, die sich gerade um den zweifachen Mörder kümmerte, der, von Brauer angegriffen, zum weinenden Opfer am Boden geworden war. Da scheinbar kein anderer Pfleger der Station greifbar war, nahm sich Philipp der Sache an. Auch als er etwas näher kam, erkannte er die Patientin nicht. Bei seiner letzten Aushilfsschicht hatte es nur eine Frau auf dieser Station gegeben und die Person vor ihm war garantiert nicht Andrea Mahler. Philipp schätzte das Alter der verängstigten Frau auf Mitte zwanzig. Sie verdeckte mit einer Hand die rechte Hälfte ihres bleichen Gesichts, nur das linke, vor Schreck geweitete Auge war zu sehen. Als er direkt vor ihr in die Hocke ging, hob sie leicht den Kopf.

„Hallo, ich bin Philipp Lehmann. Darf ich mich zu Ihnen setzen?"

Philipp hielt übliche Fragen wie ‚Alles in Ordnung mit Ihnen?' oder ‚Sind Sie okay?', für überflüssig.

Während sie sich mit beiden Händen am Boden abstützte und näher an die Wand rutschte, um gerader zu sitzen, beäugte sie ihn skeptisch. Nickte jedoch zögerlich. Als sie die Hand von ihrem Gesicht nahm, musste Philipp schlucken. Eine wulstige Narbe zog sich von ihrer Stirn über die Augenbraue bis hin zur Wange. Das magere Gesicht hätte sie in Verbindung mit der Narbe und den Schatten unter den Augen entstellen müssen, doch dem war nicht so. Die glatte Haut und die schulterlangen, hellblonden Haare gaben ihr etwas Zartes. Ihre grünen Augen wirkten klar und geheimnisvoll. Philipp räusperte sich. Unsicher, ob er sie zu lange angestarrt hatte, ließ er sich auf den Boden neben sie fallen und lehnte nun ebenfalls mit dem Rücken an der Wand. So nahe am Boden nahm er den klinischen Geruch des Putzmittels wahr, den er in seiner täglichen Arbeit nicht mehr bemerkte.

„So etwas kann einen schon ganz schön erschrecken. Aber Ihnen passiert hier nichts", sagte er mit ruhiger Stimme.

Nach einem Moment des Schweigens schaute sie ihn an. „Es war wohl ziemlich dumm, zu glauben, dass man hier drinnen vor Verrückten sicher ist", murmelte sie.

Doch als Philipp etwas entgegnen wollte, fiel sie ihm ins Wort. „Ich bin Sophia Konrad! Freut mich, Sie kennenzulernen, Herr Lehmann."

Sie blickte ihm direkt in die Augen, streckte ihm die rechte Hand entgegen, und Philipp nahm sie in seine. Er holte Luft und wollte zu einer Frage ansetzen, als Sophia plötzlich vom Boden aufstand.

„Vielen Dank, dass Sie zu mir gekommen sind. Es geht schon wieder. Ich werde dann mal mein Besteck abgeben und in mein Zimmer gehen. Bevor sich auch noch jemand mein Buttermesser klaut, um irgendetwas damit anzustellen."

Offenbar wollte Sophia ihre Angst überspielen, doch sie wirkte müde und unsicher. Trotzdem war ihr Verhalten anders, als man es von Patienten in derartigen Kliniken erwartete. Als Philipp auf die Füße kam, stand sie mit ihrem Besteck bereits an der Ausgabestelle, wo eine Krankenschwester jedes Teil zurücknahm und auf einer Liste akribisch gegenzeichnete. In ihrer dunklen Jeans und dem hochgeschlossenen Strickpullover wirkte sie nicht ansatzweise wie eine Patientin. Wieder sah er Sophia einen Moment zu lange an. Die Frage, was sie hierher gebracht hatte, war ein Funke in seinem Hinterkopf, der sich zu einer Flamme entwickeln, und den Weg in den Vordergrund seiner Gedanken finden würde.

An manchen Tischen stapelten Patienten benutzte Teller, von anderen war das Klappern aneinanderschlagender Besteckteile zu hören. Es fanden kaum Gespräche statt. Die wenigen Worte, die gesprochen wurden, waren mehr ein Flüstern. Philipp glaubte, nicht mehr gebraucht zu werden und verließ den Speiseraum. Auf dem Weg zur ersten Schleuse schlurfte er den kahlen Gang hinunter, von dem zu beiden Seiten Patientenzimmer abgingen. Am Aufenthaltsraum vorbei hatte er die Schleuse fast erreicht, als ihn Joey einholte.

„Es ist gleich zwölf. Wollen wir zusammen Mittag machen?"

Philipp sah auf seine Armbanduhr und war erleichtert. Es war tatsächlich schon Zeit für die Mittagspause und er musste nicht sofort auf seine Station zurück.

Kurz darauf spazierten sie nebeneinander den schmalen Sandweg entlang, der sich durch die liebevoll gestaltete Parkanlage der Lohrklinik zog. Philipps Blick blieb an den hohen, mit Stacheldraht gesicherten Mauern in einiger Entfernung hängen. Hinter den Mauern konnte man die Frankfurter Skyline erahnen. Bevor die Klinik gebaut wurde, war der Lohrberg mit seinem Park, dem kleinen Weinberg, dem Main-Äppelhaus und der Lohrberg-Schänke ein beliebteres Ausflugsziel gewesen. Seit der Klinikgründung hatten einige Stammgäste Abstand genommen, was nicht zuletzt mit der Forensik im zweiten Stock zusammenhing. Das Gelände um eine Psychiatrische Klinik war aber auch ohne Schwerverbrecher nicht die beste Idee für einen sonntäglichen Familienausflug.

Mit großem Appetit biss Joey neben ihm in einen Apfel. Es kam oft vor, dass sie zusammen ihre Mittagspause verbrachten und schwiegen. Mit ihr war das gemeinsame Schweigen immer leicht gewesen. ‚Bei dem Trübsinn hier muss man eben manchmal seinen Gedanken nachhängen', war Joeys Erklärung dafür.

Doch heute schien ihr Trübsinn überhandzunehmen.

„Na? Du scheinst aber heute sehr in Gedanken zu sein. Alles okay?"

Ihr Lächeln kam Philipp etwas gezwungen vor.

„Ach, heute ist ein stressiger Tag und mit Mala läuft's auch nicht rund. Ich müsste mich total auf den Abend freuen. Heute ist unser Jahrestag. Wir wechseln uns doch jedes Jahr mit der Abendplanung für diesen Tag ab, und dieses Jahr ist Mala an der Reihe. Sie macht immer so tolle Sachen für mich, aber heute würde ich am liebsten gar nicht nach Hause fahren. Warum soll man eine Beziehung feiern, die ohnehin nicht mehr funktioniert? Wir schauen einfach nicht mehr in die gleiche Richtung."

Joey war stehen geblieben und sah Philipp durchdringend an. Er kniff die Augen zusammen. Nur ein kleines Bisschen, doch sie bemerkte es sofort.

„Du verstehst nicht, was ich meine."

Sie drehte ihm den Rücken zu und lief zu der überdachten Parkbank am Rand der langgezogenen Rasenfläche. Philipp blieb noch einen Augenblick auf dem Weg stehen. Fröstelnd zog er den Reißverschluss des olivgrünen Parkas bis zum Hals zu. Der Herbst kündigte sich in diesem Jahr früh an und der raue Wind hatte es in sich. Er fragte sich, ob dieses Gespräch positiv ausgehen konnte. Joey war kein komplizierter Mensch, aber bei diesem Thema war sie sehr empfindlich. Er nahm sich vor, seine Worte mit Bedacht zu wählen. Er folgte ihr über den Rasen, der sich bis zum Obstgarten am anderen Ende der Klinik erstreckte. Hinter dem letzten Kirschbaum konnte Philipp einen Teil des Sportplatzes erkennen. Auf einem Sandweg daneben spazierte ein älteres Paar zusammen mit einer dritten Person im Jogginganzug, sicherlich ein Patient, der den zusätzlichen Ausgang genoss.

Philipp setzte sich neben seine beste Freundin.

„Ich glaube, du siehst das zu verbissen“, sagte er nach einem Moment der Überlegung.

„Im Grunde habt ihr dasselbe Ziel. Ihr wollt beide ein Kind. Und welcher Weg euch zum Ziel führt, wird sich schon zeigen.“ Philipp warf ihr einen ernsten Blick zu. Ihre braunen Rehaugen sahen traurig aus.

„Eigentlich hast du recht. Aber so einfach ist das leider nicht. Ewig wollen wir beide nicht mehr warten. Wir werden uns über den beschissenen Weg zu unserm Ziel einfach nicht einig. Sie argumentiert ständig damit, dass die Chancen auf eine Adoption für homosexuelle Paare endlich besser stehen, weil es in Deutschland jetzt erlaubt ist. Und dann kommt sie immer wieder mit diesen Regenbogenfamilienzentren. Ich finde es ja auch gut, dass es die gibt, aber ich kann einfach nicht akzeptieren, dass man uns bei den anderen Kinderwunschzentren ablehnt. Ich meine, es ist doch schlimm genug, dass immer noch ausschließlich Mutter und Vater als Eltern vorgesehen sind. Ganz ehrlich, wo sind wir denn? Wenn ich jetzt schwanger werde, muss meine Ehefrau unser Kind adoptieren. Nur, weil sie kein Mann ist. Ich will einfach durchsetzen, dass wir dort geholfen bekommen, wo auch Hetero-Paare geholfen bekommen. Ich will nicht mehr diskriminiert werden.“

Philipp hatte bei ihrem ersten Gespräch über das Thema eine Weile gebraucht, um den Grund hinter der ganzen Problematik zu durchschauen. Auch wenn die medizinisch unterstützte Fortpflanzung für gleichgeschlechtliche Paare in Deutschland nicht verboten war, wurde die Sache unnötig verkompliziert, und viele Ärzte nahmen immer noch davon Abstand.

„Eigentlich will ich mir auch keine weitere Abfuhr von einer Klinik holen, in der man uns für kein ‚normales‘ Paar in dieser furchtbaren heteronormativen Welt hält.“ Sie hatte sich so in Rage gesprochen, dass sie kaum noch Luft holte. „Aber mir geht es ums Prinzip.“

Jetzt sah Joey aus wie das trotzige Mädchen, das er früher gekannt hatte. Er legte einen Arm um sie und zog sie an sich.

„Ich finde es ja gut, dass du dich für die Community einsetzen möchtest. Aber vielleicht solltest du Mala in dieser Hinsicht ein bisschen entgegenkommen."

Philipp spürte, dass sich ihr Körper anspannte. „Hey, und außerdem: Adoptierte Kinder kann man genauso liebhaben." Philipp grinste.

Er hatte sofort das Bild seiner eigenen Geburtsurkunde im Kopf. Das Gesicht seiner Mutter, als sie ihm versuchte zu erklären, dass sie in Wirklichkeit seine Tante war. Er dachte an die Verachtung im Gesicht seines Adoptivvaters, als er das erste und letzte Mal über das „drogenabhängige Stück Dreck" gesprochen hatte, das Philipp froh sein sollte, niemals kennengelernt zu haben.

Joey stieß ihm leicht den Ellenbogen in den Bauch. „Du weißt genau, dass es damit nichts zu tun hat. Blödmann!"

„Aber mal im Ernst. Es könnte schlimmer sein. Schließlich hast du noch eine Beziehung."

Ihr Kopf wirkte an seiner Schulter wie der eines Kindes. Etwas schuldbewusst blickte sie zu ihm auf und wischte sich noch einmal die Wange trocken.

„Melanie war ein hinterhältiges Miststück und du hast was viel Besseres verdient. Ihr solltest du keine Träne nachweinen."

Auch wenn Joey recht hatte, verletzte es Philipp, wenn sie so über Melli sprach. Er zwang sich, mit dem Kopf zu nicken.

Scheinbar spürte Joey, wie düster seine Stimmung wurde. „Themawechsel! Wie kommst du im Entzug klar?" Sie hatte sich aus seiner Umarmung gelöst und wirkte ehrlich interessiert.

„Die Hildenberg kann mich halt nicht leiden, und das wird sich sicher nicht mehr ändern." Philipp verzog den Mund.

„Ach was. Die braucht nur immer ein bisschen länger. Sie muss halt erst mal ihre Flügel ausbreiten und zeigen, was für ein großer, mächtiger Drache sie ist."

Joey breitete die Arme aus und imitierte einen Flügelschlag, bevor sie weitersprach. „Wenn sie glaubt, dass du das begriffen hast, wird es besser." Sie lächelte, als habe sie damit das Problem gelöst. Als Philipp nichts erwiderte, atmete sie scharf ein. „Bist du sehr unglücklich hier, Phil?"

Er schüttelte den Kopf, wusste aber, dass sie in seinem Blick die Wahrheit erkannte. Dann hob er die Schultern.

„Naja, manchmal wünsche ich mir schon, dass mein NC nach dem Abi für das Medizinstudium gereicht hätte. Aber generell bin ich ganz zufrieden mit der Berufswahl, die ich mir bei meiner besten Freundin abgeschaut habe." Spielerisch schubste er sie an der Schulter. „Im Ernst, ich muss jetzt erst mal froh sein, dass ich diesen Job so kurzfristig bekommen habe. Es muss ja nicht für immer sein."

Joey nickte stumm. Auf diese Weise hellte sich die Stimmung nicht auf. Das Thema musste schnellstens wieder gewechselt werden.

„Sag mal, ich habe eben eure neue Patientin kennengelernt. Wie lange ist Sophia Konrad schon hier?"

Schulterzuckend warf Joey ihr Apfelgehäuse in den Mülleimer neben der Bank. „Ein paar Tage. Wieso fragst du?"

Ihr Gesichtsausdruck wurde sehr ernst. Gleichzeitig fand Philipp, dass sie irgendwie zweifelnd aussah. Diese zögerliche Art passte nicht zu ihr.

„Nur so ein Gefühl. Sie ist ... anders."

„Ehrlich gesagt, kam mir die Sache auch merkwürdig vor und ganz ignorieren kann ich es nicht."

Joey hatte es also auch bemerkt? Philipp legte die Stirn in Falten. „Was meinst du?"

„Naja, so eine Einlieferung läuft normalerweise ganz anders ab. Erst recht bei einer einstweiligen Unterbringung."

„Moment, was sagst du da? Sie wurde einstweilig untergebracht?", fuhr ihr Philipp ins Wort.

Er machte große Augen. Aus irgendeinem Grund war es für ihn unvorstellbar, dass diese zarte Person die öffentliche Sicherheit gefährdete.

„Ja. Sie wurde von einem Krankenwagen gebracht, in Begleitung eines Polizisten. Aber ihr Zustand war vollkommen ungewöhnlich. Sie wirkte nicht verwirrt, katatonisch oder panisch. Es war beinahe, als wollte sie eingeliefert werden. Und trotzdem irgendwie so, als sei sie vollkommen gesund."

Joey sah ihn eindringlich an. Er wusste, dass sie ihm seine Neugierde ansah. Vermutlich überlegte sie, ob es gut war, ihm mehr von dieser Patientin zu erzählen. Tatsächlich spürte Philipp ein Kribbeln in der Magengegend. Das gemeinschaftliche Gefühl der Verschwörung und die Vermutung, einem Geheimnis auf der Spur zu sein, reizte ihn wie zu Kindertagen, als es galt, das Rätsel seiner Herkunft zu lösen. Zusammen mit seiner besten Freundin.

„Jetzt erzähl schon weiter!"

Joey wich seinem bohrenden Blick aus. „Naja, dieser Unterbringungsbefehl kam mir merkwürdig vor."

„Inwiefern?"

„Er war zwar vom Amtsgericht Frankfurt unterzeichnet, nur gab es irgendwie keinen Grund. Juristisches Blabla, das kennst du ja, nur dieses Mal viel mehr davon. Natürlich gibt es noch kein Gutachten, aber da war kein Delikt, keine Diagnose, einfach gar nichts."

Philipp rutschte auf der Bank ein Stück nach vorne und zog die Augenbrauen nach oben. Als sein Blick den von Joey traf, nickte sie und wich ihm schnell aus.

„Und du sagst, sie wirkte schon bei ihrer Einlieferung vollkommen normal?" Philipp kniff die Augen zusammen. Niemand wurde ohne Grund zwischen unzurechnungsfähigen Vergewaltigern und Mördern eingesperrt. In einer solchen Klinik, insbesondere im Maßregelvollzug, stand eine ordnungsgemäße Dokumentation an erster Stelle.

„Ja, sie war ruhig und schien einverstanden. Erst als ich alles ausgefüllt hatte und ihr das Zimmer zeigte, wurde sie ein wenig nervös. Sie hat mich gefragt, ob das hier ein richtiges Gefängnis sei, sodass keiner von drinnen raus und auch keiner von draußen reinkäme."

Kapitel 2

Die Gänge der Klinik waren wie ausgestorben. Das war oft der Fall. Obwohl die beiden Personenaufzüge, die von der Klinikmitte aus alle Etagen bedienten, äußerst langsam waren, nahm sich Philipp die Zeit zu warten. Natürlich hätte er zu Fuß gehen können, doch so eilig hatte er es nicht. Mit einem Pling öffnete sich die Schiebetür, fuhr hinter ihm zu und spuckte ihn kurz darauf mit demselben Geräusch ein Stockwerk höher wieder aus. Der Aufzugsvorraum glich auch in dieser Etage eher einer verlassenen Bahnhofshalle. Neben zwei großzügigen Sitzecken und einem Wasserspender gab es einen Kaffee- und einen Snackautomaten. Antriebslos steuerte Philipp auf die automatische Tür zum Ostflügel zu, die sich stöhnend vor ihm öffnete und hinter ihm schloss. Auf der Milchglasscheibe am Ende des Korridors stand in großen Lettern ‚Abhängigkeitserkrankungen und Konsiliarpsychiatrie' geschrieben. Er hielt seinen Ausweis an das Lesegerät und wie zuvor im Maßregelvollzug fuhr auch diese Schleusentür mit einem Summen zur Seite.

Auf seinem Weg zum Schwesternzimmer der Station warf er einen Blick in die Wohnküche. Alle Tische waren gewischt und auch die Küchenzeile war anstandslos sauber. Philipp staunte, dass selbst die zum Küchendienst eingeteilten Patienten nicht mehr zu sehen waren. Offenbar gingen alle bereits anderen Aufgaben nach oder waren mit ihren Therapien beschäftigt. Auch ohne seine Unterstützung hatte Schwester Hildenberg dafür gesorgt, dass alles reibungslos verlief. Natürlich.

Die Tür des Schwesternzimmers stand offen und Philipp klopfte vorsichtig an den Türrahmen. Hildenberg sah kurz von den Akten auf. Die herabhängenden Mundwinkel hatten über die Jahre tiefe Furchen in ihr Gesicht gezogen. Philipp glaubte nicht, dass diese Frau überhaupt lächeln konnte.

„Gut, dann ist da oben ja wieder alles geregelt. Hat auch lange genug gedauert." Eine Haarsträhne hatte sich aus ihrem kastanienbraunen Topfschnitt gelöst und klebte auf ihrer Stirn. Sie schnickte die störenden Haare aus dem Mondgesicht.

„Und ich nehme an, Sie haben auch schon Ihre Mittagspause gemacht?“

Philipp nickte und die Stationsschwester wendete sich wieder ihren Akten zu, während sie den hellblauen Kasack über ihrem üppigen Busen zurecht zupfte. Die blauen Dinger wurden von allen Pflegern der Klinik getragen. Es gab sie in allen erdenklichen Größen. Trotzdem saß das Kleidungsstück bei ihr oben herum genauso stramm wie über der Bauchfettrolle.

Da ihn seine Vorgesetzte längst nicht mehr beachtete, folgte er dem üblichen Prozedere. Nach einem Gang durch die Patientenzimmer kontrollierte er ebenfalls die Toiletten und Waschräume. Er dokumentierte seine Arbeit ordnungsgemäß und legte seiner Vorgesetzten die Kontrolllisten auf den Schreibtisch. Diese wurden lediglich mit einem Kopfnicken und einem Fingerzeig auf den Kochplan an der Pinnwand neben ihr quittiert. Er verschaffte sich einen Überblick, ob die Vorräte in der Küche noch dem Sollbestand entsprachen und notierte einige Dinge auf der Einkaufsliste. Dann machte er sich auf den Weg, einzelne Patienten von ihren Therapiesitzungen abzuholen.

***

Philipp hatte sich gerade auf einen Stuhl in dem kleinen Wartebereich gesetzt, als Doktor John die Tür zum Behandlungszimmer öffnete.

„Ah, Herr Lehmann.“ Mit einer Handbewegung forderte er Philipp auf, zu ihm zu kommen.

Philipp sprang auf und hob die Augenbrauen.

„Frau Dottner war heute ungewöhnlich nervös. Ich bin nicht wirklich hinter den Grund dafür gekommen. Vielleicht richten Sie Frau Hildenberg von mir aus, dass ich zu einem zusätzlichen Beruhigungsmittel rate. Einmalgabe. Nur heute.“

Philipp nickte und sah über die Schulter des Arztes hinweg die Patientin an. „Gehen wir?“

Tatjana Dottner war noch blasser als sonst. Mit den Schatten unter den Augen und den langen dunklen Haaren ähnelte die junge Frau ein wenig Samara Morgan aus dem Film *The Ring*. Tatjana war erst 18 Jahre alt, hatte bereits einen zweijährigen Sohn, der bei Pflegeeltern lebte, und war seit einem Jahr immer wieder Stammgast im geschlossenen Entzug.

Jetzt ging die junge Frau an ihrem Arzt vorbei und trat zu Philipp auf den Flur. Sie sagte kein Wort. Auf dem Weg zu den Aufzügen fiel Philipp auf, dass sie unentwegt an ihrem Handgelenk kratzte. Als sich die Aufzugstür hinter ihnen schloss, fragte er vorsichtig: „Was ist denn los?"

Zögernd hob die Patientin den Blick. „Ich vermisse meine Familie."

Philipp konnte nicht sagen, ob an dieser Behauptung etwas dran war, und schon gar nicht, ob sie ihre echte Familie oder die falschen Freunde ihrer ‚Drogenfamilie' meinte. Zum zweiten Mal an diesem Tag dachte er an seine leibliche Mutter. Sie war noch jünger gewesen als Tatjana, als sie Philipp zur Welt gebracht hatte. Ihre ältere Schwester war zu dem Zeitpunkt 26, verheiratet und schon damals mit einem übergroßen Fürsorgesinn ausgestattet gewesen. Dass Philipp bei seinen Pflegeeltern aufwachsen würde, war schon vor seiner Geburt sicher gewesen. Erst als er fast erwachsen war, hatte ihm seine Mutter davon erzählt, dass ihrer kleinen Schwester die ‚Drogenfamilie' wichtiger gewesen war. Außer Philipp als ihr eigenes Kind anzunehmen, hatte sie nicht viel für ihre kleine Schwester tun können. Bis zu ihrem Tod.

Auf der Station angekommen, hörten sie das Telefon im Schwesternzimmer klingeln. Tatjana verlangsamte ihre Schritte.

„Wenn ich ihren Akzent ansatzweise richtig verstehe, steht ein Besucher für Frau Dottner bei Ihnen", blaffte die Stationsschwester ins Telefon.

Es hatte auf Philipp keine beruhigende Wirkung, dass die Stationsschwester Hildenberg genauso unfreundlich mit dem Wachmann umsprang wie mit ihm selbst.

„Dieser Besuchstermin ist nicht angemeldet. Sie können ihn wegschicken. Wenn Sie unbedingt wollen, geben Sie ihm unsere Nummer, dann können wir über einen Termin sprechen. Allerdings sind Besuche auf unserer Station bei einem vierzehntägigen Aufenthalt nicht unbedingt angebracht."

Tatjana sah flehend aus. „Bitte, das ist bestimmt mein Cousin“, fügte sie mit feuchten Augen hinzu.

Jetzt ging Philipp ein Licht auf. „Kommen Sie!“

Er ging am Schwesternzimmer vorbei, in dem gerade der Hörer aufgeknallt wurde. Tatjanas Protest wurde mit jedem Schritt lauter, den sie ihrem Zimmer näherkamen. „Aber warum? Komm schon! Was soll das?“

Im Zimmer angekommen drehte sich Philipp zu ihr herum. „Sie vermissen nicht Ihre Familie, Sie vermissen den Stoff. Woher wollen Sie wissen, dass der Besucher Ihr Cousin ist, wenn dieser Besuch gar nicht ausgemacht war? Ich wette, dass der ‚Cousin‘ ein ‚Geschenk‘ mitgebracht hat.“ Bei den Worten *Cousin* und *Geschenk* malte er mit den Fingern Anführungszeichen in die Luft. Tatjana schnappte nach Luft. Philipp verspürte jetzt eine Wut, die ganz und gar persönlich und völlig unprofessionell war. Diese Wut durfte auf keinen Fall nach außen dringen, wenn er seinen Job behalten wollte. Doch alles, was er sagen wollte, war: *Deinen Sohn solltest du vermissen. Nichts und niemanden sonst. Du solltest dich schämen.* Er schaute die junge Frau an, die fast noch ein Mädchen war und in der er glaubte, seine leibliche Mutter zu sehen. Kopfschüttelnd atmete er tief ein und zog die Zimmertür zu.

***

Wenige Stunden später schloss Philipp die Tür zu seiner Wohnung auf. Er warf seine Jacke auf einen Turm aus Umzugskisten in der Nische neben der Eingangstür. Seinen Schlüsselbund legte er auf die Kartons daneben und schob sich an ihnen vorbei ins Wohnzimmer seiner Behausung. Auf dem quadratischen Couchtisch, der ihm als einzige Ablagemöglichkeit diente, legte er die weiße Plastiktüte vom Dönerladen ab. Mit einem Seufzen warf er sich auf das ausgeblichene Gästesofa, das aus seinem alten Kinderzimmer stammte, und schloss die Augen. Für einen Moment wünschte er sich in die geräumige Münchner Wohnung zurück. Dort hatte er sich heimisch gefühlt.

Vor seinem geistigen Auge blitzte Mellis Gesicht auf. Der Moment, in dem sie ihm mit schuldbewusster Miene den ersten Kuss zwischen ihr und ihrem Chef gestanden hatte. Rückblickend war alles etwas übereilt geschehen. Den Job zu kündigen, hatte sich zuerst nach Freiheit angefühlt. In seinem geliebten Bulli, geparkt im Hinterhof seines Elternhauses, zu wohnen, war kurzzeitig ein Abenteuer gewesen. Doch in dieser Singlewohnung im Westen Frankfurts konnte er die Augen nicht mehr davor verschließen, dass sein neues Leben in der alten Heimat nicht gerade fortschrittlich war.

Er öffnete die Augen und nahm sich abermals vor, diese Gedanken zu unterdrücken. Lustlos stand er auf und trottete zur Küchenzeile hinüber. Gleich zwei Flaschen Bier holte er aus dem halbhohen Kühlschrank, der eigentlich ein Einbaugerät war, aber genauso verloren wie der Herd auf dem Boden neben dem Spültisch stand. Aus dem Alubecken angelte er eine Gabel, deren Ende er in Ermangelung eines Flaschenöffners benutzte. Zusammen mit dem Teller, den er am Vorabend benutzt hatte, steckte er die Gabel in den Tischgeschirrspüler. Die kleine Spülmaschine hatte er direkt nach seinem Einzug in einem Elektrofachmarkt gekauft. Sie hatte ihren Platz behelfsmäßig auf dem Kühlschrank und war der einzige Grund für ein wenig Ordnung und Sauberkeit in seiner Küche. Zurück im Wohnzimmer stellte er die Flaschen neben seinem Abendessen ab und lachte unvermittelt in sich hinein. Bei dem Maß an Alkohol, das er seit der Trennung allabendlich in sich hineinschüttete, würde er früher oder später selbst einen Aufenthalt im Entzug nötig haben. Blieb nur zu hoffen, dass die Hildenberg bis dahin in Rente war. Er setzte sich, schaltete den Fernseher ein und hatte die erste Bierflasche geleert, bevor er zu essen begann.

Wahllos schaltete er zwischen einfältigen Seifenopern, dem Sportkanal und einer Dokumentation zum Polizeialltag hin und her. Unkonzentriert schaute er zwei verschiedene Nachrichtensendungen an und stellte fest, dass seine Gedanken immer wieder auf die mysteriöse Patientin im Maßregelvollzug zurückkamen.

Joey hatte sich jedes Wort aus der Nase ziehen lassen. Sie hatte gesagt, sie wolle seinem ‚*TKKG-Gen*' kein weiteres Futter bieten. Wie es sich für eine beste Freundin gehörte, wusste Joey von seinen teilweise zweifelhaften, aber durchaus bewährten Vorgehensweisen. In München hatte er es durch die intensive Arbeit mit rätselhaften Patienten zum Stationsleiter der Psychiatrie gebracht. Obwohl er aufgrund des übereilten Neuanfangs in Frankfurt vorerst kleinere Brötchen backen musste, stand seine Qualifikation außer Frage. Auch wenn Joey selbst glaubte, dass sich die Patientin vor irgendetwas fürchtete und obendrein, dass sie nicht auf diese Station gehörte, wollte sie nicht unnötig Staub aufwirbeln. Philipp konnte es ihr nicht verdenken, dass sie den Professor nicht auf die Diagnose und das fehlende Delikt angesprochen hatte. Er wusste, dass sich der ärztliche Direktor vor ein paar Jahren einen nicht nur unprofessionellen, sondern auch völlig erfolglosen Annäherungsversuch bei Joey geleistet hatte. Seither ging sie ihrem Chef aus dem Weg, so gut es möglich war. Ausgerechnet Joey, die in ihrem Beruf immer routiniert war, hatte in Bezug auf die neue Patientin hilflos gewirkt.

Den letzten Bissen des viel zu fettigen Döners spülte er mit dem Rest der zweiten Flasche Bier herunter, schaltete das Fernsehgerät aus und zog seinen Laptop unter dem Tisch hervor. Er loggte sich in die Benutzerkonten verschiedener Netzwerke ein. Unter dem Namen Sophia Konrad wurde er schnell fündig. In der Umgebung gab es diesen Namen glücklicherweise nicht oft. Mit dem nächsten Klick öffnete er eines ihrer hinterlegten Profilbilder und starrte es wie gebannt an. Auf dem Bild hatte sie keine Ränder unter den leuchtend grünen Augen und auch keine Narbe im Gesicht. Ihr blondes Haar fiel leicht gewellt über ihre Schultern. Damals hatte sie es noch länger getragen und sie strahlte mit einem ehrlichen, fast kindlich naiven Lachen in die Kamera.

Philipp holte sich eine weitere Flasche Bier aus dem Kühlschrank und erinnerte sich an die Packung Erdnüsse, die er im Snackautomaten der Klinik gezogen hatte. Kauend setzte er sich wieder an seinen Computer.

Bis vor einem Jahr hatte Sophia mit einem Marvin Koslowski zusammengelebt. Philipp stieß auf Fotografien, die den Einzug in die gemeinsame Wohnung dokumentierten. Viele andere Bilder zeigten sie zusammen mit einer Freundin namens Marlene, deren Profil auf den Fotografien verlinkt war und zu einer Seite mit dem Künstlernamen „Sparkling Moe“ führte. Marlene Sparks war offenbar eine ambitionierte Soulsängerin mit US-amerikanischen

Wurzeln. Außerdem fand er heraus, dass Sophia nach ihrer Ausbildung zur Bürokauffrau als Sachbearbeiterin in einer Firma für Personaldienstleistungen gearbeitet hatte. Die zahlreichen Einträge, in denen sie das Wochenende herbeiwünschte, zeigten, dass sie ihren Job nicht sonderlich mochte. Doch es gab wohl eine Arbeitskollegin, mit der Sophia viel ihrer privaten Zeit verbrachte. Auf Fotos von Shoppingtrips, gemeinsamen Kinobesuchen und Joggingrunden war eine Tanja Ivanov verlinkt, die in ihrem Profil ebenfalls die Eulenberger & Friedrich Personaldienstleistung angegeben hatte. Auch von Sophias Haustier, dem schwarzweißen Kater Puck, fand er einige Fotografien. Sophia war auf dieser Seite täglich aktiv gewesen. Sie hatte, wie viele Menschen ihres Alters, neben Rezepten, lustigen Weisheiten und ihrer aktuellen Lektüre, jede Cocktailrunde mit Freunden öffentlich geteilt. Doch ihre Einträge endeten abrupt am vierten Mai des vergangenen Jahres mit einem ‚Thank God it‘s Friday‘. Auf keinem der Bilder war Sophias Verletzung im Gesicht zu sehen, was Philipp vermuten ließ, ihr könne am folgenden Wochenende etwas zugestoßen sein. Auch auf dem Profil ihres Freundes Marvin, der auf den Fotografien verlinkt war, fanden sich ab diesem Zeitpunkt keine Bilder oder Einträge, die etwas über die Beziehung zu Sophia ausgesagt hätten. Dort waren nur noch wenig aussagekräftige Witzbilder geteilt worden.

In Sachen Personenrecherche war Philipp ein regelrechter Fachmann. Bei seinen Münchner Patienten hatte ihm diese unorthodoxe Methode, etwas über fremde Menschen zu erfahren, die Arbeit erleichtert. Mit jeder Suche im Internet optimierte er sein Geschick. Doch alles, was er über Sophia Konrad finden konnte, waren die Spuren eines gewöhnlichen Lebens einer jungen Frau. Obwohl die Vermutung nahe lag, machte sich Philipp bewusst, dass der Ursprung von Sophias Narbe nicht zwangsläufig mit ihrer einstweiligen Unterbringung zu tun haben musste. Wenn sie eine Straftat begangen hatte, eine Gefahr für sich und andere darstellte und weitere Taten zu erwarten waren, wären die Bedingungen für eine Einweisung erfüllt gewesen.

Philipp stopfte sich die letzten Erdnüsse in den Mund und klickte gedankenverloren durch die Freundesliste von Sophias Profil, als ihm ein Einfall in den Kopf schoss. Je nach Art und

Schwere der Straftat, die man ihr zur Last legte, wäre über den Vorfall möglicherweise in den lokalen Medien berichtet worden. Bevor Philipp jedoch begann, alle Tageszeitungen der Umgebung zu durchkämmen, musste er in Erfahrung bringen, wo genau Sophia in den letzten Monaten gewohnt hatte. Aufgewachsen war sie, ihrer Schuleinträge nach, wie Philipp selbst, im Westen der Stadt. Sie war in Zeilsheim zur Grundschule gegangen und hatte in Höchst ihr Abitur gemacht. Er konnte ihren Wohnort auf das nähere Einzugsgebiet Frankfurts begrenzen. Eine Adresse fand er jedoch nicht.

Er zögerte einen Moment, bevor er zum Telefon griff und die vertraute Nummer wählte. Schon beim zweiten Freizeichen überlegte er aufzulegen, ließ es aber doch weitere vier Mal läuten, bis jemand abnahm.

„Hallo?"

Die Stimme am anderen Ende klang bedrückt. Vielleicht auch müde oder verschlafen, was die Situation noch unangenehmer machte.

„Hallo, ich bin's. Sorry, ich weiß, ihr habt heute euren Kuschelabend. Ich brauch nur ne kurze Info. Kann ich mit Joey sprechen?"

Mala seufzte.

„Hallo Phil. Mir geht's gut, danke der Nachfrage! Ich hoffe, dir auch. Warte, ich geb sie dir."

Philipp wollte den Abend der beiden nicht länger als unbedingt notwendig stören.

„Danke Mala. Ach … und herzlichen Glückwunsch zum Jahrestag. Ihr seid ein tolles Paar. Aber das weißt du ja."

Ohne zu antworten, gab sie den Hörer weiter.

„Hey Phil, was gibt's denn so Dringendes?"

Er wusste nicht, wie unpassend seine Störung gerade war, dachte aber sofort an seine erste Freundin, die er mit sechzehn wegen einer SMS von Joey auf seinem Bett sitzen gelassen hatte. Er war immer sofort zu Joey gefahren, wenn es einen Notfall gab. Genauso war sie auch in jeder Situation für ihn da.

„Ich hab mich ein wenig im Netz umgeschaut. Hab aber nix Auffälliges zu deiner speziellen Patientin gefunden. Sophia

Konrad scheint, zumindest bis vor Kurzem, eine ganz normale junge Frau gewesen zu sein."

„Du Stalker!" Joey lachte.

„Du weißt genau, dass ich die Sache nicht einfach auf sich beruhen lassen kann. Vielleicht stellt sich raus, dass alles mit rechten Dingen zugeht. Dann lass ich sofort die Finger weg. Versprochen!"

Sie antwortete nicht.

„Komm schon. Wenn du ehrlich bist, willst du auch wissen, was mit ihr passiert ist."

„Phil, ich hab echt kein gutes Gefühl bei der Sache. Aber ich weiß, dass du dich nicht abbringen lässt, wenn du dich festgebissen hast."

Er nickte. Als könne Joey seine Bewegung sehen, sprach sie weiter. „Und ja, ich würde auch gerne wissen, was da passiert ist. Aber ich kann mich nicht einmischen im Moment."

Wieder machte sie eine Pause. Philipp wagte nicht, etwas zu sagen, weil er glaubte, dass sie kurz davor stand, ihm einen Vorschlag zu machen. „Lutz ist gestern krank geworden und wir brauchen für die ganze Woche eine Aushilfe in der Nachtschicht. Keiner will mehr Doppelschichten schieben. Du könntest vielleicht noch ein paar übernehmen."

„Das wäre super! Das mach ich! Auf jeden Fall! Dann kann ich mir selbst ein Bild machen." Philipp konnte seine Begeisterung nicht verbergen. „Aber eins noch. Ich bräuchte ihre Adresse. Du hast doch einen guten Draht zu den ganzen Pflegern und Fahrern. Heute Mittag hast du gesagt, dass sie ein Krankenwagen in Begleitung der Polizei gebracht hat. Weißt du, wer gefahren ist?"

Joey erinnerte sich scheinbar sofort.

„Dennis. Er hatte diesen jüngeren FSJler dabei, ich glaube Mark oder so."

Joey gab ihm Dennis' Telefonnummer und Philipp war ganz in seinem Element. Sie beendete das Telefonat mit den Worten: „Ach Süßer, du hättest echt Detektiv werden sollen."

Sobald er aufgelegt hatte, wählte er die Nummer des Pflegers. Zuerst etwas verwundert über den Anruf, erinnerte sich Dennis kurz darauf an jenen Nachmittag.

„Stimmt, vorletzte Woche. Man wird ja auch nicht jeden Tag von der Polizei im KTW begleitet. Auch wenn ich es recht merkwürdig fand. Die Patientin ist scheinbar freiwillig mitgekommen. Als wäre sie erleichtert, dass wir sie endlich abholen."

Obwohl er sich noch an den Tag erinnern konnte, kannte Dennis den Straßennamen nicht. Wie üblich war die Adresse in das Navigationssystem des Krankenwagens eingegeben worden. Keiner hatte diesen Daten weitere Aufmerksamkeit geschenkt.

„Aber es war in Eddersheim, da bin ich ganz sicher. Zwischen ein paar Pferdekoppeln, ganz in der Nähe vom Waldrand. Ich würde das Haus auf jeden Fall wiederfinden. Warum ist das denn so wichtig für dich?"

Längst wieder auf seinen Laptop konzentriert, flogen Philipps Augen über das Onlineportal der Frankfurter Neuen Presse, während er von seiner Schwäche für ungewöhnliche Fälle erzählte. Nur beiläufig nahm er noch Dennis' Stimme wahr.

„Die beiden Polizisten waren wohl schon öfter bei deiner Patientin gewesen."

Sofort hatte der Fahrer wieder Philipps ungeteilte Aufmerksamkeit.

„Wie meinst du das?"

„Bevor der eine auf die Klingel drückte, meinte er zu seinem Kollegen: ‚Naja, wenigstens werden wir hierher so schnell nicht mehr gerufen'."

Kapitel 3

Vor der Einweisung

Die dünne rosafarbene Haut, die sich in einer wulstigen Linie auf ihrer Stirn gebildet hatte, war noch empfindlich. Vorsichtig trug Sophia mit dem Zeigefinger den Concealer vom Haaransatz bis zur Augenbraue auf.

Das Zeug hatte ihre Freundin Moe aus der Gesangsschule mitgebracht. Es wurde für Bühnen- und Fernsehauftritte genutzt und war für ihre Zwecke perfekt.

Einen Moment lang schaute sie sich selbst in die Augen. Sie betrachtete die grüne Iris, die, von grauen Sprenkeln durchzogen, klar und lebendig aussah. Sophia erkannte in diesem Augenblick keine Verletzung. Weder äußerlich noch innerlich. Ihre Augen sahen genauso aus wie noch vor einigen Monaten. Das Unterlid begann zu glänzen und Sophia blinzelte die Tränenflüssigkeit weg, um sie nicht am Ende von ihrer ebenfalls empfindlichen Wange wischen zu müssen. Nur einige Millimeter unter dem rechten Auge setzte sie mit der Schminke wieder an und deckte den restlichen Streifen ab. Geräuschvoll zog sie die Nase hoch und richtete sich vor dem Spiegel auf. Sie nickte ihrem Spiegelbild zu. Im Grunde genommen sah sie im geschminkten Zustand wieder ganz annehmbar aus. Mit flinken Handbewegungen trug sie noch etwas Puder und Mascara auf, fuhr mit den Fingerspitzen durch die glatt gezogenen Strähnen und bestäubte das blonde Haar mit etwas Haarspray. Die kinnlange Frisur war noch ungewohnt. Sie nahm das dunkelblaue Blusenshirt vom Bügel, zog es über den Kopf, zupfte ihre Jeans zurecht und ging mit der Handtasche über der Schulter ins Wohnzimmer. Puck saß auf seinem neuen Lieblingsplatz. Auf der breiten Armlehne des hellgrünen Zweisitzer-Sofas hatte sich der Kater die braunkarierte Wolldecke ihrer Großmutter zu eigen gemacht. Das alte Teil gab ihm in der neuen Umgebung scheinbar Sicherheit und ließ ihn sogar die halbvollen Umzugskartons vergessen, die sich neben dem Fernseher stapelten. Puck war ohnehin viel gemütlicher geworden.

„Alles ändert sich, mein Kleiner", flüsterte sie ihm zu und erinnerte sich grinsend an die ersten gemeinsamen Tage, in denen er sich seinen Namen schmerzlich verdient gemacht hatte.

Ständig war er Marvin und ihr zwischen den Füßen rumgewuselt. Mindestens einmal pro Tag hatte ihm einer der beiden versehentlich einen Tritt verpasst. Die kleine Fellkugel war regelmäßig wie ein Eishockey-Puck über das Laminat geschlittert, sodass sich der Name förmlich aufgedrängt hatte.

Sophia kraulte ihn hinter dem schwarzen Ohr und tätschelte leicht sein weißes Köpfchen. Er schnurrte.

„Na, wer sagt's denn? Wenigstens einer von uns fühlt sich richtig wohl hier."

Durch die gekippte Balkontür kam ein lauer Luftzug herein. Angeblich war die Dämmung der Dachschrägen, die mit naturbelassenen Holzplanken verkleidet waren, auf dem neuesten Stand. Trotzdem würde das Klima des geräumigen Wohn- und Schlafzimmers gegen Mittag einem Brutkasten gleichen. Im Hochsommer war das direkt unter dem Dach völlig normal. Sophia schloss die Balkontür, ging zurück ins Badezimmer und füllte frisches Wasser in den kleinen Napf, den sie neben die Wanne stellte. Auf dem kühlen Fliesenboden würde es sich Puck später bequem machen.

Es war längst Zeit zu gehen. Sie blickte zur Steckdose neben dem Lichtschalter, um sich zu versichern, dass sie das Kabel des Glätteisens herausgezogen hatte. Das Eisen lag im Waschbecken und konnte dort gefahrlos abkühlen.

Sie hob den Kopf, sah zur Lampe an der schrägen Decke hoch und betätigte den Lichtschalter neben der Tür. Das Licht ging an und sie drückte noch einmal, um es auszuschalten. Durch den kurzen Flur ging sie in den nächsten Raum. Auch in der Küche war die Dachschräge mit Holz verkleidet und die Morgensonne hatte den Raum bereits aufgeheizt. Zuerst schloss sie das Fenster, prüfte dann, ob auch hier alle Steckdosen frei waren und beugte sich anschließend zur Bedienleiste des Backofens.

„Backofen, Herdplatte eins, zwei, drei und vier."

Sie tippte mit dem Zeigefinger auf jeden einzelnen Knopf und bestätigte, dass alles ausgeschaltet war. Die Handtasche fest gegen die Seite gepresst, entfernte sie sich rückwärts vom Herd. An der Tür warf sie noch einen prüfenden Blick zum Waschbecken. Der Wasserhahn war zugedreht. Kein laufendes Wasser. Nachdem sie die Lichtschalterroutine in jedem Raum durchgeführt hatte, streifte sie sich an der Tür die grauen Sneaker über die Füße. Der Schlüssel steckte wie immer im Schloss. Zwei Umdrehungen nach rechts und sie öffnete die Tür. Das Treppenhaus war kühl und leer. Schnell drehte sie sich um und blickte noch ein letztes Mal in den Flur. Von hier aus hatte man einen guten Blick ins Wohnzimmer, man sah die geöffnete Badezimmertür und einen Teil der Küche. Sie kniff die Augen zu Schlitzen zusammen und war versucht, noch einmal hinein zu gehen. Kopfschüttelnd atmete sie tief ein und zog die Wohnungstür fest zu. Den Schlüssel drehte sie zweimal im Zylinder herum und eilte dann die Treppe hinunter. Im Auto warf sie einen Blick auf die Uhr. Es war schon wieder knapp. Für einen Moment glaubte sie, den Kühlschrank offengelassen zu haben, schüttelte den Gedanken aber mit verkrampftem Kiefer ab. Mit einem tiefen Atemzug richtete sie sich auf, schob die Schulterblätter zusammen und hob das Kinn an. Auf zur Arbeit.

In dem kleinen Stadtteil herrschte morgendliches Treiben. Aus allen Richtungen waren zuschlagende Autotüren und startende Motoren zu hören. Rentner mit und ohne Gehhilfen machten sich auf den Weg zur Bäckerei oder zum Lotto-Laden, um ihre Tageszeitung zu kaufen. Kinder mit Schulrucksäcken, die bis zu den Kniekehlen reichten, waren auf dem Weg zur Grundschule. Manche allein, manche in kleinen Gruppen oder angetrieben von einem Elternteil.

Die einzige Veränderung, an die sie sich seit ihrem Umzug nach Eddersheim schnell gewöhnt hatte, war der kurze Weg zur Arbeit. Das einzige Hindernis stellte hierbei die Bahnschranke dar. Wenn die erst einmal geschlossen war, nagelte sie einen oft mehr als zehn Minuten an Ort und Stelle fest. Zu Stoßzeiten passierte beinahe jeder berufstätige Bewohner diesen Ortsausgang. In die Bahnhofstraße eingebogen, konnte Sophia die rotweiß gestreiften Sperrbalken sehen. Noch zeigten sie in den

Himmel. Auf der Unterlippe kauend, sah sie zwischen Schrankanlage und Tachoanzeige hin und her. Die Nadel zitterte knapp über der 30. Gerade erst hatte sie den Bußgeldbescheid wegen Überschreitung der zulässigen Höchstgeschwindigkeit an dieser Stelle bezahlt. Doch das Glück war auf ihrer Seite und das zeitfressende Monster schloss seine Barrieren erst hinter ihrem in die Jahre gekommenen Corsa.

Sophia raste parallel zur Autobahn, über die selbst im Berufsverkehr spärlich befahrene Landstraße und passierte kurz darauf den Hattersheimer Ortseingang. Von Bäumen flankiert, wirkte die Hauptstraße fast wie eine Allee. Beidseitig mit Einfamilienhäusern gesäumt und nahe an der Schule gelegen, war sie beliebt bei jungen Familien. An vielen Fenstern klebten bunte Bilder und die Bodenplatten vor den meisten Eingangstüren waren mit Kreidekunstwerken verziert. Zwischen den bepflanzten Vorgärten tat sich eine breite Lücke auf. Die weitläufige Einfahrt gehörte einem Steinmetz. Aus den Augenwinkeln sah sie Grabsteine in verschiedenen Farben und Formen, gemeißelte Schriftzüge und konnte im Vorbeifahren sogar Kreuze und Engel erkennen.

Urplötzlich scherte der Wagen aus. Ein lauter Knall war zu hören, als das Vorderrad auf den hohen Bordstein bretterte. Nur Zentimeter vor dem nächsten Baumstamm riss sie das Steuer herum und schoss zurück auf die Fahrbahn. Die meisten Fahrzeuge hinter Sophia hatten rechtzeitig gebremst und hupten wie wild. Nur ein Wagen rollte weiter geradeaus und Sophia steuerte quer zur Fahrtrichtung auf die Beifahrertür des weißen Coupés zu. Aufgeschreckt vom Hupkonzert der anderen Wagen wich die weißhaarige Fahrerin, ohne hinzusehen, auf die glücklicherweise freie Spur neben ihr aus. Hektisch lenkte Sophia in die Gegenrichtung und versuchte den schlingernden Wagen einzufangen. Schließlich trat sie die Bremse bis zum Bodenblech durch und kam nur Zentimeter hinter der Stoßstange eines roten Toyotas zum Stehen. Die Ampel vor ihr war auf Rot gesprungen und der Toyotafahrer sprach wild gestikulierend mit seinem Rückspiegel. In ihren Ohren hämmerte der Puls, das Blut lief heiß durch ihre Venen und leichte Übelkeit stieg in ihr auf. Sie hatte sich so fest vorgenommen, wenigstens im Straßenverkehr vollkommen aufmerksam zu sein.

Als die Ampel auf Grün schaltete, sah Sophia bereits den alten Posthof. Auf der gegenüberliegenden Straßenseite stand das imposante Eckgebäude, in dem Eulenberger & Friedrich ihre Räumlichkeiten angemietet hatten. Auf den Mitarbeiterparkplätzen angekommen, legte sie die Stirn auf dem Lenkrad ab, atmete tief ein und richtete sich dann kerzengerade auf. Im Rückspiegel kontrollierte sie ihr Make-up und nahm sich vor, jetzt zu ihrem alten Selbst zurückzufinden.

Zur Begrüßung nickte sie Julia zu, die seitlich zum Eingang hinter einer Glasscheibe auf ihren Monitor starrte, ihren wortlosen Gruß aber sofort mit einem freundlichen ‚Guten Morgen Sophia' quittierte. Noch bevor Sophia den Schlüssel ins Schloss stecken konnte, summte der Türöffner und Julia grinste breit. Wie in vielen modernen Unternehmen galt auch bei E&F der Grundsatz, die Bürotüren offen zu halten. Mit leicht angehobenem Kinn fixierte sie den Raum an Ende des schmalen Flurs. Sie war sich der Blicke ihrer Kollegen bewusst und huschte schnellen Schrittes an den ersten Zimmern vorüber. Im Türrahmen blieb Sophia stehen. Die großen Fenster ließen so viel Licht in das Büro, dass sie das Gefühl bekam, von der Lichtflut nach draußen gespült zu werden. Sofort roch sie Tanjas fruchtig herbes Parfum. Natürlich saß ihre Kollegin bereits an dem geräumigen Schreibtisch aus hellem Holz, der Sophias Arbeitsplatz gegenüberstand. Dunkelblonde Locken fielen in ordentlich gekämmten Strähnen über ihre schmalen Schultern. Die lilafarbene Satinbluse, die sie trug, hatten die beiden bei einem gemeinsamen Shoppingtrip erstanden. Das hellblaue Gegenstück dazu hing in Sophias Kleiderschrank.

„Guten Morgen, Sophi!"

Sophia hielt dem Blick dieser smaragdgrün leuchtenden Augen nicht lange stand, stellte ihre Handtasche unter den Tisch und zwang ein „Morgen!" aus der trockenen Kehle hervor.

Tanja war erst vor einigen Monaten als Ersatz für Siggi, der sich in den wohlverdienten Ruhestand verabschiedet hatte, eingestellt worden. Sie war in kürzester Zeit eingearbeitet gewesen und aus obligatorischen Drinks unter Kollegen waren gemeinsame Kinoabende und Shoppingtrips geworden. Trotz des beachtlichen Altersunterschieds von zwanzig Jahren, hatte sich eine Art Freundschaft zwischen den Kolleginnen entwickelt. Doch das war vorher gewesen. Inzwischen verlief Sophias Leben in anderen Bahnen.

„Bist du okay? Siehst ziemlich müde aus“, holte sie Tanjas fürsorgliche Stimme aus ihren Gedanken. Ihr starrer Blick hatte, wer weiß wie lange, unbewegt auf dem Telefon geklebt.

„Ich hatte eine schwierige Nacht.“

Mit den Schneidezähnen biss sich Sophia auf die Unterlippe und senkte den Blick. Sie öffnete die oberste Schublade des Rollcontainers unter ihrem Schreibtisch und wühlte auf der Suche nach nichts Bestimmtem möglichst beschäftigt darin herum. Sie atmete tief ein und besann sich darauf, dass ihre Probleme an ihrem Arbeitsplatz nichts zu suchen hatten. Hier sollte niemand wissen, dass sie gegen drei Uhr nachts fester Überzeugung gewesen war, Geräusche an der Wohnungstür zu hören. Und auch nicht, dass sie anschließend in die Bettdecke gewickelt Wache gehalten hatte, um nach fünf Uhr auf dem kalten Laminat im Flur aufzuwachen.

Sie räusperte sich, schob die Schublade zu und setzte sich gerade auf. Der Bildschirm, auf den sie starrte, war schwarz und ihr Gesicht wurde heiß. Sophia fühlte sich wie eine Schauspielerin, die auf der Bühne ihren Text vergessen hatte, als sie unter ihrem Schreibtisch abtauchte, um das Gerät einzuschalten.

Obwohl ihre Konzentrationsfähigkeit zu wünschen übrigließ, hatte Sophia dank ihrer neunjährigen Erfahrung bei Eulenberger & Friedrich alles im Griff. Die Firma versuchte sich mit der Vermittlung von Monteuren, Elektrikern und anderem technischen Fachpersonal von der großen Masse an Personaldienstleistern abzuheben. Als Sachbearbeiterin schrieb sie Kundendienst- und Montageaufträge, Rechnungen und Spesenabrechnungen wie im Schlaf. Und die Verwaltung der Monteur-Arbeitszeiten lief nebenbei. Alles war nach Einzugsgebieten zwischen Tanja und ihr aufgeteilt und manchmal waren die Kolleginnen aufgrund des mickrigen Arbeitspensums versucht, während der Arbeitszeit Karten zu spielen.

Erstmals war Sophia froh darüber, beruflich unterfordert zu sein. Ihrer Meinung nach konnte ein mäßig trainierter Pinguin aus dem Frankfurter Zoo ihre Aufgaben erledigen. Für eine traumatisierte Person mit viel Übung sollte es ein Kinderspiel sein.

Tanja war einer dieser Menschen, mit denen es unangenehm ist, schweigend in einem Raum zu sitzen. Sie strahlte das ständige Bedürfnis aus, sich unterhalten zu müssen. Nach dreißig Minuten, in denen sie Tanjas Blick immer wieder auf ihrem Gesicht spürte, erklärte Sophia mit einem Stapel Personalbögen und Stundennachweisen im Arm, eine Weile im Kopierraum zu tun zu haben.

Dem Kämmerchen am Ende des Flurs hatte der Architekt zweifellos die Funktion eines Abstellraumes zugedacht. Es roch nach einer Mischung aus Staub und Ozon vom Drucken. Der Anblick des Kopiermonsters mit Scanfunktion neben deckenhohen, vollgestellten Aluminiumregalen wirkte erdrückend. Hier war deutlich erkennbar, dass das Haus ursprünglich als Wohnhaus konzipiert worden war.

Auf dem hohen Beistelltisch legte sie die Dokumente ab und schob den ersten Stoß Blätter in den automatischen Einzug des Gerätes. Ohne den Unterlagen die geringste Aufmerksamkeit zu schenken, kopierte sie wahllos einen Stapel nach dem anderen und zuckte zusammen, als etwas hinter ihr rumpelte. Sophia fuhr herum, stand mit dem Rücken am Kopierer und zwang sich zu einem Lächeln. Marcel, der Azubi, war mit zwei großen Paketen Kopierpapier beladen gegen den Rahmen der offenstehenden Tür gestoßen. Sein Gesicht war rot angelaufen. Er versuchte vergeblich, den fransigen Pony seiner Emo-Frisur aus den Augen zu schnicken.

„Kann ich dir helfen?“, hörte sich Sophia mit zitternder Stimme fragen.

Dann ging alles ganz schnell. Er murmelte ein konzentriertes „Nee, geht schon“ und verpasste dem Türkeil einen beherzten Tritt mit seinen ausgeleierten Chucks.

Wilde Gedanken schossen durch Sophias Kopf. *Diese Tür steht immer offen. Was macht er bloß? Was will er von mir?* Der Junge stolperte zwei weitere Schritte in ihre Richtung. Die Finger, die das unterste Paket umklammerten, stießen an Sophias Bauch und ihr Puls beschleunigte sich. Die Schweißperlen auf seinem Nasenrücken trieben zusammen mit seinem Kaffeeatem ein eisiges Kribbeln über ihren Rücken. Erst als die Tür hinter ihm zufiel, trat er einen Schritt zurück. Sie schaute sich blitzschnell im Raum um, versuchte ihn dabei aber nie länger als den Bruchteil einer Sekunde aus den Augen zu lassen. Neben ihrem Aktenstapel stand eine große Heftmaschine auf dem Beistelltisch. Sie musste nur schnell genug sein. Marcel drehte sich um und kehrte ihr den Rücken zu.

Vielleicht verriegelt er die Tür, schoss es ihr durch den Kopf.

Überzeugt es schaffen zu können, schnappte sie sich den schweren Hefter und hielt ihn in der Hand wie einen großen Stein. Sophia überlegte, wo sie ihn am besten traf. Am Kopf oder im Gesicht? Sollte sie versuchen, ihm die Nase einzuschlagen? Sie konnte seinen Schweiß riechen, als sie den Arm hob und er neben der geschlossenen Tür in die Hocke ging. Gerade noch rechtzeitig erfasste ihr Gehirn, was hier wirklich geschah. Hinter der Tür standen die Papiervorräte. Dort befand sich das improvisierte „Papierlager" und um da ranzukommen, war es notwendig, die Tür zu schließen. Sophias Arm schnellte zurück und sie sendete ein Stoßgebet gen Himmel. Marcel durfte nicht bemerkt haben, dass sie ihn um ein Haar erschlagen hätte. Wie zur Salzsäule erstarrt stand sie da, als er die Tür öffnete und sie mit dem Keil feststellte. Er zog seine hellgrauen Cargoshorts am Gürtel zurecht, strich etwas unbeholfen das karierte Hemd glatt und sah Sophia an. Seine Augen weiteten sich.

„Alles okay, Sophia? Du siehst aus, als hättest du einen Geist gesehen."

Beschwichtigend hob sie die Hand, legte das schwere Gerät weg und schob sich an ihm vorbei durch die Tür.

„Mir ist ein bisschen schlecht", war alles, was sie herausbrachte, bevor sie in der Toilette gegenüber verschwand.

***

Ein Termin mit einem interessierten Bauunternehmer und der Geschäftsleitung hatte sich unangenehm in die Länge gezogen und Sophias Feierabend um drei Stunden verschoben. Kurz vor Ladenschluss erledigte sie die nötigsten Einkäufe im Gewerbegebiet, nicht weit vom Büro. Sie hechtete durch den riesigen Supermarkt und besorgte in der Tierhandlung Pucks Lieblingsfutter. Auf dem Nachhauseweg hatte die Dämmerung bereits eingesetzt.

Sie vermied es, nach Einbruch der Dunkelheit unterwegs zu sein. Die Parkplätze an der Straße waren fast alle besetzt, die Bürgersteige wie leergefegt. Doch das Glück war auf ihrer Seite, denn ihr Parkplatz war noch frei. Oft genug parkte hier gegen Abend bereits ein anderer Wagen. Noch immer gab es kein Schild, das den Platz als ihren kennzeichnete. Selbst dazu war die Hausverwaltung bisher nicht imstande gewesen.

Beim Aussteigen blieb ihr Blick an einem schwarzen Mercedes-Transporter auf der anderen Straßenseite hängen. Sophia glaubte, dass sich hinter der dunklen Frontscheibe etwas bewegt hatte. Und tatsächlich schwangen die Spielwürfel aus hellem Plüsch am Rückspiegel hin und her. Bepackt mit den Einkaufstüten stapfte sie zur Haustür. Dieses Auto parkte ständig an diesem Platz, noch nie hatte sie jemanden ein- oder aussteigen sehen. Kurz zog Sophia in Betracht, die Nachbarn bei Gelegenheit danach zu fragen. Vielleicht würde sie sich besser fühlen, wenn sie ein paar Leute kennenlernte und dadurch einen Überblick gewann. Doch allein bei dem Gedanken sträubte sich etwas in ihr. Es mochte an ihrem Misstrauen liegen, doch diese Leute waren ihr nicht geheuer.

Frau Scholz im Erdgeschoss war sehr verschlossen. Bisher hatte Sophia die alte Dame, die für gewöhnlich Kittelschürzen mit markanten Blumenmustern trug, oft hinter den Vorhängen ihres Küchenfensters gesehen. Nur drei- oder viermal war sie ihr mit dem Gehstock an den Mülltonnen oder im Treppenhaus begegnet. Doch allen Versuchen zu grüßen, war die Frau geschickt ausgewichen. Ein stummes Senken ihres weißhaarigen Kopfes als Bestätigung der Geste war bisher die einzige Reaktion geblieben. Maria und Marco Huber in der Mitte waren nicht viel älter als Sophia und als berufstätige Eltern sehr beschäftigt. Doch bis auf Erik, den kleinen Sohn der Hubers, begegnete ihr keiner von ihnen freundlich. Jetzt schob sich Sophia mit den vollgestopften Plastiktüten durch das enge Treppenhaus. Oben angekommen, stockte ihr der Atem. Auf dem letzten Absatz der Treppe blieb sie stehen und hörte, wie ihre Einkäufe zu Boden fielen. Wie versteinert stand sie da, bis es im Treppenhaus dunkel wurde. Mit kaltem Schweiß auf der Stirn und einem lauten Rauschen in den Ohren zwang sie sich, einen Schritt nach vorn zu machen, um den Bewegungsmelder erneut auszulösen. Es wurde hell und sie sah, dass es keine Einbildung gewesen war. Die Tür zu ihrer Wohnung stand offen. Drinnen war es dunkel.

Kapitel 4

„Hey! Zeit für nen Kaffee?"

Verwundert über Philipps gute Laune, zog Joey die Augenbrauen hoch, bevor sie ihn mit einer einladenden Geste ins Schwesternzimmer winkte.

Philipp atmete den Geruch des frischgebrühten Kaffees ein und setzte sich mit der Tasse in der Hand an den Tisch. Dann sprudelten die Worte nur so aus ihm heraus.

„Ich bin echt neugierig. Es stand nicht mal was in den Zeitungen. Egal, was zu Frau Konrads Einlieferung geführt hat, es hat zumindest in der Öffentlichkeit nicht das geringste Aufsehen erregt. Am Freitag fahre ich nach Dienstschluss mit Dennis zu ihrer alten Wohnung. Mal sehen, was die Nachbarn dazu sagen. Mit dem Professor sollten wir wohl nicht mehr sprechen, der denkt sonst noch, wir wären nicht ausgelastet in unserem Job", gluckste Philipp.

Joeys Lächeln wirkte erzwungen. „Ich komm mit."

Philipp war irritiert.

„Jetzt guck nicht so überrascht. Ich will doch auch wissen, was da im Busch ist."

Erst jetzt bemerkte Philipp ihre rotunterlaufenen Augen. Joey sah aus, als habe sie die halbe Nacht durchgeweint. Er war so auf Sophia Konrads Geschichte konzentriert gewesen, dass er zuerst nicht bemerkt hatte, wie niedergeschlagen Joey war.

„Was hast du?", fragte er etwas unbeholfen.

Sie zögerte einen Moment. Als sich ihre Augen mit Tränen füllten, schluckte Philipp trocken. Joey entfuhr ein leises Schluchzen und die erste Träne lief über ihre Wange. Er ging zur Küchenzeile, an der sie lehnte, und nahm sie in den Arm.

„War gestern Abend etwas zwischen Mala und dir?"

Joey nickte und lehnte ihren Kopf an seine Schulter. Ein paar holprige Atemzüge später löste sie sich aus seiner Umarmung.

„Alles war eigentlich wunderschön. Mala hat mitten im Wohnzimmer, direkt am Kamin, eine große Decke ausgebreitet und ein schönes Picknick für uns vorbereitet. Richtig romantisch. Bis sie diese blöde Adoptionsbroschüre rausgeholt hat. Kannst du dir das vorstellen? An unserem Jahrestag. Was denkt die denn? Sie weiß ganz genau, dass wir bei dem Thema jedes Mal Streit bekommen."

Dicke Tränen rollten über Joeys Gesicht. In diesem Moment konnte Philipp nichts von ihrer Lebensfreude und ihrem fröhlichen Charakter ausmachen. Das war nicht seine Joey und es schmerzte ihn, sie so zu sehen. Sie wischte die Tränen mit einem Taschentuch weg und schnäuzte sich.

„Das hat doch alles keinen Zweck. Sie war mit mir bei diesen ganzen Kinderwunschzentren. Alle haben uns abgelehnt. Vielleicht hatte ich meine Chance und sollte jetzt einfach aufgeben."

Sie lehnte sich wieder an ihn und seufzte.

„Also was ihre Idee zu adoptieren angeht, kann ich ja mal mit ihr reden", versuchte es Philipp vorsichtig. „Vielleicht ist ihr gar nicht klar, wie wichtig dir das schon immer war, irgendwann schwanger zu sein." Er zwickte ihr liebevoll in die Nase und fügte lächelnd hinzu: „Ich könnte ihr erzählen, wie du dir im Kindergarten Kissen unter deinen Pulli geschoben hast, um mich zu zwingen, Mutter-Vater-Kind mit dir zu spielen."

Joey erwiderte sein Lächeln und wischte schulterzuckend die letzten Tränen weg.

„So gefällst du mir schon besser. Was diese Regenbogenfamilienzentren angeht, solltest du aber vielleicht auch ein bisschen nachgeben."

Joeys Zeigefinger schnellte in die Luft. „Vorsicht!"

Philipp hob beide Hände. „Meine persönliche Meinung."

„Ich weiß nicht. Lass mich mal darüber nachdenken. Vielleicht ist die Idee gar nicht so schlecht. Aber ich muss mich jetzt echt zusammenreißen."

***

Obwohl es nicht seine Art war, freute sich Philipp ein wenig über den plötzlichen Migräneanfall der Stationsschwester. Dem Hausdrachen Hildenberg musste es wirklich schlecht gegangen sein, freiwillig hätte sie ihm niemals die Verantwortung für die Station überlassen. Zumal für den Nachmittag eine Einlieferung angekündigt war, diese waren immer Chefsache.

Über eine Akte gebeugt saß Philipp im Schwesternzimmer und kratzte sich am Kopf. Ein Patient hatte ihn für ein Gespräch in sein Zimmer gebeten und sich über Schweißausbrüche und innere Unruhe beklagt. Da der Mann stark zitterte, hatte Philipp beschlossen, ihm eine kleine Dosis des gewohnten Beruhigungsmittels zu verabreichen. Obwohl diese durchaus übliche Maßnahme von Philipp akribisch in der Akte des Patienten dokumentiert wurde, war ihm bewusst, dass der Drache deshalb am nächsten Morgen Feuer spucken würde.

Er legte den Kugelschreiber zur Seite und zuckte zusammen, als die schrille Klingel der Eingangsschleuse ertönte. Die angekündigte Patientin war ihm bekannt und die zerbrechliche Stimme am anderen Ende der Gegensprechanlage machte ihn traurig. Übelkeit stieg in ihm auf, als er auf den Türöffner drückte und sich zur inneren Schleuse am Ende des langen Flurs begab. Nur das klirrende Geräusch des Schlüsselbunds an seinem Gürtel begleitete ihn auf dem Weg. Mit der Chipkarte öffnete er die Schiebetür, und damit den Zugang zur geschlossenen Entzugsstation für ein junges Mädchen, das an diesem Ort nichts verloren haben sollte. *Noch so ein junges Ding.* Wieder zogen ihn seine Gedanken in die eigene Vergangenheit, doch er versuchte seine Gefühle wegzuschieben. Für diese Patientin gab es bestimmt noch Hoffnung. Sie würde nicht enden wie seine leibliche Mutter. Er würde alles geben, es zu verhindern.

Er nahm Alana Schickbart auf. Die Sechzehnjährige war vor knapp drei Monaten, kurz nachdem Philipp in der Klinik angefangen hatte, zum ersten Mal in den Entzug gekommen. Davor hatte sie allabendlich mit einer Kifferbande auf einem Spielplatz nicht weit von ihrem Elternhaus ihre Zeit verbracht. Als ihr das Geld für Alkohol und Drogen ausgegangen war, sie aber weiterhin dazugehören wollte, war Alana ‚kreativ' geworden. Statt ihre Eltern zu bestehlen, hatte sich das Mädchen überlegt, denen etwas wegzunehmen, die ohnehin genug Geld hatten. Sie schaute sich auf Verkaufsplattformen im Internet nach Nutzern um, die möglichst teure Gegenstände verkauften. Wenn man gerade eine unsagbar teure Uhr verkauft hatte, würde man einen kleinen Verlust verschmerzen können. Soweit ihre damalige Robin Hood-Theorie. Ihr Freund Mike kannte sich bestens aus. Er hatte schon oft von dieser Masche erzählt und ihr sofort geholfen, die jeweiligen Verkaufskonten zu knacken, um Gegenstände anzubieten, die es in Wirklichkeit nicht gab. Es war nicht um viel Geld gegangen und Alana war bereits beim ersten Mal erwischt worden. Ihre Eltern hatten bestürzt reagiert. Dank ihrer gesteigerten Aufmerksamkeit hatten sie bis dato nichts vom Drogenkonsum ihrer Tochter geahnt. Sie wussten lediglich, dass Alana rauchte und hielten dies für eine Jugendsünde, die sich mit wachsender Vernunft in Luft auflösen würde. Der Richter bot dem Mädchen damals einen Entzug anstelle einer möglichen Haftstrafe im Jugendknast an und ihre Eltern willigten sofort ein. Die Krankenkasse zahlte den zweiwöchigen Entzug. Nicht genug Zeit für ein junges Mädchen, um Abstand von den falschen Freunden zu nehmen. Im Gegensatz zu ihnen hatte Alana hier drin echte Junkies kennengelernt. Menschen, die ihr erklärten, was das richtig gute Zeug war. Patienten, die wahre Abgründe bereits erreicht und zum Teil überschritten hatten. Die sich auskannten und ihr sogar erzählen konnten, wie und wo man am besten an die Drogen kam. Philipp war sicher, dass sie bei solchen Gesprächen aussparten, was man für diese Drogen tun musste, wenn einem das Geld ausging.

Die Schleuse fuhr zur Seite. Alanas lange braune Haare waren nicht so ordentlich gekämmt wie bei ihrem ersten Entzug. Sie sahen verknotet aus und das Mädchen hatte sie unachtsam zu einem Zopf zusammengebunden. Ein wenig schuldbewusst verzog sie den Mund.

„Hey Phil!“

Als er ihr wortlos die Tasche abnahm, machte sie mit gesenktem Kopf einen großen Schritt nach vorne und die Schiebetür schloss sich hinter ihr.

„Sorry! Ich weiß, dass ich dir versprochen habe, mich hier nicht mehr blicken zu lassen. Aber du musst dir keine Sorgen machen, mir geht’s gut.“

Sie lächelte gezwungen.

Philipp schüttelte mit zusammengekniffenen Lippen den Kopf und fuhr zu ihr herum. „Wenn es dir gut ginge, würdest du jetzt mit deinen Eltern beim Mittagessen sitzen und nicht hier vor mir stehen, und das weißt du auch."

Im Untersuchungsraum entnahm er ihr eine Blutprobe und forderte eine weibliche Schwester von einer anderen Station an, die Alana von Kopf bis Fuß durchsuchte, bevor sie ihr Zimmer bezog.

***

In seiner kurzen Arbeitspause am späten Nachmittag hatte Philipp an der Imbissbude eine Currywurst gegessen und sich anschließend zwei Stunden ins Bett gelegt. Danach blieb ihm nur noch Zeit für eine schnelle Dusche, bevor er sich auf den Weg zu seiner Extra-Nachtschicht machen musste. Am frühen Abend betrat er die Klinik und blieb an der Glasscheibe neben dem Haupteingang stehen, um den bulligen Wachmann zu begrüßen.

„Hey Butch, wie geht's denn heute? Haste diese Woche wieder ne Ausrede, weshalb du die alten Knochen und den faltigen Arsch nicht bewegen kannst? Oder darf ich dich am Samstag im Court richtig abziehen?"

Arno Metzger hatte mit einem düsteren Gesichtsausdruck hinter der Scheibe gesessen und war in seine Tageszeitung vertieft. Er wurde nicht oft direkt angesprochen und wenn, dann nicht mit diesem Spitznamen. Hier nannte ihn nur einer so, seine Gesichtszüge hellten sich auf.

Der bis zu den Fingern tätowierte Mittfünfziger hatte Philipp nach seinem ersten Arbeitstag auf ein Bier eingeladen. Diese Einladung hatte Philipp nicht ablehnen können. Nachdem er seine Vorgesetzte kennengelernt hatte, war ein Drink bitter nötig gewesen.

In der Lohrberg-Schänke direkt neben dem Klinikgelände hatten die ungleichen Männer an einem der urigen Holztische gesessen. Von einem Gesprächsthema waren sie zum nächsten gekommen.

Philipp erzählte von Melanie, seinem gescheiterten Leben in München und nach dem dritten Bier sogar von seinem verstorbenen Vater. Es war ihm sofort leichtgefallen, sich dem breitschultrigen Mann mit dem kahlgeschorenen Schädel und dem graumelierten Schnauzbart anzuvertrauen. Vielleicht nicht zuletzt, weil ihm auch im Alter von dreißig Jahren noch die Vaterfigur in seinem Leben fehlte.

Obwohl Philipps Familie aus Frankfurt stammte und er in der Region aufgewachsen war, musste er sich zuerst anstrengen, Metzgers in starkem Frankfurter Akzent vorgetragene Anekdoten zu verstehen. Arno klärte ihn über so manche schräge Schwester in der Klinik auf und über den einen oder anderen Arzt, der seiner Meinung nach regelmäßig ein Näschen zu viel durchzog. Er erzählte von seiner Jugend, dem Beinahe-Absturz ins Frankfurter Drogenmilieu und der gescheiterten Ehe zu seiner großen Liebe Madeleine. Sie war Tänzerin in einer der Frankfurter Bars gewesen, in denen nur männliches Publikum erlaubt war. An diesem Abend hatte Philipp auch den Spitznamen des schroffen Frankfurters erfahren, der trotz seiner kühlen Art, ein großes Herz zu haben schien.

„Hee hee hee, ned so fresch! Isch werr disch am Samsdach richtisch ausenanner nemme. Du hast e zimmlisch groß Klapp ferr en mittelmäßische Squashspieler. Isch hab geheert, du bist heut maa widder bei de beese Bube. Nachtschicht, mit der Fröhlischen."

Butch steckte alle Mitarbeiter in kleine Schubladen und hatte für jeden einen Spitznamen. Dass Josephine Fröhlich ihrem Namen meistens alle Ehre machte, passte ausgesprochen gut in sein Konzept.

„Ja, ich hab zwar kaum geschlafen und Joey wohl auch nicht, weil wir heute Morgen beide schon hier waren, aber ich freu mich trotzdem auf die Schicht." Philipp drehte sich auf dem Weg zum Treppenhaus noch einmal um und rief: „Ich wünsch dir ne angenehme Nachtschicht. Wenn's später ruhig ist, bring ich dir nen Kaffee runter."

Von Weitem sah er, wie Butch den Daumen hob. „Isch zähl uff disch, Klaaner", rief Metzger durch die Löcher der Sprechanlage.

Nach der Übergabe war es Zeit für das Abendessen. Während Joey auf der Besteckliste jedes Messer und jede Gabel, die sie an die Patienten ausgab, sorgfältig notierte, machte sich Philipp auf den Weg zur Eingangsschleuse. Hinter der ersten Schiebetür stand der silberne Rollcontainer aus der Küche bereit. Darin fand man abends für gewöhnlich Wurst- und Käseplatten, Butter, manchmal hartgekochte Eier und ein wenig aufgeschnittene Rohkost. Der Brotkorb auf dem Container war mit einem Küchentuch abgedeckt, und Philipp musste ihn mit einer Hand festhalten, um das wacklige Konstrukt sicher über die Schiene der Glastür zu bugsieren. Das Abendessen verlief ruhig und Philipp hatte erstmals den Eindruck, dass es im geschlossenen Entzug mehr Probleme und Zwischenfälle zu geben schien als in der Forensik. Was möglicherweise daran lag, dass die Patienten hier zum größten Teil nicht nur einige Monate, sondern viele Jahre eingesperrt waren. Wenn man hier erst einmal drin war, wegen einer Straftat verurteilt und vor Gericht für ‚Schuldunfähig zum Zeitpunkt der Tat' befunden, kam man so einfach nicht mehr raus. Die Verantwortung lag dann bei den Ärzten, und welcher Arzt würde gerne einen Straftäter für geheilt erklären, um dann verantwortlich zu sein, wenn er auf freiem Fuß wieder straffällig wurde?

Nach der Rücknahme des Essbestecks und der Medikamentenausgabe hatten die Patienten wie an jedem Abend noch ein wenig Zeit zur freien Verfügung. Die meisten verbrachten diese für gewöhnlich vor dem Fernseher im Aufenthaltsraum. Als der nötige Papierkram erledigt war, wollte Philipp die Gelegenheit nutzen, um noch einmal mit Sophia Konrad zu sprechen. Er atmete tief durch und betrat den Aufenthaltsraum. Sophia saß mit einem Buch in der Hand in einem großen Sessel am Fenster. Sie wirkte wesentlich ruhiger als am Vortag, fast schon entspannt. Als Philipp näherkam, legte sie das Buch zur Seite.

„Hallo, Herr Lehmann."

Philipp zog einen Sessel heran und setzte sich ihr gegenüber. „Wie geht es Ihnen heute? Sie sehen müde aus."

Sophia drehte den Kopf und blickte aus dem Fenster in die Dämmerung, doch sie antwortete nicht. Nach einer Weile sah sie ihm direkt in die Augen.

„Können wir uns duzen?"

Etwas verlegen senkte sie den Blick. Sie atmete tief ein, nahm scheinbar ihren Mut zusammen und schaute wieder auf. „Ich weiß, das ist unüblich hier. Aber irgendwie fühlt es sich merkwürdig an, Sie zu siezen."

Obwohl es in der Psychiatrie strikte Regeln gab, die Philipp für gewöhnlich befolgte, konnte er nicht anders und nickte ihr zu.

„Können wir machen. Das muss aber unter uns bleiben, denn das ist nicht nur unüblich, sondern eigentlich verboten."

„Bist du schon lange Frau Fröhlichs bester Freund?"

Ihr Lächeln war wunderschön. Und es war ehrlich. Es drängte die dunklen Ränder unter ihren Augen in den Hintergrund. Auch die Narbe sah bei Weitem nicht so gravierend aus, wie Philipp sie am Vortag empfunden hatte.

„Das hat sie dir erzählt?" Philipp grinste. „Ja, wir kennen uns schon seit dem Kindergarten."

„Sie hat mir auch erzählt, dass du noch nicht lange hier arbeitest und Springer zwischen den Stationen bist. Naja, vielleicht hab ich sie auch ein bisschen ausgefragt. Was hast du denn vorher gemacht?"

Sophias Wangen röteten sich leicht. Sie beäugte ihn aufmerksam.

Seine Antwort kam etwas zögerlich. „Bis vor einigen Monaten habe ich noch in München gelebt und gearbeitet."

Sophia machte große Augen.

„Oh, München. Da muss es schön sein. Da war ich noch nie. Wollte aber schon immer mal hin. Wieso bist du ausgerechnet nach Frankfurt gekommen?" Sie räusperte sich etwas verlegen. „Also, wenn ich das fragen darf. Ich bin manchmal etwas zu neugierig." Wieder umspielte ein kleines Lächeln ihre Lippen.

Sophia schien den Ort, an dem sie sich befand, auszublenden. Alles um sie herum war nebensächlich. Eine Unterhaltung dieser Art musste für sie auch aus therapeutischer Sicht von Vorteil sein. Darum war Philipp entschlossen, sich so viel Zeit wie möglich zu nehmen. Er schaute sich im Raum um. Einige Patienten saßen auf einem Sofa etwas weiter hinten. Hier und da gab es leise Unterhaltungen. Alles schien in bester Ordnung zu sein, und niemanden würde es stören, wenn die offizielle Schlafenszeit ein wenig nach hinten geschoben wurde.

An Sophia gewandt, begann er zu erzählen. „Ich komme aus Frankfurt und bin vor ein paar Jahren wegen meiner Ex-Freundin nach München gegangen. Nach der Beziehung gab es keinen Grund mehr, dort zu bleiben."

Sophia zog die Augenbrauen zusammen. „Oh, ich verstehe."

Philipp fühlte sich ertappt. Er hatte nicht geplant, Sophia direkt von seiner gescheiterten Beziehung zu erzählen. Es war leicht, mit ihr zu sprechen. Es fühlte sich normal an. Doch er war wegen ihr als Patientin hier. „Ich habe mitbekommen, dass du nicht gerne über dich selbst sprichst. Ich will dich auch gar nicht dazu drängen. Aber ich hab dir etwas mitgebracht."

Aus einer Stofftasche, die er neben seinem Sessel abgelegt hatte, zog Philipp ein grünes Buch. Er streckte den Arm aus und Sophia nahm das Büchlein mit dem Miniaturschloss am Rand zögerlich entgegen.

„Vielen meiner Münchner Patienten hat es geholfen, Tagebuch zu schreiben. Du kannst es in dem kleinen Tresor in deinem Kleiderschrank einschließen. Es wird keiner außer dir lesen, wenn du es nicht möchtest. Vielleicht hilft es dir. Du kannst reinschreiben, was dich hierhergebracht hat, was dich im Leben berührt oder auch ganz einfach, wer und was dich hier drin so richtig ankotzt."

„Danke, Philipp."

Ihre Blicke trafen sich und hielten einander fest, als wäre ein kleiner Verschlussmechanismus zwischen ihnen eingerastet. Die grüne Iris ihrer Augen war tief und klar, ehrlich und voller Leben. Stillschweigend saßen sie einander gegenüber, bis Philipp ein Gefühl überkam, das er noch nie in Gegenwart eines Patienten hatte. Er fühlte ein Kribbeln in der Magengegend, als sein Blick ihre wunderschönen Augen losließ und wie von selbst zu ihrem Hals wanderte. An der dünnen Silberkette entlang hangelten sich seine Augen zu dem Rosenanhänger und damit in Richtung ihres Dekolletees. Er bemerkte, dass seine Wangen heiß wurden, stand auf und drehte sich von ihr weg.

Er wollte gerade die Schlafenszeit für alle Patienten verkünden, als hinter Sophias Sessel plötzlich einer der anderen Patienten auftauchte. Der Mann beugte sich in ihre Richtung und legte Sophia unvermittelt eine Hand auf die Schulter. Sie zuckte zusammen, fuhr augenblicklich herum, sprang auf und schlug nach dem Mann. Zeitgleich mit den blinden Schlägen, die sie verteilte, erfüllten ihre panischen Schreie den Raum. Ehe Philipp erfassen konnte, was geschah, stolperte der Mann und zog Sophia im Fallen mit sich. Philipp schlug auf den Notfallknopf an seinem Funkgerät. Mit dem ausgelösten Alarm wurden alle aktiven Notfallpiepser des Krankenhauses angesteuert.

Die beiden Patienten lagen auf dem Boden und fuchtelten wild mit den Armen. Mit jedem Atemzug wurde Sophias Kreischen hysterischer. Der Mann robbte rückwärts über den Boden und versuchte, sich von der jungen Frau zu entfernen. Doch Sophia folgte ihm auf allen vieren und schlug weiter auf ihn ein.

Philipp näherte sich ihr und wollte sie an den Armen packen. In ruhiger Tonlage sprach er auf sie ein, doch als er nahe genug war, kassierte auch er einen überraschend kraftvollen Fausthieb. Der stechende Schmerz über seinem Auge breitete sich wie ein kleines Feuer in seinem Gesicht aus. Er rief erneut ihren Namen. Mit aufgerissenen Augen verteilte sie weitere Schläge und schien dabei nicht einmal ihre eigenen Schreie wahrzunehmen. Auch wenn es unvernünftig war, wollte er noch einmal dazwischen gehen, als er hinter sich Schritte hörte. Er drehte sich auf Knien sitzend um und sah das ihm bekannte Szenario. Auf ihn zugelaufen kamen fünf Männer in einer Pyramidenformation. An vorderster Stelle ging Doktor Sahin, der Stationsarzt, der praktisch immer im Dienst war, wenn Professor Albrecht frei hatte. Dicht hinter ihm folgten vier Pfleger mit ernster Miene.

Philipp hob zuerst die Hände. „Nein, nicht. Das muss ein Missverständnis sein.“

Doch der tadelnde Blick des Arztes brachte ihn augenblicklich zum Schweigen. Er stand vom Boden auf und machte einen Schritt zur Seite, um den Männern aus dem Weg zu gehen. Während Sahin mit Sophia sprach, bekamen die vier Pfleger, die um sich schlagende Frau mit geübten Handgriffen zu fassen. Joey ließ den Kopf hängen, als sie die Rollbahre zu ihnen schob. An ihrem Gesichtsausdruck erkannte Philipp, dass sie auch nicht glauben konnte, was hier geschah. Der Arzt setzte Sophia die Injektion und sie wurde auf der Bahre festgeschnallt. Es versetzte Philipp einen Stich, zu sehen, wie die eben noch so zuversichtliche Frau im Dämmerzustand weggeschoben wurde. Seine Hand fuhr zu dem schmerzenden Auge.

Während Joey wenig später die kleine Platzwunde versorgte, erzählte Philipp, was passiert war. Es hatte sich herausgestellt, dass Peter, der Patient, der Sophias Schulter berührt hatte, sie lediglich um eine der Zeitschriften auf dem Beistelltisch vor ihr bitten wollte. Keiner konnte sich ihre Reaktion erklären. Sicher war nur, dass Sophia die Nacht in der B-Zelle verbringen würde. Das hatte Professor Albrecht angeordnet, der in solchen Fällen immer von seinem Vertreter kontaktiert wurde.

Bei der ersten nächtlichen Kontrollrunde stieg bitterer Magensaft in Philipps Hals auf. Er versuchte, die Übelkeit hinunterzuschlucken, als er den kurzen Korridor zu den besonders gesicherten Hafträumen entlang lief. Das Summen der Schleusentür hinter ihm verstummte und er hörte Karl Breuers Wimmern und Klagerufe. Seine weinerliche Stimme veränderte sich zu einem aggressiven Schrei, als er warnte: *„Ihr werdet alle verrecken. Hättet ihr es mich mal rausholen lassen. Jetzt werdet ihr alle verrecken!“*

Dieser Korridor war die reinste Hölle. Philipp war sicher, dass Sophia ihren Zellennachbarn ebenfalls hören konnte. Die drei B-Zellen auf der Station waren normalerweise leer. Es kam selten vor, dass Patienten isoliert werden mussten und eigentlich nie, dass es zwei zur selben Zeit betraf.

Philipp durchfuhr ein kalter Schauder, als er durch das kleine Fenster in der schweren Eisentür blickte und sah, wie Sophia ihn anschaute und zu zappeln begann. Als er die Zelle betrat, zitterte sie am ganzen Körper.

„Oh mein Gott, was willst du?“ Ihre Stimme klang schrill.

„Nur nach dir sehen. Beruhige dich. Alles ist gut.“

Mit erhobenen Händen, als wolle er einen bewaffneten Bankräuber beschwichtigen, kam er ihrem Bett langsam näher. Mit aller Kraft riss sie an den Gurten und wackelte mit den festgebundenen Beinen, während ihr Tränen über das Gesicht liefen. Ihr Kopf war rot und ihre Haut bis zum Hals mit Stresspusteln bedeckt. An ihren Hand- und Fußgelenken hatte sie dunkelrote Abschürfungen. Der Gedanke, wie sehr sie sich in der kurzen Zeit gegen die Fixierung gewehrt haben musste, schockierte Philipp noch mehr.

„Nichts ist gut. Sonst wäre ich wohl nicht festgebunden. Mach mich los. Du musst mich losmachen. Ich brauche meine Hände.

Wenn ich festgebunden bin, kann ich mich nicht wehren, wenn …", schluchzte sie und hielt kurz still, doch als er noch einen Schritt auf sie zu machte, zappelte sie wieder wie ein frisch gefangener Fisch.

„Sophia, hör mir zu", begann Philipp mit fester Stimme. „Dir wird hier niemand etwas tun. Du hattest Panik und hast um dich geschlagen." Als sie ihn ansah, zeigte er auf seine Platzwunde. „Doktor Sahin hat dich fixiert, damit du dich und andere nicht verletzen kannst. Aus keinem anderen Grund."

Sophia hörte auf zu zappeln. „Ich? Mich verletzten? Das ist doch ein Scherz, oder? Wenn ich mich hätte umbringen wollen, hätte ich das sicher bereits getan, bevor ich hierhergebracht wurde."

Dann wendete sie sich von Philipps fragendem Blick ab und starrte die Wand an. Philipp atmete auf. Zumindest hatte sie keine Angst mehr vor ihm.

„In zwei Stunden machen wir den nächsten Kontrollgang. Möchtest du lieber, dass Joey nach dir sieht?"

„Mir egal, ist schon in Ordnung." Sie blickte ihn aus rotgeschwollenen Augen an. „War ich das mit deinem Auge wirklich?"

Philipp nickte.

„Das tut mir leid. Ich hab wohl echt die Kontrolle verloren."

Eine weitere Träne kullerte über die Narbe auf ihrer Wange und sie drehte das Gesicht wieder zur Wand. Philipp versorgte ihre Hand- und Fußgelenke mit Wundsalbe und gab ihr noch ein leichtes Beruhigungsmittel, das sie ohne zu zögern schluckte.

Als er in dieser Nacht zum zweiten Mal nach ihr sah, war sie eingeschlafen und auch Karls Gebrüll war endlich verstummt.

Später fand Philipp im Aufenthaltsraum das grüne Notizbuch, das er Sophia am Abend geschenkt hatte und legte es vor dem Schichtwechsel auf ihr Bett. Sobald Professor Albrecht am Morgen nach ihr sehen und sie aus der Isolationshaft entlassen würde, würde sie das Buch finden. Philipp hoffte sehr, dass ihr das Schreiben ein wenig Trost spendete.

Kapitel 5

Vor der Einweisung

Langsam schob Sophia die Wohnungstür ganz auf. Die Türklinke rutschte durch ihre feuchte Handfläche. Das Schwarz schien sie zu verschlucken. Durch das Licht im Treppenhaus hatten ihre Augen keine Chance, sich auf die Dunkelheit einzustellen. Sophia wurde bewusst, dass ein Angreifer für sie unsichtbar wäre. Sie hingegen war mit der Beleuchtung im Rücken gut zu sehen. Ein Knall ertönte, gefolgt von einem ohrenbetäubenden Klirren. Sie fuhr herum. Eine der Einkaufstüten war umgekippt und die Glasflasche mit dem Essig, den sie zum Fensterputzen gekauft hatte, herausgefallen. Die Flasche war an der Wand zerschellt und das helle Geräusch war wieder verstummt. Sophia hörte nur noch das Trommeln ihres Pulsschlags gepaart mit dem Rauschen, das an schlechten Radioempfang erinnerte. Das Rauschen kannte sie, das war ihre Panik. Mit einer ruckartigen Bewegung wendete sie sich wieder der Dunkelheit im Inneren der Wohnung zu. Sie beugte sich in den Flur und tastete nach dem Lichtschalter neben der Tür. Wie festgewachsen auf der Türschwelle, bewegten sich ihre Füße nicht vom Fleck. Sie streckte sich und berührte den Schalter schließlich mit den Fingerspitzen. Es wurde hell. Entgegen ihrer Erwartung stand niemand vor ihr. Mit drei schnellen Schritten huschte sie in die Küche, riss die Schublade auf und schnappte sich das Kochmesser mit dem massiven Wurzelholzgriff. Den Flur entlang schleichend, betätigte sie jeden Lichtschalter, den sie passierte. Sie warf einen Blick ins Badezimmer, trat mit wackligen Beinen ein und sah hinter der Tür nach. Nichts! Im Eingang des Wohnzimmers schaltete sie, das Messer vor ihrem Körper ausgestreckt, ebenfalls das Licht ein. Das vom Rauschen begleitete Pochen in ihren Ohren schwoll weiter an, weshalb ihre Augen noch aufmerksamer sein mussten. Sie achtete auf eine Bewegung im Raum, einen Schatten auf dem Boden, konnte aber nichts dergleichen wahrnehmen. Bedacht darauf, selbst keine Geräusche zu machen, ging sie in die Hocke und tastete vorsichtig den Boden ab, den Blick weiter geradeaus gerichtet. In der neuen Wohnung gab es noch keinen Telefontisch, weshalb Router und Station behelfsmäßig vor der Anschlussdose standen. Sobald sie das tragbare Gerät zu greifen bekam, drückte sie auf den Knopf und war erleichtert, ein Freizeichen zu hören. Mit leisen Schritten bewegte sie sich rückwärts in den Flur zurück, blieb neben der Wohnzimmertür stehen und lehnte sich an die Wand.

Sie wollte die Nummer der Polizei wählen, erinnerte sich aber mit verzerrtem Gesicht an den Vorfall vor einer Woche. Die abschätzigen Blicke der beiden Polizisten, die sie in ihre Wohnung begleitet hatten, würde sie niemals vergessen. Von der Straße aus hatte sie Licht im Fenster gesehen und war daher von einem Einbruch überzeugt gewesen. Das eigentlich Tragische an der Sache war, dass es sich bei der Aktion nicht um den ersten Fehlalarm dieser Art gehandelt hatte. Bald würde ihr niemand mehr glauben. Darum wählte ihr zitternder Daumen jetzt statt der 110 die Nummer ihrer Eltern und legte sofort wieder auf. Den Daumen auf der Wahlwiederholungstaste hielt sie das Telefon fest umklammert. Die Finger der anderen Hand schlossen sich so fest um das Küchenmesser, dass die Haut über den Knöcheln spannte. Obwohl das Messer zitterte, hatte Sophia keinen Zweifel zustechen zu können, wenn es nötig wäre. Vorsichtig spähte sie in das Zimmer. Die Balkontür war geschlossen. Sie schob sich an der Schrankwand, die das Wohnzimmer vom Schlafbereich trennte, in den Raum und sah um die Ecke. Ihr Blick wanderte über den grünen Zweisitzer zum Schlafbereich dahinter. Als dort auch niemanden war, wurde das Rauschen leiser. Mit ruckartigen Bewegungen schaute sie unter das Bett, legte das Telefon aus der Hand und spannte den Arm mit dem Messer fest an, während sie die Türen des großen Kleiderschranks aufriss. Als sie schließlich überzeugt war, allein zu sein, sank sie auf dem Bett zusammen und griff erneut zum Telefon.

Ein lauter Knall, und das Rauschen in ihren Ohren war wieder da. Der Lärm war von der zuschlagenden Wohnungstür gekommen. Mit vorgehaltenem Messer sprang Sophia auf und rannte zum Eingang des Zimmers zurück. Der Flur war leer. Zuerst dachte sie an einen Windzug, wunderte sich dann jedoch, woher der bei geschlossenen Fenstern gekommen sein sollte. Wie einer der Polizisten in Krimiserien kontrollierte sie mit dem vorgehaltenen Küchenmesser erneut alle Zimmer. In der Nähe der Eingangstür fand sie ihre Handtasche auf dem Boden, ließ sich auf die Knie fallen und wühlte auf der Suche nach ihrem Schlüssel wie wild darin herum. Erst als sie sich etwas gerader aufsetzte, bemerkte sie einen Gegenstand in der hinteren Tasche ihrer Jeans. Mit den Einkaufstaschen beladen, hatte sie den Schlüsselbund in die Hosentasche gesteckt, nachdem sie die Haustür aufgeschlossen hatte. Endlich kam sie wackelig auf die Beine und schloss die Tür zweimal ab. Der Schlüssel blieb, wie immer, im Schließzylinder stecken. Mit dem Rücken an die Wand gelehnt sank sie zu Boden. Ihr Schluchzen ließ sie zusammenzucken in der Stille, die sie mit Haut und Haaren verschlang.

***

Es war bereits hell, als sie die Augen öffnete. Vor dem bodentiefen Dachgiebelfenster im Wohnzimmer hatte sie keine Vorhänge angebracht und auch durch das Küchenfenster auf der Sonnenseite drangen die ersten Strahlen. Sie schälte sich aus der, fest um ihren Körper gewickelten Bettdecke und ein gewaltiger Schmerz fuhr durch ihren Rücken. Mit verzerrtem Gesicht setzte sie sich vor der Wohnungstür auf und hoffte, alles geträumt zu haben.

Sie trug die Kleidung des vergangenen Tages. Die Nähte der Jeans fühlten sich eng und kratzig an. Neben ihr am Boden lag das Telefon, ein Stück weiter das Messer. Der Abend war kein Traum gewesen. Um sich vollständig von den surrealen Erlebnissen zu überzeugen, rappelte sie sich mit dem Messer in der Hand auf. Nur einen Spaltbreit öffnete sie die Wohnungstür, um ins Treppenhaus zu schauen. Ein beißender Geruch schlug ihr entgegen und sie ließ ihren Blick über die am Boden liegenden Einkaufstaschen zur zerbrochenen Essigflasche wandern. Plötzlich war der vergangene Abend wieder ganz nahe.

Erst jetzt bemerkte sie die getrockneten Erdklumpen auf dem Boden. Sie führten von ihrer Tür die Treppe hinunter und Sophia kam sofort in den Kopf, dass es hier schon einmal so schmutzig gewesen war. Sie wusste, wer in ihrer Wohnung gewesen war.

Mit schnellen Handgriffen schaffte Sophia die Einkaufstaschen in die Wohnung, kehrte die Scherben zusammen, wobei sie die Erdklumpen bewusst liegen ließ, und atmete durch, als sie die Wohnungstür wieder hinter sich geschlossen hatte. Immer noch den beißenden Essiggeruch in der Nase verstaute Sophia ihre Einkäufe vom Vorabend im Kühlschrank und in dem schmalen Vorratsschrank daneben. Erst als sie mit schwerfälligen Schritten ins Wohnzimmer schlurfte und ihr Blick wie zufällig an Pucks Decke hängenblieb, kam ihr der Kater in den Kopf. Ihr wurde eiskalt. Es kam ab und an vor, dass sich Puck abends in ein Versteck zurückzog. Doch schon vor der Morgendämmerung versuchte er für gewöhnlich alles, um auf sich aufmerksam zu machen. Sobald es hell war, gab er keine Ruhe, bis er sein Futter bekommen hatte.

Panisch durchsuchte sie erneut jeden Winkel der Wohnung. Ohne sich die Mühe zu machen, Schuhe anzuziehen, riss sie die Tür auf und lief, mit dem Schlüssel fest in der schlagbereiten Hand bis in den Keller. Doch Puck war nirgendwo zu finden.

Zurück in der Wohnung schnappte sie sich das Telefon und wählte Moes Nummer.

„Bei mir wurde eingebrochen. Puck ist weg. Ich ... ich ..."

Sophias Stimme überschlug sich fast. Sie ließ ihre Freundin nicht zu Wort kommen, erzählte von der offenstehenden Wohnungstür und wurde erst still, als sie unvermittelt ihr nasses Gesicht berührte. Ohne es zu bemerken, hatte sie geweint und wischte jetzt unvorsichtig mit dem Handrücken über die Narbe unter dem Auge. Sie spürte ein leichtes Ziehen der dünnen, aufgeweichten Haut und dachte eine Sekunde daran, dass die Narbe wieder aufreißen konnte.

„Hör zu!", sagte die Freundin bereits zum dritten Mal. „Du rufst jetzt bei der Arbeit an und meldest dich für heute krank. So kannst du da nicht hinfahren. Und dann bleibst du, wo du bist. Ich komm gleich zu dir."

Noch bevor Sophia hätte widersprechen können, war die Leitung tot.

Wie immer wollte Tanja ganz genau wissen, was mit Sophia los war. Nur mit Mühe schaffte sie es, die Kollegin nach wenigen Worten loszuwerden und ging dann, in Gedanken bei ihrem armen Kater, in die Küche, um sich einen Kaffee zu machen. Puck war in seinem Leben noch niemals auf der Straße gewesen. Als reine Hauskatze war er dort draußen hilflos. Wenn man bedachte, dass er nicht gerade der klügste, schnellste und geschickteste Kater unter der Sonne war, wurde er womöglich in null Komma nichts vom nächsten Auto überfahren. Umständlich füllte sie den Wassertank der Maschine auf, legte eines der runden Kaffeepads in die Halterung und stellte eine Tasse darunter. Sie drückte auf den einzigen Knopf an der Vorderseite des Gerätes, damit die Maschine aufheizte. Sophia zog am Griff der Kühlschranktür und starrte in das leere Getränkefach an der Innenseite. Die Milch stand nicht an ihrem Platz.

Am Vorabend war Milch der Hauptgrund für ihren Einkauf gewesen. Wie in einer gestochen scharfen Filmszene konnte sie sich an die dunkelhaarige Kassiererin mit dem Rosentattoo am Hals erinnern und wusste, dass sie die Milchpackung über den Scanner gezogen hatte. Trotzdem konnte sie sich beim besten Willen nicht erinnern, sie beim Verstauen ihrer Einkäufe in den Händen gehalten zu haben.

Hektisch durchsuchte sie jedes Fach des Kühlschranks und zuckte mit der Nase im Gemüsefach zusammen, als es an der Wohnungstür klingelte. Ein kaltes Kribbeln fuhr über ihre Kopfhaut und lief ihren Rücken hinunter. Einen Moment lang stand sie im Flur und starrte den Hörer der Gegensprechanlage an. Das Klopfen ihres Pulsschlages trat in den Vordergrund und war so präsent, dass es um ein Haar das zweite Klingeln übertönte. Ihre Fingerspitzen waren eiskalt, als sie mit dem Gedanken an den Nachbarn, den Briefträger und den Besitzer des schwarzen Mercedes-Transporters zum Hörer griff.

„Hallo?“, hörte sie ihre eigene Stimme.

„Ich bin‘s, Moe! Jetzt mach schon auf!“

Mit geschlossenen Lidern schluckte Sophia fest und drückte auf den Türöffner. Sie drehte den Schlüssel im Schloss, öffnete die

Wohnungstür und spürte große Erleichterung, als Moe mit ihrem Reiserucksack auf dem Rücken und einer Bäckertüte in der Hand vor ihr stand.

„Ich hab uns Frühstück mitgebracht. Belag hast du doch sicher, oder?"

Sophia würgte den Kloß im Hals hinunter und nickte.

„Ja, aber keine Milch", antwortete sie und trat einen Schritt zurück, um ihre Freundin in die Wohnung zu lassen.

Moe stellte den Rucksack im Flur ab und ging zielstrebig in die Küche. Sie legte die Brötchen auf die Theke, auf der sich der gesamte Inhalt des Kühlschranks stapelte.

„Wie sieht's denn hier aus?"

„Ich weiß, wer hier drin war, Moe", ignorierte Sophia ihre Frage.

„Kannst du dich daran erinnern, dass Herr Huber von unten", sie zeigte mit dem Finger zum Boden, „vor Kurzem ungefragt das Licht im Treppenhaus direkt vor meiner Wohnungstür repariert hat?"

Moe nickte.

„Das hast du erzählt. Aber was hat das mit dem Inhalt deines Kühlschranks zu tun?"

Wieder reagierte sie nicht auf die Frage. Das Essen war unwichtig.

„Nach der Reparatur war das ganze Treppenhaus voller Erde. Dicke, getrocknete Schlammklumpen aus dem tiefen Profil seiner Schuhe! Ich weiß, dass er auf Baustellen arbeitet."

Sophia machte eine kurze Pause, doch Moes Gesicht schien unbeeindruckt.

„Hast du das Treppenhaus gesehen, als du hochgekommen bist? Alles dreckig, bis vor meine Tür", erklärte sie und sah Moe mit großen Augen an. „Und er hat meine Milch genommen", fügte Sophia bedeutungsvoll hinzu und sank auf dem Boden zusammen. Tränen sammelten sich in ihren Augen und ihr Kopf sank zur Brust.

„Sophi, hast du mir nicht erzählt, dass du vor zwei Tagen endlich mal wieder joggen warst?"

Moe ging an ihr vorbei in den Flur und hob die türkisfarbenen Asics-Laufschuhe vom Boden auf. Die Sohlen waren verdreckt vom schlammigen Waldboden und Sophia erinnerte sich an die klare Waldluft nach dem Regen, an die brennenden Oberschenkel und das wohlige Gefühl der warmen Dusche danach. Trotzdem starrte sie die verschmutzten Treter ungläubig an und schüttelte den Kopf. Moe setzte sich zu ihr auf den Boden.

„Selbst wenn der Dreck im Flur von dir selbst kommt, musst du mir erzählen, was gestern war. Und dann finden wir Puck!"

Moe machte sich daran, den Kühlschrank wieder einzuräumen. Kurz darauf fand sie bei den Tellern im Unterschrank die Milchtüte, was Sophia noch mehr an ihrem Verstand zweifeln ließ.

Unter Moes autoritärem Blick würgte Sophia eine Brötchenhälfte hinunter, bevor die beiden rausgingen. Beim Anblick des Mercedes-Sprinter auf der anderen Straßenseite stieg Übelkeit in Sophia auf. Es war nicht der Wagen oder sein Fahrer, die ihr Angst machten, es war ihre eigene Unsicherheit, die ihr die Luft zum Atmen nahm.

Sie teilten sich auf und zogen mit jeweils einer Dose der Lieblingsleckerlis des Katers um die Häuser. Sophia schüttelte die Dose mit den Katzensnacks und rief unaufhörlich seinen Namen. Vom Waldrand bis zum Bahnhof hatten sie zwei Stunden später die gesamte Ortschaft abgelaufen und sprachen sich schließlich über Handy ab, um sich wieder am Haus zu treffen.

Zurück in ihrer Straße bremste ein blauer Kleinbus auf Sophias Höhe ab und fuhr in Schrittgeschwindigkeit neben ihr her. In diesem Wohngebiet war eine Höchstgeschwindigkeit von dreißig Kilometern pro Stunde erlaubt, für gewöhnlich fuhr man eher fünfzig. Instinktiv machte sie größere Schritte, lief immer schneller und atmete ein wenig auf, als er sie endlich überholte. Doch das Fahrzeug bremste erneut ab und hielt drei Meter vor ihr am Randstein an. Sophia hatte keine Chance, unbemerkt die Straßenseite zu wechseln und nahm sich vor, die irrationalen Ängste zumindest am helllichten Tag zu unterdrücken. Mit geballten Fäusten lief sie zügig geradeaus und war fast an der Seitentür des Kastenwagens vorbei, als sie in das dunkle Augenpaar blickte, das sie im Außenspiegel fixierte. In diesem Moment öffnete sich die Schiebetür des Wagens, Sophia stieß einen schrillen Schrei aus und rannte los. Hinter ihr hörte sie zwar keine Schritte, drehte sich aber erst an dem schmalen Weg vor ihrem Hauseingang um. In einiger Entfernung stand ein Kind mit einem Schulrucksack auf der Eingangstreppe zu einem der Einfamilienhäuser. Eine dunkelhaarige Frau schloss den Kleinbus ab und blickte kopfschüttelnd in Sophias Richtung, bevor die Tür aufging und beide im Haus verschwanden.

Etwas tippte ihr von hinten auf die Schulter. Erschrocken fuhr sie herum und fiel Moe, die wesentlich kleiner war als sie selbst, in die Arme.

„Ich brauche wirklich eine Therapie! So kann es nicht weitergehen", schluchzte sie.

Zurück im Treppenhaus bemerkte Sophia sofort, dass jemand die Treppe saubergemacht hatte. So schnell sie konnte, sprintete sie die Stufen hinauf und hoffte, dass zumindest vor ihrer Wohnungstür noch die dicken dunklen Erdklumpen lagen.

Alles war sauber.

In der Wohnung kam Sophia eine Idee. „Du hast doch die großen Erdklumpen gesehen?", fragte sie ihre Freundin.

Moe nickte zwar, hatte aber einen zweifelnden Gesichtsausdruck aufgelegt.

Sophia hob einen der Asics-Laufschuhe vom Boden auf. Sie betrachtete das Profil des Schuhs, ging in die Knie und schlug die Sohle auf den Laminatboden. Aus dem flachen Profil fielen trockene Bodenreste, deren längliche Form sofort zerbröselte. Ganz anders als die Erdklumpen, die im Treppenhaus gelegen hatten. Sie schaute zu ihrer Freundin auf.

„Siehst du?"

Kapitel 6

Langsam schlug Philipp die Augen auf und sah auf die digitale Anzeige des Weckers. Als die Bedeutung der Ziffern zu ihm durchgedrungen war, schreckte er auf. Es war nach vier und er hatte seiner Mutter versprochen, an seinem freien Tag zum Mittagessen zu kommen. Er stellte die Füße neben der Matratze auf, die immer noch am Boden lag, und fischte nach seinem Handy. Es lag auf einem Stapel Bücher neben seinem improvisierten Schlaflager. Seine Knie waren auf Brusthöhe und er legte das Kinn darauf ab, während er das Smartphone einschaltete. Mit einem Ruck rollte er über die Fersen auf den Vorderfuß und kam zum Stehen. Den Blick auf das Gerät gerichtet, stapfte er in karierten Boxershorts ins Badezimmer. Während er eilig seine Zähne putzte, hielt er mit der freien Hand das Telefon ans Ohr und hörte die erste von drei Nachrichten auf seiner Mailbox ab. Der Anruf war als Weckruf zu verstehen. Die freundliche Stimme seiner Mutter teilte ihm mit, dass das Hirschgulasch seit Stunden köchelte und dass sie hoffte, er würde einen großen Hunger mitbringen. Beim zweiten Anruf klang die Stimme seiner Mutter schon etwas anders. Sie erklärte, sie habe über eine Stunde mit dem Essen auf dem Tisch gewartet und das Gulasch habe kalt nur noch halb so gut geschmeckt. Er spuckte aus und lief eilig ins Schlafzimmer zurück. Über dem rollbaren Garderobenständer hing eine Jeans, die er, ohne sie nach Verschmutzungen zu untersuchen, überzog. Vom ersten Kleiderbügel, den er zu greifen bekam, riss er ein Shirt herunter und tauschte es gegen das, in dem er geschlafen hatte. Der Garderobenständer war eines der wenigen Ordnungssysteme in seiner Behausung. Dank ihm konnte er zumindest sicher sein, dass alle Shirts, die er direkt nach dem Waschen auf Bügel hängte, sauber waren.

Beim dritten Anruf auf der Mailbox klang die Stimme seiner Mutter nicht mehr verärgert, sondern alarmiert. Er wusste genau, wie schnell sie sich Sorgen machte. Was ihren Sohn anging, war sie schon immer übervorsichtig gewesen. Doch seit dem Tod des

Vaters dehnte sich die Angst um Philipp stetig aus, wie die Luft in einem Ballon, der zu platzen drohte. Damit es nicht noch schlimmer wurde, wählte er ihre Nummer. Er entschuldigte sich, erklärte ihr, nach der Nachtschicht verschlafen zu haben, und versprach, sofort loszufahren. Beim Verlassen der Wohnung fiel er um ein Haar über den im Flur bereitstehenden Müllbeutel, den er in der Eile doch nicht mitnahm. Er stolperte aus der Haustür, drehte sich nach links, ging ein Stück die Straße hinunter und atmete auf, als er seinen Bus dort stehen sah. Die Augen zu Schlitzen zusammengekniffen, schlich er um den T3 und suchte den dunkelroten Lack nach irgendwelchen Schäden ab. Er musste sich schnellstens um einen Garagenstellplatz kümmern. Lange konnte das Parken an der Straße nicht gutgehen, ohne dass das selbstrestaurierte Erbstück irgendwelche Schrammen davontragen würde. Sobald er die Fahrertür mit dem blechernen Klang zugeschlagen hatte, ging sein Atem ruhiger. Hier fühlte er sich immer noch heimischer als in der Wohnung. Der Motor sprang ratternd an und Philipp überkam eine Art Ruhe. Auch an seinem ersten freien Tag seit zwei Wochen war er in Stress geraten. Doch die Fahrt zu seinem Elternhaus entspannte ihn. Es waren bereits fünf Jahre vergangen, seit er den alten Transporter seines Vaters mit Tom, seinem damals besten Freund, restauriert und umgebaut hatte. Monate hatte es gedauert, bis sie die Karosserie von kleinen Roststellen befreit und das gute Stück zum Lackierer gebracht hatten. Bis schließlich die selbstangefertigte Innenausstattung mit viel Stauraum, einem Campingkocher und einem kleinen Waschbecken in dem Mobil untergebracht waren, hatten sie mehr als zwei Jahre Arbeit in den Bus gesteckt. Sie wollten Surfen lernen und mit dem Bus durch Europa reisen. Tom hatte mit seinen halblangen Haaren und den blonden Locken nicht nur die perfekte Frisur für ein Leben am Strand, er hatte auch seine gesamte Schul- und Zivildienstzeit für ein derartiges Abenteuer gespart. Kein Wunder, dass er es Philipp äußerst übelgenommen hatte, als die Reisepläne nach Fertigstellung des T3 ins Wasser gefallen waren. Und das ausgerechnet wegen einer Frau. Philipp war nach München gezogen und hatte seither kein Wort mehr mit Tom gesprochen. Er vermisste seinen Freund immer noch schmerzlich. Stein und Bein hatte Tom geschworen, das Reisemobil wie seinen Augapfel zu hüten und es nach seiner ein- bis zweijährigen Auszeit persönlich zurückzugeben. Doch Philipp hatte sich trotzdem nicht vom Bus seines verstorbenen Vaters trennen können. Obwohl er damals natürlich nicht gewusst hatte, dass ihn der Bulli nach einer überstürzten Flucht aus München davor bewahren würde, in sein früheres Kinderzimmer ziehen zu müssen. Der VW-Bus hatte ihm ein wenig Selbstständigkeit gegeben, auch wenn seine Mutter nicht verstanden hatte, wie man es vorziehen konnte, im Garten zu campen.

Als Philipp endlich den Klingelknopf an dem Fachwerkhäuschen mit den grünen Fensterläden drückte, war er schon wesentlich entspannter. Die Tür öffnete sich und ihm sprang ein schwarzes Wollknäuel entgegen. Philipps Lächeln breitete sich auf dem ganzen Gesicht aus. Erwin wedelte was das Zeug hielt mit dem buschigen Schwanz und wollte sich zwischen den aufgeregten *‚Wuff, Wuffs'* in der brummigen Stimme gar nicht beruhigen. Bevor er seine Mutter begrüßen konnte, war Philipp gezwungen, dem kniehohen Mischling seine volle Aufmerksamkeit zu schenken. Er beugte sich hinunter und wich dabei gekonnt den Versuchen des Tieres aus, ihm das Gesicht abzulecken.

„Na, alter Junge, alles klar? Ja, ja, ich freu mich auch, dich zu sehen."

Philipp brachte es nach all den Jahren immer noch nicht fertig, Erwins Namen auszusprechen. Dieser passte einfach nicht zu einem Hund. Doch Philipps Vater hatte darauf bestanden, den Welpen nach seinem herrischen älteren Bruder zu benennen. Auch wenn sich die Brüder recht nahestanden, argumentierte er damals damit, dass es nun endlich an der Zeit sei, dass auch er mal einem Erwin sagen konnte, wo es langging. Obwohl der Hund ein stattliches Alter erreicht hatte, benahm er sich bei jeder Begrüßung wie ein Welpe. Nur der allmählich ergrauende Schnauzbart ließ nicht darüber hinwegtäuschen, dass er in Wirklichkeit ein echter Senior war.

„Jetzt komm schon! Ab in die Küche mit dir! Dein Essen steht schon auf dem Tisch. Zum zweiten Mal heute", murrte seine Mutter.

Philipp stand auf und umarmte sie. Dabei drückte er sie eine Weile fest an sich, um ihr zu zeigen, wie ernst es ihm war. „Hallo Mama! Es tut mir wirklich leid, dass ich so spät dran bin."

Drinnen roch es nach dunkler Bratensoße und frischgewaschener Wäsche aus dem Bügelzimmer im Flur.

Die Hektik nach dem Aufstehen hatte Spuren hinterlassen. Philipps Haare waren noch zerzaust und das hellgraue Shirt hatte dunkle Ränder unter den Armen, als er sich an den Esstisch setzte.

„Du hättest dich jetzt aber auch nicht so abhetzen müssen. Du bist ja völlig durchgeschwitzt", bemerkte seine Mutter und schaufelte ihm eine ordentliche Portion Kartoffeln auf den Teller.

Philipp hatte längst gelernt, dass er sich bei ihr nicht gegen übergroße Essensportionen zur Wehr setzen konnte. Daran änderte auch sein Alter nichts. Protest war zwecklos. Kochen war ihre Passion. Irene Lehmann sorgte gewissenhaft dafür, dass sich Gäste dieses Hauses überfraßen. Das gehörte zu ihrem Charakter, wie der ordentliche Kleiderschrank, der Großputz am Wochenende vor Ostern und dass sie an jedem Weihnachtsfest darauf bestand, in die Kirche zu gehen, obwohl die Familie nicht sehr gläubig war.

Es schmeckte aber auch immer unverschämt gut. So gut, dass sich Philipp mit jedem Bissen ein wenig mehr in seine Kindheit zurückversetzt fühlte. In Gedanken sah er seinen Vater am anderen Tischende sitzen mit einem noch größeren Berg Essen auf dem Teller vor ihm. Nur die Menge an Rotkohl oder anderem Gemüse musste bei Norbert Lehmann immer überschaubar bleiben. Philipp erinnerte sich an die gewaltigen Pranken, die nach der Gabel griffen und üppige Ladungen in den breiten Mund verfrachteten. Sein Vater war für ihn immer ein Riese gewesen. Obwohl Philipp wusste, dass er genetisch von anderen Menschen abstammte, hoffte er, einen Teil der männlichen Stärke von ihm geerbt zu haben. Er sah die von harter Arbeit mitgenommenen Hände vor sich. In jedem Detail. Die eingerissenen, manchmal blutenden Nagelhäute und die kurz geschnittenen Fingernägel.

„Hast du denn gar keinen Hunger? Du isst ja gar nicht mehr", holte ihn seine Mutter aus der Erinnerung. Sie wischte ihre nassen Hände an der Schürze ab und ließ sich auf den Stuhl neben Philipp fallen.

„Doch klar, sogar großen", nuschelte Philipp, während er die Gabel in den Mund schob.

„Wie geht's denn deiner Josephine?"

Philipp verdrehte die Augen. Er hatte sich abgewöhnt, seiner Mutter zu erklären, dass Joey in einer festen Beziehung war und sich nicht für Männer interessierte. Irene würde in ihr immer das Mädchen mit den langen geflochtenen Zöpfen sehen, das damals noch von allen Josephine oder Josie genannt wurde. Ihr Tonfall war nicht zu überhören, wenn sie von Joey sprach. Er wusste von ihrem Wunsch, ihn mit einer eigenen Familie zu sehen. Aber dass sie sich ausgerechnet an die dämliche Fantasie aus seinen Kindertagen klammerte, ging ihm gewaltig auf die Nerven.

„Joey geht's gut, Mama", antwortete er knapp.

„Du wirkst so in Gedanken. Ist alles okay mit dir? Hast du Sorgen?"

Auch wenn der Tod seines Vaters zehn Jahre zurücklag, hatte Irene diesen Verlust keineswegs verschmerzt. Darum kam es nicht infrage, ihr zu erzählen, dass er gerade an ihren Mann dachte, der in seiner Erinnerung wahrhaft lebendig geworden war und stark wie ein Bär und mampfend wie ein ausgehungerter Keiler am Küchentisch saß. Stattdessen stopfte er sich eine weitere Kartoffel in den Mund und ein Stück Fleisch hinterher. Jetzt hatte er mehr Zeit, nach einem Gesprächsthema zu grübeln. Ihm kam zuallererst Sophia in den Sinn. Bei dem Gedanken an ihre grünen Augen und das ehrliche Lächeln hätte er sich fast verschluckt.

„Wir haben eine neue Patientin, die uns irgendwie Sorgen macht." Er zögerte einen Moment. Obwohl er wusste, dass es nicht erlaubt war, über Patienten zu sprechen, fuhr er fort. „Sie wurde in die Forensik eingeliefert. Wir wissen aber nicht, warum. Wie du weißt, wird man nicht ohne Grund in den Maßregelvollzug gesteckt. Ich glaube, da steckt irgendetwas ganz anderes dahinter."

Der bedeutungsvolle Blick ihres Sohnes schien Irene Angst zu machen. Sie zog die Augenbrauen zusammen und schüttelte den Kopf.

„Ich hoffe wirklich, dass du diese Patientin nicht auch noch anziehend findest, Philipp. Wenn du dich da mal nicht wieder in irgendwas verrennst, Junge. Du darfst nicht vergessen, dass das ganz gefährliche Menschen sind, mit denen die Josephine da arbeitet."

Ohne eine Antwort von ihm abzuwarten, stand sie auf und ging aus der Küche. Auf dem Weg zur Tür brabbelte sie weiter vor sich hin.

„Ich wünschte, du würdest einfach wieder in der Ambulanz arbeiten, so wie ganz am Anfang. Das ist ungefährlicher."

Als Philipp den letzten Rest seiner Riesenportion verdrückt hatte, wischte er sich den Mund ab, verstaute seinen Teller in der Geschirrspülmaschine und folgte ihr ins Wohnzimmer.

„Jetzt komm schon, Mama. Du weißt genau, dass du übertreibst."

Ihm kam plötzlich eine Idee, die aus moralischer Sicht zweifelhaft und unprofessionell war. Andererseits musste man auch manchmal außergewöhnliche Wege gehen, um besonderen Patienten zu helfen.

„Vielleicht kannst du mir sogar helfen. Wenn diese Patientin wirklich eine Straftat begangen hat, hätte davon jemand in der Umgebung etwas gehört. Im Internet konnte ich nichts finden, aber das heißt ja leider nicht viel. Sie heißt Sophia Konrad, und sie muss vor der Einlieferung in Eddersheim gewohnt haben, irgendwo am Waldrand. Kannst du dich vielleicht erinnern, in den letzten Wochen oder Monaten etwas im Kreisblatt gelesen zu haben?"

Zögernd hob Philipps Mutter den Kopf. Ihre Augen leuchteten. Seine Leidenschaft für Rätsel kam zweifellos aus ihrem Teil der Familie.

„Ich kann mich jetzt an nichts Besonderes erinnern. Aber die Bärbel, die kennt Gott und die Welt in der Gegend. Wenn da was war, hat sie das sicher von irgendwem erzählt bekommen. Ich kann sie ja mal fragen." Während sie sprach, nahm sie einen Notizblock vom Beistelltisch neben dem Sofa und schrieb. „Sophia Konrad sagst du?"

Wann immer Philipp den Namen Bärbel hörte, musste er sich anstrengen, nicht mit den Augen zu rollen. Er war zwar froh, dass seine Mutter nach dem Tod des Vaters eine beste Freundin hatte. Es wäre allerdings ein schöneres Gefühl, wenn das Sprichwort mit den Freunden, mit denen man Pferde stehlen konnte, in Bärbels Fall nicht so zutreffend wäre. Bärbel hatte immer einen Flachmann in der Tasche und schämte sich zu keiner Gelegenheit, das Ding herauszuholen, um sich einen Schluck zu genehmigen. Philipp erinnerte sich nur ungern an den Abend, an dem er die beiden Frauen bei einer Polizeidienststelle abholen musste. Bärbel war damals mit Irene auf dem Beifahrersitz in eine Verkehrskontrolle geraten und hatte dem aufgebrachten Polizisten zur Beruhigung einen Schluck aus ihrem Fläschchen angeboten. Im Grunde genommen war Bärbel aber ein guter Geist. Zumindest, wenn sie nicht gerade versuchte, ihre Freundin zu einem nächtlichen Einbruch in die Tierhandlung zu überreden, um die armen Kaninchen zu befreien.

Irene Lehmann wartete auf eine Reaktion ihres Sohnes und räusperte sich.

„Ja, Sophia Konrad. Vielleicht hat Bärbel ja was gehört", antwortete er, obwohl er sich gleichzeitig fragte, ob das wirklich eine gute Idee war.

***

„Heute ist Freitag! Und schließlich läuft Fußball, da sind die alle zuhause", schnaubte Dennis, der auf der Suche nach einem Parkplatz gerade zum dritten Mal in die kleine Straße des gemütlichen Vororts einbog. Für eine derart ruhige Wohngegend bot diese Straße außerordentlich wenige Abstellplätze. Ein kurzer Blick auf die Rückbank verriet Philipp, dass auch Joey langsam ungeduldig wurde.

„Ach, ich find's ganz nett hier mit euch", witzelte Philipp schulterzuckend. Für ihn war diese Unternehmung nicht nur spannender, sondern auch weitaus weniger einsam als ein Abend vor dem Fernseher. Er drehte sich wieder in Fahrtrichtung um, als eine blonde Frau in Blusenkleid und einer leichten Jacke die Straße überquerte. Und tatsächlich: Sie stieg in ein Auto und legte den Rückwärtsgang ein. Kurz darauf standen die drei Krankenpfleger endlich vor der Eingangstür mit der Hausnummer 55. Das dreistöckige Mehrfamilienhaus wirkte ruhig, aber dennoch bewohnt. Auf den Namensschildern an Klingelknopf und Briefkasten der Erdgeschosswohnung war in geschwungenen Lettern der Name Scholz zu lesen. Der Briefkasten zur Wohnung von Familie Huber im ersten Stock war mit bunten Fußball- und Rennauto-Stickern verziert. Neben dem obersten Klingelknopf war die Halterung für das Namensschild leer. Der Briefkastenschlitz der Dachgeschosswohnung war mit dickem, braunem Plastikklebeband verschlossen. Um an dieser Stelle eine alte Beschriftung ausmachen zu können, wäre viel Geduld und Lösungsmittel notwendig gewesen. Philipp drehte sich zu Joey und Dennis um, die ihm beide zunickten, dann klingelte er bei Scholz im Erdgeschoss. Einen Augenblick später summte der Öffner und Philipp drückte die Tür auf. Ohne dass sich jemand an der Gegensprechanlage gemeldet hatte, standen sie nun im Hausflur. Hinter der Wohnungstür war absolut nichts zu hören. Mucksmäuschenstill lauschten die drei auf jedes Geräusch. Dann hörten sie endlich schlurfende Schritte, gefolgt von einem lauten Rumpeln an der Tür. Als Frau Scholz einen Moment später öffnete, wusste Philipp, dass die faltige Dame ihren Gehstock an die Tür geschlagen hatte. Mit zusammengekniffenen Augen griff die Greisin nach ihrer Brille, die an einer dünnen Goldkette um ihren Hals hing. Die zittrige Hand schob das Gestell auf ihren Nasenrücken und sie musterte argwöhnisch zuerst Philipp und dann die anderen beiden.

„Ja, bitte?“

Philipp lächelte die gebückt stehende Frau freundlich an.

„Guten Tag, Frau Scholz, wir kommen aus der Lohrklinik in Frankfurt. Mein Name ist Philipp Lehmann und das sind meine Kollegen Josephine Fröhlich und Dennis Markner. Könnten Sie uns vielleicht etwas über Ihre ehemalige Nachbarin Sophia Konrad erzählen? Sie ist unsere Patientin.“

Frau Scholz antwortete nicht. Ihr Mund stand ein kleines Stück offen und ihre buschigen Augenbrauen zogen sich angestrengt zusammen.

„Konrad“, flüsterte sie gedankenverloren. Sie senkte den Kopf. Während ihre Augen unter den faltigen Lidern hin und her flitzten, schien sie nach der passenden Antwort zu grübeln. Als sie begann, leicht den Kopf zu schütteln, bemerkte Philipp, dass sich ihr Blick klärte. Ihre Augen hatten sich für den Bruchteil einer Sekunde geweitet, als wäre ihr etwas eingefallen.

„Frau Konrad muss bis vor einigen Tagen in der Dachgeschosswohnung gewohnt haben", fügte Philipp rasch hinzu, um den Überlegungen der alten Frau etwas auf die Sprünge zu helfen. Doch im selben Moment machte Frau Scholz einen großen Schritt nach hinten. Bevor Philipp begreifen konnte, was geschah, schloss sich die Tür vor seinem Gesicht.

Mit hochgezogenen Augenbrauen drehte er sich zu den anderen um. Dennis schüttelte erstaunt den Kopf.

„Ich meine mich sogar zu erinnern, dass diese Dame äußerst interessiert durch ihr Küchenfenster stierte, als der Polizist Frau Konrad in meinen Krankenwagen gebracht hat."

„Einen Versuch haben wir noch!"

Philipp öffnete erneut die Eingangstür und klingelte bei Familie Huber im ersten Stock. Dieses Mal warteten sie nicht auf das Geräusch des Türöffners oder das Klicken der Gegensprechanlage, sondern machten sich direkt auf den Weg nach oben. Einige Sekunden, nachdem sie vor der Wohnungstür angekommen waren, riss ein blonder Junge die Tür auf. Philipp reagierte blitzschnell.

„Hallo Kleiner. Wir sind Freunde von eurer Nachbarin von oben."

Mit dem Finger zeigte Philipp zur Dachgeschosswohnung und war noch nicht sicher, was er als nächstes sagen sollte, als der Junge in kindlicher Sprache zu erklären begann: „Die Sophia wohnt hier aber nicht mehr. Die hat die Polizei geholt."

In diesem Moment erschien der Vater des Jungen in der Tür.

„Erik! Geh sofort in dein Zimmer! Wie oft habe ich dir schon gesagt, dass nur die Mama und ich die Tür aufmachen?"

Erik trabte mit hängendem Kopf zurück in die Wohnung und sein Vater schaute Philipp mit festem Blick in die Augen.

„Wie kann ich Ihnen helfen und wer sind Sie?"

„Mein Name ist Philipp Lehmann. Das sind Frau Fröhlich und Herr Markner. Wir kommen aus der Lohrklinik und sind wegen einer Patientin hier. Sophia Konrad, Ihre ehemalige Nachbarin von oben."

Wieder zeigte Philipp mit dem Zeigefinger in die Luft. Die Geste kam ihm jetzt etwas unbeholfen vor.

Der Mann zögerte keine Sekunde. „Ich kenne keine Frau Konrad. Die Wohnung steht schon ewig leer und ich bitte Sie, jetzt zu gehen, Herr Lehmann!“

Seine Stimme klang bedrohlich und Philipp dachte erst gar nicht darüber nach, Herrn Huber auf die Aussage seines Sohnes anzusprechen. Dennis hingegen ließ sich vom Tonfall des Familienvaters nicht beeindrucken. Er machte einen Schritt nach vorn und schob sich an Philipp vorbei.

„Also hören Sie mal! Ich habe Frau Konrad persönlich hier abgeholt. Und sogar Ihr Sohn kennt ihren Namen!“

Etwas überrumpelt schüttelte Herr Huber den Kopf, hatte sich aber schnell wieder gefangen. „Mein Sohn hat viele imaginäre Freunde. Wenn sie ihn fragen, ob er eine Marie Antoinette kennt, wird er Ihnen sicher auch eine wundervolle Spielplatzgeschichte erzählen. Trotzdem habe ich nicht die geringste Ahnung, wovon Sie sprechen. Und jetzt verlassen Sie sofort dieses Haus, sonst rufe ich die Polizei!“

Mit diesen Worten knallte Marco Huber die Türe zu.

Kapitel 7

Der Arzt sah zu, wie die Sekunden auf der Digitalanzeige abliefen. In der Mikrowelle drehte sich ein Teller mit dem Gemüseauflauf, den seine Haushälterin am Mittag für ihn zubereitet hatte. Sein Magen knurrte. Es waren noch 34 Sekunden auf der Uhr, als das Telefon klingelte. Ärgerlich nahm er das Gespräch an.

„Guten Abend, Herr Doktor. Marco Huber hier. Wir sollten uns sofort melden, wenn etwas wegen Frau Konrad ist. Wir hatten eben Besuch."

Im Hintergrund piepte die Mikrowelle und Huber bemerkte wohl, dass er zu einem unpassenden Zeitpunkt angerufen hatte. Mit wenigen Worten berichtete er vom Auftauchen der Krankenpfleger, von den Fragen, die sie gestellt hatten und zählte vorbildlich ihre Namen auf.

„Haben diese Leute irgendetwas von Ihnen erfahren?"

Huber antwortete nicht sofort. „Nein. Natürlich nicht."

Er hatte nur kurz gezögert. Doch dieses Zögern konnte für den Arzt einen großen Unterschied machen.

„Sind Sie sicher, Herr Huber?"

„Ja, ganz bestimmt nicht."

Der Arzt bedankte sich für den Anruf, beendete das Gespräch und wählte direkt im Anschluss einen Kontakt aus seiner Schnellwahlliste aus. Schon beim ersten Freizeichen wurde sein Anruf angenommen.

„Albrecht."

Ohne seinen alten Kollegen zu begrüßen, kam er direkt zur Sache: „Deine Pfleger Lehmann, Fröhlich und Markner haben heute in der Kelsterbacherstraße herumgeschnüffelt und nach Konrad gefragt. Ich zweifle gerade etwas an deiner brillanten Deeskalationsstrategie."

Er musste sich zusammenreißen, nicht ins Telefon zu brüllen. Die Stimme am anderen Ende der Leitung blieb im Gegensatz dazu ruhig und gelassen.

„Guten Abend, Eberhard." Albrecht machte eine kurze Pause, um die Unhöflichkeit seines Freundes zu unterstreichen. „Ich denke doch, dass dir meine Unterstützung sehr viel Ärger erspart hat. Ich werde Fröhlich und Lehmann im Auge behalten. Der Name Markner sagt mir nichts, aber ich kümmere mich darum. Unser Deal steht."

Er fuhr sich über die Augen und stützte sich anschließend auf der kalten Marmorarbeitsplatte ab. Die Geduld und Zuversicht seines Freundes waren ihm immer wie eine Tugend vorgekommen, doch jetzt glaubte er, dass es sich dabei eher um Naivität handelte.

„Ich muss die Personalakten der beiden sehen. Bitte lass mir alle Informationen zukommen, die du hast, und zwar heute noch! Ich muss wissen, mit wem ich es zu tun habe."

Sein Kollege atmete scharf ein. „Du zahlst mir gutes Geld Eberhard. Ich sorge dafür, dass die Sache gutgeht."

Mit einem lauten Knall sauste seine Hand auf die Steinfläche vor ihm.

„Die Akten! Heute noch!"

„Ich schicke dir eine E-Mail."

Das war zwar ein Anfang, doch wirklich zufrieden war der Arzt nicht, als er das Gespräch beendete. Einfach zurücklehnen und die Zügel aus der Hand geben, war leider keine Option. Erst vor ein paar Monaten hatte er lernen müssen, welche Missgeschicke passieren konnten, wenn er seine Angelegenheiten nicht selbst regelte.

Kapitel 8

Vor der Einweisung

„Ich kann nicht sagen, dass ich mich in meiner Wohnung sicher fühle. Es ist eher, als würde das Monster schlafen. Auch wenn es alles aus mir selbst kommt, in den letzten Tagen ist es ruhiger geworden.“

Herr Völkers sah Sophia ernst an. Das Nicken des Psychologen sollte Sophia bestärken, weiterzusprechen. Obwohl es erst der dritte Termin in der wohnlichen Praxis war, fiel es ihr nicht schwer, seine Gestik zu deuten.

Die Praxis lag über einer Bäckerei, in der Nähe der Stadthalle, nur einige Gehminuten von Sophias Elternhaus und ihrer Grundschule entfernt. In der Bäckerei hatte sie zu Schulzeiten öfter Süßigkeiten gekauft. Den Fenstern über dem Laden hatte sie dabei nie Beachtung geschenkt. Niemals hätte sie geglaubt, dass sich im Obergeschoss des Hauses eine psychotherapeutische Praxis befand und erst recht nicht, dass sie selbst dort einmal Patientin sein würde. Natürlich nicht. Damals hatte Sophia nicht einmal gewusst, was Psychotherapie überhaupt ist. Zeilsheim sah noch so aus wie ihre frühere Heimat. Aber Sophia war eine andere geworden. Während sie an ihre Schulzeit dachte, schaute sie an Völkers vorbei, aus dem kleinen Fenster des Altbaus, und konnte die Krone der prächtigen Kastanie auf der anderen Straßenseite sehen. Sie überlegte, wie gut es doch eigentlich war, dass wir nicht das Geringste über unsere Zukunft wissen. Wir planen sie jeden Tag, obwohl uns die Lebenserfahrung lehrt, dass es am Ende doch immer anders kommt. Vielleicht hat das etwas mit Hoffnung zu tun.

Das Räuspern des Psychologen holte sie aus ihrer Gedankenwelt und sie zwang sich, weiterzusprechen.

„Ich schlafe nicht gut, aber ich schlafe. Ohne die übliche Flasche Wein vor dem Einschlafen und inzwischen auch ohne Moe.

Die habe ich nach unserem letzten Termin von ihren Babysitter-Pflichten entbunden und in ihre eigene Wohnung zurückgeschickt." Sie grinste etwas beschämt.

„Das hört sich doch gut an." In der Kladde auf seinem Schoß machte er Notizen und kratzte nachdenklich seinen weißen Stoppelbart am Kinn. Das tat er immer, bevor er die nächste Frage stellte. Seine eisblauen Augen blickten wieder zu ihr auf. Plötzlich schien er sie auf dem Stuhl festzunageln.

„Sind Sie soweit, mir Genaueres von dem Übergriff in der alten Wohnung zu erzählen?"

Sophias Mund wurde trocken und ihre Hand berührte automatisch die Narbe unter dem Auge. Natürlich hatte sie Völkers erklärt, dass sie überfallen worden war. Aber sie hatte auch deutlich gemacht, dass sie dieses Ereignis hinter sich lassen wollte. Sie hielt nichts davon, alte Dinge auszugraben, sie wie Erde in einem gelockerten Blumenbeet genauestens zu untersuchen, Krümel für Krümel, um sie am Ende doch nur wieder platt zu trampeln. Mit demselben Dreck, den gleichen Würmern, die darin hausten, nur dass man wusste, wie diese aussahen.

Doch Völkers war offenbar anderer Meinung. Sein Blick sagte ihr, dass er nicht beabsichtigte, von ihr abzulassen. Er schien überzeugt, dass ihre Ängste mit dem Überfall zusammenhingen. Sie wollte ihn nicht noch einmal darüber referieren hören, dass er glaubte, das Ereignis müsse aufgearbeitet werden, um auf den Grund ihrer Probleme zu stoßen. Auch wenn sie sich keineswegs mit den Details dieser Nacht beschäftigen wollte, hatte sie doch einen Pakt mit sich geschlossen. Sie hatte sich selbst versprochen, alles zu tun, um jeden Zweifel an ihrer geistigen Gesundheit auszuräumen. Auch ihren eigenen. Ohne zu wissen, woher ihr plötzlicher Mut kam, entschied sie, über ihren Schatten zu springen. Sie räusperte sich leise. „Ich kann es ja versuchen."

Herr Völkers nickte geduldig. „Nehmen Sie sich alle Zeit, die Sie brauchen. Ich glaube, das ist wirklich wichtig für Sie. Und wenn es nicht mehr geht, machen wir einfach beim nächsten Mal weiter. Okay?"

Unsicher, wo sie anfangen sollte, knetete sie ihre Finger. Ihre Gedanken gingen zurück zur Nacht des fünften Mai. Jener Nacht, in der ein Teil von ihr gestorben war. Zumindest der unbeschwerte, naive und irgendwie normale Teil, den ihr Umfeld bis dahin gekannt hatte. Nach dieser Nacht war das Leben, das sie bis dato geführt hatte, zu Ende gewesen. Sophia schluckte fest. Völkers reichte ihr ein Taschentuch und erst beim Schnäuzen bemerkte sie, dass sie weinte. Ihr war nicht klar, ob es möglich war, von dem Vorfall zu erzählen, ohne erneut verletzt zu werden. Sie nahm sich vor, möglichst objektiv zu berichten, was geschehen war, und das, ohne alte Wunden aufzureißen. Nach einem tiefen Atemzug begann sie mit ihrer Geschichte.

„Marvin und ich wohnten erst seit drei Monaten zusammen, als es passierte." Sophia schluckte, sprach aber gleich weiter. „Er arbeitet im Industriepark. Eigentlich ist er Laborleiter, aber um ein bisschen Geld für die damals geplante USA-Reise anzusparen, schob er ab und an Zusatzdienste in der Produktion. An besagtem Samstag hatte er Nachtschicht. Ich war im Fitnessstudio und habe mir anschließend eine Portion Nudeln gemacht. Zusammen mit Puck machte ich es mir auf dem Sofa bequem. Ich muss beim Fernsehen eingeschlafen sein und bin von einem Geräusch an der Wohnungstür aufgewacht. Ich weiß noch, dass es sich anhörte, als ob jemand versuchte aufzuschließen, darum ging ich davon aus, dass es Marvin war und machte, ohne nachzudenken, die Tür auf."

Sophia musterte Völkers ganz genau. Sie wollte sicher sein, dass er nicht ihr die Schuld gab. Mitten in der Nacht die Tür aufzureißen, war schließlich nicht die schlauste Aktion ihres Lebens gewesen. Doch der Psychologe verzog keine Miene. Sophia atmete tief ein und versuchte erneut ihre Objektivität zurückzuerlangen. Sie stellte sich vor, dass es gar nicht um sie selbst ging. Sie musste alles nur erzählen, wie in einem Film. Trotzdem war ihre Stimme etwas leiser, als sie weitersprach.

„Ich habe die Klinge des Messers gesehen und sofort den Schnitt gespürt. Es hat furchtbar gebrannt, ich habe geschrien, aber alles ging ganz schnell. Mit einem Schub wurde die Tür ganz aufgestoßen. Ich hörte ein Klirren, fiel zu Boden. Er hatte das Messer verloren, warf sich aber auf mich. Er hat nach Alkohol gestunken und er hatte eine Sturmhaube auf. Er hat mir den Mund zugehalten. Ich habe versucht, mich zu wehren, ihn zu schlagen und zu beißen, aber es hat nichts gebracht. Auch das

Schreien, und das Drehen und Winden unter ihm, war sinnlos. Als er mir dann Mund und Nase zugehalten hat, bekam ich keine Luft mehr. Irgendwann hab ich aufgegeben, weil ich hoffte, dass er mich wieder atmen lässt. Dann habe ich Geräusche im Treppenhaus gehört. Eine Frauenstimme hat etwas gerufen. Ich fing wieder an zu schreien. Jedenfalls hat er mich losgelassen. Seine Augen sahen schockiert aus. Sie waren braun. Das ist alles, was ich von ihm weiß. Er hat sich das Messer geschnappt und ist weggerannt."

Als Sophia fertiggesprochen hatte, fiel eine Träne auf ihren Handrücken. Sie hatte die ganze Zeit über ihre Hände angestarrt, die ineinander verschränkt in ihrem Schoß lagen. Es kostete sie Überwindung, den Blick davon loszureißen und wieder zu Völkers aufzuschauen. Seine Augen waren aufmerksam und erwartungsvoll zugleich. Als wartete er auf das Ergebnis einer Rechenaufgabe, die er Sophia gestellt hatte.

„Wie fühlen Sie sich jetzt, Frau Konrad?"

Sie überlegte einen Moment, ließ sich bewusst Zeit mit der Antwort. Ihre Hände lösten sich voneinander und ihre Schultern sanken etwas tiefer.

„Irgendwie warm von innen. Vielleicht kann man es aufgewühlt nennen. Aber eigentlich geht es mir gut."

Ein Lächeln huschte über sein stets ernstes Gesicht. Die Lachfalten neben seinen Augen waren Sophia vorher nie aufgefallen. Aber sie waren markant, wie die eines Mannes, der früher viel gelacht hatte, aber inzwischen vergessen hatte, wie es ging.

„Das ist doch wunderbar. Sie können stolz auf sich sein." Nach einer kurzen Pause fügte er hinzu: „Möchten Sie mir noch erzählen, was dann passiert ist?"

Es gab keinen Grund mehr, es nicht zu tun. Das Schlimmste war ohnehin überstanden. Schulterzuckend fuhr Sophia mit ihrer Erzählung fort. „Ich hatte die Tür zugeschlagen, sobald der Kerl draußen war, und saß am Boden. Irgendwie habe ich gar nicht verstanden, was passiert war. Es fühlte sich an, als wäre ich betäubt gewesen. Als das Gefühl langsam zurückkam, bin ich ins Badezimmer gegangen und habe das ganze Blut gesehen. Es ist ins Waschbecken getropft." Sophia räusperte sich. „Das Auge war ganz verklebt. Aber ich glaube, ich hatte keine richtigen

Schmerzen. Es war eklig. Ich wäre gern duschen gegangen. Aber ich hatte viel zu viel Angst, er könnte zurückkommen.“ Sie fragte sich, ob das sehr verrückt klang, sprach aber trotzdem weiter. „Ich habe mir ein Handtuch auf das Gesicht gedrückt und mich wieder in den Flur gesetzt. An die Wand gelehnt, saß ich der Wohnungstür gegenüber, die ich mit dem freien Auge anstarrte. Dann habe ich Sirenen gehört, und kurz danach hat die Polizei an meiner Tür geklopft. Ich habe mich erst gar nicht getraut aufzumachen. Völlig Banane, ich weiß!“

Sophia versuchte sich an einem abfälligen Schnauben, doch das zugehörige Grinsen gelang ihr nicht. Der Therapeut blickte ihr fest in die Augen und nickte ihr zu.

„Ich kann mich nicht mehr daran erinnern, wie mich der Rettungswagen ins Krankenhaus gebracht hat und ich weiß auch nicht mehr, wie die Polizei meine Aussage aufgenommen hat. Anzeige gegen Unbekannt. Was für ein schlechter Scherz. Ich kannte ja nur seine Augenfarbe. Das Messer hatte er mitgenommen und auch die Nachbarin, die die Polizei gerufen hat, hatte nicht mehr von ihm gesehen.“ Sie seufzte. „Ich weiß bis heute nicht, was dieser Mensch von mir wollte und wieso er sich ausgerechnet unsere Wohnung ausgesucht hat. Das ist vielleicht das Schlimmste.“

Nach einer längeren Pause ergriff Völkers mit ruhiger Stimme das Wort. „Ich denke, es ist sehr gut, dass Sie mir alles erzählt haben. Gibt es denn noch etwas anderes, über das Sie gern mit mir sprechen würden?“

Nachdenklich schob sie die Unterlippe nach vorne und zog die Schultern hoch.

„Wie geht es Ihnen wegen des Katers?“

Schlagartig spannten sich alle Muskeln ihres Körpers an. Sie knetete ihre Finger, schluckte fest und merkte dann, dass ihre Augen brannten. Sie wollte nicht wieder weinen. Es mochte sein, dass der Überfall eine Belastungsstörung ausgelöst hatte. Vielleicht war sie deshalb nicht immer bei der Sache. Trotzdem gab es keine logische Erklärung für Pucks Verschwinden und die Geschehnisse an dem Abend. Es war ausgeschlossen, dass sie die Wohnungstür offengelassen hatte, als sie zur Arbeit gefahren war.

Das konnte ihr auch niemand einreden. Dieses Thema trieb ihr, nach wie vor, eine unbändige Angst ein.

„Ehrlich gesagt kann ich immer noch nicht glauben, dass er weggelaufen ist. Und ich kann mir die offene Wohnungstür auch nicht erklären. Ich würde gerne glauben, dass ich selbst schuld bin."

„Moment!", unterbrach Völkers und beugte sich zu ihr vor. „Niemand hat gesagt, dass Sie selbst an irgendetwas schuld seien. Ich habe Ihnen lediglich erklärt, dass es durchaus sein kann, dass Sie in Ihrem Zustand Dinge tun, an die Sie sich später nicht erinnern. Darum sind wir hier. Daran werden wir arbeiten. Damit so etwas nicht mehr passiert."

Gerne hätte sie sich von seiner vertrauenswürdigen Art überzeugen lassen. Ein Teil von ihr wollte sogar glauben, dass sie an diesem Tag die Tür offengelassen hatte. Es wäre fast beruhigend gewesen, selbst für die ungewöhnlichen Vorkommnisse in der Wohnung verantwortlich zu sein.

Ausgerechnet ihre Zwangsstörung und die Angewohnheit, alles fünfmal zu kontrollieren, ließen sie aber sicher sein, dass am Tag, an dem Puck verschwand, jemand in ihrer Wohnung gewesen war.

„Haben Sie bereits das Schloss an Ihrer Wohnungstür austauschen lassen?"

Sophias Wangen wurden heiß. Schon zweimal hatte sie sich diesbezüglich von der Hausverwaltung vertrösten lassen. Sie wollte nicht antworten und schüttelte widerwillig den Kopf.

„Ich möchte Sie damit wirklich nicht angreifen, Frau Konrad. Ich denke nur, wenn Sie ganz sicher wären, dass sich jemand Zugang zu Ihrer Wohnung verschafft hat, würden Sie das Schloss auswechseln, egal was die Hausverwaltung dazu sagt."

Kapitel 9

Wie vor den Kopf gestoßen, standen die drei Pfleger noch einen Moment vor der geschlossenen Wohnungstür der Familie Huber. Philipp erlangte seine Fassung als Erster wieder, drehte sich um, packte Dennis am Arm und zog ihn hinter sich her die Treppe hinauf.

„Ihr wart doch oben und habt sie in der Wohnung abgeholt, oder?“ Philipp bekam keine Antwort und Dennis’ verwirrtes Nicken konnte er nicht sehen, weil sein Blick starr nach vorne gerichtet war. An der Dachgeschosswohnung angekommen, ließ er den Arm des Kollegen los und drückte, ohne zu zögern, die Türklinke nach unten. Doch die Tür war abgeschlossen.

„Komisch, dass es außen eine Klinke gibt und keinen Knauf, wie bei den anderen Wohnungen. Dennis, du bist immer noch sicher, dass es hier war, oder?“, fragte Philipp, während er sich auf die Knie fallen ließ, um das Türschloss aus der Nähe zu inspizieren.

„Äh, ja. Absolut!“

Philipp glaubte, dass das Schloss ein ganz simples war, wie man es in jedem Baumarkt bekam. Er zog den Schlüsselbund aus der Tasche seiner Jeans und begann auf gut Glück alle Schlüssel durchzuprobieren. Als er anfing, mit der Ecke seiner Bankkarte die Schrauben der Armatur aufzudrehen, legte ihm Dennis eine Hand auf die Schulter.

„Wer weiß, Philipp. Vielleicht täusche ich mich doch. Die kleinen Häuser hier sehen doch alle gleich aus. Jetzt in die Wohnung einbrechen, halte ich für keine gute Idee. Jetzt komm schon!“

Joey war derselben Meinung, und da die Bankkarte ständig von der Schraube abrutschte, gab Philipp schließlich nach. Er hatte ohnehin keine Ahnung, was er sich von einer illegalen Wohnungsdurchsuchung versprach.

Sie verließen möglichst leise das Haus. Keiner sagte ein Wort. Doch als Philipp mit einem lauten Knall die Beifahrertür zuschlug, platzte es förmlich aus ihm heraus. „Da ist doch was faul. Wir hätten vielleicht doch reingehen sollen. Diese blöde Tür hätten wir schon aufbekommen. Was machen wir denn jetzt?"

Dennis war ganz bleich, sagte aber kein Wort. Philipp drehte sich zu Joey um, die auf dem Rücksitz saß. Sie nickte. „Wir wissen alle, dass es das richtige Haus war. Diese Leute kennen Sophia Konrad. Aber ich habe keine Ahnung, was das alles bedeuten soll. Vielleicht sollten wir doch noch einmal versuchen, mit Sophia selbst zu sprechen."

Philipp nickte. „Ja, vielleicht." Er lehnte sich in seinem Sitz zurück und rieb sich die Schläfen. Er dachte an das Gespräch mit seiner Mutter. Dennis hatte schon den Ortsausgang erreicht, als Philipp sein Handy aus der Hosentasche zog. Schon beim zweiten Klingeln nahm sie ab. „Hallo Mama! Erinnerst du dich noch an das, was ich dir über die Patientin aus Eddersheim erzählt habe? Ich hab jetzt die Adresse. Hast du was zu schreiben?"

Sie hatte zwar noch nicht mit ihrer Freundin gesprochen, notierte sich aber die Adresse und versprach, Bärbel gleich anzurufen. Philipp legte auf, schloss die Augen und rutschte noch etwas tiefer in seinen Sitz. Für irgendetwas war es sicher gut, dass es überall Leute wie Bärbel gab, die die Gerüchteküche am Laufen hielten.

Dennis setzte die beiden an ihren Autos ab und verabschiedete sich.

„Und was machen wir jetzt? Irgendwelche Vorschläge, Frau Fröhlich?", fragte Philipp etwas unsicher.

„Ach Mensch, mir stinkt das total. Ich will echt wissen, was da faul ist. Aber ich kann heute gar nix mehr machen. Ich hab Mala versprochen, den Abend mit ihr zu verbringen. Wenn ich jetzt schon wieder keine Zeit für sie hab, muss ich mir bald wirklich keine Sorgen mehr um ein Kind machen."

Philipp hatte zwar Verständnis, konnte seine Enttäuschung aber nicht verbergen. „Ich schau nochmal, ob ich vielleicht Sophias Familie ausfindig machen kann. Wir sehen uns ja morgen!"

Joey sah ihn traurig an. „Morgen stehe ich dir in meiner Funktion als Dr. Watson wieder voll und ganz zur Verfügung. Versprochen!“

Kopfschüttelnd stieg Philipp in seinen Bus und schlug die Fahrertür zu. Obwohl er sich ein wenig über die Sherlock-Neckerei ärgerte, musste er grinsen.

Als er wenig später in gewohnter Routine mit einem Döner, einer Flasche Bier und seinem Laptop im Wohnzimmer saß, kribbelte der Tatendrang in seinem Körper. Die Gedanken an Sophia Konrad ließen ihn nicht los. Im Telefonbuch fand er einige Einträge mit dem Namen Konrad. Bevor er auf der Suche nach Sophias Eltern wahllos irgendwelche Familien abtelefonierte, meldete er sich noch einmal auf der Social-Media-Plattform an. Schließlich hatte er dort die bisher einzigen Informationen über Sophia gesammelt. Zuerst öffnete er noch einmal ihr Fotoalbum und schaute sich mehrere Bilder an, die er beim letzten Mal schon genauestens betrachtet hatte. Bei einer Großaufnahme ihres Gesichts hielt er inne. Ihr Lächeln zog ihn für einen Moment in seinen Bann. Auf dem nächsten Foto hielt Sophias Exfreund Marvin einen kleinen Kater in die Kamera. Unter dem Bild stand: ‚Marvin und Puck sind dicke Freunde!‘ Damit schoss Philipp ein neuer Gedanke in den Kopf. Blitzschnell hatte er das Profil des Laborleiters gefunden und tippte kurzerhand eine Nachricht an ihn in das dafür vorgesehene Feld. Einen Moment später löschte er das Geschriebene wieder. Sein Anliegen wäre, auch telefonisch, schwer zu erklären gewesen. Doch eine derartige Nachricht über ein Internetportal an einen vollkommen fremden Menschen zu verfassen, war wirklich bizarr. Philipp schob die Bierflasche zur Seite, rieb sich die Augen und stand anschließend auf, um sich einen Kaffee zu machen. Es wollte ihm einfach keine passende Formulierung einfallen. Seine Schläfen pochten und er hoffte, das Koffein könnte den aufkommenden Kopfschmerz abwenden.

Er wusste, dass Marvin bei der Bundeswehr gewesen war, worauf einige Postings und Fotografien in seinem Profil hindeuteten. Trotzdem hielt er es für unklug, sich zu diesem Thema einen Vorwand auszudenken. Bei einem potenziellen Treffen, zu einem späteren Zeitpunkt, hätte er mit seiner steilen Zivildienstkarriere nicht viel zum Thema beitragen können. Er arbeitete im Industriepark. Dort hatte Philipps Vater und vor ihm der Großvater gearbeitet. Doch diese Gemeinsamkeit hatten unzählige Arbeiterkinder in der Umgebung. Schließlich kam Philipp zu dem Schluss, dass man einen Vorwand ohnehin immer als solchen erkennen konnte. Also die Wahrheit! Mindestens sechsmal hatte er den kurzen Text neu geschrieben, bis er ihn schließlich abschickte.

Hi Marvin, mein Name ist Philipp Lehmann. Ich bin Pfleger in der Klinik, in der sich Sophia Konrad zurzeit befindet. Ich möchte ihr sehr gerne helfen und müsste dazu ein paar Dinge wissen. Du könntest mir vielleicht weiterhelfen. Es wäre gut, wenn du dich bei mir melden könntest.

Dann fielen ihm Sophias Freundinnen ein. Die Sängerin und die Kollegin. Eine gute Freundin wäre vielleicht ein besserer Ansprechpartner als der Ex-Freund. Schnell öffnete er das Social-Media-Profil von ‚Sparkling Moe' und tippte eine ganz ähnliche Nachricht. Danach schickte er dieselben Worte an die Kollegin Tanja Ivanov. Als auch diese Nachricht versendet war, bekam er ein schlechtes Gewissen. Nicht nur beruflich war sein Verhalten untragbar, er wollte gar nicht wissen, was Sophia darüber denken würde, sollte sie jemals davon erfahren. Dennoch waren Moe, Tanja und Marvin derzeit die einzigen Kontakte. Jetzt blieb nur noch zu hoffen, dass sie bereit waren, zu helfen. Mit stärker werdenden Kopfschmerzen schlich Philipp ins Badezimmer. In der Kulturtasche, die noch immer voll bestückt auf dem Waschtisch stand, wühlte er nach einer Packung Ibuprofen. Er schob sich gleich zwei Tabletten in den Mund und hielt seinen Kopf unter den Wasserhahn des Handwaschbeckens. Als er den Hahn schloss, rollte er mit den Augen. *Das blöde Ding tropft immer noch! Was für eine Drecksbude!* Im Wohnzimmer griff er nach der leeren Kaffeetasse und ging wieder in die Küche. Bevor er den Wassertank der Kaffeemaschine aufgefüllt hatte, gab der Computer auf dem Couchtisch ein helles PLING von sich. Philipp hechtete zu dem Gerät und öffnete die neue Nachricht.

„Hi Philipp! Wir sind getrennt, und ich hab nix mehr mit Sophi zu tun, aber ich bin ja ein hilfsbereiter Mensch. Heute ist bei mir endlich mal Wochenende angesagt. Wenn es dringend ist, kannst du mich also die ganze Nacht mit meinen Jungs im O'Reilly`s am Hauptbahnhof erreichen. Wenn

im Gegenzug ein, zwei Bier für mich und meine Jungs drin sind, erzähl ich dir fast alles. ;-)"

Ohne zu überlegen, klappte Philipp den Laptop zu und eilte zurück ins Badezimmer. Nach einer eiskalten Dusche waren seine Kopfschmerzen zwar nicht weniger geworden, dafür war die Müdigkeit restlos verschwunden. Während er frische Klamotten anzog, kippte er sicherheitshalber eine weitere Tasse Kaffee hinunter, um keine zehn Minuten später bereits in seinem Bus zu sitzen. Den T3 parkte er am Bahnhof und stieg dort in die nächste S-Bahn. Obwohl er die öffentlichen Verkehrsmittel verabscheute, konnte er seinen Liebling auf gar keinen Fall in irgendeiner Seitenstraße am Hauptbahnhof abstellen. Zumal es dort fast unmöglich war, einen Platz zu finden, schon gar keinen für einen Bus.

***

Im O`Reilly's stand die Luft. Er kannte den Laden noch aus alten Zeiten, und auch wenn in dem Pub nicht mehr geraucht werden durfte, war es zu später Stunde unglaublich voll, tierisch heiß und ziemlich laut. Diese Beschreibung traf sicherlich auf jede gut besuchte Kneipe zu, trotzdem erinnerte sich Philipp schon beim Betreten der Lokalität daran, wieso ihm diese Orte nicht sonderlich angenehm waren. Er schob sich an einer laut grölenden Gruppe betrunkener, junger Männer vorbei und war froh, dass er bei genauerem Hinsehen ausschließen konnte, dass einer von ihnen Marvin war. Auf der kleinen Bühne hatten sich drei Frauen versammelt, um euphorisch *Summer of 69* von Bryan Adams ins Mikrophon zu kreischen. Inbrünstig schrammten sie an den Tönen vorbei, ohne sich an den belustigten Blicken und vereinzelten Buhrufen anderer Gäste zu stören. Schräg gegenüber an der Bar saßen ein paar Männer, die sich vor Lachen regelrecht kugelten. Es war nicht zu übersehen, dass ihre Freude vom lieblichen Gesang der Damen herrührte. Auch Philipp musste kurz schmunzeln, als er zusammenzuckte, weil eine der Damen besonders hoch ins Mikro quietschte. Dann fiel er ihm ins Auge. Einer der lachenden Jungs an der Bar war Marvin. Sein hochroter Kopf hatte sich zuerst hinter einem Guinnessglas versteckt, doch jetzt hatte Philipp keinen Zweifel mehr und steuerte direkt auf ihn zu. „Hi Marvin, ich bin Philipp! Ich hatte dir geschrieben."

Sofort erhob Marvin die Stimme. „Hey Jungs, er ist gekommen! Es gibt *FREIBIER*!"

Mindestens drei andere junge Männer an der Theke jubelten laut.

Als sich alle beruhigt hatten, sah er Marvin mit düsterem Blick an, zückte aber gleichzeitig seinen Geldbeutel. „Also gut, wie viele?"

„Wir sind zu fünft. Mit dir also sechs, würde ich sagen!" Marvin strahlte ihn lausbübisch an und entblößte dabei eine Zahnlücke zwischen den Schneidezähnen.

„Sechs Guinness bitte", rief Philipp dem Barkeeper zu.

Sobald alle lautstark angestoßen und einen großen Schluck genommen hatten, fixierte Philipp Marvin. „Wie lange seid ihr schon kein Paar mehr?"

Marvin kratzte sich an der lichten Stelle an seinem Hinterkopf. „Boah, du stellst Fragen, Bruder! Ein paar Monate." Einen Moment lang sagte er nichts. Dann schaute er Philipp direkt in die Augen, zumindest so direkt, wie das bei seinem Pegel noch möglich war. „Bisschen mehr als drei Monate. Kurz nach dem Einbruch hat sie sich getrennt. War die beste Beziehung, die ich je hatte."

Philipp hatte nicht damit gerechnet, bemerkte jetzt aber, dass seinem Gegenüber die Trennung noch zu schaffen machte. Bevor er etwas entgegnen konnte, hob Marvin sein Glas.

„Auf die Liebe, Jungs!"

Die Gläser klirrten und als Marvin erneut gegen Philipps Glas stieß und ihm auffordernd zunickte, nahm er einen Schluck.

„Na komm schon! Du bist doch keine zwölf mehr", sagte Marvin mit hochgezogenen Augenbrauen, bevor er sein leeres Glas auf die Theke knallte. Philipp kam der Aufforderung nach und setzte sein Glas erneut an, um es ebenfalls in einem Zug leer zu trinken.

„Geht doch", lächelte Marvin und setzte sich betont aufrecht hin. „Die nächste Runde geht auf mich! Nochmal sechs, mein Gutster!", rief er dem Barkeeper zu. Endlich stand der ältere

Mann neben Philipp von seinem Barhocker auf und er war froh, sich setzen zu können. Es war furchtbar heiß in diesem Laden.

„Und du hattest in den letzten Monaten gar keinen Kontakt mehr mit Sophia?"

Marvin zog die Augenbrauen zusammen, schien skeptisch zu sein, schüttelte aber den Kopf. „Nee, leider nicht, Alter! Jetzt mach dich aber erst mal locker und trink was." Er drückte Philipp das nächste Glas in die Hand und prostete ihm zu.

Philipp nahm einen Schluck und versuchte derweil, seine Enttäuschung zu verbergen. Dieser Ort war nicht gerade zweckmäßig für ein aufklärendes Gespräch, und er war schließlich nicht zum Biertrinken gekommen. Die Musik wurde scheinbar immer lauter, sodass er sich jetzt etwas nach vorne beugte, um Marvin ein bisschen näher zu kommen.

„Du hast gesagt, sie hat sich nach dem Einbruch getrennt. Kannst du mir erzählen, was da passiert ist?"

„Ich war ja nicht dabei, sonst hätte der Wixer garantiert kein Morgen mehr gesehen." Marvin starrte einen Moment lang ins Leere, trank dann einen Schluck und knallte sein Glas lautstark auf die Theke.

Philipp musste es anders versuchen. „Sophia muss recht schnell ausgezogen sein, oder?"

Marvin nickte beiläufig, hatte aber offenbar keine Lust, weiter auf dieses Thema einzugehen. Er klopfte Philipp auf die Schulter. „Junge, du musst echt erst mal was trinken."

Etwas widerwillig hob Philipp sein Glas. So kam er nicht weiter. Im Grunde schmeckte dieses Guinness auch richtig gut. Er leerte das Glas in einem Zug und Marvin schenkte ihm erneut sein breites Zahnlückenlächeln. Vielleicht würde er auf diese Art einen Zugang zu ihm finden. Er bestellte eine weitere Runde und dazu zwei Kurze für sich und Marvin.

Kurz darauf hatte er bereits das nächste Schnapsglas in der Hand und keine Ahnung, wie es so schnell dorthin gekommen war. Er stieß mit seinem neuen Freund an, und der begann endlich Interesse zu zeigen.

„Warum ist sie eigentlich in einer Klinik? Ist sie krank?"

Philipp hob die Schultern. „Also ehrlich gesagt glaub ich nicht, dass sie richtig krank ist, darum versuch ich, mehr über sie herauszufinden."

Marvins Augen zogen sich zu engen Schlitzen zusammen. „Du willst aber nix von ihr, oder?"

Philipp öffnete den Mund, machte ihn schnell wieder zu und schüttelte entschlossen den Kopf. „Natürlich nicht! Sie ist meine Patientin, das hab ich dir doch geschrieben."

Marvin zuckte mit den Schultern. „Auch wenn ich nicht genau verstehe, worum es geht. Schöner Zug von dir, dass du Sophi helfen willst."

Marvin stieß sein Bier leicht gegen Philipps Glas. Die herbe Flüssigkeit floss angenehm kühl durch seine Kehle. Auf der Theke stand die nächste Runde Schnaps.

„Hast du irgendwas von ihrer Wohnungssuche mitbekommen?"

Jetzt verzog sich Marvins Gesicht. Er sah wirklich verletzt aus, und Philipp fürchtete, auf diese Weise kein Wort mehr aus ihm herauszubekommen. Er gab ihm eines der kleinen Gläser in die Hand und nickte ihm zu. Beide stürzten den Ramazotti hinunter und Philipp hob direkt die Hand, um die nächste Runde zu bestellen.

Er hielt sich eine Weile zurück und ließ den Blick durch den Pub wandern. Der Alkohol vernebelte ihm langsam die Sicht und er fand endlich Gefallen an dieser Umgebung. Er konnte sich nicht erinnern, wann er selbst zum letzten Mal mit ein paar Jungs in einer Bar gefeiert hatte. Er beschloss, dass er eigentlich zu jung war, um so etwas schon ewig nicht mehr gemacht zu haben. Ein paar weitere Runden ließ er sich einfach treiben, trank mit und hörte den Unterhaltungen der Jungs zu.

Als es etwas ruhiger wurde, stützte sich Marvin an der Theke ab und war Philipp wieder ein wenig näher. Philipp entschied, dass es noch einen Versuch wert war. „Sophias Eltern könnten mir vielleicht helfen. Du weißt doch bestimmt, wo sie wohnen, oder?" Er hörte selbst, wie seine Stimme leierte.

Marvin stellte sein Glas ab und wischte sich mit dem Ärmel über den Mund. „Klar. Die haben ein Häuschen in der Kolonie in Zeilsheim. Kennste? Is ganz nett da."

Philipp nickte. Soweit er wusste, war die Kolonie eine freundliche Wohnsiedlung mit kleinen Ein- bis Zweifamilienhäusern. Ein Schulfreund aus seiner Grundschulklasse hatte dort gewohnt. Auch wenn Philipp seit Jahren nicht mehr in dieser Gegend gewesen war, würde es mit dieser Information ganz leicht werden, Sophias Eltern ausfindig zu machen. Da hatte es sich doch gelohnt, mit einer Handvoll fremder Jungs ein paar Bierchen zu trinken. Mit einem zufriedenen Grinsen leerte Philipp sein Glas und forderte den Barmann auf, eine weitere Runde auszuschenken.

„Sag mal, wie lange wart ihr eigentlich zusammen? Du und Sophia?", lallte er. Obwohl sich alles immer leichter anfühlte, wurde es schwerer, die Worte hervorzubringen.

„Vier Jahre! Hammerfrau, sach ich dir", brachte Marvin hervor, dessen Aussprache ebenfalls undeutlicher wurde.

Philipp stellte sein Bier ab und schaute einen Augenblick lang verträumt ins Leere. „Ja, das ist sie. Und sie hat ein wunderschönes Lächeln."

Ein lauter Knall. Der stechende Schmerz kam urplötzlich, gefolgt von einem weiteren Schlag und einem Krachen in seiner Gesichtsmitte. Philipp realisierte erst nach dem Aufschlag auf den Boden, dass etwas kolossal schiefgelaufen war. Marvin hing wild gestikulierend über ihm und wurde offensichtlich festgehalten, während er irgendwelchen merkwürdigen Kram von „ranmachen" und „meine Sophi" brüllte. Sein Arm schnellte wieder vor. Es wurde dunkel.

Kapitel 10

Vor der Einweisung

Nach der Therapiesitzung bei Völkers hatte Sophia einen ungewohnten Tatendrang. Sie nahm sich vor, den letzten Tag ihrer Krankschreibung zu nutzen, um ihren Haushalt auf Vordermann zu bringen. Zuerst sortierte sie ihre Wäsche und machte sich gleich mit dem Wäschekorb unter dem Arm auf den Weg in den Keller. Unten angekommen, ging sie an ihrem eigenen Kellerraum vorbei und lief zielstrebig auf die schwere Metalltür am Ende des Ganges zu. Ihr Blick blieb an der Kellertür von Familie Huber hängen. Wie immer, wenn sie hier unten war, steckte der Schlüsselbund an der Tür. Maria Huber schien den Schlüssel nie zu vermissen. Sophia war sicher, dass an dem dicken Bund auch der Schlüssel zur Wohnung der Familie hing. Zumindest hatten die Hubers kein Vertrauensproblem.

Kopfschüttelnd beschleunigte sie ihre Schritte und wollte die Tür zum Waschkeller aufschließen, als sie ein Geräusch hörte. Der Schlüssel drehte sich minimal im Schloss und die Tür sprang auf. Sie war nicht abgeschlossen gewesen, und das Licht im Waschraum war auch schon an. Trotzdem fuhr Sophia zusammen, als Maria Huber hinter ihrer Waschmaschine auftauchte. „Hallo!"

Aus Sophias Kehle kam ein heiseres: „Hi!" Wie angewurzelt, blieb sie auf der Stelle stehen, während ihre Nachbarin mit einem vollbeladenen Wäschekorb an ihr vorbei aus dem Keller schlenderte. Die schwere Tür fiel hinter ihr ins Schloss und das Geräusch hallte in dem hohen Raum nach. Es roch nach Waschmittel und Sophia spürte, wie ihr die feuchte Luft in die Gelenke kroch. Rasch stopfte sie ihre Buntwäsche in die Maschine, um sich an diesem Ort nicht länger als zwingend notwendig aufzuhalten. Sie stellte das Programm ein, hörte, wie das Wasser einlief und als sich die Trommel zu drehen begann, war sie bereits an der Tür. Sophia schaltete das Licht aus, zog den Schlüsselbund aus der Hosentasche und schloss den Waschkeller von außen ab.

Den Blick auf die Kellertür ihrer Nachbarn gerichtet, setzte sie einen Fuß vor den anderen. In ihr flammte die abwegige Hoffnung auf, Puck könnte versehentlich eingesperrt worden sein. Es war, als ziehe sie dieser Raum magisch an. Sie lauschte auf Geräusche von oben und bewegte sich auf den fremden Kellerraum zu. Ihre zitternde Hand flog zur Türklinke, doch sie spürte einen Widerstand. Die Tür war abgeschlossen, obwohl der Schlüssel außen steckte. Mit angehaltenem Atem drehte sie sich in Richtung Treppenhaus und horchte noch einmal. Alles war vollkommen still. Sophia versuchte, den ganzen Bund zu umfassen, damit die Schlüssel nicht aneinanderschlugen, dann drehte sie ihn im Schloss.

Ohne zu wissen, was sie erwartet hatte, enttäuschte sie der Anblick des ausgemusterten Kinderwagens, des beschrifteten Windelkartons und des zwischen Fahrrädern herumliegenden Werkzeugs. Mehrmals flüsterte sie den Namen des Katers. Erwartungsgemäß ohne Erfolg. Ihr Blick glitt noch einmal über das Chaos des Abstellraumes, als sie plötzlich ein Geräusch von oben hörte. Mit dem nächsten Atemzug war sie wieder im Flur, griff nach dem Schlüsselbund und verriegelte die Tür. Sie nahm mehrere Stufen gleichzeitig und hetzte ins Obergeschoss. Oben angekommen fragte sie sich, ob das Licht im Kellerraum der Hubers vor ihrem Einbruch eingeschaltet gewesen war. Hoffentlich hatte sie keinen Fehler gemacht, der sie am Ende verraten würde.

Als sie sich etwas beruhigt hatte, fiel ihr Blick auf die türkisfarbenen Laufschuhe im Flur. Kurzerhand beschloss sie, das Putzen doch aufzuschieben. In der vergangenen Woche war sie an jedem Tag eine Runde gejoggt. Das schüttete nicht nur Glückshormone aus, es machte auch den Kopf frei und den Po knackig. Selbst der Therapeut hielt es für wahrscheinlich, dass der Sport geholfen hatte, ihre Ängste zu lindern.

Der größte Teil der Funktionskleidung war in der Wäsche und sie entschied sich für eine kurze Sporthose und ein hellgraues Trägertop aus Baumwolle. Sie schnallte die Sportuhr um ihr Handgelenk und das Handy in der Neoprenhülle um den Oberarm. Seit ihre Haare auf Kinnlänge geschnitten waren, trug sie zum Sport breite Stirnbänder, doch auch diese warteten durchgeschwitzt zwischen den Sportsachen auf den nächsten Waschgang. Sie klemmte sich die vordersten Strähnen beidseitig mit Haarklammern fest, zog die Laufschuhe an und war kurz darauf auf der Straße. Durch die Felder hinter dem Haus lief sie zum Waldrand. Sie überquerte die Bahnschienen und spürte die Sonne auf ihren Schultern, als sie aus dem Schatten des kurzen Waldstücks trat. Das warme Licht auf ihrer Haut brachte sie zum Lächeln. Ihre Schritte nahmen Tempo auf, als sie in die steile Rechtskurve an dem alten Wasserwerk einbog und schließlich leicht bergauf über einen Bahnübergang in die Felder von Okriftel lief. Von hier aus war es ein Katzensprung zum See, an dem sie sich auf das warme Gras fallen ließ und die frische Luft tief in die Lungen sog.

Ihr Puls wurde ruhiger. Sie dachte an Herrn Völkers und an die Angst, die sie im Keller überkommen hatte. Ging es ihr wirklich besser, oder hatte sie den Therapeuten unbewusst angelogen? Ohne zu blinzeln, starrte Sophia auf das Wasser. Völkers glaubte, sie habe in der Sitzung einen großen Fortschritt gemacht. Doch für eine Wunderheilung standen die Chancen schlecht, und das wusste Sophia. Sie musste sich in Geduld üben.

Ihr Blick ruhte auf der spiegelglatten, scheinbar unzerstörbaren Oberfläche des Sees, bis diese von einer flatternden Ente zerbrochen wurde. Das Wasser spritzte wild umher. Die Flügel der Ente stachen, schlugen, schnitten und rissen in den See, wie Messer in eine große Schale Wackelpudding. Es sah aus, als wäre die Oberfläche für immer zerstört. Doch die Ente drehte nur noch eine Runde um die eigene Achse. Schließlich schwamm sie davon, zog bloß eine einzelne, dünne Narbe des harten Angriffs hinter sich her. Auch diese war einen Wimpernschlag später verheilt und die Wasseroberfläche wieder ruhig, intakt und schön. Eine Gänsehaut kitzelte über Sophias Schultern. Dankbar blinzelte sie in die tiefstehende Sonne.

Nach dem Joggen nahm sie eine warme Dusche und brauchte noch einen Moment, bis sie sich überwunden hatte, zumindest staubzusaugen. Es dämmerte längst, als sie ihre Sportkleidung zusammensuchte und sich erneut auf den Weg in den Keller machte.

Natürlich hing Marias Schlüsselbund noch immer an der Tür. Sophia durchquerte schnell den Flur und steckte ihren Schlüssel in den Schließzylinder zum Waschraum. Sie drehte ohne Widerstand. Die Tür war schon wieder nicht verriegelt. Während Sophia eintrat, tastete sie hektisch nach dem Lichtschalter und schaute sich suchend um, als das Licht anging. Sie erwartete fast, jeden Moment zu Tode zu erschrecken, weil jemand neben oder hinter ihr auftauchte. Doch sie war allein. Hektisch zerrte sie die feuchte Wäsche aus der Trommel und stopfte sie in den Korb. Sobald die Maschine neu beladen und gestartet war, trugen sie ihre Beine im Laufschritt zum Ausgang. Sie drückte die Klinke nach unten und lehnte sich gegen die Tür. Nichts bewegte sich. Sophias Hand umschloss den Griff so fest, dass die Handfläche schmerzte. Mit aller Gewalt rüttelte sie an der Tür. Den Wäschekorb drückte sie mit dem anderen Arm an ihre Hüfte. Doch als sie sich erneut gegen die Tür warf, rutschte er weg und krachte seitlich auf dem Boden. Das Scheppern des gebrochenen Plastiks ließ sie noch mehr zittern. Sie rüttelte noch einmal an der Tür, versuchte, ihren Schlüssel von innen in das Schloss zu stecken, aber sie rutschte immer wieder ab. Tränen liefen über ihre Wangen. Sie machte einen Schritt nach hinten, wollte im besseren Licht prüfen, ob es der richtige Schlüssel war. Mit dem linken Fuß trat sie auf den Rand des Wäschekorbs, der nach hinten kippte. Wie jeder Sturz geschah auch dieser in Zeitlupe. Der lange Moment war zu kurz, um etwas zu unternehmen, und sie spürte den Aufprall.

***

Ein stechender Schmerz fuhr ihr in die Schläfe, als sie die Augen öffnete. Es dauerte einige Sekunden, bis sie wusste, wo sie war. Eine Hand an den Kopf gepresst, sammelte sie mit der anderen ihre Wäsche ein. Der Schlüsselbund lag neben ihr auf dem Boden und sie versuchte, sich zusammenzureißen, um möglichst ruhig nach dem richtigen Schlüssel zu suchen. Ihre Knie waren weich und ihr Steiß schmerzte, als sie sich erneut auf die Tür zubewegte.

Sie schob den Schlüssel ins Schloss und drückte mit der linken Hand die Türklinke nach unten. Noch bevor sie den Schlüssel drehte, öffnete sich die Tür wie von Zauberhand. In ihre Richtung! Sophia fragte sich, ob sie vorher an der Tür gezogen oder gedrückt hatte. Oder hatte sie beides versucht?

***

Am Montagmorgen hatte Sophia einen Schreibtisch voll liegengebliebener Arbeit erwartet, doch alles was sie im Büro vorfand, waren einige wenige zugeteilte Aufgaben gewesen. Diese waren nicht nur schnell erledigt, sondern hatten auch dafür gesorgt, dass sich Sophia überflüssig fühlte. Tanjas übertriebene Fürsorge war kaum zu ertragen gewesen. Ständig versuchte sie, Sophia in irgendwelche privaten Gespräche zu verwickeln. Nachdem sie ihre Kollegin viel zu schroff abgewiesen hatte, war ein schlechtes Gewissen in ihr aufgeflammt. Aber in ihrem Leben gab es nun mal keinen Platz für Tanja. Als der Feierabend endlich gekommen war, verließ Sophia beinahe fluchtartig das gemeinsame Büro.

Wieder wie auf Autopilot fuhr sie auf dem schnellsten Weg nach Hause. Sie hatte gerade den Hauseingang erreicht und den Schlüssel ins Schloss gesteckt, als sie ein schrilles Piepen hörte. Sie schob die Haustür auf und hörte den Pfeifton im Treppenhaus laut und deutlich. So schnell wie möglich rannte sie die Treppe hinauf. Es roch verbrannt. Je näher sie ihrer Wohnung kam, desto lauter wurde das Geräusch. Kaum hatte sie die Wohnungstür offen, schlug ihr dichter Qualm entgegen. Erschrocken atmete sie ein und musste sofort husten. Der Rauch kam aus der Küche. Sie hielt sich den Ärmel ihrer Jacke vor den Mund und tauchte mit brennenden Augen, auf der Suche nach der Quelle dieser Katastrophe, unter den Rauchschwaden hindurch. Geduckt stand sie vor der Arbeitsplatte und erkannte durch den Nebel ein rotes Licht. Es war am Herd. Ohne nachzudenken, taumelte sie zum Fenster und riss die beiden Flügel auf. Als sich die erste große Wolke aus dem Fenster schob, erkannte sie ein rauchendes Küchenhandtuch auf der Herdplatte. Sie zog den Ärmel ihrer Jacke über die Hand, schnappte sich den qualmenden

Lappen und warf ihn im hohen Bogen in das Waschbecken. Zischend lief das Wasser über den dunklen Stofffetzen und die Luft wurde langsam klarer. Ihr Hals brannte und der schrille Ton des Rauchmelders trat wieder in den Vordergrund ihres Bewusstseins. Hustend schleppte sie sich zurück in den Flur, wo das kleine runde Gerät an der Dachschräge hing. Sie streckte sich. Auf Zehenspitzen bekam sie das Plastikgehäuse zu greifen und bog es hin und her, bis sich die Abdeckung löste. Sobald die Batterie draußen war, verstummte das schrille Geräusch. Es war merkwürdig, dass bei dem Krach kein Nachbar aus den umliegenden Häusern die Feuerwehr gerufen hatte. Als Sophia alle Fenster in der Wohnung aufgerissen hatte, setzte sie sich keuchend mit einer Wasserflasche in der Hand in den Türrahmen der Balkontür. Ihre Umhängetasche hing immer noch an ihrer Seite und sie kramte nach dem Handy, um Moes Nummer zu wählen. Mit rauer Stimme fasste sie zusammen, was geschehen war.

„Bei deinem Kontrollwahn ist es doch quasi unmöglich, dass du selbst den Herd angelassen hast, bevor du zur Arbeit gefahren bist."

„Zumal ich ihn schon seit einer Woche nicht mehr benutzt habe. Und ganz ehrlich, selbst wenn ich versehentlich drangekommen wäre ..." Sophia wischte sich mit dem Handrücken über die feuchte, rußige Stirn. „Ich war über acht Stunden weg. Dieses Handtuch hätte auf der Herdplatte schon viel früher Feuer gefangen!"

Ihr wurde eiskalt, als sie den Gedanken aussprach.

„Ich weiß nicht mehr, ob die Wohnungstür abgeschlossen war, als ich reinkam. Das Chaos hier hat mich komplett abgelenkt. Es war jemand in meiner Wohnung, Moe." Sophia fuhr herum und flüsterte in den Hörer: „Vielleicht ist er auch immer noch hier!"

Kapitel 11

Es rumpelte laut und Philipp öffnete die Augen. Er schreckte hoch, als er bemerkte, dass seine Wange auf dem Rand einer Toilettenschüssel lag. Der stechende Schmerz in seinem Kopf wurde vom Pochen seiner Nase übertönt, um kurz darauf Übelkeit Platz zu machen. Der säuerliche Geruch nach Erbrochenem war kaum zu ertragen. Philipp versuchte aufzustehen und bemerkte, dass seine Beine eingeschlafen waren. Unvermittelt fragte er sich, wie lange er hier schon, eingekeilt zwischen Wand und Toilette, lag. Er schaffte es gerade so auf die Beine, als jemand hinter ihm versuchte, die Tür aufzudrücken.

„Das darf doch nicht wahr sein. Schon wieder so einer", schimpfte eine energische Stimme. Schnelle Schritte entfernten sich aus dem Toilettenbereich.

Philipp trat aus seiner Kabine und musste sich sofort an der Wand festhalten. Er konnte nicht besonders gut sehen und auch sein Kreislauf lief nicht auf Hochtouren. Der stechende Schmerz hatte den Weg vom Auge in seine Nasenwurzel gefunden. Er schob sich an den kalten Fliesen entlang und sah im Spiegel seine schiefe, geschwollene Nase und den getrockneten Streifen Blut, der über seinem Kinn endete. Er berührte sein dunkles Augenlid und zuckte zusammen. Mindestens zwei Schläge musste er abbekommen haben, konnte sich aber an keinen davon erinnern. Er überlegte sogar kurz, wo er war und weshalb er hier war. Doch diese Lücke hatte sich glücklicherweise geschlossen, bis er sich das Gesicht mit kaltem Wasser abgewaschen und die Blutreste entfernt hatte. Die Reinigungskraft erwartete ihn direkt vor der Toilettentür. Der hagere Mann stemmte beide Hände in die Hüften und sah Philipp vorwurfsvoll an. „Soll ich einen Arzt rufen?"

Philipp lehnte mit einer winkenden Handbewegung ab und stolperte wortlos auf den Ausgang des O'Reilly´s zu. Es war bereits hell. Von der Partystimmung am Vorabend war auf der Münchener Straße nicht mehr viel zu sehen. Die Schritte der wenigen

Leute, die sich hier auf den Straßen bewegten, waren durchweg langsam und größtenteils schwankend. Mit einem unangenehmen Geruch in der Nase schaute er an sich herunter. Auf seinem hellblauen Hemd waren dunkle Blutspritzer und auf seiner Hose merkwürdige Flecken, die für ihn nach Erbrochenem aussahen und bei genauerer Überlegung auch genauso rochen. Er hob die Hand und winkte das nächste Taxi heran. Nachdem der Wagen zuerst an ihm vorbeigerollt war, hielt er an und setzte zurück. Philipp öffnete die Tür und kletterte auf den Rücksitz. „Bitte in die Sindlinger Bahnstrasse!"

Der Fahrer sah ihn fragend an.

„Sindlingen! Kennen Sie doch, oder? Neben Höchst!"

Der Fahrer nickte zweifelnd, und langsam wurde Philipp ungeduldig. Unbeholfen versuchte er, an den Geldbeutel in seiner Gesäßtasche zu kommen. Mit der Bewegung peitschte ein stechender Schmerz durch seinen Rücken. „Hier, ich habe auch Geld dabei. Und jetzt fahren Sie bitte!" Philipp winkte mit einem Fünfzig-Euro-Schein und der Fahrer trat endlich aufs Gas. Zögerlich holte er sein Handy aus der Hosentasche und wunderte sich, dass das Gerät nichts abbekommen hatte. Es war gleich fünf Uhr und er würde es niemals pünktlich zu seinem Frühdienst schaffen. Er ignorierte die verpassten Anrufe von seiner Mutter und zwang sich, die Nummer der Klinik zu wählen. Philipp atmete auf, als er Butchs Stimme hörte. Er beauftragte den Wachmann, die Stationsschwester zu informieren, sobald sie zu ihrem Dienst erschien. „Sag ihr bitte, dass ich einen Unfall hatte und ein bisschen später komme."

Den Taxifahrer ließ er vor seiner Wohnung warten, aber nur, weil er unterschätzt hatte, wie lange es in seinem Zustand dauerte, eine Dusche zu nehmen und sein Gesicht zu säubern. Der Fahrer hatte sich über den langen Auftrag zweifellos gefreut, als Philipp zwei Stunden später, und um 120 Euro erleichtert, auf dem Lohrberg ankam. Zu dem beachtlichen Anteil Restalkohol hatte er inzwischen eine ordentliche Dosis Aspirin im Blut, was zumindest den schlimmsten Schmerz betäubte.

„Ach du Scheiße!", entfuhr es Arno Metzger, als Philipp in die Eingangshalle trat. „Bub, selbst wenn die Drachelady sehbehinnert wär, die dick Naas würd ihr uffalle! Dass du nur noch aa

Aach hast, fällt garned uff." Der Wachmann lachte über seinen Witz.

Philipp schloss die Augen, also eigentlich nur das eine, und atmete tief durch. „Ich weiß, wie ich aussehe, Butch! Hast du ihr das mit dem Unfall erklärt?"

Der Wachmann nickte. „Jop! Werd se awwer ned mer glaabe, wenn se dich sehe dut."

Philipp zuckte mit den Schultern. „Soll sie mir halt das Gegenteil beweisen."

Er durchquerte die Eingangshalle und steuerte auf den kleinen Laden zu, in dem Patienten und Besucher neben Zeitschriften auch kleine Snacks kaufen konnten. In der Klinik angekommen, hatte er es plötzlich nicht mehr eilig, dem Hausdrachen unter die Augen zu treten. Vielleicht wäre es doch besser gewesen, sich einfach krank zu melden. Er ließ sich eine Frikadelle aufwärmen, würgte sie zusammen mit einem Brötchen einigermaßen schnell hinunter und trank trotz der anhaltenden Übelkeit einen halben Liter Cola hinterher. Dann stopfte er sich drei starke Pfefferminzbonbons in den Mund, bevor er mit hängendem Kopf auf seine Station trottete.

Sein Dienst mit Frau Hildenberg war wie zu erwarten die schlimmste Hölle, durch die er mit ihr bisher gegangen war. Sie stellte ihn mehrfach vor den Patienten bloß und ließ ihn nur die einfachsten Aufgaben unter ständiger Aufsicht verrichten. Sogar Alana, die sich nach ihrer erneuten Einlieferung wieder eingelebt hatte, konnte sich eine Bemerkung nicht verkneifen. Als sie Philipps „Baustellengesicht", wie sie es nannte, zum ersten Mal sah.

In der Mittagspause schleppte er sich in den zweiten Stock, um Joey zu beichten, was geschehen war. Zumindest den Teil, an den er sich erinnern konnte. Er hielt seine Chipkarte an den Ausweisleser. Doch anstelle des gewohnten Summens, mit dem sich die Tür für gewöhnlich öffnete, ertönte ein durchdringendes Piepen, das einem Alarmgeräusch erschreckend ähnlich war. Philipp zuckte zusammen und schaute auf die Karte, die – mit seinem Passbild und seinen Daten versehen – auf jeden Fall die Richtige war. Er wischte mit dem Ärmel seines Kittels darüber und hielt sie noch einmal an das Gerät. Gleichzeitig mit einem rotblinkenden Lämpchen ertönte wieder das helle Piepen. Die Tür blieb verschlossen. Hilfesuchend sah er sich um, doch der Flur war leer. Er legte den Finger auf den Klingelknopf neben der Tür, zögerte aber einen Moment, bevor er drückte. Nach einem dröhnenden Rauschen antwortete eine blecherne Stimme.

„Hallo?"

Philipp räusperte sich. „Hallo, hier ist Philipp Lehmann. Ich wollte zu Joey. Meine Karte funktioniert irgendwie nicht."

„Joey ist nicht da", antwortete die Stimme kurz angebunden.

Philipp hörte ein Knacken und die Leitung war tot. Er hatte die Stimme des Kollegen nicht erkannt und somit nicht einmal die Möglichkeit, sich später bei ihm zu beschweren. Ärgerlich machte er sich auf den Weg ins Erdgeschoss.

Butch war in seiner Position als Wachmann, Nachtwächter, Empfangspersonal und Mädchen für alles ebenso für die Chipkarten der gesamten Belegschaft zuständig und somit der Einzige, der ihm nun helfen konnte.

„Hey Butch, kannste bitte mal meine Karte checken? Da stimmt was nicht."

Der Wachmann nahm die Karte entgegen und hielt sie an ein ähnliches Lesegerät, wie sie im ganzen Haus verteilt an den Türen hingen. Er starrte konzentriert auf den Bildschirm neben dem Kartenleser und klickte mit der Maus in ein paar farbige Kästchen. „Was geht dann ned?"

Philipp kniff die Augen zusammen. „Hä? Was meinst du? Ich kann halt die Türen nicht mehr öffnen. Dass mein Bild noch drauf ist und mein Name draufsteht, seh ich auch ohne Computer, du Scherzkeks."

Arno bedachte ihn mit einem düsteren Blick. „Dei Kart funktioniert nach mei'm Gerät hier bestens, Sherlock. Dei Profile sinn all noch druff." Dann stockte er kurz. „Außer … außer von de Forensik. Sieht so aus, als hätt jemand de Zugang gelöscht. Awwer nur den aane."

Philipp runzelte die Stirn. „Wer außer dir macht denn noch Ausweise?"

Der Alte schüttelte den Kopf. „Ausstelle dut die sonst kaaner. Awwer den Zugang zum System habbe die Chefärzt nadürlich all."

Philipp hob die Schultern. „Na, dann mach den Zugang halt wieder drauf. Ich arbeite schließlich da."

„Heut awwer ned, nach deim Dienstplan." Arno blickte auf seinen Bildschirm. „Sorry, Sherlock. Laut dem System brauchst de im Moment kaan Zugang zu de Forensik. Wenn ich dich da widder freigeb, sieht des doch derjenige, der dich rausgenomme hat, sofort. Vielleicht redste maa mit dem Prof?"

Philipp stampfte mit dem Fuß auf und fühlte sich für einen Moment wie ein fünfjähriger, trotziger Junge. Dabei ärgerte er sich nicht nur über den verweigerten Zugang, sondern auch darüber, dass der Wachmann den Spitznamen ‚Sherlock' von Joey übernommen hatte. „Das darf doch nicht wahr sein. Was soll der Scheiß?"

Ein Gespräch mit Professor Albrecht zu suchen, weil er ohne offiziellen Grund Zugang zur forensischen Abteilung wollte, war nicht die beste Idee. Er bedachte den Wachmann mit einem düsteren Blick und zeigte auf seine Nase. „So soll ich zum Prof? Ich kann froh sein, wenn ich dem heute nicht über den Weg laufe."

Er beugte sich zu Butch vor, der ihm seine Karte bereits durch den Schlitz am unteren Ende der Glasscheibe zurückgeschoben hatte.

„Egal! Dieser Schwachkopf, der mir oben nicht aufmachen wollte, hat gemeint, Joey wäre nicht da. Sie hat aber heute Dienst. Hast du was gehört oder sie gesehen?"

Arno runzelte die Stirn. „Der Dienstplan is geännert worn. Die Fröhlische war ganz froh, dass se heut frei hat." Er lachte über seinen Wortwitz. „Die is um korz nach acht an mir vorbei. Wollt den Taach mit ihrer Liebsten verbringe." Metzger zwinkerte komisch mit den Augen, was möglicherweise ein romantischer Augenaufschlag sein sollte.

Philipp hielt noch einmal fragend die Karte hoch. „Und was ist jetzt mit dem Ausweis? Komm schon, Butch."

Doch Arno Metzger schüttelte den Kopf. „Ich kann da echt nix mache. Awwer du hast doch sonst immer so gude Eifäll. Haste ma übber die Putzkolonn nachgedacht? Die Staubsaugerpilote beginne ihr'n Dienst pinktlich um sechs uff de Station, Mister

Holmes." Nach einer ausladenden Handbewegung setzte er hinterher: „Awwer was willsten übberhaupt da?"

Philipp drehte sich mit einem Grinsen im Gesicht um. „Gute Idee! Danke, Butch. Ich wünsch dir noch nen angenehmen Nachmittag. Und beiß niemandem in die Wade." Natürlich! Das war's! Die Reinigungskräfte kannten ihn. Sie würden ihn reingehen lassen. Er musste ihren Dienstbeginn einfach genau abpassen und sich dann ganz normal verhalten. Doch jetzt würde er erst einmal etwas essen müssen, seine Mittagspause war schließlich bald vorbei. Die Übelkeit hatte ein wenig nachgelassen und sein Appetit kehrte langsam zurück.

Schon nach dem ersten Happen erinnerte sich Philipp daran, weshalb er so selten in der Kantine aß. Etwas angewidert schaffte er es, die Hälfte der verkochten Spaghetti in wässriger Tomatensoße hinunterzuwürgen. Er schob den Teller zur Seite und spülte mit seiner Cola zwei Aspirin hinunter. Philipp atmete tief ein und lehnte sich ein wenig in seinem Stuhl zurück. Beim Ausatmen schloss er kurz die Augen und entspannte sich zum ersten Mal an diesem Tag, soweit es ihm unter diesen Umständen möglich war. Als er die Augen wieder öffnete, schossen ihm wilde Gedanken durch den Kopf. Im Grunde genommen hatte ihm Butch eine durchaus logische Frage gestellt. *Wieso wollte er unbedingt in die forensische Abteilung, wenn Joey gar nicht dort war? Was wollte er mit Sophia besprechen? Was würde er sagen, wenn sie fragte, weshalb er so zugerichtet war? Und warum war er eigentlich so zugerichtet? Was genau war in der Kneipe passiert?* Eine Frage jagte die andere und Philipp stellte bestürzt fest, dass er keine davon mit absoluter Sicherheit beantworten konnte. Er meinte, sich vage daran zu erinnern, dass Marvin ihm gesagt hatte, wo Sophias Eltern wohnten. Philipp stützte seine Stirn in die Handflächen. Das konnte doch nicht wahr sein. Wenn er sich jetzt nicht einmal mehr an den Wohnort von Sophias Familie erinnerte, war die ganze Aktion absolut sinnlos gewesen. Mit aller Konzentration, die er in seinem Zustand aufbringen konnte, ging er die Erinnerungen an den vergangenen Abend Stück für Stück durch. Plötzlich traf ihn die Erkenntnis und passenderweise fühlte sie sich an wie ein Schlag ins Gesicht. Wie bei einem Rückblick eines zweitklassigen Films, lief die verschwommene Szene vor ihm ab. Es war Marvins

Faust, die seine Nase getroffen hatte. Philipp erinnerte sich an das wütend rote Gesicht des jungen Mannes und er glaubte, es habe etwas damit zu tun gehabt, was er über Sophias Lächeln gesagt hatte. Kopfschüttelnd öffnete er die Augen. Es war eine wirklich dumme Idee gewesen, sich mit Sophias Ex zu betrinken. Plötzlich wurde Philipp bewusst, dass sein Interesse an Sophias Fall zu weit ging. Dennoch hatte die Sache mit den Nachbarn bewiesen, dass an der Geschichte etwas gewaltig faul war. Er musste mit Sophia sprechen. Musste sie sehen. Sein Entschluss war gefasst. Mit einem Blick auf die große Uhr über der Tür stand er von seinem Stuhl auf und machte sich wieder an die Arbeit.

***

Kurz vor achtzehn Uhr war Philipp immer noch fest entschlossen, seinen Plan in die Tat umzusetzen. Irgendetwas würde er schon von Sophia erfahren. Beladen mit einem Stapel leerer Ordner schlich er die letzten Stufen zur Station 2B hinauf. Wenn er die Hände voll hatte, würde ihm sicher jemand die Tür aufhalten. Ihm dämmerte zwar, dass ihm mit ein bisschen Mühe möglicherweise eine bessere Idee gekommen wäre, doch für den Moment musste es genügen. Am Treppenabsatz spähte er um die Ecke und beobachtete die erste Schleuse zur Forensik. Wie ein verdeckter Ermittler stand er mit dem Rücken an die Wand des Treppenhauses gelehnt und wartete auf die Putzkolonne. Plötzlich tauchte ein Putzwagen auf, doch leider hinter der Schleuse. Der Wagen war schon auf der Station. Das konnte nicht sein. Er war auf keinen Fall zu spät. Hatte sich Butch in der Uhrzeit geirrt? Schwungvoll drehte er sich in Richtung Eingang und blieb mit der Fußspitze an der letzten Treppenstufe hängen. Er kam ins Straucheln, Ordner flogen durch die Luft und landeten laut scheppernd auf dem Linoleumboden. Das war wohl auch hinter der Schleuse nicht zu überhören gewesen. Philipp kniete mit hochrotem Kopf vor dem Ordnermassaker und fing gerade an, sie wieder übereinander zu stapeln, als einer der Putzmänner mit fragendem Gesichtsausdruck die Schleusentür öffnete.

„Brauchen Sie Hilfe?“, fragte der Mann in gebrochenem Deutsch und Philipp antwortete wie aus der Pistole geschossen: „Ja, halten Sie mir bitte ganz kurz die Tür auf. Ich muss da rein.“

Hinter ihm erklang in diesem Moment wie aus dem Nichts die Stimme des Professors.

„Darf ich fragen, weshalb Sie so dringend mit einem riesigen Stapel leerer Aktenordner in die forensische Abteilung müssen, Herr Lehmann?“

Philipp ließ die Ordner wieder fallen, richtete sich auf und drehte sich zu seinem Chef um.

„Professor Albrecht! Ich ähm … wollte ...“ Philipp bekam kein Wort mehr heraus.

„Herr Lehmann. Sie haben keinen Dienst in der Forensik. Und nach Ihrem heutigen Verhalten werden Sie dort so schnell auch keinen Dienst mehr haben. Wir brauchen verantwortungsbewusstes Personal. Ich gehe davon aus, dass Sie heute schon einmal in den Spiegel geschaut haben. Daher haben Sie sicherlich Verständnis dafür, dass ich Sie mit sofortiger Wirkung freistelle.“

Kapitel 12

Vor der Einweisung

Nachdem sich Sophia überzeugt hatte, dass niemand in ihrer Wohnung war, presste sie das Handy wieder ans Ohr. „Es ist niemand hier“, flüsterte sie, als wäre sie selbst noch nicht ganz sicher.

„Zumindest nicht mehr“, erwiderte ihre Freundin, als könne sie Gedanken lesen. „Ich komme zu dir!“

Sophia wiegte den Kopf von einer Seite zur anderen. Sie dachte an ihren Therapeuten, und daran, dass sie geglaubt hatte, endlich stabiler zu sein. Glücklicherweise schien auch Moe auszuschließen, dass Sophia selbst den Herd angelassen hatte, was ebenfalls für ihre geistige Gesundheit sprach. „Nein, lass mal. Ich komme klar. Ich rufe sofort beim Schlüsseldienst an. Die sollen heute noch das Schloss austauschen. Mir ist jetzt auch egal, dass ich keine Genehmigung von der Hausverwaltung habe.“

„Atta girl! Gut so! Aber wenn du mich brauchst, rufst du an.“

„Mache ich. Und wenn nicht, sehen wir uns am Freitag.“

„Erinnere mich nicht daran, ich bin jetzt schon aufgeregt.“

„Das wird super, Moe. Dein großer Auftritt.“

„Klar wird's das!“

Sobald sie aufgelegt hatte, suchte sie im Netz nach einem gutbewerteten Schlüsseldienst und wählte die Nummer. Es bedurfte einer kurzen Diskussion und der Einwilligung die ‚Notdienstgebühr‘ zu zahlen, aber nachdem sie zwei Handyfotos des alten Türschlosses an die Firma geschickt hatte, wurde ihr Auftrag angenommen und das Schloss noch am selben Tag getauscht. Zusammen mit dem Gestank versuchte Sophia, ihre Zweifel und Ängste zu vertreiben. Und alle Reste davon wurden vorerst unter den Teppich gekehrt.

Mit dem neuen Türschloss stellte sich in der Wohnung eine Art Sicherheitsgefühl ein. Wenigstens zu Hause konnte sie wieder besser atmen, und das trotz des verbleibenden Rauchgeruchs, der noch eine ganze Weile in ihren vier Wänden hängen würde.

Die restliche Woche verging ohne größere Zwischenfälle. Sophia freute sich fast schon auf ihre nächste Therapiesitzung, so sicher war sie, dass Herr Völkers begeistert sein würde von ihrem Fortschritt.

Als sie jedoch am Freitagnachmittag schwungvoll auf den Parkplatz vor ihrem Haus einbog, war sie nicht mehr so sicher, ob ihr Therapeut stolz sein würde. Schließlich hatte sie sich schon wieder nicht an die Regeln gehalten. Sie hatte Völkers versprochen, alltägliche Tätigkeiten bewusst und aufmerksam auszuführen, um sich immer zweifelsfrei erinnern zu können, was sie wann getan hat. Doch wie so oft hatte sie jetzt keine Ahnung, wie sie vom Büro nach Hause gekommen war, ob sie an roten Ampeln halten musste oder ob die Autobahn voll gewesen war. Genaugenommen wusste sie jetzt, wo sie vor ihrer Haustür stand, nicht einmal mehr genau, ob sie sich beim Fahren angeschnallt hatte.

Grübelnd stieg Sophia die Treppen zu ihrer Wohnung hinauf. Erst ganz oben erinnerte sie sich an den Nachtisch, den sie noch vorbereiten musste und damit auch an die von Tanja ausgeliehene Auflaufform in ihrem Auto. Ihr erstes Tiramisu – und dann auch noch für eine Party, auf der sie nur eine Handvoll Menschen kannte. Was man nicht alles für das erste richtige Konzert der besten Freundin tat. Plötzlich kam ihr ein weiterer Gedanke. In der Handtasche wühlte sie nach dem Smartphone und wählte die Nummer, die sie am Vormittag schon mindestens zehnmal angerufen hatte. Nach dem kurzen Intro eines Radiohead-Songs hörte sie Pauls Stimme, die sie erneut beauftragte, in dringenden Fällen eine Nachricht zu hinterlassen. Wie ein trotziges Kind stampfte sie mit dem Fuß auf den Boden, als der Piepton zu hören war.

„Mensch Paul, hier ist Sophi! Ich hab dir schon fünfmal draufgesprochen. Du hast mir versprochen, dich heute Abend bei unserer Party in Sindlingen um die Tontechnik zu kümmern! Ich brauche dich! Moe macht mich einen Kopf kürzer, wenn das nicht klappt. Ruf bitte sofort zurück!"

Nachdem sie das schwarze Kleid, Strumpfhosen, Pumps und alle anderen Accessoires für den Abend herausgelegt hatte, zerrte sie die Zutaten für das Tiramisu aus dem Kühlschrank und verteilte sie auf der Arbeitsplatte. Ihr Blick streifte die Küchenuhr.

„Ach du Sch …" In vier Stunden begann die Party. Sophia sah an sich herunter und bemerkte jetzt erst, dass sie immer noch ihre Jacke trug und auch die Handtasche hing noch an ihrer Seite. Unachtsam ließ sie die Tasche im Flur fallen, streifte die Jacke ab und dachte endlich wieder an die Auflaufform. Mit dem Schlüssel in der Hand polterte sie die Treppe hinunter. Sie hatte die Eingangstür fast erreicht, als ihr Blick am hellen Fliesenboden hängenblieb. Hätten ihr diese Flecken beim Reinkommen nicht auffallen müssen? Sophia beugte sich nach unten und inspizierte die verschmierten Abdrücke genauer. Die blutigen Tupfen hatten die Form von Pfotenspuren und sie führten zur Kellertreppe. Sophia wurde schlecht. Sie stieg die ersten beiden Stufen hinunter. Auf dem Treppenabsatz erstarrte sie in der Bewegung. Die Luft strömte mit einem schrillen Schrei aus ihrem versteinerten Körper und schnürte die Kehle hinter sich zu. Ihre aufgerissenen Augen füllten sich mit Tränen. Den Blick starr auf den Kellereingang gerichtet, kämpfte sie um den nächsten Atemzug und versuchte die Bewegungsunfähigkeit abzuschütteln. Vor der Tür lag ein blutiges Knäuel. Nur Sekunden hielt sie dem Anblick stand, bevor sie herumfuhr und die Treppe wieder hinaufstürzte. Sie versuchte, die dunkelroten Pfotenabdrücke zu ignorieren, und nahm zwei Stufen gleichzeitig. Bei dem Versuch, die Tür aufzuschließen, konnte sie das Türschloss hinter dem dichten Tränenvorhang nur schwer erkennen. Der Schlüssel rutschte immer wieder ab. Nach einer gefühlten Ewigkeit öffnete sich die Tür und Sophia stürzte schluchzend zum Telefon. Ihre Augen weiteten sich, weil die Ladestation am Boden leer war. Wilde Gedanken sausten durch ihren Kopf. Vielleicht lag das tragbare Telefon noch am Bett, weil sie es nachts meistens dort hatte. Sie rannte um die Trennwand herum, zu ihrem Schlafplatz. Nichts! Auch nicht unter dem Bett oder unter dem Kopfkissen. Als sie die Bettdecke anhob, um sie auszuschütteln, stieg noch größere Verzweiflung in ihr auf. *Diese schnurlose Dreckserfindung. Reichte es nicht, dass heute keiner mehr ohne sein Handy* … Ihre Gedanken machten eine Pause, in der sie die Decke fallen ließ und zu ihrer Handtasche in den Flur eilte. Sie zog den Reißverschluss auf und kippte den gesamten Inhalt der Tasche auf dem Laminat aus. Sie griff nach dem Handy und wählte mit zittrigen Fingern die 110.

„Polizeinotruf Frankfurt am Main", sagte eine männliche Stimme.

Sophia schloss die Augen und schluckte. Sie musste all ihre Kraft zusammennehmen, um schließlich mit kratziger Stimme zu antworten. Sie erklärte dem Beamten, dass sie ihren vermissten Kater Puck ermordet im Keller gefunden habe und dass er sofort jemanden schicken musste. Konzentriert teilte sie ihm ihre Adresse mit. Sie musste sich anstrengen, um nicht in ein panisches Quietschen zu verfallen. Ihre Schultern bebten und plötzlich begann sie doch zu stammeln.

„So viel Blut …"

„Hören Sie, Frau Konrad. Bitte versuchen Sie, sich ein wenig zu beruhigen. Es tut mir wirklich leid, was Ihnen passiert ist. Aber es kommt leider manchmal vor, dass Katzen überfahren werden und es schwer verletzt noch bis nach Hause schaffen."

Ihre Trauer und die Panik verwandelten sich schlagartig in brodelnde Wut. *Hatte er ihr denn überhaupt nicht zugehört?*

„Puck war kein Freigänger. Er war schon seit Wochen vermisst. Und da liegt nur noch ein blutiger Klumpen, er wurde sicher nicht überfahren." Eine dicke Träne landete auf ihrer geballten Faust. „Das war kein Unfall!", schrie sie.

Als der Beamte am Telefon endlich versprach, seine Kollegen zu schicken, beendete sie das Gespräch. Ohne jegliches Zeitgefühl saß sie danach auf dem Fußboden im Flur und starrte mit leerem Blick auf die Katzentoilette, die ihr gegenüber an der Wand stand. Sophia zuckte zusammen, als es direkt neben ihr an der Wohnungstür klopfte.

„Frau Konrad? Hier ist die Polizei. Bitte öffnen Sie die Tür!"

Überrascht, wie schnell sie sich aus ihrer Starre lösen konnte, kam sie auf die Beine. Sie zögerte einen Moment, drehte dann aber den Schlüssel im Schloss und öffnete die Tür. Den blonden Koloss in Uniform erkannte sie sofort. Vor ihr stand Kommissar Herrmann. Als er sich ihr vor einiger Zeit vorgestellt hatte, war ihr erster Gedanke gewesen, dass er für diesen Titel viel zu jung aussah. Auch den dunkelhaarigen Kollegen neben Herrmann hatte sie schon gesehen. Sie war sicher, dass sich beide genauso lebhaft an ihre letzte Begegnung erinnern konnten. Bei dem Gedanken daran spürte Sophia, wie ihre Wangen heiß wurden. Sie hatte die Polizei gerufen, um ihr Auto als gestohlen zu melden. Als Sophia die Beamten zu ihrem Parkplatz geführt hatte, hatte sie ihren dunkelblauen Corsa auf der anderen Straßenseite entdeckt und wäre gern im Erdboden versunken.

Jetzt versuchte sie, das Schamgefühl mitsamt der Erinnerung abzuschütteln. Schließlich blieb zu hoffen, dass die beiden, wenn auch erst kürzlich der Pubertät entwachsen, professionell genug waren, um einen echten Fall von einem dummen Missgeschick zu unterscheiden. Sie richtete sich etwas gerader auf und sah Herrmann in die Augen.

„Wie kommen Sie denn hier rein?"

Der Polizist hob fragend die Brauen. „Sie haben uns doch gerufen?"

Sie schüttelte den Kopf. „Ja. Aber ich meine: Warum haben Sie nicht unten geklingelt?"

Jetzt entspannte sich sein Gesicht. „Ihre Nachbarin, Frau Huber, hat uns aufgemacht. Sie sagt, sie habe Sie schreien gehört?"

Die Art, in der dieser junge Kerl jede Aussage in einem Fragesatz verpackte, machte Sophia schrecklich nervös. Sie machte sich bereit, über Puck zu sprechen und wieder sammelten sich Tränen in ihren Augen.

„Wir müssen in den Keller", stammelte sie und versuchte, sich an dem Riesen vorbei durch die Wohnungstür zu schieben. Beiläufig nahm sie den abschätzigen Blick des kleineren Beamten wahr, der seinen Notizblock schulterzuckend zuklappte. Er schob sich an Sophia vorbei und bat sie, seinen Kollegen ebenfalls vorgehen zu lassen. Am letzten Treppenabsatz vor dem Keller blieb Herrmann stehen und stellte sich ihr in den Weg, während sein Kollege bis in den Keller hinunterging.

„Wo genau soll das Tier denn liegen, Frau Konrad?", hörte sie den Dunkelhaarigen von unten rufen. Ein Zittern breitete sich über ihre Arme aus. Ihr Blick suchte den Boden nach den Blutspuren ab, doch sie waren verschwunden.

Wie war das möglich?

Er hätte längst über den armen Puck gestolpert sein müssen. Sie konnte das viele Blut noch vor sich sehen. Sein verklebtes schwarzweißes Fell am Kopf und die kleinen Öhrchen. Sophia streckte sich, doch es gelang ihr nicht, an Herrmann vorbei zu sehen.

„Vor meiner Kellertür, die erste Tür links, direkt neben der Treppe", rief sie mit brüchiger Stimme nach unten.

„Lass sie mal runterkommen, Lars!"

Der Blonde fixierte sie mit düsterer Miene und machte einen Schritt zur Seite. Im selben Moment zuckte sie zusammen. Eine dunkle Stimme, direkt hinter ihr, fuhr ihr durch Mark und Bein.

„Was ist denn hier los?" Marco Huber, der Nachbar.

Sophias Misstrauen mochte ja vollkommen unbegründet sein, doch sobald sich ihr dieser Kerl näherte, lief ihr eine dicke Gänsehaut über den Rücken. Sie wischte sich über die nassen Augen, hob ihren Kopf und bedachte ihn mit einem düsteren Blick. Ohne ein Wort schob sie sich an Hermann vorbei und ging mit langsamen Schritten die Kellertreppe hinunter. Ihre Knie fühlten sich an wie Pudding und sie hoffte inständig, dass sie jetzt nicht einknicken würden. Von oben hörte sie den Beamten fragen, ob er Huber ein paar Fragen stellen dürfe.

Als Sophias Blick den sauberen Kellerboden streifte, wurde ihr Gehirn auf einen Schlag leer. Alle Gedanken vermischten sich zu einem sämigen Brei und wurden leise, bis sie beinahe verschwanden. Nur einen Moment später, drohte der Gedankenbrei bereits brodelnd überzukochen. Verzweifelt sah sie abwechselnd den dunkelhaarigen Polizisten, der sie mit zusammengepressten Lippen musterte und den sauberen Boden zu ihren Füßen an. Sie sank auf die Knie. Ihre Hand fuhr über den glatten, kalten Boden. Von oben hörte sie wieder Stimmen. Der Polizist neben ihr berührte sie vorsichtig am Arm. Er wollte, dass sie aufstand, versuchte ihr hochzuhelfen. Als sie es die Kellertreppe hochgeschafft hatten, drangen die Stimmen endlich wieder zu Sophia durch.

„Hören Sie uns, Frau Konrad? Herr Huber glaubt, Ihren Kater gefunden zu haben."

Sophia schüttelte den Kopf. *Was sagt der Mann da? Das ergibt alles keinen Sinn.* Einen Augenblick später tauchte Huber mit einem Kater auf dem Arm im Treppenhaus auf.

„Erik wird das gar nicht gefallen. Er war sofort Feuer und Flamme, als er die Katze in einem Busch vor dem Haus gefunden hat." Mit einem fragenden Gesichtsausdruck streckte er Sophia das schwarzweiße Kätzchen entgegen.

Ihr Kopf beschrieb einen Kreis. Die Bewegung konnte weder als Nicken noch als Kopfschütteln gedeutet werden.

„Pucks rechtes Ohr war schwarz. Das ist nicht mein Kater", brachte sie krächzend hervor. Doch selbst in ihren eigenen Ohren klangen ihre Worte eher wie eine Frage.

„Das linke Ohr ist schwarz, Frau Konrad. Sie täuschen sich."

***

Sophia wusste nicht, wie lange sie in die Bettdecke gewickelt im Flur gesessen hatte. Dem Kater hatte sie eine Weile zugesehen, wie er um die bereitgestellte Futterschale schlich, doch er hatte sich schnell ins Wohnzimmer verzogen und seither starrte sie die Wand an. Draußen war es bereits dunkel, als sie auf die Füße kam und langsam ins Badezimmer schlurfte. Wie betäubt drehte sie den Wasserhahn auf und ließ heißes Wasser in die Wanne laufen. In der Küche holte sie eine Flasche Wein, die sie direkt öffnete. Auf dem Weg zurück ins Badezimmer trank sie bereits die ersten Schlucke daraus. Das vibrierende Handy auf dem Fußboden nahm sie im Vorbeigehen kaum wahr. Ihr Körper fühlte sich unwirklich an, als sie in das heiße Wasser eintauchte. Sie war nicht in der Lage, die Augen zu schließen, starrte stattdessen weiter ins Leere. Die Fragen, die in ihrem Kopf Achterbahn fuhren, nahmen ihr die Fähigkeit, einen klaren Gedanken zu fassen. Ihr Blick war auf das Dachfenster über der Wanne gerichtet. Die Konturen des Fensters und der dunkle Nachthimmel verschwammen vor ihren Augen. Blinzelnd wanderte ihr Blick zum Wannenrand und fixierte den Einwegrasierer. Scharfe Klingen, die alles zertrennten, was war und was jemals sein würde. Die auch Schmerz und Verwirrung wegschneiden konnten. Sophia schloss die Augen und sah rot. Sie versuchte, den Gedanken zu greifen, um ihn zu Ende zu denken, doch auch dazu war sie nicht imstande.

Erst als ihre Zähne zu klappern begannen, bemerkte sie, dass das Wasser kalt geworden war. Erneut drehte sie den Hahn auf. Das frische Wasser aus der Armatur dampfte. Kleine Schweißperlen bildeten sich auf ihrer Stirn. Nach einiger Zeit kam sie langsam wieder im Hier und Jetzt an. Sie richtete ihren Oberkörper auf und hob die schweren Gliedmaßen aus dem Wasser. Als sie endlich auf den Beinen stand, wurde ihr Kopf schwer. Noch mit den Füßen im Wasser griff sie nach dem Bademantel an der Tür und schlang ihn fest um ihren Körper. Schwindelig machte sie einen großen Schritt über den Wannenrand und spürte, wie ihr rechter Fuß das flauschige Gewebe des Badvorlegers berührte. Dann knickte ihr Bein weg und es wurde dunkel.

***

Ihre Wange war kalt, als sie die Augen öffnete. Sie zitterte. Ein stechender Schmerz fuhr in ihre Stirn, als sie den Kopf hob. Es war hell und sie musste die Augen zusammenkneifen, weil das grelle Licht blendete. Stückweise fügten sich die Geschehnisse des vergangenen Tages wie Puzzleteile in ihrem Gedächtnis zusammen. Schreckliche Bilder kamen zurück. Dann traf es sie wie ein Hammerschlag. Den stechenden Kopfschmerz ignorierend, kroch sie auf allen vieren aus dem Badezimmer in den Flur und hob das Handy vom Boden auf. Sechzehn verpasste Anrufe und zehn neue Nachrichten auf der Mailbox. Ihr Blick wandert zur Küche. Dort standen die Zutaten für den Nachtisch auf der Arbeitsplatte. Moe würde nie wieder ein Wort mit ihr sprechen. Völlig verzweifelt schleppte sich Sophia zurück ins Bad und spritze sich ein wenig kaltes Wasser ins Gesicht. Im Spiegel über dem Waschbecken sah sie ein bleiches Gesicht mit rotgeschwollenen blutunterlaufenen Augen und einer dunklen Schwellung an der Stirn.

Nach drei Tassen Kaffee und zwei Aspirin schaffte es Sophia alle Nachrichten der schimpfenden, flehenden, weinenden und kreischenden Moe abzuhören. Der Kater war immer noch nicht aus seinem Versteck aufgetaucht und sie wusste immer noch nicht, was sie denken sollte. In die alte Wolldecke gewickelt, saß sie auf dem Sofa und starrte das Telefon an, das bedrohlich vor ihr auf dem Tisch lag, wie das Kündigungsschreiben zu einer langjährigen Freundschaft. Sie brachte es einfach nicht über sich, endlich zurückzurufen. Es war Moes erster richtiger Auftritt gewesen und sie hatte ihn nicht nur verpasst, sondern auch noch dafür gesorgt, dass ihre Freundin ohne Tontechnik und ohne Nachtisch dagestanden hatte. Marlene Sparks konnte der großherzigste Mensch auf der Welt sein. Doch sie war auch eine Prinzipienreiterin und ganz oben auf ihrer Liste der Prinzipien stand, dass sich Freunde aufeinander verlassen konnten. Sophia war klar, dass sie vorerst ohne Moes Unterstützung klarkommen musste, egal was mit Puck geschehen war. Zu dem Gefühl der Einsamkeit stieg eine grässliche Gewissheit in ihr auf. Wenn sie sich doch nicht getäuscht hatte, hatte derjenige, der das tote Tier weggeräumt und den Keller geputzt hatte, nicht lange Zeit gehabt. Er musste mitbekommen haben, dass sie zurück in ihre Wohnung gegangen war. Und derjenige hatte den Polizisten möglicherweise auch die Haustüre geöffnet. Sophias Gedanken schlugen Purzelbäume. Fragen und Antworten fügten sich langsam zusammen und sie sah immer klarer. Maria Huber hatte behauptet, sie schreien gehört zu haben. Sie war aber nicht in den Keller gekommen, um nach ihr zu sehen. Weil sie gewusst hatte, was passiert war. Plötzlich begriff Sophia die Einzelheiten. Der Dreck im Treppenhaus stammte doch aus dem Profil von Marcos Schuhen und auch den Beinahe-Brand musste sie ihren Nachbarn zu verdanken haben. Bei der Polizei würde man ihr nicht glauben. Die Familie hatte schließlich kein Motiv. Ohne Beweise würde man sie auslachen oder direkt für verrückt erklären. Es reichte nicht, dass Sophia sicher war, die Wahrheit zu kennen, sie musste sie beweisen können. Vor dem Sofatisch lief sie hin und her, während sie sich den Kopf zermarterte. Samstags war Familientag bei den Hubers. Da waren sie für gewöhnlich nicht zuhause. Trotzdem musste sie vorsichtig sein. Mit entschlossenen Schritten ging Sophia in die Küche und öffnete die Besteckschublade. Die Klinge des großen Fleischmessers wirkte bedrohlich. Wie von selbst umfasste ihre Hand den massiven Holzgriff. Sicher war sicher. Zurück im Wohnzimmer legte sie das Messer auf ihrem Bett ab und zog sich hektisch eine Jeans an. Vorsichtig schob sie das Messer zwischen den hinteren Bund und den Gürtel, zog einen langen Pullover darüber und fühlte sich plötzlich hellwach. Sie schloss die Wohnungstür auf, trat in den Flur, drehte sich um und verriegelte sofort von außen. Den Schlüsselbund steckte sie in die Hosentasche und überprüfte noch einmal, dass ihr Smartphone in der anderen Tasche steckte. Obwohl sie nicht wusste, was sie finden würde, brauchte sie Beweisfotos. Sie schlich an der Wohnungstür der Familie vorbei ins Erdgeschoss, klemmte die Fußmatte in die Hauseingangstür und tappte auf die Straße. Das Auto der Hubers stand nicht auf seinem Platz. Obwohl Frau Scholz im Erdgeschoss schwer hörte, schloss sie so leise wie möglich die Haustüre und hielt die Luft an auf ihrem Weg in den Keller. Ihre Hoffnung, dass Maria Huber ihren Schlüsselbund an gewohnter Stelle vergessen hatte, wurde nicht enttäuscht. Ohne weiter nachzudenken, stürzte Sophia auf den Schlüsselbund zu, zog ihn ab und schlich die Treppe hinauf. Im ersten Stock angekommen, legte sie ihr Ohr an die Wohnungstür der Familie. Als sie nach einer Weile noch immer kein Geräusch gehört hatte, holte sie tief Luft und nahm all ihren Mut zusammen. Einen nach dem anderen probierte sie die Schlüssel durch, wobei ihre Finger doch wieder zu zittern begannen. Sie fragte sich, ob sie womöglich gerade bewies, tatsächlich verrückt geworden zu sein, als der nächste Schlüssel endlich passte. Sie drehte ihn im Schloss und schob die Tür gerade so weit auf, dass sie eintreten konnte. Es war immer noch kein Geräusch zu hören. Die Eingangstür angelehnt, schlich Sophia ins Wohnzimmer. Der große Fernseher stand auf einem kniehohen Sideboard, das die ganze Länge des Raumes einnahm. Ihr Blick streifte Familienfotos. Trotz bebender Gliedmaßen schaffte sie es relativ schnell, jedes Schubfach des flachen Schranks zu durchwühlen. Neben einer großen Blu-ray-Sammlung, einigen CDs und vier Fotoalben, die sie nur halbherzig durchblätterte, konnte sie nichts finden. In der Mitte des Raums drehte sie sich um die eigene Achse. Neben dem hellgrauen Sofa auf der gegenüberliegenden Seite des Zimmers lagen ein paar Spielsachen von Erik. Auf der anderen Seite stand ein großes Bücherregal mit dunkelgrünen Aufbewahrungsboxen im untersten Regal. Zielstrebig ging sie auf die Boxen zu und ließ sich vor ihnen auf die Knie fallen. Als sie die erste öffnete, hörte sie ein Geräusch an der Eingangstür und sprang auf. Panisch sah sie sich nach einem Fluchtweg um. Sie zog gerade in Betracht, die Balkontür zu öffnen, als sie eine Stimme innehalten ließ.

„Frau Konrad? Was zur Hölle …?"

Sophia rannte los. Sie stieß gegen Marias Schulter und quetsche sich an ihr vorbei in den Flur, da war hinter ihr ein lautes Scheppern zu hören. Unmittelbar vor der Wohnungstür der Hubers fuhr Sophia herum. Dort lag es auf dem Steinboden. Das Messer.

Kapitel 13

Der Doktor atmete den bitteren Geruch des tiefschwarzen Wachmachers ein. Er nahm einen ersten Schluck Kaffee und biss dazu in den Karamellkeks, den Anastasia wie gewohnt auf dem Rand seiner Untertasse drapiert hatte. Das Klingeln ihres Telefons verdarb ihm seinen Entspannungsmoment. Vielleicht war seine Vorzimmerdame – oder Assistentin, wie die Position heutzutage hieß – in die Küche oder zur Toilette gegangen. Nur wurde leider jeder Anruf nach dem sechsten Klingeln direkt in sein Büro weitergeleitet. Die Hand mit dem Keks verkrampfte sich, als sein Apparat zu klingeln begann. Er legte die Stirn in Falten und nahm den Hörer ab.

„Hallo? Ist da der Herr Kordler?“, kreischte eine aufgeregte Stimme in den Hörer.

Vollkommen überrascht fehlten ihm kurz die Worte, untypisch für ihn.

„Ja, nein, also es kommt darauf an. Kordler ist mein Geburtsname. Worum geht es denn? Und wer spricht da?“, stammelte er.

„Mein Name ist Bärbel Schröder, ich wohne in Hattersheim und rufe wegen der Kelsterbacherstraße in Eddersheim an. Sie vermieten doch das Wohnhaus mit der Nummer 55, oder?“

Etwas erleichtert atmete er auf. „Ja, aber ich habe bereits feste Mieter. Tut mir leid.“

Mit dem, was die Frau als Nächstes sagte, spannten sich seine Gesichtsmuskeln sofort wieder an.

„Ich möchte auch nicht mieten. Es geht um die Dachgeschosswohnung. Da hat doch bis vor Kurzem eine junge Frau gewohnt. Sophia Konrad. Und ich wollte …“

Er unterbrach sie harsch. „Tut mir leid, Frau Schröder, da müssen Sie sich irren. Die Wohnung steht schon seit Jahren leer und wird aus persönlichen Gründen nicht vermietet. Ich kenne auch keine Frau Konrad.“

Schweißperlen sammelten sich auf seiner hohen Stirn. Er zog das karierte Taschentuch aus seiner Hemdtasche und tupfte damit über den lichten Haaransatz. Frau Schröder antwortete nicht, darum sprach er mit fester Stimme weiter.

„Wenn das der einzige Grund für Ihren Anruf war, bitte ich Sie, mich nun zu entschuldigen, ich habe viel zu tun. Auf Wiederhören, Frau Schröder."

Zögernd verabschiedete sich die Frau und legte auf.

Für einen Moment lehnte er sich in seinem Stuhl zurück. Nach einigen tiefen Atemzügen richtete er sich wieder auf und faltete das Taschentuch sorgfältig an den Bügelkanten zusammen, um es wieder in seiner Brusttasche zu verstauen. Ein lautes Summen ertönte über die Telefonanlage. Anastasia war offenbar wieder am Platz, nur leider ein paar Minuten zu spät.

„Anastasia?"

„Hallo, Herr Doktor. Der Empfang hat gerade angerufen. Familie Sander ist jetzt da."

Es ging los. Auch nach den vielen Jahren war ein solches Ereignis immer wieder etwas ganz Besonderes für ihn.

„Rufen Sie bitte Schwester Margret an und sagen Sie schon einmal Doktor Steinmann Bescheid, dass ich ihn brauche. Peter soll die Sanders in den Vorraum bringen. Ich bin in fünf Minuten da."

***

Als alles überstanden war, fühlten sich seine Gliedmaßen an wie Blei und seine Augen waren müde. Mit schwerfälligen Schritten ging er den hellen Flur entlang, der mit zartgrünen Akzenten wohnlich wirkte. Die Tür zu Anastasias Büro stand immer noch offen und sie rief ihm auch zu dieser späten Stunde ein gewohnt fröhliches „Hallo, Herr Doktor" zu, welches er lediglich mit einem halbherzigen Nicken beantwortete. Sicher würde sie gleich aufspringen und mit einem frisch gebrühten Kaffee in der Hand an der schweren Holztür klopfen. Ein erleichtertes Schnauben entfuhr ihm, als er die Tür hinter sich schloss. Ein Lächeln zuckte über sein Gesicht und lockerte die angespannte Muskulatur ein wenig. Er öffnete die Knöpfe des weißen Kittels und warf ihn über den Stuhl vor seinem Schreibtisch. Mit dem Kittel legte er die OP-Atmosphäre und den klinischen Geruch der Untersuchungsräume ab. Gemütlich schlenderte er um den breiten Mahagonitisch herum und ließ sich auf den hochlehnigen Drehstuhl fallen.

Was für ein langer Tag!

Die Unterarme auf den gepolsterten Armlehnen legte er den Kopf in den Nacken und schloss die Augen. Er atmete tief ein und aus. Gedanken an das schmerzverzerrte Gesicht seiner Patientin ließen ihn automatisch an seine verstorbene Ehefrau denken. *Ach Evelyn, wie sehr ich dich vermisse.* Gerade als sich deutliche Erinnerungsbilder in seinen Gedanken formten, klopfte es an der Tür und Anastasia trat ein.

Nach seiner kleinen Kaffeepause bat er die Assistentin, ihn mit der Lohrklinik zu verbinden. Albrecht zu erreichen, war wie immer kein Problem. Seinem Eindruck nach verließ der ärztliche Direktor nur äußerst selten seinen Schreibtisch und wenn er das tat, dann nur für relativ kurze Zeit.

„Professor Albrecht am Apparat."

„Bernd, ich bin's. Wir haben ein Problem. Nachdem dein Pflegepersonal rumgeschnüffelt hat, habe ich heute auch noch einen Anruf von einer Frau Schröder bekommen. Sie wollte etwas über die Wohnung wissen und fragte nach Sophia Konrad. Sagt dir der Name Schröder etwas?"

Das leise Gelächter am anderen Ende ließ sein Gesicht vor Wut erröten.

„Naja, ungefähr so viel wie Schmidt und Müller, aber in direktem Zusammenhang mit meinen Mitarbeitern Fröhlich oder Lehmann eigentlich nicht. Und wegen meiner Pfleger musst du dir auch erst mal keine Sorgen machen. Frau Fröhlich ist ganz sicher keine treibende Kraft, und Herr Lehmann hat sich für eine gewisse Zeit selbst ins Aus bugsiert. Er ist freigestellt. Ich habe also alles Nötige veranlasst."

Der Arzt rollte mit den Augen. Es war unfassbar, wie sicher sich sein alter Freund mit allem war. Manchmal kam es ihm vor, als habe Albrecht nicht die geringste Ahnung, was hier auf dem Spiel stand.

„Ich brauche trotzdem unbedingt noch die Dienstpläne der beiden. Ich hab dir versprochen, dass ich mich zurückhalte, aber ein gewisses Maß an Kontrolle musst du mir schon zugestehen."

Er bemerkte, dass es seinem Freund sehr unangenehm war, trotzdem gab sich der ärztliche Direktor schließlich geschlagen. „Ist gut, ich leg dir die Unterlagen einfach direkt aufs Fax."

Kurz nachdem er den Anruf beendet hatte, öffnete der Arzt kopfschüttelnd die oberste Schublade und betätigte eine Kurzwahltaste an seinem Mobiltelefon. Sobald abgehoben wurde, gab er mit fester Stimme Anweisungen. „Heiko, finde für mich heraus, wer eine gewisse Bärbel Schröder ist. Diese Dame wohnt irgendwo in Hattersheim. Ich muss wissen, was sie mit unserer Geschichte zu tun hat und warum sie ihre Nase da reinsteckt. Lehmann ist wohl erst mal aus dem Spiel, den können wir vorerst vernachlässigen."

Mit einem großen Schluck leerte er seine Kaffeetasse. Hoffentlich konnte er sich jetzt endlich ungestört um seine eigentlichen Aufgaben kümmern. Auch er sehnte sich nach dem wohlverdienten Feierabend. Schließlich würde sein nächster Arbeitstag unglaublich früh beginnen. Mit einem leichten Kribbeln in der Magengegend, denn er überbrachte gerne positive Nachrichten, schob er sich näher an seinen Computer heran und loggte sich über einen VPN-Dienst in Schweden ein. Nachdem alle Einstellungen geändert waren, warf er einen prüfenden Blick auf seine Armbanduhr, tippte in das Nachrichtenfeld der absenderlosen E-Mail die Ziffern 0930 und sendete diese an Gluecks-los266@dispostable.com. Gleich darauf stellte er die gewohnten Servereinstellungen wieder her und griff erneut zum Telefonhörer.

„Anastasia, würden Sie vor dem Feierabend noch einmal in Raum drei übernehmen? Schwester Margret macht die Nachtschicht, aber vielleicht könnten Sie sie noch für eine kurze Kaffeepause ablösen, bevor Sie gehen?"

Kapitel 14

Philipp zuckte zusammen und zog die Bettdecke über seinen Kopf. Irgendjemand klingelte an seiner Wohnungstür Sturm. Er dachte sofort an Joey. Sie war die Einzige, die ihn so plump wachklingeln würde. *Um diese Uhrzeit,* dachte er, als er die Füße aus dem Bett schwang. Doch ein kurzer Blick auf die Digitalanzeige seines Weckers belehrte ihn eines Besseren. Es war 13.43 Uhr und er hatte somit über zwölf Stunden geschlafen. Ein wenig hektisch stolperte er in Boxershorts und mit freiem Oberkörper in den Flur. Mit dem Aufreißen seiner Wohnungstür verstummte endlich das schrille Klingeln. Seine Mutter nahm ihren Zeigefinger von dem Knopf.

„Mama?"

„Ach herrje! Wie siehst du denn aus? Was ist passiert, Junge?"

Ohne eine Antwort abzuwarten, schob sich seine Mutter an ihm vorbei in die wohl unordentlichste Wohnung, die sie jemals betreten hatte.

„Was ist denn hier passiert?"

Mit aufgeklapptem Mund und weit aufgerissenen Augen stand sie mitten im Wohnzimmer und ließ ihre Handtasche langsam zu Boden sinken.

„Bist du überfallen worden? Das waren Einbrecher, nicht wahr? War die Polizei schon da?"

Philipp überlegte kurz, ob dies zu bejahen eine einfache Erklärung für seine Umstände war, entschied sich dann aber für die Wahrheit.

„Nein, Mama! Keine Einbrecher! Setz dich erst mal auf das Sofa und versuch, dich ein wenig zu beruhigen!"

Seine Mutter sah sich zweifelnd im Raum um. Offensichtlich war sie den Tränen nahe. „Aber wo ist das denn?", fragte sie verzweifelt.

Tatsächlich lagen auf dem einzigen richtigen Möbelstück in diesem Zimmer viele getragene Kleidungsstücke. Einsichtig nickend packte Philipp seine Mutter am Arm und schob sie in Richtung Sofa. Ihr Mund stand immer noch offen und Philipp war nicht sicher, ob sie hörte, was er sagte.

„Ich bin gleich wieder da.“

Mit schnellen Handgriffen klaubte er den Verpackungsmüll seines Abendessens vom Tisch und schnappte sich blind eines der Shirts vom Sofa. Dann schlurfte er mit einer Hand an der Schläfe ins Badezimmer. Er schluckte zwei Aspirin und spritzte sich ein wenig kaltes Wasser ins Gesicht, wobei er feststellte, wie sehr das Auge und die Nase schmerzten. Er zog sich das Shirt über, ging stumm an seiner Mutter vorbei in die Küche und machte dort zwei Tassen Kaffee. Auch er selbst stand wegen des überraschenden Besuchs seiner Mutter unter Schock. Wohl aber bei weitem nicht so sehr wie sie. Eine der Tassen stellte er auf dem kleinen Tisch vor ihr ab, nahm einen großen Schluck aus der anderen und setzte sich neben sie. Als ihn seine Mutter endlich anschaute, begann er zu erklären. Er erzählte von dem Abend in der Kneipe, jedoch nicht, mit wem er sich dort getroffen hatte und weshalb. Philipp gab zu, sich hemmungslos betrunken zu haben, obwohl er das sonst nie tat. Er sagte, er sei in eine Schlägerei geraten, weil er einer Frau helfen wollte, die von einem Kerl belästigt wurde. Er verlor sich in Ausreden und zweifelhaften Begründungen für sein kindisches Verhalten und versprach seiner Mutter, dass ihm so etwas nie wieder passieren würde.

„Jetzt bin ich erst mal zehn Tage suspendiert, bis mein Gesicht verheilt ist.“ Philipp ließ den Kopf hängen und machte sich auf eine Standpauke gefasst.

„Aber hier wurde eingebrochen, oder?“, war das Einzige, was seine Mutter von sich gab.

„Nein Mama, hier ist nur noch nichts fertig und alles unordentlich“, gab Philipp etwas beschämt zu. „Aber wie bist du eigentlich hierhergekommen? Hat dich Bärbel gefahren? Wartet sie unten?“

In den Händen knetete sie ein Taschentuch. „Nein! Ute von gegenüber, sie wartet unten. Bärbel meldet sich nicht!“ Ihre Schultern bebten und sie schnäuzte sich die Nase. „Und sie hat Erwin!“

Es dauerte eine ganze Weile, bis er seine Mutter soweit beruhigt hatte, dass sie ihm alles erklären konnte.

„Ich war gestern Nachmittag beim Frisör und Bärbel ist mit Erwin seine Abendrunde gegangen. Als ich ihn wieder abholen wollte, hat sie nicht aufgemacht. Sie geht auch nicht ans Telefon. Und dich habe ich auch nicht erreicht. Und heute Morgen habe ich sie dann gesehen, wie sie an unserem Haus vorbeigefahren ist. Was ist nur los mit ihr? Warum gibt sie mir Erwin nicht zurück?"

Philipp runzelte die Stirn. Darauf konnte er sich auch keinen Reim machen. Schließlich passte Bärbel schon seit Jahren auf den Hund auf.

„Jetzt mach dir mal keine Sorgen, Mama! Dafür gibt's am Ende bestimmt eine ganz einfache Erklärung." Vorsichtig nahm er ihre Hand. „Tut mir leid, dass ich auf deine Anrufe nicht schon vorher reagiert habe. So wie ich aussehe, kannst du dir bestimmt vorstellen, dass ich einen schwierigen Arbeitstag hatte." Er zeigte auf sein geschwollenes Auge. Nachdenklich legte er die Stirn in Falten. „Du hattest mich aber schon gestern Mittag angerufen. Da war Erwin doch noch da, oder?"

Seine Mutter verzog das Gesicht. „Du wolltest doch, dass ich etwas über deine Patientin herausfinde. Ich war den ganzen Mittag mit Bärbel zusammen und wir haben ein bisschen herumtelefoniert. Eine Freundin von ihr, Helga, die wohnt auch in der Kelsterbacherstraße, kann sich zwar erinnern, dass in der 55 eine junge Frau gewohnt hat, hat aber nie Kontakt mit ihr gehabt. Helga meint, die in der 55 seien alle irgendwie komisch."

Sie hob die Hand und neben ihrer Schläfe beschrieb ihr Zeigefinger Kreise in der Luft. Das brachte Philipp zum Lächeln.

„Das Haus soll früher als einziges von den Eigentümern selbst, einer gewissen Familie Kordler, bewohnt worden sein. Aber die ganze Häusergruppe gehört denen wohl schon seit Generationen. Auch das Haus, in dem Helga wohnt. Und der Vermieter ist wohl der einzige Erbe des Ganzen."

Philipp konnte seine Neugierde kaum verbergen. Der Vermieter konnte sicher endlich Licht ins Dunkel bringen. Am liebsten hätte er seine Mutter gebeten, schneller zu sprechen, doch er beherrschte sich. Sie schien voll und ganz in Philipps Rätsel um die mysteriöse Patientin vertieft, und hatte die Sache mit Erwin zumindest vorübergehend verdrängt. Von dieser Helga Brumhäuser hatten die Freundinnen die Telefonnummer des Vermieters bekommen und wenig später von Bärbels Wohnung aus dort angerufen.

„Der Kerl heißt wohl inzwischen anders. Hat vielleicht den Namen seiner Frau angenommen. Und er wollte uns sofort abwürgen, als er hörte, dass es um die Kelsterbacherstraße ging. Alle Wohnungen seien vermietet, hat er gesagt. Als wir dann die Dachgeschosswohnung in der 55 erwähnten und nach Sophia Konrad fragten, meinte der doch glatt, die Wohnung stünde schon seit Jahren leer und er kenne keine Frau Konrad."

Philipp rieb sich das gesunde Auge. „Seine Mieter behaupten das gleiche. Nur der kleine Nachbarsjunge kennt Sophia offenbar."

„Und Helga kann sich auch an die junge Frau erinnern!", fügte seine Mutter euphorisch hinzu.

„Also wissen wir nur, dass die Nachbarn und der Vermieter lügen! Er hat einen anderen Namen sagtest du? Vermutlich ist er nur unter dem zu finden. Und ich brauche die Telefonnummer."

Entschuldigend schüttelte seine Mutter den Kopf. „Den Namen weiß ich nicht. Und die Nummer hat Bärbel aufgeschrieben. Aber wir müssen ja sowieso zu ihr, wegen Erwin."

Jetzt war die Sorge wieder in den Vordergrund ihrer Gedanken getreten, das konnte Philipp deutlich sehen. Sie so zerknirscht zu sehen, machte ihn wütend. Er fühlte sich dafür verantwortlich, dass es ihr schlecht ging. „Hör zu, was auch immer dahintersteckt, Bärbel wird dir Erwin zurückgeben. Ich kümmere mich darum. Aber jetzt musst du erst mal nach Hause. Ute wartet doch immer noch unten."

Sie blickte auf ihre Knie. Obwohl sie immer noch steif wie ein Zinnsoldat in diesem Durcheinander saß, war ihr deutlich anzusehen, dass sie nicht in das leere Haus zurückwollte. Plötzlich schnellte ihr Kopf hoch, als wäre ihr ein genialer Einfall gekommen. „Ich könnte hier zuerst ein bisschen Ordnung machen." Sie strahlte ihn an.

Doch Philipp schüttelte sofort den Kopf und ihre Miene verdüsterte sich wieder. „Das ist meine Sache, Mama. Du fährst jetzt heim und ich melde mich spätestens morgen bei dir."

Bevor sie sich geschlagen gab, musste er ihr noch versprechen, wegen seiner schiefen Nase zum Arzt zu gehen. Als seine Mutter endlich aus der Tür war, schlich er zurück ins Schlafzimmer. Wegen der Schmerzmittel hatte das Bier am Vorabend seine Wirkung ungewohnt schnell entfaltet und er erinnerte sich, sein Handy abgestellt zu haben. Aber er konnte sich nicht erinnern, wo er es anschließend hingelegt hatte. Vielleicht hatte er es in die Hosentasche gesteckt, bevor er die Jeans, auf dem Weg ins Bett, abgeworfen hatte. Er bückte sich und warf ein Kleidungsstück nach dem anderen in die Zimmerecke, in der sich seine Wäsche türmte. Als er endlich die Hose in der Hand hatte, grinste er triumphierend. Da war es. Er schaltete das Gerät ein und ärgerte sich wieder einmal über die kurze Akkulaufzeit dieser Smartphones. *Akkustand extrem schwach* verriet ihm der Blick auf das Display. Nach und nach aktivierte sich das Gerät. Es zeigte ihm fünf verpasste Anrufe an. Drei davon waren von seiner Mutter. Aber auch Joey hatte zweimal versucht, ihn zu erreichen. Während er im Schlafzimmer unter allen möglichen Gegenständen sein Ladegerät suchte, hörte er Joeys Nachrichten ab.

„Hey, Phil. Sorry, dass ich mich nicht gemeldet hab. Mala und ich hatten endlich mal wieder einen schönen Tag. Aber das erzähl ich dir später. Arno hat mir erzählt, was hier los war. Wir müssen unbedingt reden. Ruf mich an."

Obwohl Joey ein bisschen verwirrt klang, kam sie ihm irgendwie glücklich vor. Doch ihre nächste Nachricht klang besorgt.

„Phil! Ruf mich endlich zurück! Ich mach mir Sorgen! Kann hier aber nicht weg, sonst würde ich schon vor deiner Tür stehen. Was fällt dir eigentlich ein, dein Festnetztelefon auch noch abzuschalten?"

In diesem Moment zog Philipp triumphierend sein Ladekabel hinter dem kleinen Fernseher hervor. Das Flachbildgerät stand auf der Fensterbank und wurde von einem Stapel ausgelesener Bücher gestützt. Er hatte keine Vorstellung davon, wie das Kabel dort hingekommen war. Wichtig war nur, dass er es gefunden hatte, bevor das Handy endgültig den Geist aufgab. Schnell tippte er eine Nachricht an Joey. Er schrieb ihr, dass es ihm gut ginge und dass sie gerne nach der Arbeit bei ihm vorbeikommen könne.

Anschließend ging er in die Küche, machte sich einen weiteren Kaffee und stellte die Tasse auf dem kleinen Tisch im Wohnzimmer ab. Mit einem tiefen Seufzer ließ er sich rücklings auf das Sofa fallen und atmete tief durch. Seine Gedanken überschlugen sich. Wie hatte sich sein Leben innerhalb weniger Tage derart auf den Kopf stellen können? Nichts schien mehr einen Sinn zu ergeben. Seit er Sophia zum ersten Mal gesehen hatte, wollte er ihre Geschichte erfahren. Doch dieser Drang wurde nun auf merkwürdige Weise von anderen Rätseln abgelenkt. Vergleichbar mit einer gestörten Funkverbindung. Dinge, die ihn selbst viel mehr betrafen, waren plötzlich im Weg. Sein Beruf, seine Mutter und auch Erwin gingen ihn viel mehr an als eine völlig fremde Patientin. Auch wenn er sich auf merkwürdige Weise zu ihr hingezogen fühlte, war Sophia immer noch eine Fremde. Und sie war eingesperrt im Maßregelvollzug. Vielleicht war es reines Wunschdenken, dass diese junge Frau keine unzurechnungsfähige Straftäterin war. Er setzte sich auf, trank einen Schluck Kaffee und tastete das Sofa nach seiner Wolldecke ab. Als er sie nicht sofort entdeckte, nahm er einen Kapuzenpullover von der Sofalehne, den er über seine Schultern legte. Den Stoff zog er bis zu den Ohren hoch und legte sich auf die Seite. Mit angezogenen Knien umklammerte er seinen Oberkörper mit den Armen und schlief, wenige Atemzüge später, wieder ein.

***

Erneut weckte ihn das schrille Klingeln an seiner Wohnungstür. Wenn er weiterhin so viel Besuch bekam, musste er unbedingt eine neue Klingel kaufen. Dieses Geräusch war unzumutbar. Das Gleiche galt leider für diesen Saustall. Auf dem Weg zur Tür blickte er sich im Wohnzimmer um. Durch das Fenster kam nur noch wenig Licht in den Raum. Offenbar hatte er den ganzen Tag verschlafen. Das Chaos war unbeschreiblich und er hoffte, dass seine Mutter keinen langfristigen seelischen Schaden davongetragen hatte. Beim Gedanken an ihren schockierten Blick musste Philipp ein wenig grinsen. Er öffnete die Tür. Zum Glück war Joey allein.

„Ach du Scheiße! Phil! Du siehst richtig beschissen aus! Warst du schon beim Arzt? Und warum grinst du so blöd?“ Genau wie seine Mutter zuvor, schob sie sich an ihm vorbei in die Wohnung, mit dem Unterschied, dass Joey bei dem Anblick keineswegs an Einbrecher dachte.

„Wir müssen hier unbedingt was machen, Phil! Du bist keine sechzehn mehr."

Jetzt musste Philipp laut lachen. Es platzte förmlich aus ihm heraus. Schallend, beinahe hysterisch lachte er und hatte keine Chance, es zu stoppen, bis ihm die Tränen kamen. Joey schüttelte fassungslos den Kopf und sah ihn fragend an.

„Meine Mutter war hier", brachte er in einer kurzen Atempause hervor, während er sich die Tränen vom gesunden Auge wischte.

„Nein!", brüllte Joey und stimmte mit in sein Lachkonzert ein.

Als Philipp dann tief Luft holte und das Wort „Einbrecher!" nachsetzte, kamen auch Joey vor Lachen die Tränen. Es dauerte eine Weile, bis sich die beiden wieder beruhigt hatten und mit einer Tasse Kaffee auf dem Sofa saßen.

„Du stinkst!", sagte Joey und wuschelte ihm spielerisch durch die Haare. Philipp verzog den Mund und ging zum Fenster. Als er es öffnete, kam ihm ein Schwall frische Luft entgegen und er bemerkte selbst, dass er schon vorher hätte lüften sollen. Dann forderte ihn Joey in ihrem strengsten Befehlston auf, ihr die ganze Geschichte zu erzählen. Wenn auch ziemlich ungern, berichtete Philipp jede Einzelheit, von der Schlägerei bis hin zu seiner Freistellung, und ließ auch nicht aus, dass alles umsonst gewesen war, da er sich nicht einmal an den Wohnort von Sophias Eltern erinnern konnte. Außerdem gab er zu, dass ihm die ganze Sache mit Sophia über den Kopf wuchs. Er fasste kurz zusammen, was seine Mutter über den Vermieter gesagt hatte, und dass Bärbel Erwin aus irgendeinem Grund nicht zurückgeben wollte.

An der Stelle mit den leeren Ordnern und Professor Albrecht hatte Joey begonnen den Kopf zu schütteln. Damit hörte sie nicht mehr auf, bis Philipp seine Erzählungen beendet hatte.

„Jetzt hast du es echt übertrieben, Phil."

„Ist mir schon irgendwie klar." Er fühlte sich so zerknirscht, wie ein Fünftklässler, dessen Kunstprojekt von der Hauskatze angepinkelt wurde. Und so ähnlich musste er auch aussehen, denn Joey nahm plötzlich seine Hand und wechselte ganz von selbst das Thema.

„Mal was anderes, Phil. Ich hab Neuigkeiten."

Er sah zu ihr auf und das breite Lächeln blendete ihn beinahe. „Was ...?", war das Einzige, was er herausbekam, bevor es aus ihr heraussprudelte.

„Als ich gestern plötzlich frei bekommen habe, hab ich Mala angerufen. Sie hat sich so gefreut, dass wir endlich mal einen Samstag zusammen verbringen können, dass sie uns spontan eine Nacht im Thermenhotel in Hofheim gebucht hat."

Philipp hob die Augenbrauen. Das erklärte zumindest, weshalb ihr Handy ausgeschaltet gewesen war. Ihm stand zwar nicht der Sinn nach einer detaillierten Beschreibung einer romantischen Nacht, trotzdem war er gespannt, welche Neuigkeit hinter der Geschichte steckte.

„Sobald ich nach Hause kam, sind wir in die Therme gefahren. Es war so schön. Endlich mal wieder ein bisschen entspannen. Und wir haben Zeit miteinander verbracht, ohne über unsere Zukunft zu diskutieren."

Langsam wurde Philipp ein wenig ungeduldig.

„Naja, jedenfalls haben wir heute Morgen im Hotel gefrühstückt, und als wir nach Hause kamen, hatten wir eine Nachricht auf dem Anrufbeantworter. Du wirst es nicht glauben." Joey strahlte über das ganze Gesicht. Sie wippte auf dem Sofa wie ein aufgeregtes Kind. „Das Kinderwunschzentrum in dem Villenviertel am Lerchesberg, die haben uns angerufen. Die hatten uns ja abgewiesen, aber sie haben jetzt wohl wieder freie Kapazitäten und bieten uns eine Behandlung an."

Ihre Augen glänzten und Philipp stand der Mund offen.

„Ich hab endlich wieder Hoffnung, dass es doch klappt, Phil!"

Er nahm sie fest in den Arm und beteuerte ihr, wie sehr er sich für sie freue.

„Du wirst Patenonkel!"

***

Seine Nase war gerade erst gerichtet worden und die Betäubung wirkte noch nach, als er bei Bärbels Haus ankam. Er parkte den Kleinbus hinter einem dunklen Transporter, auf der gegenüberliegenden Straßenseite. Bärbels grüner Twingo war einen Platz weiter geparkt und Philipp war sicher, dass sich hinter dem Vorhang im Wohnzimmer etwas bewegt hatte. Ein kleines Blumenbeet war alles, was das graue Steinhäuschen von der Straße abgrenzte, das wie alle Häuser in dieser Nachbarschaft in zwei Hälften aufgeteilt, von zwei Familien bewohnt wurde. Die beiden Seiten waren durch einen kleinen Unterstand für die Mülltonnen voneinander abgegrenzt. Auf dem kurzen Stück Erde vor Bärbels Hälfte, standen ein paar Rosenstöcke. In der anderen Seite des Doppelhauses wohnte wohl eine Familie mit kleinen Kindern, was unschwer an einem Fahrrad und einem Bobbycar zu erkennen war. Philipp drückte immer wieder auf den Klingelknopf. Doch als er erneut eine Bewegung hinter dem Vorhang sah, begann er auch noch an der Haustür zu klopfen. Er klopfte abwechselnd gegen den Milchglaseinsatz in der Mitte und den blauen Holzrahmen am Rande der Tür. Dann klingelte er wieder.

„Bärbel! Mach auf! Ich weiß genau, dass du da bist. Ich hab dich im Fenster gesehen“, rief er, so laut er konnte.

Mit seiner Aufregung kam das Schmerzempfinden zurück und das anschwellende Pochen und Bitzeln in seiner Nasenwurzel steigerte seine Wut.

„Meine Mutter kannst du vielleicht abwimmeln. Aber wenn du mir nicht endlich sagst, was du mit Erwin gemacht hast, rufe ich die Polizei!“ Er konnte ihren Schatten hinter der Tür erahnen, holte tief Luft und rief noch einmal: „Mach auf, Bärbel!“

„Jetzt beruhig dich. Was sollen denn die Nachbarn denken?“, keifte sie hinter der immer noch verschlossenen Tür.

Philipp konnte sich ein verächtliches Lachen nicht verkneifen. Als hätte es diese Frau jemals gekümmert, was irgendwelche Nachbarn von ihr dachten.

„Es ist mir scheißegal, was deine Nachbarn denken. Mach endlich auf, Bärbel!“

Der Schatten, den Philipp zu sehen geglaubt hatte, bewegte sich kein Stück, sodass er einen Moment später nicht mehr sicher war, ob die Frau noch immer hinter der Tür stand.

„Bärbel? Bist du noch da? Wieso versteckst du dich vor meiner Mutter? Und wo ist Erwin?“

Nun vibrierten die Schultern des Schattens leicht. Sie hoben und senkten sich immer deutlicher und Philipp verstand, dass Bärbel weinte.

„Wieso machst du mir nicht endlich auf, Bärbel?", versuchte er es in einem weniger zackigen Tonfall. Doch auch dieser war nicht das *'Sesam öffne Dich'* dieser Situation.

„Das kann ich nicht", schluchzte sie.

Der Schatten trat etwas näher an die Tür und sie begann, zu erzählen. Philipp hätte sie gerne unterbrochen, um ihr zu sagen, wie lächerlich es war, durch eine geschlossene Haustür zu sprechen. Stattdessen legte er sein Ohr an das kalte Holz und lauschte angestrengt, um keines ihrer Worte zu verpassen.

„Ich war mit Erwin im Wald spazieren. Eigentlich war alles wie immer. Dann habe ich plötzlich etwas im Gebüsch gehört. Erwin hat die Ohren gespitzt und als ich mich gerade zu ihm runterbeugen wollte, um ihn wieder anzuleinen, war er auch schon weg."

Ihre kratzige Stimme war abgebrochen und Philipp hörte, dass sie sich die Nase schnäuzte.

„Er ist wie von der Tarantel gestochen in dieses Gestrüpp gerannt. Ich habe ihn gerufen und als ich ihn dann Jaulen gehört habe, bin ich sofort hinterher. Ich bin durch die ganzen Büsche geklettert."

Wieder eine Pause.

„Das können wir doch klären, jetzt mach schon die Tür auf", nutzte Philipp die Unterbrechung.

„Das kann ich nicht! Du verstehst das nicht. Jedenfalls habe ich ihn noch drei Stunden gesucht und immer wieder seinen Namen gerufen. Bis ich nach Hause kam, war es stockdunkel. Das sagst du bitte deiner Mutter, ja?"

„Warum hast du es nicht selbst meiner Mutter gesagt?" Als Philipp keine Antwort bekam, fügte er hinzu: „Jetzt mach endlich die Tür auf, sonst fahre ich zu meiner Mutter und hole den Schlüssel."

Auf der anderen Seite war nichts mehr zu hören, und als Philipp sein Ohr von der Tür nahm, konnte er den Schatten nirgends mehr ausmachen. Wieder klopfte er lautstark an die Glasscheibe in der Mitte der Tür.

„Bärbel! Jetzt mach auf! Ich muss dich noch etwas anderes fragen!“ Mit geballten Fäusten entfuhr ihm ein „Shit!“ Er drehte sich um die eigene Achse, stolperte die drei Stufen zum Eingang hinunter und hechtete zum T3 zurück.

Vierzig Minuten später bog der VW wieder in die breite Seitenstraße ein. Es war Philipp nicht gelungen, seine Mutter davon abzubringen, ihn zum Haus von Bärbel zu begleiten. So saß Irene Lehmann neben ihm auf dem Beifahrersitz und knetete die mausgraue Handtasche auf ihrem Schoß. Philipp musste grinsen, als er ihr ins Gesicht schaute.

„Wenn ich bremse, beißt du dir vor Schreck die Lippe ab, wenn du weiter so darauf herumkaust.“

Sie würdigte ihn keines Blickes und drehte ihren Kopf stattdessen zum Fenster. Irene atmete scharf ein und ein erschrockenes „Ach herrjee“ schoss aus ihrer Kehle, als auch Philipp die dunklen Rauchschwaden an der Hauswand hochzüngeln sah.

Er brachte den Camper abrupt zum Stehen, riss seiner Mutter den Schlüssel aus der Hand und wies sie an, die Feuerwehr zu rufen, während er aus dem Wagen sprang. Hinter dem Küchenfenster, das von der Straße aus gut sichtbar war, loderten Flammen. Den Schlüssel fest umklammert, rannte Philipp auf die Haustür zu. Er erstarrte in der Bewegung, als eine Gestalt am Fenster auftauchte. Für einen kurzen Moment konnte sein Gehirn nicht erfassen, dass es sich bei der verzerrten Fratze mit aufgerissenem Mund und hervortretenden Augen um die beste Freundin seiner Mutter handelte. Einen Pulsschlag lang starrte er ihr dunkles Gesicht an. Ihre Hand schlug an die Scheibe des Fensters. Er machte noch zwei große Schritte und steckte den Schlüssel ins Schloss. Es war der einzige Schlüssel an dem Bund, an dem sonst nur ein in Plexiglas gefasstes Foto der Freundinnen hing. Dicker, grauer Rauch schoss ihm entgegen, gleichzeitig mit einem animalischen Kreischen. Er hatte niemals zuvor ein Lebewesen so schreien gehört und hoffte inständig, dass seine Mutter vor dem Haus nichts davon hörte. Mit dem nächsten Atemzug begann er zu husten und schlug den Ärmel seines Parkas vor den Mund. Die Hitze war unerträglich und seine Lunge zog sich bei jedem Atemzug wie ein mit Nägeln gefüllter Ballon zusammen, um den Rauch kurz darauf in bellenden Stößen herauszudrücken. Auf mehr Sauerstoff hoffend, legte er sich flach auf den Boden und robbte, so schnell es ihm möglich war, auf die Schreie zu. Aus der offenstehenden Küchentür schlugen ihm dichte Flammen entgegen. Es stank erbärmlich und nach dem nächsten Husten hörte er keine Schreie mehr. Die Küche war zu weit weg. Er musste zurück. Vielleicht konnte er, vom Fenster aus, helfen. Der Flur schien Philipp in den letzten Sekunden länger geworden zu sein. Von Hustenanfällen geschüttelt, die ihn zum Würgen und seinen Kopf zum Schwirren brachten, dauerte es eine halbe Ewigkeit, bis er endlich an der Haustür angekommen war. Röchelnd brach er auf den Stufen zum Eingang zusammen. Mit einer rußbeschmierten Hand hielt er sich die Kehle und schnappte nach Luft, während er stolpernd versuchte, auf die Füße zu kommen. Unfähig zu sprechen, brachte er einen Passanten mit Handzeichen dazu, eine der Mülltonnen vor das Küchenfenster zu schieben, während er sich einen großen Stein aus dem Blumenbeet griff. Er war noch nicht ganz auf die Mülltonne geklettert, als er die Sirenen der Feuerwehr hörte. Der Sauerstoff, der durch das zerschmetterte Fenster nach innen drang, fachte das Feuer erneut an. Philipp roch verbrannte Haare und die Haut über seinen Wangenknochen fühlte sich an, als schmelze sie ihm vom Gesicht. Da entdeckte er den menschlichen Rest auf dem Küchenboden.

Kapitel 15

Fast blieb Sophia der erste Bissen des Brötchens im Hals stecken, als die dunkelhaarige Frau direkt auf sie zusteuerte und sich, ohne zu fragen, an ihren Tisch setzte. Bisher hatte sie sich an dem kleinen Frühstücksbuffet immer so viel Zeit gelassen, dass sich alle anderen vor ihr einen Platz gesucht hatten. Ewig hatte sie unentschlossen auf die kleine Wurst- und Käseauswahl und die Handvoll süßer Brotaufstriche gestarrt, bis sie sicher war, dass sie sich allein an einen freien Tisch setzen konnte. Doch heute war Sophia nicht die Letzte am Buffet gewesen. Andrea, sie kannte ihren Namen von den morgendlichen Gesprächsrunden, schien sich nicht daran zu stören, dass sie an dem kleinen Tisch in der hintersten Ecke des Raums nicht erwünscht war. Sophia starrte gebannt auf ihren Teller. Sie wollte gerade weiteressen, als ihr Gegenüber zu sprechen begann.

„Irgendwie ist es schön, endlich nicht mehr die einzige Frau auf der Station zu sein."

Sie erwartete eine Antwort, doch Sophia rührte sich nicht.

„Findest du nicht, dass es höchste Zeit wird, dass wir uns endlich kennenlernen?"

Kauend wiegte Sophia den Kopf und nickte kaum merklich. Sie hatte zwar noch kein Wort gesagt, schaute aber kurz zu Andrea auf. Sie schätzte die abgemagerte Frau auf Mitte fünfzig. Ihre langen braunen Haare fielen über die dürren Schultern, die immer ein wenig steif nach oben gezogen waren. Zwischen den nikotingelben Zähnen waren einige Lücken, die beim Sprechen nur teilweise verdeckt wurden. Sophia traute sich kaum, länger hinzusehen, aus Angst, sie könnte starren. Andrea hingegen sah sie aus ihren klaren, braunen Augen direkt an. Diese großen Augen wirkten im Gegensatz zu ihrer sonstigen Erscheinung auffallend jung. Die Frau wartete offenbar auf eine Reaktion und Sophia schluckte.

„Ich bin Sophia."

Sie hatte beinahe geflüstert und ärgerte sich, dass sie nicht selbstsicherer auftrat.

„Das weiß ich doch schon", winkte Andrea mit einer abfälligen Handbewegung ab. „Mich interessiert viel mehr, warum du es immer darauf anlegst, allein zu essen und warum du mit niemandem außer den Pflegern redest."

Obwohl es Sophia unangenehm war, dass sie offenbar beobachtet wurde, war sie ein bisschen beeindruckt. Die Frau vor ihr nahm kein Blatt vor den Mund. So direkt auf den Punkt befragt zu werden, erinnerte Sophia an Moe. Natürlich war es etwas anderes, mit der besten Freundin über persönliche Dinge zu sprechen, doch irgendetwas löste in ihr das Bedürfnis aus, die Fragen ehrlich zu beantworten.

„Ehrlich gesagt, hab ich ein bisschen Angst."

Andrea zog die Stirn kraus. „Vor was?"

Wie sollte sie das nur erklären, ohne Andrea zu nahe zu treten? „Wenn ich das mal so genau wüsste. Vielleicht habe ich Angst davor, mit den verschiedenen Krankheiten umzugehen, wegen denen wir alle hier sind?"

Ein schnaubendes Lachen entfuhr Andrea, bevor sie abfällig fragte: „Wegen welcher Krankheit bist du denn hier?"

Sophias Hand fuhr in ihren Nacken und rieb über die feinen Härchen.

„Was hast du gemacht? Warum haben sie dich hierher gebracht?", versuchte es Andrea erneut.

Doch diese Fragen waren ebenso schwer zu beantworten. Sophia zog die Schultern zu den Ohren.

„Du musst doch wissen, für was man dich eingesperrt hat."

Sophia schüttelte den Kopf.

„Das nehm ich dir nicht ab. Hier kommt man nicht ohne Grund her." Plötzlich machte Andrea große Augen, als wäre ihr eine Idee gekommen. „Wenn ich dir erzähle, warum ich hier bin, traust du dich bestimmt auch, mir deine Geschichte zu erzählen. Und wir lernen uns ein bisschen besser kennen." Ohne eine Antwort abzuwarten, löste sich ihr Blick von Sophias Gesicht und wanderte auf ihren Teller. „Als ich fünf Jahre alt war, habe ich zum ersten Mal bemerkt, dass es toll für mich ist, anderen

Lebewesen wehzutun." Sie fixierte ihr Marmeladenbrötchen und setzte ihre schreckliche Geschichte fort.

Andrea war in einem kleinen Dorf im Kasseler Hinterland aufgewachsen. In der Scheune, die an das Landhaus ihrer Eltern grenzte, fand das kleine Mädchen zunächst Gefallen daran, streunende Katzen bei ihrer Jagd auf Mäuse zu beobachten. Als eines der Tiere jedoch einmal die Lust verlor, mit seiner Beute zu spielen und auch keine Anstalten machte, das halbtote Opfer zu verspeisen, war Andreas erste Gelegenheit gekommen.

„Ich habe die Maus in eine kleine Kiste gepackt und in der hintersten Ecke der Scheune versteckt. Dann habe ich mir aus dem Nähkorb meiner Mutter eine Stricknadel geholt. Als ich wiederkam, hat sie nur noch ganz schwach geatmet. Aber das Gefühl, als das letzte Leben aus ihr raus ist, in dem Moment, als die Nadel in das eine Auge eindrang und mit einem Knacken aus dem anderen wieder austrat, werde ich niemals vergessen. Das Gefühl macht süchtig."

Sophia legte ihr Brötchen auf dem Teller ab. Eine eisige Kälte fuhr durch ihren Körper. Es war, als ob ihr Blut langsam in den unteren Teil ihres Körpers lief und im Kopf zu wenig zurückblieb. Sie machte den Mund zu und schluckte trocken. Doch Andrea bemerkte nichts von alldem, noch immer starrte sie wie gebannt auf ihr Essen und ihre Geschichte ging weiter. Sie erzählte Sophia von anderen gequälten Tieren, auf dem Heimweg verprügelten Mitschülern und grausigen Mordfantasien. Mit sieben Jahren war ihr Leben auf dem Land abrupt beendet worden. Eines Nachts war sie in das Kinderzimmer ihres kleinen Bruders geschlichen.

„Du musst wissen, er war ein echter Quälgeist."

Andrea sah ihr direkt in die Augen, als würde sie Verständnis suchen, nahm Sophias schockierten Ausdruck aber doch nicht wahr und zog das Kinn wieder zur Brust.

„Er hat nur geschrien. Und wenn er geschlafen hat, musste man immer ganz leise sein. Bevor er kam, war alles besser. Ich wollte ihn nicht."

Sie machte eine lange Pause und etwas in Sophia wollte ihr sagen, dass sie nicht weitersprechen sollte. Dieser Teil von ihr wollte es wirklich nicht hören. Doch etwas Anderes, etwas Dunkleres in ihr wollte wissen, wie die Geschichte zu Ende ging.

„Die Eltern sollten nichts hören. Darum hatte ich Klebeband aus Vaters Werkbank mitgebracht. Ein kleines Stück hat schon gereicht und es hat trotzdem schon die kleine Nase mit verdeckt. Das große Kissen vom Sessel neben dem Bett habe ich auf seinen Kopf gelegt. Damit man auch wirklich nichts hörte. Dann habe ich das Feuerzeug aus meiner Hosentasche geholt und mit den Fußsohlen angefangen. Weißt du, was das Schlimmste war?"

Wie in Trance schüttelte Sophia den Kopf, als Andrea erneut zu ihr aufblickte. Sie konnte nicht fassen, was sie gerade zu hören bekam. Diese Frau war krank! Vor ihr saß ein fleischgewordenes Monster!

„Dass es nicht mal schön war. Es hat furchtbar gestunken. Ich hätte es anders machen sollen. Schließlich haben sie mich deshalb von zuhause weggeschickt."

Mit dem Zeigefinger schob Andrea spielerisch die Brötchenhälfte hin und her. Sophia stieg das Essen in der Speiseröhre hoch.

„Aber darum bin ich natürlich nicht hier. Das war ja alles nur der Anfang. Mit achtzehn konnte ich endlich auf eigenen Beinen stehen und wollte, dass das auch so bleibt. Ich hatte einen Plan und habe mich dafür auch an alle Regeln gehalten. Ich wollte in einem Hospiz arbeiten. Wo sonst kann man fast jeden Tag ganz legal Menschen sterben sehen?" Ein stolzes Grinsen huschte über ihr Gesicht. „Die Pflegerausbildung war hart. Aber wenn ich etwas wirklich wollte, bin ich schon immer drangeblieben. Auch wenn ich zugeben muss, dass ich nicht besonders gut darin war, den Menschen eine Stütze zu sein auf ihrem letzten Weg", lachte Andrea.

Sophia zuckte zusammen. Am liebsten wäre sie aufgesprungen und weggerannt. Doch das hätte Andrea möglicherweise verärgert. Sie musste alles dafür tun, dass diese Frau auf keinen Fall wütend auf sie war.

„Als mich der erste Patient um Sterbehilfe bat, hatte er wohl nicht damit gerechnet, dass ich ihm mit einem tiefen, zielsicheren Schnitt die Halsschlagader auftrennen und ihm genüsslich beim Verbluten zuschauen würde. Darum bin ich hier. Das ist der

Grund, warum ich schon eine ganze Weile eingesperrt bin." Mit zufriedenem Lächeln strahlte sie Sophia an. Sie war stolz, die ganze Geschichte erzählt zu haben. Andrea war auf einmal wieder ganz im Hier und Jetzt.

Sophia räusperte sich und versuchte, sich zusammenzureißen. „Wie lange bist du denn schon hier?", fragte sie mit möglichst fester Stimme.

„Fast zehn Jahre", war die Antwort. So selbstverständlich hervorgebracht, als wäre es das Normalste der Welt, einen großen Teil seines Lebens in Gefangenschaft zu verbringen. „Aber keine Angst, manche hier haben bei weitem Schlimmeres ausgefressen als ich."

Ihr Ton war irgendwie heiter und die Situation so bizarr, dass Sophia schwindelig wurde.

„So, jetzt du! Was hast du gemacht?"

Sophia nahm einen großen Schluck Wasser, wobei sie hoffte, dass die Frau nicht bemerkte, wie das Glas in ihrer Hand zitterte. Immer wieder ging ihr durch den Kopf, dass sie dafür sorgen musste, dass Andrea ihr wohlgesonnen war. Mit hochgezogenen Brauen schüttelte sie langsam den Kopf und sagte mit brüchiger Stimme: „Ganz ehrlich, ich bin wirklich nicht sicher!"

***

An diesem Morgen hatte Sophia begriffen, dass die Menschen um sie herum wirklich gefährlich waren. Während des Gruppengesprächs versuchte sie, niemandem in die Augen zu sehen. Sie beteiligte sich wenig und musste immer wieder darüber nachdenken, dass sie in dieser Klinik nicht so sicher war, wie sie gehofft hatte. Als der Stuhlkreis endlich aufgelöst wurde, ging sie auf Herrn Melius zu und bat ihn um ein persönliches Gespräch. Es war, als stünde sie unter Beobachtung, als sie den Pfleger ansprach. Ein Blick über die Schulter bestätigte ihr Gefühl. Andrea fixierte sie mit skeptischem Blick. Sophia konnte nur hoffen, dass die Mörderin nicht glaubte, ihr Anliegen habe etwas mit der Unterhaltung beim Frühstück zu tun. Herr Melius setzte einen fragenden Gesichtsausdruck auf, nickte aber gleichzeitig und öffnete die Tür des Stationszimmers, um Sophia hereinzulassen.

Er deutete auf einen Bürostuhl, schob einen zweiten heran und nahm ihr gegenüber Platz. Sophias Zähne waren fest aufeinandergepresst und ihre Hände kneteten einander. „Ich habe eine Bitte“, begann sie vorsichtig.

Herr Melius nickte, offenbar war er bereit, sich ihr Anliegen anzuhören. Sie hatte keine Vorstellung, wie seine Reaktion ausfallen würde. Im Grunde genommen wusste sie nicht einmal, wie ausgefallen ihr Wunsch eigentlich war, geschweige denn, ob er ihr helfen konnte. Sie nahm all ihren Mut zusammen und atmete tief ein. „Ich fühle mich sehr unwohl, weil meine Zimmertür nachts immer offen ist. Ist es vielleicht möglich, dass ich eingeschlossen werde, wenn ich schlafe? Ich weiß, dass Sie dann bei Ihrem Rundgang immer aufschließen müssen. Aber es würde mir wirklich sehr helfen, mich sicherer zu fühlen.“

Die Überraschung in seinem Gesicht, war nicht zu übersehen. Er zog die Augenbrauen zusammen und schien kurz zu überlegen. Doch seine Antwort klang, wie auswendig gelernt. „Das machen wir hier nicht, Frau Konrad. Wenn Sie schlecht schlafen, geben wir Ihnen gerne etwas zur Beruhigung. Ich werde in Ihrer Akte notieren, dass Sie sich unsicher fühlen und nachts unter Ängsten leiden. Alles Weitere müssen Sie mit dem Professor klären.“

***

Kurz darauf war Sophia in das Büro des ärztlichen Direktors gebracht worden. Der Raum wirkte zugestellt mit dem massiven Holzschreibtisch und dem Patientensessel, in dem Sophia Platz nehmen musste. Die Luft war stickig und es roch unangenehm nach süßlichem Potpourri. Sophia sah sich um und entdeckte tatsächlich eine Tonschale mit getrockneten Blütenblättern auf dem Fensterbrett. Professor Albrecht saß ihr zum ersten Mal persönlich gegenüber. Wenn man von dem Zwischenfall mit dem glatzköpfigen Kerl und dem Buttermesser absah, hatte sie den bebrillten Arzt mit dem dunklen Vollbart noch nicht richtig zu Gesicht bekommen. Sie wollte ihn fragen, weshalb ihre Eltern noch nicht gekommen waren. Doch der Gedanke, dass es keine plausible Erklärung gab und sie sich einfach für sie schämten, war zu schmerzhaft.

Eine gefühlte Ewigkeit saß sie ihm schon gegenüber. Auf dem Schreibtisch vor ihm lag eine Akte, aus der er nur einmal aufgesehen hatte, als sie in den Raum geführt worden war. „Guten Morgen, Frau Konrad", war alles, was er bisher gesagt hatte. Nervös kaute sie auf ihrer Unterlippe. Dieses Büro war dunkel, irgendwie unfreundlich, passend zu seiner Ausstrahlung und auch zu der Art, wie er mit ihr umging. Oder eher nicht umging. Das hier war absolut nicht zu vergleichen mit den Therapiesitzungen bei Herrn Völkers.

Plötzlich fixierte er sie, mit diesen kalten, grauen Augen und sie wünschte sich, wieder ignoriert zu werden. Als sie glaubte, die Situation könne nicht unangenehmer werden, wurde sie eines Besseren belehrt.

„Frau Konrad, haben Sie etwas dagegen, wenn ich unser Gespräch aufzeichne? Das ist das übliche Prozedere hier, um später alle Sitzungen nachvollziehen zu können. Es ist notwendig für das spätere Gutachten, aber auch durchaus für die weiterführende Therapie."

Die feinen Haare auf ihren Armen stellten sich auf. Im Glauben, nicht widersprechen zu dürfen, nickte Sophia.

„Ich werde Sie das gleich noch einmal fragen, dann brauche ich aber eine deutlich hörbare Zustimmung von Ihnen."

Wieder nickte sie.

„Professor Dr. Albrecht, Lohrklinik in Frankfurt am Main, Montag der sechzehnte September. Erstes Therapiegespräch mit Sophia Konrad nach einstweiliger Unterbringung Paragraph 126a StPO am siebten September."

Nach einer kurzen Pause sah er sie eindringlich an und fuhr fort: „Frau Konrad, sind Sie damit einverstanden, dass wir diese Therapiesitzung aufzeichnen?"

Er nickte ihr zu.

„Ja", krächzte Sophia und räusperte sich.

„Frau Konrad. Was ist Ihrer Meinung nach der Grund für Ihre Einweisung?"

Wie ein Schulkind bei einer mündlichen Prüfung schluckte sie fest und zog die Schultern in Richtung Ohren. Die richtige Antwort kannte sie nicht. Als sie die Schultern wieder sinken ließ, war ihre Stimme ganz dünn. „Ich bin nicht ganz sicher. Muss ich das beantworten?"

„Es wäre gut, aber wir können auch an einer anderen Stelle anfangen, wenn es Ihnen lieber ist." Seine Stimme klang plötzlich freundlicher, irgendwie verständnisvoll. Obwohl sie immer noch kerzengerade auf dem Stuhl saß, merkte sie, dass sich ihre Schultern ein wenig entspannten. Sie nickte erneut.

„Hatten Sie in den Wochen vor Ihrer Einlieferung häufig Angst?"

Wieder fuhr ihr Kinn hoch und runter, dieses Mal motivierter. Sie bejahte die Frage in der Hoffnung, dass sich das Gespräch ein wenig in ihre Richtung entwickeln würde. Es war doch sicherlich zielführend, über ihre Ängste und Probleme zu sprechen. Das fühlte sich schon besser an. „Ja, große Angst. Fast immer, wenn ich alleine war."

Der Professor notierte etwas in der Akte. „Wenn Sie sagen, Sie hatten Angst. Bedeutet das, dass Sie nun, wo Sie hier sind, keine Angst mehr haben?"

Ihre Augenbrauen zogen sich zusammen. Mit einer Hand fuhr sie über ihren Nacken. „Zumindest weniger", gab sie leise zu. „Aber nachts habe ich große Angst. Ich kann nicht schlafen, wenn ich weiß, dass meine Tür nicht abgeschlossen ist. Gibt es eine Möglichkeit, dass ich nachts eingeschlossen werde? Das würde mir wirklich sehr helfen, Herr Professor."

Die Sätze waren einfach aus ihr herausgesprudelt und die Gesichtszüge des Arztes hatten sich schlagartig verdunkelt. Es passte ihm überhaupt nicht, dass sie das Gespräch in eine andere Richtung lenkte. Sophia wurde klar, dass er einen genauen Plan hatte. Der Arzt zog nicht in Betracht, davon abzuweichen.

„Das ist hier nicht üblich, Frau Konrad. Hier auf Station müssen Sie vor niemandem Angst haben."

Während er sprach, schrieb er wieder etwas auf. Sophia war versucht aufzustehen, um sehen zu können, was nun in ihrer Akte stand. Vielleicht sollten ihr die Pfleger noch mehr Beruhigungsmittel verabreichen. Oder schlimmer. Möglicherweise stand dort, dass sie unter schweren Angststörungen litt, was heißen würde, dass sie zukünftig stärkere Medikamente bekäme. Ihre

Hände begannen zu zittern. Sie krallte die Finger ineinander. Mit aller Kraft versuchte sie, zu verhindern, dass das Zittern in die Schultern überging. Er öffnete eine Schachtel und schob sich ein Bonbon in den Mund. Dann mischte sich der ekelhafte Potpourrigeruch mit starkem Lavendel und Sophia wurde schlecht.

„Frau Konrad, haben Sie in den Wochen vor Ihrer Einlieferung viel Alkohol konsumiert?"

Er wird nichts mehr zu ihrer Bitte sagen. Das war Sophia nun klar. Das Gespräch folgte wieder seiner Agenda.

„Was ist denn Ihre Definition von viel?", lachte sie nervös.

„Naja, sagen wir mehr als sonst. Vielleicht sehr regelmäßig? Jeden Tag?"

Sie sah zu ihren Händen, die einander immer noch fest umklammerten und nickte erneut.

„Frau Konrad!"

Sophia hob den Kopf. Albrecht deutete auf das Aufnahmegerät.

„Ja, ich habe eigentlich jeden Tag etwas getrunken."

„Das muss Ihnen nicht unangenehm sein, Frau Konrad. Alle Patienten hier haben Probleme. Wir sind hier, um gemeinsam an den Problemen zu arbeiten. Dafür ist es aber notwendig, dass wir erst einmal wissen, wo wir stehen."

Für Sophia klang das sehr vernünftig. Sie holte tief Luft und nahm all ihren Mut zusammen, denn sie wollte auch wissen, wo sie stand. „Darf ich auch etwas fragen, Herr Professor?"

Schweigend zog er die Augenbrauen hoch. Sein Blick war so düster, dass Sophia kurz glaubte, seine Augen seien schwarz. „Natürlich", antwortete er verbissen.

„Wie lange muss ich noch hier bleiben?"

Ein teuflisches Grinsen breitete sich auf seinem Gesicht aus, als er den Stift beiseitelegte und sie argwöhnisch ansah. „Das weiß ich nicht, Frau Konrad. Zunächst werden wir uns kennenlernen müssen, damit ich ein Gutachten erstellen kann und dann warten wir erst einmal Ihre Gerichtsverhandlung ab."

Schlagartig wurde ihr heiß und sie merkte, wie sie zu schwitzen begann. Sophia begriff, dass dem Arzt bereits klar war, dass sie noch lange hierbleiben würde. Mit dem Handrücken strich sie über ihre Stirn und senkte den Kopf. Sie musste sich zusammenreißen. Einige Atemzüge vergingen, bis sie den Kopf anheben und den Arzt wieder ansehen konnte.

„Wieso bekomme ich dreimal täglich Medikamente, wenn noch gar keine Diagnose gestellt wurde?“ Ihre Stimme klang kräftiger, als sie es selbst erwartet hätte. Sie versuchte, auch ihren Gesichtsausdruck möglichst herausfordernd und stark wirken zu lassen. Offenbar mit mäßigem Erfolg, denn Albrecht entfuhr ein spöttisches Lachen. Er legte die massigen Unterarme auf dem Schreibtisch ab und verschränkte die Finger beider Hände ineinander. Etwas in ihre Richtung gebeugt, fixierte er seine Patientin mit eisigem Blick. Sein unechtes Lächeln erzeugte in Sophia starke Übelkeit.

„Frau Konrad. Sie haben doch gerade eben selbst gesagt, dass Ihre Ängste weniger geworden sind. Die Medikamente sind sehr gering dosiert und helfen Ihnen lediglich, sich mit viel Ruhe in der neuen Umgebung einzufinden.“

Ihr Mut war verflogen. Dieser Arzt würde die Dosierung ihrer Medikamente nicht mit ihr besprechen. Sie gab auf. Seine nun folgenden Fragen zu ihrer Familie, ihrem Berufsleben und zu vergangenen Partnerschaften beantwortete sie knapp. Trotzdem dauert es eine quälend lange Stunde, bis sie der Psychiater aus seinem Büro entließ.

***

Herr Melius öffnete gerade die letzte Schleuse zur Station, als Joey von hinten angestürzt kam und es gerade noch schaffte, mit ihm und Sophia hineinzugehen. Auf Sophias Gesicht breitete sich ein Lächeln aus, als sie die Pflegerin sah.

„Guten Morgen“, krächzte sie, völlig außer Atem. Aber ein breites Grinsen umspielte ihre Lippen.

Sophia hob die Hand und sagte leise: „Hi!“

„Hi, da bist du ja wieder“, sagte Melius. „Das war vielleicht komisch, dass die den Dienstplan am Wochenende umgeworfen haben.“

Joey zog die Schultern zu den Ohren. „Weiß der Geier. Aber für mich war’s super. Ich hatte ein richtig gutes Wochenende.“

***

Nach dem Mittagessen saß Sophia in dem großen Sessel im Aufenthaltsraum und las in ihrem Lieblingsroman. Sie war so unkonzentriert, dass sie sich nicht auf die Erlebnisse von Scout und Jem Finch einlassen konnte. Nach einer Weile klappte sie Harper Lees *‚Wer die Nachtigall stört'* zu und schaute aus dem Fenster. Ihr Blick folgte dem breiten Sandweg durch die Parkanlage, wanderte jenseits der Klinikmauern in die Ferne und streifte die Umrisse der Frankfurter Skyline. Es war ein klarer Tag. Hinter Messeturm, Commerzbank und Maintower bis hin zum Fernsehturm wirkte der blaue Himmel weit. Im Grunde sah sie aber nur Philipps Gesicht vor sich. Sie erinnerte sich an sein Lächeln und an die Grübchen, die von dem gepflegten Dreitagebart fast verdeckt wurden. Hoffentlich würde sie ihn bald wiedersehen.

Vertieft in ihre Gedanken hatte sie Joey Fröhlich nicht kommen hören und bemerkte sie erst, als die Pflegerin im Sessel gegenüber Platz nahm. Sie hatte immer noch dieses Dauergrinsen im Gesicht. Sophia musste sich unwillkürlich mitfreuen. Bevor Sophia nach dem Grund für ihre gute Laune fragen konnte, wurde Joeys Blick ein wenig ernster.

„Wie war die erste Sitzung mit dem Professor?“, fragte sie etwas besorgt.

Auch Sophias Miene verdunkelte sich. Mit dem Daumen strich sie über den gezeichneten Baumstamm auf dem Buchcover in ihrem Schoß.

„Konnten Sie ihm anvertrauen, was Ihnen passiert ist?“, versuchte sie es noch einmal mit sanfter Stimme.

Sophia schaute zu ihr auf. „Ich weiß, dass es eigentlich verboten ist“, flüsterte sie, „aber wäre es okay, wenn Sie mich duzen? Das ›Sie‹ kommt mir bei Ihnen irgendwie komisch vor.“ Sophia atmete erleichtert auf, als sie Joeys verschmitztes Lächeln sah.

„Philipp duzt dich doch auch schon längst. Ich denke, das Risiko kann ich eingehen. Aber es muss auf jeden Fall unter uns bleiben.“ Ihr verschwörerischer Blick war ernst, aber trotzdem spielerisch, als sie ihre Hand ausstreckte. „Ich bin Joey.“

Ihr ehrliches Lächeln verbreitete Wärme.

„Sophia."

„Also, magst du mir vom Gespräch mit dem Professor erzählen?"

Sophias Hand fuhr zu ihrem Nacken und rieb über die warme Haut und den Haaransatz. Sie fühlte sich, als habe sie bei dem Therapiegespräch alles falsch gemacht. „Er wollte gar nicht wissen, was mir passiert ist. Ich glaube ehrlich gesagt, es geht ihm eher darum, nachzuweisen, dass ich hierher gehöre." Nach einer kurzen Pause fragte sie: „Glaubst du, dass ich hierher gehöre?"

Joeys Blick war grundehrlich und gleichzeitig traurig. „Das weiß ich nicht Sophia. Und es steht mir auch gar nicht zu, darüber zu mutmaßen."

„Ich fühle mich hier sicherer als draußen. Tagsüber habe ich nicht mehr so viel Angst. Aber mir ist oft übel und ich fühle mich irgendwie betäubt. Ich habe nachts große Angst, weil meine Tür offen bleiben muss. Der Professor will sie nicht abschließen lassen, obwohl ich ganz sicher weiß, dass es mir helfen würde. Viel mehr als die Medikamente."

Joey nickte. „Die Übelkeit könnte tatsächlich von den Medikamenten kommen. Die helfen aber auch gegen die Ängste. Trotzdem werde ich mal nachfragen, was die Dosierung angeht. Und wegen der Tür werde ich auch mal sehen, ob ich etwas machen kann."

Sophia war unendlich dankbar, traute sich aber noch nicht, auf eine Veränderung zu hoffen. „Ich vermisse meine beste Freundin und meine Familie. Ich kann mir nicht erklären, weshalb sie mich nicht besuchen kommen. Weißt du, ob jemand für mich angerufen hat?"

Sophia versuchte die Fassung zu behalten. Joey würde ihr die Wahrheit sagen, daran hatte sie keinen Zweifel. Doch sie war immer noch nicht sicher, ob sie die auch wirklich hören wollte.

„Ehrlich gesagt, weiß ich das nicht. Aber ich werde mich auch darum kümmern. Für Besuche und Telefonate gibt es hier strikte Regeln, die gelten generell für alle."

In Joeys Blick lag Mitleid, was Sophia ein wenig unangenehm war. Sie ließ den Kopf hängen und schluckte. Auf keinen Fall wollte sie weinen.

„Sag mal, hast du eigentlich schon mal versucht, deine Gedanken in das Tagebuch zu schreiben, das dir Phil gegeben hat?"

Mit beiden Händen fuhr sich Sophia über das Gesicht und blickte dann wieder auf. „Hab ich. Und auch wenn ich im Moment keinen klaren Kopf habe, glaube ich, dass es mir wirklich hilft. Kannst du Philipp nochmal Dankeschön von mir sagen?"

„Das mache ich natürlich!"

Sophia bemerkte, wie ihre Wangen warm wurden und sie senkte beschämt den Kopf. „Wann hat er denn wieder Dienst?"

Joey presste die Lippen zusammen. „Ich denke in einer Woche. Er wurde ‚freigestellt'." Bei dem letzten Wort malte sie mit Zeige- und Mittelfingern Anführungszeichen in die Luft. Sie schaute sich suchend um, als wolle sie sicherstellen, dass kein anderer zuhören konnte. Dann beugte sie sich wieder etwas nach vorne. „Phil hat Mist gebaut. Aber keine Sorge, es geht ihm gut."

Sie hatte zwar geflüstert, aber Sophia hatte jedes Wort verstanden. Trotzdem hatte sie keine Ahnung, was damit gemeint sein könnte. „Was ist denn passiert?", fragte sie, doch Joey hob nur die Schultern.

„Sorry, aber das muss er dir schon selbst erzählen", flüsterte sie.

Nach einer kurzen Pause hob Sophia die Augenbrauen. „Meinst du, es würde helfen, dem Professor das Tagebuch zu zeigen?"

Joey wiegte den Kopf hin und her. „Ja, vielleicht bringt es euch in der Therapie weiter. Schaden wird es sicher nicht. Aber nur, wenn du auch wirklich dazu bereit bist."

Kapitel 16

Die Feuerwehr hatte nichts mehr für Bärbel tun können und auch von dem Haus war nur eine Ruine übrig geblieben. Die Bewohner der anderen Haushälfte waren evakuiert worden. Für Philipp hatte es nicht so ausgesehen, als wäre ihr Teil des Hauses in naher Zukunft wieder bewohnbar.

Nach ein paar Tagen hatte sich Philipp von seiner Rauchvergiftung erholt, doch die Bilder der brennenden Frau würde er niemals vergessen. Er hatte mehrfach versucht, sich in die Ermittlungen zur Brandursache einzumischen. Mit seinen Versuchen, die Feuerwehr anzusprechen, und der Polizei Bärbels merkwürdiges Verhalten vor dem Brand zu schildern, stieß er auf taube Ohren. Als er schließlich versuchte, den Gutachter vor dem Haus abzufangen, wurde er von einem breitschultrigen Polizisten aufgefordert zu gehen. In der Zeitung hatte man in den nächsten Tagen nur lesen können, dass die Brandursache eine Gasexplosion gewesen war.

Nach der Tragödie war Philipp seiner Mutter nur von der Seite gewichen, wenn sie schlief. Irene hatte sich von einem Weinkrampf zum nächsten gehangelt und Philipp musste zum ersten Mal in seinem Leben für die passionierte Köchin kochen. Als Irene sich aber, am dritten Tag nach dem Unglück, ohne Aufforderung aus dem Bett geschält, sich gewaschen, angezogen und Kaffee aufgesetzt hatte, bevor Philipp die Küche betrat, schien sich die Welt endlich weiterzudrehen. Wie von einer übermächtigen Kraft gelenkt, war das Leben in ihren Körper zurückgekehrt. Natürlich war sie nicht fröhlich gewesen. Doch sie hatte die vertauschten Rollen aufgehoben, indem sie ihrem Sohn ein Frühstück zubereitet und ihn danach in seine eigene Wohnung zurückgeschickt hatte. Auf dem Weg dorthin dachte Philipp darüber nach, noch einmal in der Kelsterbacherstraße vorbeizufahren. In den vergangenen Tagen hatte er mehrmals an der Haustür von Frau Brumhäuser geklingelt. Wenn er Lebensmittel eingekauft hatte, war er einen Umweg gefahren. War seine Mutter früh zu Bett gegangen, hatte er sich aus dem Haus geschlichen, um es noch einmal zu versuchen. Leider immer ohne Erfolg. Er war sicher, dass Bärbels Tod kein Unfall war. Zwar wusste er nicht, ob diese Sache etwas mit dem Anruf bei Sophias Vermieter zu tun hatte, doch wenn niemand außer ihm bereit war, zu ermitteln, musste wenigstens er sein Möglichstes versuchen. Die alte Brumhäuser hatte sich an Sophia erinnert, und wenn sie seiner Mutter und Bärbel die Telefonnummer gegeben hatte, so würde sie vielleicht auch ihm mit dem Kontakt des Vermieters aushelfen.

Als Philipp um die nächste Ecke bog, bemerkte er, wie müde er eigentlich war. Das Wachen über seine Mutter, und hilflos mitansehen zu müssen, wie sie trauerte, hatte ihn ausgelaugt. Nach kurzem Zögern entschied er sich um und nahm sich vor, sich lieber nach einem ausgiebigen Mittagsschlaf noch einmal auf den Weg zu machen.

Zuhause angekommen legte er sich sofort auf das alte Sofa, angelte nach der Wolldecke auf dem Boden und deckte sich bis zum Hals damit zu. Ihm war kalt. Eine Weile lag er mit geschlossenen Augen da, doch seine Gedanken gingen mit ihm durch. Immer wieder sah er Bärbels Leiche vor sich. Er fragte sich, ob es wirklich gut war, seine Mutter alleingelassen zu haben, schließlich hatte sie nicht einmal mehr Erwin. Dann grübelte er weiter darüber nach, was wohl mit dem Hund geschehen sein mochte. Trotz der lähmenden Müdigkeit fand er einfach keine Ruhe. Er setzte sich auf und zog den Laptop unter dem Couchtisch vor. Viel zu lange hatte er nicht nachgeschaut, ob ihm Sophias Freundinnen geantwortet hatten. Er öffnete die Social-Media-Plattform und hatte tatsächlich eine neue Mitteilung erhalten. Es kribbelte in seinem Magen, als er den Messenger öffnete und feststellte, dass ihm Sophias Kollegin Tanja Ivanov geantwortet hatte.

Hallo Herr Lehmann, ich würde Sophia wirklich gerne helfen, aber ich habe schon lange keinen engen Kontakt mehr zu ihr.

Die Plattform zeigte an, dass Tanja gerade online war und er tippte sofort eine Antwort.

Jeder Anhaltspunkt könnte mir helfen. Können wir uns treffen?

Die Nachricht war gerade verschickt, da ärgerte er sich schon über seine Dummheit. Er sah dabei zu, wie sie offline ging und konnte nicht fassen, was er getan hatte. Einem völlig fremden Profil über eine Social Media-Website auf eine Nachricht zu antworten, war eine Sache, ein Treffen eine ganz andere. Hoffentlich hatte er nicht mit einer einzigen unüberlegten Nachricht den Zugang zu Sophias Kollegin für alle Zeiten verspielt.

Philipp klappte den Laptop zu und streckte sich wieder auf der Couch aus. Seine Gedanken waren jetzt bei Sophia. Noch ein paar Tage musste er verstreichen lassen, bevor er sich wieder in der Klinik sehen lassen durfte. Als er dann auch noch über das Treffen mit Marvin und die daraus resultierende Suspendierung nachdachte, tat er schließlich etwas, was er sonst niemals tat. In seinem Medizinvorrat befand sich noch eine kleine Packung Schlaftabletten, die ihm sein Hausarzt in der schwierigen Zeit nach der Trennung verschrieben hatte. Er nahm eine davon ein und fiel kurz darauf in einen tiefen Schlaf.

***

Philipps Oberkörper schnellte hoch, wobei sein linkes Bein von der Sofalehne rutschte und die Ferse auf den Boden krachte. Ein lautes Poltern hatte ihn aufgeweckt. Draußen war es stockdunkel. Er schaute aus dem Fenster und sah einen umgefallenen Tisch auf der Terrasse seiner Nachbarn. Der Sturm wütete heftig und es musste mitten in der Nacht sein.

Ein Blick auf sein Handy verriet ihm, dass es drei Uhr morgens war. Er hatte mindestens acht Stunden durchgeschlafen und war endlich wieder etwas ausgeruht. Er machte sich einen Kaffee und beschloss nach kurzem Überlegen, dass das ganze Grübeln nichts an seinem einzigen Ansatzpunkt ändern würde. Der war nun einmal in der Kelsterbacherstraße bei Frau Brumhäuser. Natürlich hatte die alte Dame einen Eintrag im Telefonbuch, doch Philipp hatte bereits sechs Nachrichten auf ihrem Anrufbeantworter hinterlassen. Mittlerweile vermutete er, dass sie wahrscheinlich verreist war. Vielleicht hatte sie Kinder und war dort zu Besuch. Sollte es aber doch Zufall gewesen sein, dass sie nie zuhause gewesen war, wenn er geklingelt hatte, war jetzt möglicherweise seine Chance gekommen. Es kam ihm doch sehr unwahrscheinlich vor, dass sich eine Greisin um diese Uhrzeit nicht in ihren eigenen vier Wänden aufhielt. Philipp glaubte, dass es seine Situation rechtfertigte, eine alte Frau mitten in der Nacht aus dem Bett zu klingeln.

Wenig später parkte er seinen Bus vor dem Wohnhaus in der Kelsterbacherstraße. Der Wind brauste ihm laut um die Ohren, als er fest an die dunkelbraune Holztür klopfte. Obwohl er schon dreimal geklingelt hatte, war er noch nicht bereit einzusehen, dass es keinen Sinn ergab. Außerdem spielten sich inzwischen noch andere Szenarien in seinem Kopf ab. Wenn Frau Brumhäuser gar keine Verwandte hatte, zu denen sie reisen konnte, lag die alte Dame möglicherweise tot in ihrer Wohnung, und keiner hatte es bemerkt. Auf Verdacht die Polizei benachrichtigen war jedoch keine Option. Was hätte er denen erzählen können? Seine Bedenken waren schwer erklärbar, wenn man bedachte, dass er die alte Dame gar nicht kannte.

Der kalte Wind hatte den Regen vertrieben, doch die Feuchtigkeit kroch ihm in die Glieder und Philipp zog die Kapuze seines Parkas etwas tiefer ins Gesicht. Irgendwie war ihm unwohl in dieser Straße. Er fühlte sich auf merkwürdige Weise beobachtet. Egal, ob dieses Gefühl vom Haus Nummer 55 auf der gegenüberliegenden Straßenseite ausging, in dem Sophia gewohnt hatte, oder ob er gerade einen Verfolgungswahn entwickelte, er war jedes Mal froh, wenn er wieder in seinem Bus saß.

Er fuhr auf die A66 auf, änderte direkt seine Meinung und setzte den Blinker, um an der Raststätte wieder abzufahren. In der Bistroecke kaufte er sich einen Kaffee und ein belegtes Brötchen. Im Camper klappte er den Tisch aus und begann zu frühstücken. Er aß sein Käsebrötchen und machte sich klar, dass er nicht einfach nachhause fahren konnte. Die Büros der Personalvermittlungsfirma Eulenberger & Friedrich waren in Hattersheim und damit nur eine Abfahrt entfernt. Philipp sah an sich herunter. Er trug eine dunkle Jeans und ein braunes Flanellhemd. Schließlich hatte er gehofft, trotz der unchristlichen Uhrzeit und der Reste seines Veilchens, einen seriösen Eindruck auf Helga Brumhäuser zu machen. So würde er sich auch in einem Bürogebäude sehen lassen können.

Zusammen mit einem weiteren Becher Kaffee kaufte er die aktuelle Ausgabe der Frankfurter Neuen Presse. Zurück im Bus legte er die Zeitung auf den Tisch und machte es sich für die nächsten Stunden gemütlich. Er rechnete sich gegen zehn Uhr die besten Chancen aus, um Tanja im Büro anzutreffen. Auf der Suche nach Berichten, die ihn besonders interessierten, scannte sein Blick die Überschriften. Beim ersten Durchblättern hätte er fast die kleine Randnotiz zum Brand in Hattersheim übersehen. In knappen Worten wurde ergänzend zur Berichterstattung der vergangenen Tage bekanntgegeben, dass die Untersuchungen zur Brandursache bestätigt hatten, dass es sich um einen Unfall gehandelt haben musste. Zornig schlug Philipp das Blatt zu. Von seiner Mutter wusste er, dass Bärbel mit dem alten Gasofen nicht nur überaus geübt umging, sondern ihn auch regelmäßig warten ließ. Zähneknirschend überblätterte er die regionalen Nachrichten und las den Sportteil. Anschließend nutzte er die Zeit, um den Kleiderschrank des Busses, in dem sich massenweise Werkzeug angesammelt hatte, endlich einmal auszusortieren.

Als die kleine Uhr am Armaturenbrett endlich neun Uhr dreißig anzeigte, stieg er aus, streckte sich und ging ein paar Schritte. Dann strich er sein Hemd glatt und fuhr los.

Einige Minuten später parkte er auf dem für die Firma markierten Platz und holte sicherheitshalber seine Zugangskarte von der Lohrklinik aus dem Handschuhfach. Die Karte war gleichzeitig so etwas wie ein Dienstausweis und er dachte, dass es Tanja damit zumindest ein wenig leichter fallen könnte, seiner Geschichte Glauben zu schenken.

Hinter der Glasscheibe neben dem Eingang saß eine junge dunkelhaarige Frau. Philipp vermutete sofort, dass sie eine Studentin war. Bestimmt Wirtschaftswissenschaften oder so etwas Spannendes.

Er trat möglichst selbstbewusst an das Glas. „Guten Morgen, ich würde gern zu Tanja."

Unsicher musterte die Frau sein verletztes Gesicht.

„Guten Morgen. Wen darf ich melden?"

Die Studentin griff vorbildlich zum Telefon und hielt den Hörer wartend hoch. Philipp hatte befürchtet, dass er nicht unangemeldet in Tanjas Büro spazieren konnte. Doch was sollte er sagen? Er konnte sich wohl kaum als ‚der Stalker aus dem Internet' vorstellen. Nach kurzem Überlegen schob er seine Klinikkarte unter der Scheibe durch.

„Sie kennen Sophia Konrad?", fragte er ernst.

Glücklicherweise nickte die Frau.

„Ich arbeite in der Klinik, in der Sophia gerade ist. Ich möchte ihr helfen und dafür muss ich mit Ihrer Kollegin sprechen."

Mit ernstem Gesichtsausdruck schob die Studentin die Karte zurück. und nickte.

„Ich drücke Ihnen auf. Den Flur geradeaus durch. Es ist das Doppelbüro auf der Stirnseite. Ich sag Tanja derweil Bescheid." Sie winkte mit dem Telefonhörer, das Summen des Türöffners war zu hören und Philipp beeilte sich, durch die Tür zu kommen.

Bereits am Eingang des lichtdurchfluteten Büros fiel Philipp ein blumiger Duft auf. Tanja Ivanov, wie an der offenstehenden Tür geschrieben stand, trug ein angenehmes Parfum. Philipp klopfte an den Türrahmen. „Frau Ivanov?"

Am Schreibtisch saß eine blonde Frau, deren langes Haar in Locken über ihre Schultern fiel. Sie legte den Telefonhörer auf das Gerät und sah ihn mit großen Augen an.

„Herr Lehmann?"

Ihr ängstlicher Blick brachte Philipp dazu, seinen Ausweis direkt vor ihr auf den Tisch zu legen.

„Der bin ich. Und es tut mir leid, dass ich Sie mit meiner Nachricht so überrumpelt habe."

Tanja Ivanov hob die Augenbrauen und Philipp bemerkte, wie unsinnig diese Entschuldigung gerade war. Schließlich tauchte man auch nicht einfach unangemeldet am Arbeitsplatz einer fremden Person auf. Er lachte nervös, während sie etwas zweifelnd seine Karte ansah. Sie schien mit sich zu ringen, bot ihm aber schließlich einen Stuhl an.

„Wie geht es Sophia?"

„Den Umständen entsprechend. Darf ich Ihnen ein paar Fragen stellen?"

„Ich habe Ihnen doch schon geschrieben, dass ich nicht mehr viel mit Sophia zu tun habe."

Er nickte, fragte aber sofort weiter. „Wann haben Sie Sophia denn zum letzten Mal gesehen?"

Sie lehnte sich in ihrem Stuhl zurück und verschränkte die Arme vor der Brust. „Das ist ein paar Wochen her. Das letzte Mal habe ich sie hier im Büro gesehen." Tanja lehnte sich etwas zu ihm vor und sprach leiser. „Stimmt es wirklich?"

Philipps Augen zogen sich zu kleinen Schlitzen zusammen. „Stimmt was wirklich?"

„Naja, hier geht schon eine Weile das Gerücht um, dass mit Sophia etwas nicht stimmt." Sie tippte sich bedeutungsvoll an die Schläfe. „Sie wissen schon, hier drin."

Nun saß Philipp kerzengerade. „Genau das versuche ich gerade herauszufinden. Ich vermute, dass das nicht stimmt. Wenn Sie mir etwas über Sophia erzählen würden, könnte ich ihr vielleicht besser helfen."

Tanja Ivanov erklärte, dass Sophia trotz eines Altersunterschieds von über zehn Jahren die erste Person war, mit der sie sich nach ihrem Umzug angefreundet hatte. Sie hatten Nordrhein-Westfalen nur schweren Herzens verlassen. Es war eine berufliche Entscheidung ihres Mannes gewesen. Anfänglich war es der Familie nicht leichtgefallen, im Rhein Main-Gebiet Fuß zu fassen.

„Aber immerhin ist Lucas hier geboren", fügte sie mit einem strahlenden Lächeln hinzu.

Philipp sah das gerahmte Bild auf dem Schreibtisch an. Der blonde Junge darauf war mindestens zehn Jahre alt, und Philipp fragte sich, weshalb ihr Sohn wohl hier geboren worden war. Er wollte Tanja Ivanov aber nicht unterbrechen und entschied, dass der Geburtsort des Kindes ohnehin unwichtig war.

Sie erklärte weiter, dass sich Sophia sofort als eine hilfsbereite Kollegin erwiesen hatte, und auch privat lagen die beiden Frauen auf einer Wellenlänge.

„Sie war nach ein paar Monaten schon eine richtig gute Freundin für mich geworden." Ivanovs Blick wurde nachdenklich. „Aber dann hat sie sich irgendwie verändert. Ich weiß noch, als sie einmal bei uns zu Besuch war, kam sie mir irgendwie merkwürdig vor. Ich hatte so viel von Sophia erzählt, dass Marc, mein Mann, sie auch endlich kennenlernen wollte. Sie besuchte uns zum Abendessen und alles schien normal, bis wir alle vier am Esstisch saßen. Sie wurde plötzlich ganz weiß und sagte, es ginge ihr nicht gut. Sie hat Lucas ganz merkwürdig angesehen. Das war mir richtig unheimlich. Ich denke, sie muss zu dem Zeitpunkt schon irgendwie krank gewesen sein. Danach ging dann auch der ganze Wahnsinn los."

Jetzt wurde Philipp neugierig. „Was meinen Sie mit Wahnsinn?"

„Ich habe das nur teilweise mitbekommen. Sie hatte sich wochenlang krankgemeldet und als sie wieder zur Arbeit kam, hatte sie diese Verletzung im Gesicht. Sie war mir gegenüber plötzlich total verschlossen. Das Einzige, was ich aus ihr herausbekam, war, dass sie überfallen worden war."

Philipp runzelte nachdenklich die Stirn.

„Sie wirkte gefasst. Aber eben verschlossen. Sie war wie ausgewechselt. In der Zeit hat sie sich wohl auch von Marvin getrennt und ist umgezogen. Außerdem war sie irgendwie verwirrt. Sie hat immer öfter etwas vergessen. Sie war schreckhaft und sah wirklich schlecht aus. Ich glaube, sie hatte auch Schlafprobleme. Und sie muss getrunken haben, zumindest eine Zeit lang. Das hab ich manchmal morgens gerochen." Tanja Ivanov zog die Augenbrauen zusammen. „Meinen Sie, das kann irgendwie helfen? Ich hoffe wirklich, dass es Sophia bald besser geht."

Philipp wiegte den Kopf hin und her. „Vielleicht. Wissen Sie, wie ich zu Sophias Familie Kontakt aufnehmen kann?"

Tanja schüttelte den Kopf. „Die kenne ich leider auch nicht."

Dankbar dafür, dass Tanja Ivanov doch noch bereit gewesen war, mit ihm zu sprechen, versuchte Philipp seine Enttäuschung über die wenigen neuen Informationen zu verbergen. Er lächelte sie freundlich an und deutete auf das gerahmte Foto auf dem Tisch. „Ist das Ihre Familie?"

Tanja lachte auf. „Ja. Wir haben vor ein paar Wochen einen kleinen Teich im Garten angelegt."

Die Aufnahme zeigte alle drei mit matschverschmierten Gesichtern bei der Gartenarbeit. Der schmächtige blonde Junge lächelte direkt in die Kamera, wobei die beiden Erwachsenen lustige Grimassen zogen.

„Das ist eine tolle Aufnahme", sagte Philipp ehrlich.

Er bedankte sich bei Sophias Kollegin und versprach, sein Möglichstes zu tun, um Sophia zu helfen.

Nach dem Gespräch saß er noch einen Moment auf dem Fahrersitz des T3 und starrte ins Leere, bis er bemerkte, dass das Handy in seiner Jackentasche vibrierte. Es war Joey.

„Hey, wie geht es deiner Mutter?"

Philipp fuhr sich über die Augen und atmete tief ein. „Sie ist immer noch völlig am Boden. Aber sie hat mich weggeschickt."

„Es ist wirklich furchtbar. Diese Gasöfen müssten doch längst verboten sein. Inzwischen hat doch wirklich jeder eine Zentralheizung."

Philipp hatte nicht die Energie, Joey zu erklären, dass der Brand bestimmt nicht am Gasofen gelegen hatte. Weil keine Antwort von ihm kam, setzte Joey neu an: „Wo bist du?"

Philipp schnaufte. Innerlich machte er sich schon auf eine Standpauke von seiner Freundin gefasst. „Bei der Firma, in der Sophia gearbeitet hat. Habe mich mit ihrer Kollegin unterhalten."

Joey antwortete nicht sofort und Philipp wusste, dass sie sich gerade sehr zusammenreißen musste, nichts Falsches zu sagen.

„Du weißt ja schon, dass du die Sache zu weit treibst. Aber ich wollte dir auch etwas über deine Lieblingsrätselpatientin erzählen."

Philipp richtete sich im Sitz auf. „Ja?"

„Sie hat nach dir gefragt. Sie hatte ihre erste Sitzung mit dem Prof und ich soll dir ausrichten, dass ihr das Tagebuchschreiben hilft. Sie wollte sich nochmal bei dir bedanken."

Philipp lächelte.

„Nicht zu fassen. Ich kann dein Grinsen fast durch die Leitung hören. Jedenfalls denkt sie sogar darüber nach, dem Prof bei den Therapiesitzungen zu zeigen, was sie in ihr Tagebuch geschrieben hat. Da hattest du echt ne gute Idee. Sie …"

„Nein!", rief Philipp so laut, dass er seine Übertreibung selbst bemerkte.

„Was, nein? Hab ich was falsch gemacht? Es ist gut, wenn sie sich endlich öffnet."

Philipp rieb sich die Schläfen. „Joey, denk doch mal nach. Wenn Sophia grundlos da drin ist, weiß der Prof das vielleicht. Kannst du dir erklären, warum sie erst jetzt ihre erste Therapiesitzung hatte?"

Joey lachte verächtlich auf. „Willst du jetzt andeuten, dass Albrecht was mit einer grundlosen Einlieferung zu tun hat? Für mich hört sich das nach Verschwörungstheorie an. Das war in letzter Zeit alles zu viel für dich. Du siehst Gespenster."

Philipps Kiefer spannte sich an. Mit der freien Hand umklammerte er fest das Lenkrad. Joey musste sich bereits denken, dass Philipps Wut anschwoll, doch sie sprach weiter. „Ich bin wirklich kein Fan von Albrecht, aber er ist unser Chef und er wird schon seine Gründe haben. Vielleicht ist Sophia wirklich nicht krank, aber irgendetwas zu Schulden kommen lassen hat sie sich ganz sicher."

Philipps Wut kochte über und die Worte schossen nur so aus seinem Mund: „Das darf doch wohl nicht wahr sein, Joey. Erinnerst du dich vielleicht an die Nachbarn? Und wieso steht Sophias angebliche Straftat nicht in ihrer Akte, so wie bei jedem anderen Patienten auch? Das ist doch lächerlich! Und dann wurde auch noch meine Karte gesperrt."

„Schrei mich nicht so an und komm mal wieder runter! Das mit der Karte war vielleicht gar nicht der Prof, und wenn, dann hat er das gemacht, weil du frisch von einer Kneipenschlägerei kamst!"

„Meine Karte war gesperrt, bevor er mich zu Gesicht bekommen hat!", schoss Philipp weiter.

„Verschwörungstheorie hin oder her, dass er dich freigestellt hat, hast du dir schon selbst zuzuschreiben. Oder meinst du vielleicht, er hat dich auch noch verprügeln lassen?"

Philipp schloss die Augen. Es war nicht ihre Art, zu streiten. Joey stritt mit Mala, oder auch mit Malas versnobten Eltern, wenn sie einmal im Jahr anriefen. Aber mit Philipp stritt sie für gewöhnlich nicht. Trotzdem konnte keiner der beiden von seiner Meinung abrücken. Schließlich hatten sie schon vor der Einschulung abgemacht, einander niemals anzulügen.

„Ich kann dich ja verstehen. Aber es ist gut möglich, dass deine Karte wegen der Schlägerei gesperrt war. Sowas spricht sich in der Klinik herum wie ein Lauffeuer. Und weißt du, was mir außerdem aufgefallen ist?"

Philipp glaubte nicht, dass er einen weiteren verbalen Schlag einstecken konnte.

„Sophia hat eine gewisse Ähnlichkeit mit Melanie. Ich kenne deinen Typ Frau und jetzt mal Hand aufs Herz, Phil, meinst du nicht, dass du vielleicht einfach glauben möchtest, dass sie in Wirklichkeit gesund ist?"

Er schluckte. In seiner Stimme lag neben seinem Zorn jetzt auch echte Enttäuschung. „Für wie unprofessionell hältst du mich eigentlich? Ja, Sophia gefällt mir! Aber sie ist unsere Patientin, in Gottes Namen! Und du weißt genau, dass da etwas nicht stimmt. Also verschließ gefälligst nicht die Augen davor und grab deinen Gerechtigkeitssinn mal wieder aus. Ich glaube nämlich ernsthaft, dass der unter deinem Kinderwunsch und dem ganzen Heile-Welt-Wunschdenken verloren gegangen ist. Lass uns später reden."

Als Antwort bekam er ein geflüstertes „Ja, das ist wohl besser."

Kapitel 17

Ein paar Stunden zuvor

„Er ist in der Kelsterbacherstraße“, hallte ihm die harte, blecherne Stimme entgegen, als er den Anruf annahm. Das Mobiltelefon fest ans Ohr gedrückt, schaltete der Arzt die Nachttischlampe ein und rieb sich über die Augen. Ein kurzer Gedanke lenkte ihn vom eigentlichen Geschehen ab. Er fragte sich, ob Heikos Stimme schon immer so kalt geklungen hatte, oder ob sich auch die Stimmlage mit den Erlebnissen und Handlungen eines Menschen veränderte. Der Wissenschaftler in ihm hätte gerne einen direkten Vergleich gehabt. Schließlich gab es inzwischen Wege, Veränderungen der DNA aufgrund von unterschiedlichen Lebenseinflüssen nachzuweisen. Weshalb sollte etwas Derartiges nicht auch auf die Stimmlage Einfluss nehmen? Dass ein direkter Vergleich mit Heikos Zwilling nach all den Jahren kompliziert und ohnehin viel zu riskant sein würde, war ihm natürlich bewusst. Die Erinnerung an die junge Mutter, die ihren Tränen des Glücks freien Lauf gelassen hatte, trieb ein kurzes Lächeln in sein Gesicht. Er erinnerte sich an diesen Tag, als sei er gestern gewesen. Mit diesem Tag war nicht nur Heiko in sein Leben getreten. Der Tag hatte auch die Arbeit an seinem Lebenswerk ermöglicht. Er hörte ein Räuspern in der Leitung und ihm wurde bewusst, dass er kein Wort gesagt hatte, seit die Telefonverbindung zustande gekommen war.

„Wie spät ist es?“, krächzte er mit belegter Stimme.

„Kurz nach vier. Es tut mir leid, dass ich so früh anrufe. Aber ich hatte die Anweisung, dass …“

„Jaja, schon gut“, unterbrach er den jungen Mann und bat ihn, zu erklären, was genau vorgefallen war.

Der Krankenpfleger war schon mindestens zweimal am Haus der alten Brumhäuser aufgetaucht und jetzt auch noch mitten in der Nacht. Nachdenklich setzte sich der Arzt im Bett auf und kratzte sich an der Schläfe.

„Wie macht sie sich denn?“

„Mit der hab ich noch keine größeren Schwierigkeiten, aber die Gesamtsituation ist, sagen wir, erdrückend. Es ist eng und ich hätte meinen Wagen schon gerne wieder für mich allein.“

Im Hintergrund war ein gequältes Fiepen zu hören. Als er gerade zu einer Antwort ansetzen wollte, gab es einen dumpfen Schlag und das Fiepen wurde lauter, bevor es schlagartig verstummte. Der Arzt legte die freie Hand auf seine Augen und drückte fest zu. Wieso dieser Lehmann seine Nase immer tiefer in fremde Angelegenheiten stecken musste, war ihm ein Rätsel. Auch wenn der arme Teufel ihm irgendwie leid tat – er hatte ja keine Ahnung, auf was er sich einließ –, musste jetzt etwas unternommen werden. Diese ganze Sache musste schnellstens begraben werden. Wenn nötig, auch unter einem ganz großen Haufen Scheiße.

Mit dem Rücken lehnte er an dem hohen stoffbezogenen Kopfteil des Ehebetts. In dieser Position sah er hinter dem dünnen Vorhang, wie die Äste der alten Lärche vor seinem Fenster heftig wackelten. Der ganze Baum schwankte hin und her. Ihm kam eine Idee. Während er über seinen Einfall nachdachte, wanderte sein Blick zur linken Bettseite, die seit Ewigkeiten leer war und immer leer bleiben würde. Die steinerne Hand des Gewissens drückte schwer auf seinen Brustkorb. Es war, als könne er Evelyns Stimme hören, die ihn anflehte, endlich zur Vernunft zu kommen. *„Finde einen Weg, das Ganze zu beenden, ohne noch mehr kaputt zu machen!“* Seine verstorbene Frau würde ihn nie ganz verlassen. Doch dass sie ihm ausgerechnet in Form seines Gewissens erschien, war denkbar ungünstig. Es gab keinen Ausweg. Ein Ende musste her und das musste, wie es aussah, erzwungen werden. Mit zusammengekniffenen Augen zog er das Kinn zur Brust und atmete, so tief er konnte, gegen den Druck auf seinem Oberkörper. Als er am anderen Ende der Leitung wieder die kalte Stimme des jungen Mannes hörte, schauderte er.

„Doktor?“

Er ballte die Hand zu einer Faust und biss in seinen Zeigefinger. Er nahm noch einen tiefen Atemzug, bevor er es aussprach. „Du hast die Nachricht von mir. Es wird Zeit für eine deutliche Botschaft. Mach dir den Sturm, der gerade da draußen tobt, zunutze. Auf dem Grundstück seiner Mutter gibt es bestimmt einen morschen Baum, der dem Sturm zum Opfer fallen kann. Wegen der Frau melde ich mich wieder.“ Seine Luftröhre zog sich zusammen, als er das Gespräch beendete, ohne sich zu verabschieden. Er wusste, dass Heiko kein Problem damit hatte, sich die Finger schmutzig zu machen. Schon in einigen Minuten würde der Transporter an dem alten Fachwerkhaus mit den grünen Fensterläden ankommen. Noch bevor die Bewohnerin aus ihrem Schlaf erwachte, würde die blutige Drecksarbeit erledigt sein und sein Handlanger das Grundstück wieder unbemerkt verlassen haben. Denn er war gut vorbereitet.

Noch etwa eine halbe Stunde wälzte er sich schlaflos von einer Seite auf die andere. Schließlich gab er auf, warf sich den seidenen Morgenmantel über und lief mit schwerfälligen Schritten in die Küche. Mit hochgezogenen Augenbrauen blieb er vor dem Kaffeeautomaten stehen. Einen Moment lang starrte er das verchromte Gerät an, öffnete schnaufend den Hängeschrank darüber und warf einen kurzen Blick hinein. Auch die Schränke rechts und links davon kontrollierte er geduldig. Sein Gesicht rötete sich leicht und sein Unterkiefer spannte sich an, während er wie ein Fremder in seinem eigenen Haus auch noch die Unterschränke durchsuchte. Wo auch immer Rosa diese Kaffeekapseln aufbewahrte, sie waren zweifellos gut versteckt. Erst gegen halb neun würde seine Haushälterin ihren Dienst aufnehmen. Das war für gewöhnlich spät genug, um sicher zu sein, dass er längst in der Klinik war. An seinen freien Tagen war es hingegen früh genug, um ihm pünktlich nach dem Aufstehen die erste Tasse Kaffee servieren zu können. Natürlich würde auch Anastasia um diese Uhrzeit noch nicht im Büro sein. Blieb nur zu hoffen, dass sich die Maschine der Klinik halbwegs einfach bedienen ließ und man dort das Zubehör nicht zu verstecken pflegte.

Ohne das Licht anzuschalten, tappte er durch den schmalen Flur in das nächstgelegene Badezimmer. Nach einer kurzen Morgentoilette warf er den Morgenmantel achtlos auf das zerwühlte Bett. Er betätigte den Lichtschalter neben dem gemauerten Rundbogen und betrat den schlauchförmigen Raum, der ihm als Ankleidezimmer diente.

Aus einer Schublade nahe dem Eingang zog er ein weißes Unterhemd und schlüpfte hinein. Er griff nach einer dunklen Stoffhose, die ordentlich auf dem ausziehbaren Hosenbügel hing und warf sich dazu rasch ein helles Hemd von der oberen Stange über. Er drehte sich einmal um die eigene Achse, griff nach einem Gürtel und zog eine breite Schublade aus dem mittleren Teil des Einbauschrankes. Nachdenklich, beinahe bedächtig strich er mit dem Zeigefinger über den gefalteten Stoff. Wie von selbst hielt sein Finger auf einem der karierten Tücher an. Der Doktor zog es heraus, faltete das Einstecktuch abermals der Länge nach und steckte es gleich darauf in die Brusttasche des Hemdes. Seine Hand ruhte einen kleinen Moment auf seiner Brust. Er schloss die Augen und sah Evelyns Lächeln. Er spürte ihre Hand statt der eigenen und konnte beinahe den Kuss fühlen, der ihn zur Arbeit verabschieden sollte.

Obwohl es ihm grundsätzlich gegen den Strich ging, dass das Notfallhandy momentan sein ständiger Begleiter war, nahm er das Gerät vom Nachttisch und schob es in seine Hosentasche, bevor er im Schlafzimmer das Licht ausschaltete.

Im Flur öffnete er eine Tür und stieg die Stufen ins Untergeschoss hinab. Als sein Fuß die zweite Stufe berührte, hatte ihn der Bewegungsmelder registriert und der schmale Gang, an dessen Ende sich eine Art Wohnungstür befand, wurde hell. Der Raum war eingerichtet wie ein gewöhnlicher Eingangsbereich. Vor der Tür blieb er stehen und öffnete den Schuhschrank, der seitlich an der Wand stand. Er nahm eines der dunklen Lackpaare heraus, schnürte die Schuhe ordentlich und hob seine Arzttasche vom oberen Regal der Garderobe. Kurz darauf öffnete er die Tür und trat in einen weiteren dunklen Gang. Hier reagierte der Bewegungsmelder immer ein paar Sekunden verzögert. Mit einem metallischen Klicken zog er die Tür hinter sich zu und machte den ersten gewohnten Schritt in die Dunkelheit. Als sich der Verbindungstrakt erhellte, hatte er bereits den Schlüssel in der Hand. Ein paar Schritte weiter blieb er vor einer Stahltür stehen und schob den Schlüssel ins Schloss. Von einem Haken neben der Tür nahm er seinen Kittel und machte sich auf den Weg in die klinikeigene Kaffeeküche.

Zwanzig Minuten später saß der Doktor mit hängendem Kopf an seinem Schreibtisch. Entrüstet, dass seine morgendliche Tasse Kaffee tatsächlich von der Anwesenheit seiner Angestellten abhing, starrte er auf den dunklen Teppich. Von einem plötzlichen Einfall getrieben, der ihn sicherlich aufmuntern würde, umspielte ein kindliches Grinsen seine Lippen. Zügig kam er auf die Beine, lief um den Schreibtisch herum und ging davor in die Hocke. Mit ausgestreckten Armen bekam er den Teppich an beiden Enden zu fassen. Ein gewaltiger Ruck war nötig, um den Teppich mitsamt dem Schreibtisch einen halben Meter vorzuziehen. Stöhnend atmete er aus. Er ging zurück zur anderen Seite und ließ sich dort auf die Knie fallen. Seine Finger tasteten über einen schmalen Rand im Parkett und drückten die kleine Holzkante hinein, um einen Schließmechanismus zu aktivieren. Mit der anderen Hand zog er an einem Brett und grinste breit, als der Hohlraum unter der Diele und die darin verstaute Metallkassette zum Vorschein kamen. In seinem Schreibtisch kramte er nach dem Schlüssel und stellte seinen Schatz zufrieden auf die Tischplatte. Gleich darauf nahm er den ganzen Stapel Fotografien aus der Kartei. Obwohl die Bilder nicht beschriftet waren, konnte er sich an jeden Namen der darauf abgebildeten Personen erinnern. Mit jedem Lachen, das ihm auf den Fotos begegnete, wuchs das Gefühl in ihm, sich selbst stolz auf die Schulter klopfen zu wollen.

Kapitel 18

Umgeben von einem großen Waldgebiet bog Philipp auf die Bundesstraße ein, die zum Opel-Zoo führte. Nach diversen Streitereien mit Melanie hatte es ihm immer gutgetan, ein paar Stunden ziellos mit seinem Bus herumzufahren. Nur selten hatte er den VW mit durchgetretenem Gaspedal über die Autobahn gequält, laute Musik und ewig lange Landstraßen waren ihm lieber. Wehmütig sah er die Miniatur-Boxhandschuhe an, die immer noch am Rückspiegel baumelten. Melanie hatte sie ihm zum Einjährigen geschenkt, weil sie bei ihrem ersten Date Rocky angeschaut hatten. Eigentlich war es ihm fast ein wenig peinlich, sich immer noch nicht von den Dingern getrennt zu haben. Zu beiden Seiten flogen die Bäume an ihm vorüber, während er sich auf die Straße konzentrierte und Springsteens Stimme lauschte. Er musste den Kopf freibekommen. Was sonst so gut funktionierte, gestaltete sich an diesem Tag äußerst schwierig. Als er auf den Kreisverkehr in Königstein zusteuerte, drehten sich seine Gedanken immer noch in einem solchen Tempo um sich selbst, dass ihm davon beinahe schwindelig wurde. Die aufliegende Tanknadel zwang ihn, an der Tankstelle anzuhalten. Während der Tank volllief, warf Philipp einen Blick auf sein Telefon. Erstaunt stellte er fest, dass er vier Anrufe verpasst hatte. Allesamt von seiner Mutter und er drückte sofort auf die Rückruftaste.

„Philipp! Na endlich! Warum gehst du bloß nie an dein Telefon? Du weißt doch, dass ich mir Sorgen mache“, tönte die aufgebrachte Stimme seiner Mutter.

„Ich bin Auto gefahren! Was ist denn los?“ Er versuchte, nicht zu genervt zu klingen, spürte aber selbst, dass ihm das nicht gelang.

Seine Mutter erklärte ihm, der Sturm habe in der vergangenen Nacht große Äste des Birnbaums heruntergerissen, und bat ihn, vorbeizukommen, um das Chaos zu beseitigen. Zuerst war er im

Begriff, eine Ausrede zu erfinden. Doch im letzten Moment bremste er sich. Wenn ihm schon das Autofahren nichts brachte, würde ein bisschen körperliche Arbeit sicher helfen, seine Gedanken zu sortieren. Außerdem war es eine kostengünstigere Methode, als ein halbes Monatsgehalt für etliche Tankfüllungen hinzublättern.

„Ich komme vorbei!"

Er legte auf, bezahlte sein Benzin und steckte gerade den Schlüssel ins Zündschloss, als er den dunklen Transporter, der am Rand der Tankstelle geparkt war, bemerkte. Außer diesem Wagen war niemand an der Tankstelle. Im Shop war Philipp der einzige Kunde gewesen. Die hellen Plüschwürfel am Rückspiegel des Transporters baumelten hin und her, doch der Fahrer des Wagens war nirgends zu sehen.

***

Am späten Nachmittag betrat er den Garten und schüttelte fassungslos den Kopf. Ihm war unbegreiflich, wie der Sturm, der zwar kräftig, aber keineswegs orkanartig gewesen war, den halben Birnbaum zerlegt haben konnte. Die dicken Äste waren so stark, dass sich Philipp eine Axt und eine Säge vom Nachbarn ausleihen musste, um sie zu zerlegen. Einige Stunden war er beschäftigt und der besagte Nachbar bekam anschließend die größeren Holzscheite zum Verbrennen in seinem Kamin. Nach der richtig harten Arbeit musste sich Philipp noch um die kleineren Äste und die übrig gebliebenen Blätter kümmern. Auch wenn ihm die körperliche Arbeit geholfen hatte, den Kopf freizubekommen, war er froh, dass bald alles erledigt sein würde. Sein Sweatshirt war klamm, die Dämmerung hatte eingesetzt und es wurde immer kälter. Der Herbst würde schon bald in den Winter umschlagen. Mit flinken Handgriffen klaubte er einen großen Berg Blattwerk nebst einigen Zweigen zusammen und schleppte ihn zum Komposthaufen im hinteren Teil des Gartens. Fluchend erinnerte er sich, dass der Kompost nicht mehr, wie in seiner Kindheit, offen war. Seine Mutter hatte ihn kurz nach dem Tod des Vaters durch eine geschlossene, grüne Plastiktonne ersetzen lassen. Das sähe einfach schöner aus, hatte sie behauptet. An manche Änderungen in seinem alten Zuhause würde er sich wohl nie gewöhnen. Schnaufend ließ er das Geäst neben der Tonne fallen und hob den Deckel an. Unzählige Fliegen summten, und ein ekelerregender Gestank schlug ihm entgegen. Er hatte nur einen kurzen Blick hineingeworfen, als ihm der Deckel aus der Hand fiel. Nach Luft schnappend, taumelte Philipp einen Schritt zurück. Übelkeit stieg in ihm auf. Mit aller Kraft versuchte er, sich selbst zu überzeugen, dass seine Augen nicht gesehen hatten, was sein Verstand ihm weismachen wollte. Vielleicht hatte Joey recht und die Geschehnisse der letzten Wochen waren einfach ein bisschen zu viel für ihn gewesen. Er hatte im Moment viel im Kopf und seine Psyche spielte ihm einen bösen Streich. Mit zwei tiefen Atemzügen versuchte er, die Übelkeit zu vertreiben, und öffnete den Plastikbehälter erneut. Sein Magen zog sich schmerzhaft zu einem harten Stein zusammen und Säure schoss seine Speiseröhre hinauf. Doch dieses Mal schlug er den Deckel nicht wieder zu und löste auch seinen Blick nicht sofort von dem Grauen, das ihm mit einer gewaltigen Macht entgegenschlug. Fliegen surrten um das schwarze Fell, das an den meisten Stellen nass glänzend und zu spitzen Strähnen zusammengeklebt war. Erwins Maul stand ein Stück offen und die Zunge hing heraus. Brennend füllten sich Philipps Augen mit Tränen. Ohne einen weiteren Atemzug zu nehmen, starrte er die hellen blutverschmierten Pfoten des Tieres an und ertrug den Schmerz, der ihn in einer riesigen Woge überrollte. Die Erkenntnis, dass Erwin viel zu groß für diese Tonne war und er das Tier darum nur bis zu den Vorderläufen sehen konnte, traf Philipp wie ein heftiger Faustschlag. Er fuhr herum und entleerte seinen Mageninhalt in einem gewaltigen Schub auf der Wiese. Endlich gab er seinen zitternden Beinen nach und kniete vor dem Erbrochenen. Bilder aus seiner Erinnerung, von seinem Vater, der Erwin als Welpen im Arm hielt, vermischten sich mit den Eindrücken der Gegenwart. Er erinnerte sich an Erwins erstes Bad. Er dachte daran, wie der klitzekleine Wollknäuel durch die Wohnung rannte, gefolgt von Philipps Mutter, die ihn mit einem Handtuch versuchte einzufangen. Seine damals so flauschigen Fellspitzen waren genauso strähnig gewesen wie jetzt. Wieder drehte sich ihm der Magen um und auch der restliche Inhalt schob sich laut gurgelnd aus der Speiseröhre. Mit verzerrtem Gesicht schluckte er den letzten Rest der brennenden Flüssigkeit herunter und atmete tief ein. Er hatte in der Tonne noch etwas anderes gesehen. Da war etwas Helles gewesen, das aus diesem Anblick herausstach. Ein Zettel. Ihm blieb keine Wahl. Er musste noch einmal in die Tonne sehen, um herauszufinden, was es war. Stöhnend kam er langsam auf die Beine und stützte sich noch einmal auf den Knien ab. Mit einem leichten Kopfschütteln versuchte er, das Schwindelgefühl zu vertreiben, bevor er sich so gerade wie möglich aufstellte. Tränen liefen ihm über die Wangen, als er erneut hineinsah. Seine Hand griff wie in Trance nach dem Stück Papier, das über der heraushängenden Zunge in Erwins Maul klemmte. Mit bebendem Atem setzte er sich neben den Haufen Gestrüpp, den er vor einer gefühlten Ewigkeit auf den Boden geworfen hatte, und faltete das fleckige Papier auseinander. Er hielt sich den Zettel dicht vor die Augen, um im Halbdunkeln lesen zu können, was darauf stand. Das Blut schien ihm in den Adern zu gefrieren, als er die handgeschriebene Nachricht las.

Wer zu tief im Dreck gräbt, stößt auf unangenehme Überraschungen! Stecken Sie ihre Nase nicht in fremde Angelegenheiten, sonst stirbt bald die nächste Spürnase.

Seine Gedanken liefen Amok, knüpften aber langsam eine Verbindung zu Sophias Fall und seinen Nachforschungen. Später würde er sich Zeit nehmen, nachzudenken, was das alles zu bedeuten hatte. Jetzt musste er die Polizei rufen und unter allen Umständen verhindern, dass seine Mutter dieses Massaker zu sehen bekam. Er stützte sich auf dem Rasen ab, um wieder auf die Beine zu kommen. Gleichzeitig mit einem lauten Knall spürte er einen stechenden Schmerz im Hinterkopf. Umhüllt von absoluter Dunkelheit fiel er zu Boden.

Kapitel 19

Dumpfe Trommelschläge drangen zu ihr durch. Sophia riss die Augen auf und das Klopfen wurde immer lauter. Jeder Muskel ihres Körpers spannte sich an. Sie setzte sich im Bett auf und schaltete die Nachttischlampe ein. Außer ihr war niemand im Raum. Trotzdem wurde ihre Atmung, synchron zum Trommelwirbel in ihren Ohren, schneller. Mit aller Kraft versuchte sie, ruhiger zu atmen. So leise wie möglich schlich sie zum Kleiderschrank. Um das Tastenfeld an dem kleinen schwarzen Kasten in der hinteren Ecke zu aktivieren, drückte sie auf einen beliebigen Knopf. Ihre Panik verstärkte sich. Sie durfte jetzt auf keinen Fall die falsche Zahlenkombination eintippen, das würde einen lauten Piepton auslösen. Ihr Zeigefinger zitterte von einer Taste zur nächsten und sie zuckte zusammen, als der kurze Ton die Zahlenfolge bestätigte und den Schließmechanismus in Gang setzte. Der Tresor sprang auf. Hoffentlich hatte das Geräusch draußen niemand gehört. Wenn in den nächsten Minuten ein Pfleger in ihrem Zimmer erschien, würde sie sich erklären müssen. Mit dem grünen Notizbuch in der Hand kroch sie zurück in ihr Bett. Behutsam strich sie über den Buchdeckel, auf den sie mit ordentlicher Handschrift neben ihren Namen das Wort „persönlich" geschrieben hatte. Sie zog die Decke bis zu den Ohren, um sich für den Fall, dass jemand hereinkommen würde, schlafend stellen zu können. In ihrem Deckenversteck reichte das Licht von der Nachttischlampe gerade, um ihre eigene Handschrift zu entziffern. Als sie im ersten Eintrag die Namen ihrer Eltern las, füllten sich ihre Augen mit Tränen. Sophia blinzelte mehrmals, aber sie weinte nicht. Die Frage, weshalb sie keinen Besuch von ihrer Familie bekam, lag ihr wie ein schweres Gewicht auf der Brust. Im zweiten Eintrag hatte sie von ihrer Angst vor dem Schlafen geschrieben. Aus welchem Grund man sich weigerte, ihre Tür zu verschließen, stellte ein weiteres Mysterium dar. Doch im dritten und vierten Eintrag hatten sich die Fragen und

Gedanken an ihr altes Leben minimiert. Zusammen mit der Fähigkeit geradlinigen Schreibens und der Abneigung gegen Schlafmittel, waren sie zu Staub zerfallen. Ihre Handschrift war zittriger geworden und anstelle von ihrer Familie, Moe, Puck oder ihren Ängsten ging es in ihren Texten um das Mittagessen. Sie blätterte zu dem Eintrag, der sich mit Andrea befasste. Als sie ihn las, erinnerte sich Sophia an die Frage der Frau. Ihr wurde schmerzlich bewusst, dass sie immer noch keine Antwort hatte. Manchmal fragte sie sich selbst, weshalb sie ausgerechnet hierher gebracht worden war. Sobald sie solche klaren Gedanken fassen konnte, beschäftigte sie aber viel mehr die Ungewissheit, ob sie an diesem Ort wirklich sicher war. Schützte man sie hier vor den Dingen, die draußen in ihrem alten Leben geschehen waren? Schaudernd schlug sie das Buch zu und schob es unter das Kopfkissen. Sie schaltete das Licht aus und starrte in die Dunkelheit. Mit aller Kraft versuchte sie die Gedanken, die wie spielende Kleinkinder durch ihren Kopf purzelten, einzufangen. In den vergangenen Tagen hatte sie sich zunehmend leicht gefühlt. Doch mit der Leichtigkeit hatte sich eine merkwürdige Gleichgültigkeit eingeschlichen. Sie hatte nichts von ihrem alten Leben vergessen, doch alles war verschleiert. Unter einem dicken Polster der Betäubung vermisste sie ihr eigenes Bett, Puck, Moe und ihre Familie. Sophia verstand nicht, wieso sie so selten an sie dachte. Gegen den Trommelwirbel in ihren Ohren mit klaren Gedanken anzuschreien, war schwer. Im matschigen Hintergrund ihres Gehirns spürte sie eine Idee. Vielleicht war da eine Erklärung, die sie einfach nicht zu fassen bekam. Sie blinzelte und ihre Lider wurden auf der Jagd nach dem schwammigen Gedanken schwer. Schließlich gaben sie dem Schlaf nach.

***

Nach dem Frühstück und der Gesprächsrunde mit dem Pfleger, war sie sofort wieder in ihrem Zimmer verschwunden. So schnell sie konnte drückte sie die Zahlenkombination und nahm das Tagebuch aus dem Tresor. Sie hatte einen Entschluss gefasst. Bald würde sie wieder zu klarem Verstand kommen. Doch solange die Gedanken in ihrem Kopf umhersprangen wie junge

Äffchen, würde sie eine Stütze brauchen. Sie würde alles aufschreiben und später sortieren können. Eines stand jedenfalls fest. Dieses Buch durfte niemand außer ihr lesen. Sophia schloss den Tresor und setzte sich mit dem Buch auf das Bett.

Als sie es gerade aufgeschlagen hatte und die Mine des Kugelschreibers herausdrückte, klopfte es an der Tür. Sofort klappte sie das Buch zu und schob es unter ihr Kopfkissen. Sie lehnte sich mit dem Rücken an die Wand und versuchte, besonders natürlich zu wirken.

„Ja?"

Die Tür öffnete sich einen Spaltbreit und Joey schob ihren Kopf ins Zimmer. „Darf ich reinkommen?", fragte sie höflich, als wäre Sophia ein geschätzter Gast in einem Vier-Sterne-Hotel. Doch ihr Lächeln war ehrlich und Sophia erwiderte es gerne.

„Klar! Setz dich ruhig", nickte sie und deutete auf den einzigen Stuhl im Zimmer. Joey zog den Stuhl vom Tisch weg und drehte ihn zum Bett. Obwohl ihr besorgter Blick fragte, wie es Sophia ging, sagte sie zuerst kein Wort. Sophia merkte, dass sie etwas beschäftigte. Sie sah aus wie jemand, der einem Kind erklären musste, dass sein Lieblingseis ausverkauft war. Die Stille machte Sophia nervös.

Joey holte tief Luft. „Ich bin hier, weil …", in einer kurzen Pause räusperte sie sich. „Ich habe mit Philipp über dich gesprochen. Und er hat mir etwas klar gemacht. Eigentlich würde er gerne selbst mit dir sprechen."

Jeder Muskel in Sophias Körper stand plötzlich unter Spannung. Konzentriert versuchte sie, jedes Wort aufzusaugen. Doch Joey kam nicht zum Punkt.

„Weißt du denn inzwischen, warum du hier bist?", fragte sie mit leiser Stimme.

Mit dieser Frage hatte Sophia nicht gerechnet. Ihr Geduldsfaden wurde dünner und ihre Stimme war ungewöhnlich laut als sie sprach. „Wieso fragt mich das hier jeder? Bin ich nicht hier, damit man genau das herausfindet? Dafür ist eine Psychiatrie doch da, oder?"

Joey beugte sich zu ihr vor und sah fest in ihre Augen. Sophia kamen die Tränen, als sie Joeys Hand auf ihrer spürte.

„Sophia, in die forensische Psychiatrie kommen psychisch kranke Straftäter."

Ihre Worte klangen ruhig und verständnisvoll, trotzdem waren sie nicht zu begreifen.

„Um hier eingesperrt zu werden, muss man eine Straftat begangen haben. Normalerweise gibt es zuerst eine Anklage, ein Gutachten und eine Gerichtsverhandlung. Wenn der Richter die angeklagte Person für unzurechnungsfähig zum Zeitpunkt der Tat hält, kommt sie nicht ins Gefängnis, sondern hierher. Bei dir gab es eine Verfügung und alles läuft andersrum. Das Gutachten wird hier erstellt und dann kommt die Gerichtsverhandlung."

Sophias Blick fiel in ihren Schoß und sie beobachtete, wie Joeys Daumen über ihren Handrücken strich. Eine Träne landete auf ihrem Zeigefinger. Ihre Gedanken waren trüb und verschwommen. Trotzdem hatte sie den Inhalt der Worte begriffen. Sie musste etwas Schreckliches getan haben. Die nächste Träne landete auf Sophias Handrücken, doch sie wurde sofort von Joeys Daumen weggewischt, wie ein Regentropfen auf der Windschutzscheibe vom Scheibenwischer weggewischt wird. Das Bild der beiden Hände verschwamm vor Sophias Augen, wie die Gedanken in ihrem Kopf. Erst als sie etwas sagen wollte, bemerkte sie, dass sie die Luft angehalten hatte. Mit bebendem Oberkörper atmete sie ein. Dann schaffte sie es, ihren Kopf zu heben und Joey hinter dem dichten Tränenschleier anzusehen.

„Aber für was soll ich denn überhaupt angeklagt werden?"

Kapitel 20

Etwas rüttelte an seinem Arm. Er hörte die Stimme seiner Mutter. Philipp öffnete die Augen, sah aber trotzdem wenig. Ihm war bitterkalt und er musste sich erst einmal orientieren.

„Was ist denn passiert, Junge? Du hast ja gebrochen!"

Die schockierte Stimme seiner Mutter trieb seine Gedanken an und beschleunigte den Orientierungsprozess. Schlagartig erinnerte er sich und kam trotz der höllischen Kopfschmerzen unerwartet schnell auf die Beine. Der Deckel der Komposttonne war geschlossen. Philipp legte eine Hand darauf, als könne er so das Grauen vor seiner Mutter verbergen. „Geh wieder rein. Ich komme gleich nach", sagte er mit fester Stimme.

„Aber was ist denn los mit dir, Junge?"

Mit einer Hand am Hinterkopf versuchte er, sich den Schmerz nicht anmerken zu lassen. Entschlossen schüttelte er den Kopf und schaute seine Mutter ernst an. „Ich komme gleich nach! Geh jetzt rein! Jetzt!"

Seine Mutter wirkte unglaublich ängstlich, als sie langsam an ihm vorbei schlich und ohne ein weiteres Wort zum Hauseingang ging.

Irgendetwas war anders. Es war stockdunkel, aber ein merkwürdiges Gefühl zwang ihn dazu, die Tonne noch einmal zu öffnen. Der Deckel klemmte plötzlich und das verkantete Plastik öffnete sich mit einem widerhallenden Ploppen. Mit offenem Mund starrte Philipp einige Sekunden in das leere Plastikgefäß. Er zog sein Smartphone aus der Hosentasche und leuchtete mit der Taschenlampenfunktion hinein. Keine Spur von Fliegen, Abfällen und erst recht nicht von Erwin. Auf dem grünen Plastik war nicht ein einziger Blutfleck zu sehen.

***

Wilde Gedanken rasten durch seinen Kopf, als er mit dem Telefon in der Hand am Küchentisch saß. Er war bereits im Begriff gewesen, die Polizei anzurufen. Doch nicht zuletzt die unendlichen Fragen seiner Mutter, die, wenn sie aufgeregt war, immer in einer besonders schrillen Tonlage sprach, verhinderten, dass seine Gedanken zu einem klaren Ganzen wurden. Er fragte sich, ob es klug wäre, seiner Mutter zu erklären, was er gefunden hatte. Sollte sie wissen, dass ihr Erwin ermordet worden war? Konnte er überhaupt die Polizei rufen? Eine handgeschriebene Notiz war kein handfester Beweis. Sein Schädel dröhnte und seine Hand fuhr erneut zu der schmerzenden Stelle an seinem Hinterkopf. Mit verzerrtem Gesicht ertastete er eine große Beule und als seine Mutter fragte, ob er auf den Kopf gefallen sei, nickte er, ohne weiter darüber nachzudenken. Plötzlich war die Einsicht ganz klar. Mit der leeren Tonne im Garten würde ihm kein Polizist glauben, was er darin gefunden hatte. Er schob die halbvolle Teetasse von sich weg.

„Ich muss wohl ausgerutscht und irgendwo draufgefallen sein. Mir ist auch übel. Ich gehe vielleicht besser nachhause und schlafe mich ein bisschen aus."

Erfolglos hatte seine Mutter versucht, ihn zu überreden, in seinem alten Kinderzimmer zu schlafen, damit sie ein Auge auf ihn haben konnte. Er wusste, dass sie recht hatte und es die vernünftigere Alternative gewesen wäre. Doch er musste unbedingt allein sein, um nachzudenken. Obwohl er eine Gehirnerschütterung für wahrscheinlich hielt, stieg er mit weichen Beinen in seinen Bus. Als er die Wohnung betrat, schaffte er es gerade so bis ins Badezimmer, fiel vor der Toilette auf die Knie und übergab sich in drei weiteren heftigen Schüben. Er schluckte Aspirin und schleppte sich in die Küche, wobei er mit einer Hand seinen dröhnenden Schädel festhielt. Bei einem kurzen Blick in den Kühlschrank blieben seine Augen an einer Flasche Bier hängen. Er machte den Schrank wieder zu. Jetzt musste etwas wesentlich Stärkeres her. Am besten etwas, das es schaffen konnte, die Horrorbilder in seinem Kopf zu vertreiben. Er hatte keine sauberen Gläser und griff sich stattdessen eine Kaffeetasse. Damit schlurfte er zurück ins Wohnzimmer. Einen nach dem anderen musterte er die Umzugskartons und hatte schließlich den einen gefunden, vor dem er in die Knie ging. Neben einer Holzkiste mit Zigarren und ein paar dicken Fachbüchern hatte er seine überschaubare Whisky-Sammlung in diesem Karton verstaut. Nach kurzem Zögern entschied er sich für den Balvenie und kippte einen ordentlichen Schluck der goldgelben Flüssigkeit in den Kaffeebecher. Er nahm die Flasche mit zum Sofa, setzte sich, leerte die Tasse in einem Zug und kämpfte gegen das Brennen in seiner gereizten Speiseröhre an. Er schenkte sich nach und trank noch einmal mit schmerzverzerrtem Gesicht. Das blutverklebte Fell von Erwin erschien wieder in seinen Gedanken. Die Ellbogen auf die Knie gestützt, vergrub er sein Gesicht in den Händen und stöhnte laut. Langsam beschlich ihn die Frage, ob es möglich sein könnte, sich so einen Albtraum einzubilden. Schließlich wusste er, dass sich Menschen die unmöglichsten Dinge einbilden konnten. Wenn man nur krank genug war, gab es keine Grenzen. Nach einem weiteren Whisky stand er auf und schälte sich aus der unbequemen Jeans, um sich auf dem Sofa langzumachen. Er hatte die Hose gerade zu den Waden gezogen, als ihm ein Stück Papier auffiel, das aus der hinteren Tasche herausschaute. Mit angehaltenem Atem und zitternden Fingern faltete er das Papier auseinander.

Wer zu tief im Dreck gräbt, stößt auf unangenehme Überraschungen!
Stecken Sie ihre Nase nicht in fremde Angelegenheiten, sonst stirbt bald die nächste Spürnase.

***

Blutige Albträume jagten einander. Immer wieder erlebte er den Brand, sah Bärbels brennende Überreste am Boden und das weinende Gesicht seiner Mutter. Erwin wedelte mit dem buschigen Schwanz, sprang ihn zur Begrüßung an und lag gleich darauf, wie bei einem schlechten Filmschnitt, in der Komposttonne. Als ihm Joey schließlich beichtete, mit drei Katzenbabys anstelle eines menschlichen Kindes schwanger zu sein, fuhr er schweißgebadet hoch. Mit knurrendem Magen setzte er sich auf und hielt die Hand vor die Augen. Helles Licht fiel durch das große Fenster neben der Küche. Er hatte am Abend noch lange gegrübelt und war erst, als er die Whiskyflasche komplett geleert hatte, eingeschlafen. Obwohl der Denkprozess nicht in nüchternem Zustand stattgefunden hatte, war er doch erfolgreich gewesen. Philipp wusste, was zu tun war, und musste bloß noch seine Mutter überzeugen. Auch wenn dies schnellstmöglich geschehen sollte, musste er vorher den hartnäckigen Kopfschmerz loswerden. Als er sich endlich von dem unbequemen Sofa aufgerappelt hatte, schleppte er sich ins Bad und schluckte noch einmal zwei Aspirintabletten. In der Küche öffnete er den Kühlschrank und blickte in die gähnende Leere. Er würde auf dem Weg zu seiner Mutter bei der Bäckerei anhalten und etwas für unterwegs einkaufen. Seine körperliche Verfassung ließ zwar kein außerordentlich hohes Tempo zu, doch er beeilte sich, so gut er konnte. Die erste Tasse Kaffee nahm er mit ins Bad. Nach der kalten Dusche genehmigte er sich eine zweite und suchte währenddessen nach einer gewaschenen Jeans. Bereits eine halbe Stunde später saß er im VW-Bus und erschien kurz darauf mit einer Tüte Laugengebäck am Haus seiner Mutter.

Das hüfthohe Tor zur Garageneinfahrt stand offen. Mit hochgezogenen Augenbrauen schlug Philipp das Lenkrad des Campers ganz ein und rollte über den Bordstein auf das Grundstück seiner Mutter. Direkt neben dem Eingang zu dem Fachwerkhäuschen schaltete er den Motor ab und zog die Handbremse an. Die Augen zu kleinen Schlitzen zusammengezogen, schloss er das Gartentor und ging zur Eingangstür. Er drückte den Klingelknopf. Von drinnen war nichts zu hören. Auch als er zum zweiten Mal klingelte, folgte keine Reaktion. Sein Puls beschleunigte sich. Das Herz klopfte immer stärker in seiner Brust und während er an seinem Schlüsselbund nach dem richtigen Schlüssel suchte, brach ihm der Schweiß aus. Er war zu spät gekommen. Er hatte gewusst, dass er zu ihr musste. Wie hatte er sich nur mit einer Dusche aufhalten können? Warum war er nur nicht bei ihr geblieben, wie sie es gewollt hatte? Selbstvorwürfe hallten in seinem Kopf wider. Endlich hatte er den richtigen Schlüssel. Überzeugt etwas Schreckliches vorzufinden, stolperte er in die Eingangstür.

„Mama?“

Seine eigene Stimme klang fremd.

„Mama, wo bist du?"

Philipps Atem ging schnell, als er zuerst ins Wohnzimmer trat, um gleich darauf die Küchentür aufzureißen und noch einmal nach seiner Mutter zu rufen. Im oberen Stockwerk hielt er vor der Schlafzimmertür für einen Moment inne und rieb sich mit der feuchten Hand über die Augen. Er nahm einen tiefen Atemzug und stieß die Tür auf. Doch das Bett war leer. Bevor er die Badezimmertüre öffnete, durchlief ihn ein heftiges Zittern. Nichts! Vor dem Gäste-WC im Erdgeschoss zögerte er erneut. Doch als auch der letzte Raum im Haus leer war, wurden seine Knie weich. Seine Kehle hatte sich zugeschnürt. Er musste ins Freie.

Vor der Eingangstür ließ er sich auf den Boden fallen und atmete ein paarmal tief ein und aus. Die einzigen Orte, die noch übrig waren, waren der Keller und der Garten hinter dem Haus. Als Philipp an die Komposttonne dachte, flatterte es in seiner Brust. Sein Herz pochte so schnell, dass es an die Flügelschläge eines Kolibris erinnerte. Er holte noch einmal tief Luft und kam auf die Füße. Er schwang sich um die Hausecke und torkelte am Bus vorbei hinter das Haus. Noch einmal rief er nach seiner Mutter.

Kapitel 21

Erst zwei Mal habe ich es geschafft, die Medikamente kurz nach der Einnahme loszuwerden. Mein Hals kratzt und den Gallegeschmack bekomme ich nicht mehr los. Obwohl mir Andrea ein paar Schokoriegel „besorgt" hat, habe ich Hunger. Darum ist es nach dem Essen eine riesige Überwindung, alles wieder loszuwerden, sobald ich endlich satt bin. Aber sie zwingen einen nun mal direkt nach dem Essen, diese dämlichen Tabletten zu schlucken. Was sein muss, muss sein. Ich glaube, mit der Schokolade und viel gezuckertem Tee wird es eine Weile dauern, bis man mir ansieht, dass ich Gewicht verliere. Viel wichtiger ist, dass meine Gedanken klarer werden. Ich brauche einen klaren Kopf, um herauszufinden, was hier läuft. Ich möchte endlich wieder ein heißes Bad nehmen, wann es mir passt. Ich will zum Supermarkt fahren, wenn ich Lust auf einen Becher Ben & Jerry's Eiscreme habe. Außerdem fehlt mir meine Familie. Etliche Fragen wälze ich ständig in meinem Kopf.

Wie lange muss ich noch hierbleiben?

Liegt diese Entscheidung allein beim Professor und seinem Gutachten?

Warum bekomme ich keinen Besuch und darf nicht telefonieren?

***

Sophia legte den Stift zur Seite und klappte das Buch zu. Noch bevor sie es in ihrem Tresor verstaut hatte, war ihr etwas klar geworden. Sie wusste vielleicht nicht, ob der Professor ihre Fragen beantworten würde und schon gar nicht, ob seine Antworten der Wahrheit entsprachen, trotzdem konnte sie niemand daran hindern, ihre Fragen zu stellen. Vielleicht würde seine Reaktion einige Anhaltspunkte liefern. Sophia grübelte noch eine ganze Weile. Immer wieder nahm sie sich vor, sich dieses Mal nicht einschüchtern zu lassen. Es war beinahe wie die Vorbereitung auf eine wichtige Prüfung. Und das an einem Samstagnachmittag. Es war schon verwunderlich, dass der Professor am Wochenende kein anderes Vorhaben hatte, als seine Patienten zu quälen. Als sie zur Therapiesitzung abgeholt wurde, war sie zwar nervös, aber gut vorbereitet.

***

„Ich will wissen, wofür ich hier eingesperrt wurde!“, platzte es aus ihr heraus, sobald sie auf dem Stuhl vor seinem Schreibtisch saß. Sophia versuchte den unangenehmen Potpourrigeruch zu ignorieren und sah den Arzt auffordernd an.

Er blickte zu ihr auf und sie bekam das Gefühl, dass sie die eiskalten Glasperlenaugen an Ort und Stelle festfrieren wollten. Es passte ihm offenbar gar nicht, dass sie ihren Wortschwall nicht wenigstens zurückgehalten hatte, bis er das Tonband hatte anstellen können.

„Guten Morgen, Frau Konrad!“ Sein vorwurfsvoller Unterton sollte ihr klarmachen, wie unhöflich sie war. Obwohl Sophia im normalen Leben für derartige Tricks überaus empfänglich war, prallte sein Versuch, ohne die Spur eines schlechten Gewissens, an ihr ab. Der Mann, der ihr da gegenübersaß, war der überheblichste, unfreundlichste Mensch, dem sie jemals begegnet war. Solchen Leuten gegenüber lohnte es sich nicht, freundlich zu sein. Sophia erwiderte seinen Gruß mit einem gespielten Grinsen und wartete dann wortlos, bis er das Tonband aktivierte.

„Professor Dr. Albrecht, Lohrklinik in Frankfurt am Main, Samstag der einundzwanzigste September. Therapiegespräch mit Sophia Konrad nach einstweiliger Unterbringung Paragraph 126a StPO am siebten September.“

Sobald er zu Ende gesprochen hatte, wiederholte Sophia ihre Frage. Sie war überzeugt, sich nicht zermürben zu lassen. „Wofür wurde ich hier eingesperrt, Herr Professor?“

Noch bevor er zu einer Antwort ansetzen konnte, entschied Sophia spontan, etwas deutlicher zu werden. Sie wollte, dass diese Fragen aufgezeichnet wurden. „Für das Protokoll, auch wenn ich vermute, dass es niemand außer Ihnen, Herr Professor Albrecht, jemals hören wird: Mein Name ist Sophia Konrad. Ich werde seit fünfzehn Tagen in der forensischen Abteilung dieser Klinik festgehalten, ohne zu wissen, welche Straftat mir vorgeworfen wird.

Außerdem darf ich nicht telefonieren und habe bisher keinen Besuch von meiner Familie bekommen."

Albrechts graue Augen weiteten sich für einen kleinen Moment. Er brauchte aber nicht lange, um sich wieder zu fangen. Schon Sekunden später hatte sich seine Iris verdunkelt und seine Gesichtszüge wirkten wieder entspannt. Trotzdem empfand Sophia eine leichte Befriedigung, ihn kurz aus dem Konzept gebracht zu haben. In dem Moment, in dem seine Augen größer geworden waren, hatte sie einen tiefen Atemzug genommen. Ganz kurz fühlte sie sich nicht mehr machtlos und ihre Lungen nahmen, zum ersten Mal seit Tagen, genügend Sauerstoff auf.

„Frau Konrad, Sie scheinen immer noch nicht verstanden zu haben, dass ich auf Ihrer Seite bin."

Seine Stimme war butterweich. Doch die dunkelgrauen Glasperlenaugen verkündeten gleichzeitig den Auftakt zu einem eiskalten Spiel, dessen Ausgang bereits entschieden war. Sophias Schultern verloren ihre neugewonnene Spannkraft und sanken nach unten.

„Da Sie sich immer noch sehr verschließen, würde ich Ihnen gerne eine Abmachung anbieten."

Sophia hob die Brauen. Währen das Tonband lief, gab er zu, eine Art Spiel mit ihr zu spielen. Eine Abmachung. Ein Tauschgeschäft, das nur schmutzig und unehrlich sein konnte. Alles deutete darauf hin, dass diese Aufnahmen nur für ihn bestimmt waren. Mit dem nächsten Atemzug traf Sophia eine harte Erkenntnis. Es könnte auch sein, dass er sich die Aufnahmen zusammenschnitt, wie es ihm gerade passte, um am Ende belastendes Material zu haben, das er vor Gericht gegen sie verwenden konnte.

„Sie kommen mir ein kleines Stück entgegen und sprechen über die Wochen vor Ihrer Einlieferung." Er machte eine lange Pause, in der er seine randlose Brille hochschob und Sophia argwöhnisch musterte. „Im Gegenzug beantworte ich Ihre Fragen, so gut ich kann."

Wie, um einem Schlag auszuweichen, schreckte Sophia nach hinten, als er seinen Arm nach ihr ausstreckte.

„Abgemacht?", fragte er mit der Miene eines tückischen Gebrauchtwagenverkäufers. Seine Hand wartete auf die Besiegelung dieses mündlichen Vertrags per Handschlag.

Sophia wurde klar, dass sie ein Risiko eingehen musste, um irgendetwas zu erfahren. Ob es den Einsatz wert sein würde, konnte sie nicht abschätzen. Obwohl sie sich wenig Chancen auf die Wahrheit ausrechnete, nickte sie schließlich. Der Arzt blickte auf das Tonbandgerät.

„Okay."

Sie verschränkte die Arme vor der Brust und wartete, dass er die ausgestreckte Hand zurücknahm.

„Was wollen Sie hören?"

„Mir ist bekannt, dass Sie sich vor gar nicht allzu langer Zeit in psychotherapeutische Behandlung begeben haben. Was war der Auslöser dafür?"

Ihr wurde kalt. Wollte er ihr mit diesem Verhör möglicherweise eine Art Geständnis entlocken? Die Unsicherheit etwas Falsches zuzugeben, überlagerte jedes andere Gefühl. Doch sie musste mit ihm sprechen, wenn sie weiterkommen wollte. „Sie wissen doch, dass ich Angst gehabt habe."

Er nickte. „Was war der Auslöser für diese Angst? Welches Ereignis hat Sie dazu gebracht, sich in Therapie zu begeben?"

Sophia schluckte trocken. Ihr Herz flatterte. Es trieb ein inneres Zittern durch ihren Körper und sie setzte alles daran, dass es nicht nach außen brach. Er durfte nicht sehen, wie unsicher sie war. „Ich glaubte, jemand würde in meine Wohnung einbrechen, wenn ich nicht zuhause war."

Obwohl sie beinahe geflüstert hatte, forderte er sie nicht auf, ihre Aussage zu wiederholen. Wahrscheinlich war ihm bewusst, dass sie es nicht noch einmal aussprechen würde.

Er hob die Augenbrauen. „Wäre das nicht eher ein Fall für die Polizei gewesen?"

Zögerlich schüttelte Sophia den Kopf. „Ich konnte nicht sicher sein, ob es wirklich so war."

„Frau Konrad, ich bin wirklich auf Ihrer Seite. Sie können ganz offen mit mir sprechen. Wir wollen nur dahinterkommen, weshalb Sie hier sind. Und wir haben doch eine Abmachung. Bitte sprechen Sie ein wenig lauter."

Sophia nickte.

„In Ordnung. Beginnen wir anders. Wann hatten Sie zum ersten Mal Angst, weil Sie glaubten, jemand sei in Ihre Wohnung eingebrochen? Was war passiert?“

Sie wusste genau, wann sie in ihrer neuen Wohnung zum ersten Mal Angst bekommen hatte. Mit einem tiefen Atemzug versuchte Sophia die Zweifel beiseitezuschieben, um vom Abend des zwanzigsten Juli zu erzählen.

„Es hat kurz nach meinem Umzug angefangen.“

Sie machte eine kurze Pause. Die starre Miene des Arztes hatte sich nicht verändert.

„Naja, jedenfalls war es an einem Freitagabend. Ich bin von der Arbeit nach Hause gekommen, und als ich ins Wohnzimmer kam, hat mein Fernseher nicht mehr an seinem Platz gestanden.“

Der Arzt starrte sie immer noch unberührt an. Sophia fragte sich kurz, ob er überhaupt blinzelte.

„Das ganze Regal war so weit ins Zimmer geschoben, dass der Bildschirm nicht einmal mehr zur Couch zeigte. Morgens hatte ich aber, wie immer, die Nachrichten angeschaltet und wusste daher, dass er vor der Arbeit noch an seinem Platz gestanden hatte.“

Jetzt blickte Sophia wieder zu dem Arzt auf. Dieses Mal war sie sicher, dass er eine Regung zeigen musste. Doch sie lag falsch. Seine Gesichtszüge waren immer noch starr.

„Zuerst habe ich an Einbrecher gedacht. Nachdem ich panisch alle Türen und Fenster genau überprüft hatte, habe ich nachgesehen, was fehlte. Aber es war absolut nichts mitgenommen worden. Dieses Mysterium konnte ich nicht lösen. Wer bricht schon in eine Wohnung ein, nur um ein Möbelstück umzustellen?“

Der Professor nickte ihr zu, was sie nur zum Weitersprechen ermutigen sollte.

„Danach passierte eigentlich jeden Tag irgendetwas Merkwürdiges. Sachen verschwanden und tauchten an den dümmsten Stellen wieder auf. Ich hab meine Haarbürste im Kühlschrank gefunden, die Zahnbürste im Backofen und die Bratpfanne unter dem Sofa.“

Als Sophia fertig war, senkte Albrecht den Kopf und begann, in die Akte zu schreiben. Eine Weile versuchte sie, sich zu gedulden, doch als er scheinbar gar nicht mehr aufhörte, in den Papieren herumzukritzeln, musste sie einfach etwas sagen.

„Jetzt sind Sie dran! Wieso bin ich hier?"

Ungläubig rollte er mit den Augen und wiegte den Kopf hin und her, wie ein enttäuschter Lehrer, der dem Klassenclown eine Rüge erteilte.

„Für Ihren geistigen Zustand haben Sie gerade selbst gesprochen. Alles andere werde ich herausfinden, Frau Konrad. Das ist mein Beruf."

Kapitel 22

„Philipp?"

Er hatte den Deckel der leeren Komposttonne gerade geschlossen, als er die Stimme seiner Mutter hörte. Sie klang weit entfernt, doch Philipp war sicher, sie wirklich gehört zu haben. „Mama? Wo bist du?"

Noch einmal: „Philipp?"

Jetzt wusste er, dass die Stimme nicht aus dem Garten kam. Er drehte um und stolperte fast gegen den Bus, als er zurück zur Eingangstür lief. An der Hausecke blieb er stehen. Da stand sie vor ihm. Am Gartentor, das er gerade erst geschlossen hatte, mit einem geflochtenen Einkaufskorb in der Hand.

„Was ist denn los mit dir? Du siehst krank aus, Junge, geht es dir nicht gut?" Sie öffnete die kleine Tür, betrat das Grundstück, drehte ihm den Rücken zu und schloss das Törchen gewissenhaft hinter sich. Dann kam sie auf ihn zu.

Philipp stand einen Moment lang der Mund offen. „Wo warst du?", fragte er mit belegter Stimme, dabei kannte er bereits die Antwort. Aus ihrem Korb schauten die grünen Enden von Lauchzwiebeln heraus. Neben einer Packung Eier konnte er Milch und andere Verpackungen sehen.

„Na einkaufen."

Er nahm sie fest in die Arme und sein Atem beruhigte sich langsam. Als er bereit war, sie loszulassen, nahm er ihr den Korb ab und sie gingen zusammen ins Haus.

Drinnen schaltete Philipp sofort den ausgemusterten Desktop PC an. Das Gerät hatte er ihr geschenkt, als er noch Hoffnung gehabt hatte, dass sie sich mit dem neumodischen Monster namens Internet anfreunden würde. Nun stand das Teil seit einer Ewigkeit auf dem kleinen Beistelltisch im Wohnzimmer und Philipp war sicher, dass er selbst den Einschaltknopf zum letzten Mal gedrückt hatte. Während das System hochfuhr, ärgerte er sich, seinen Laptop nicht mitgebracht zu haben. Er war wohl doch noch etwas benebelt gewesen. Mit wippenden Knien wartete er einen Moment, folgte dann aber lieber seiner Mutter in die Küche. „Mama, ich muss mit dir reden."

Die auftoupierten blonden Locken hüpften auf ihren Schultern, als sie zu ihm herumfuhr. „Ja, du kannst mir endlich sagen, was da draußen eben mit dir los war. Ist es denn so ungewöhnlich, dass ich einkaufen gehe? Wenn das einer der Nachbarn beobachtet hat, denken die noch, ich sei dement oder so etwas. "

„Lass uns mal bitte hinsetzen." Philipp deutete auf den Küchentisch und Irenes Blick wurde noch besorgter. Aus dem Küchenschrank nahm er zwei Gläser und holte eine Flasche Sprudelwasser aus dem Kühlschrank. Noch einmal nickte er in Richtung Tisch. „Setz dich."

Wie ein kleines Kind, das eine Standpauke erwartete, schlich Irene zu ihrem Stuhl. Sein Gesichtsausdruck ließ sie den Ernst der Lage erkennen. „Du machst mir Angst."

„Hör zu. Ich weiß nicht, wie ich es erklären soll." Philipp goss etwas Wasser in die Gläser. Es fiel ihm schwer, seine Mutter anzuschauen. Noch einmal wischte er sich über die Augen. Die Angst um sie hatte ihn völlig aus dem Konzept gebracht. Er musste vorsichtig sein, durfte die Sache nicht falsch angehen. „Du warst ja auch skeptisch, ob das mit Bärbel ein Unfall war."

Irene schnappte nach Luft. Mit einer zitternden Hand griff sie sich eines der Gläser und führte es zum Mund. Sie starrte ins Leere, als ahnte sie, dass jetzt etwas Schreckliches kommen würde.

„Ich bin mir sicher, dass es kein Unfall war. Und ich bin auch sicher, dass es – wer auch immer dahintersteckt – etwas mit Erwin zu tun hat."

Als sie ihn wieder anschaute, hatten sich ihre Augen mit Tränen gefüllt.

„Weißt du, wo Erwin ist?"

Ihre Unterlippe zitterte. Obwohl es Philipp das Herz zerriss, wusste er, dass es Zeit war für die Wahrheit. „Sie haben ihn umgebracht."

Irenes Augen liefen über. Ihre Schultern bebten, doch sie weinte lautlos. Philipp rutschte etwas näher an sie heran und als er einen Arm um ihren Rücken legte, fuhr sie zu ihm herum und weinte an seiner Schulter. Es dauerte einige Minuten, bis das Beben ihres Oberkörpers erstarb. Langsam drehte sie sich von Philipp weg, holte ein Taschentuch aus dem Ärmel ihres Wollpullovers und schnäuzte sich lautstark die Nase. „Wer hat das gemacht? Und wo ist er?"

„Das weiß ich nicht."

„Hast du ihn gesehen?"

„Ja, aber ich möchte dir das lieber nicht genau erzählen. Du musst mir jetzt bitte einfach vertrauen."

Ihre Augenbrauen zogen sich über der Nasenwurzel zusammen. Ihr fragender Blick durchbohrte ihn wie ein Schwert.

„Ich fürchte, diese Leute könnten wiederkommen und ich kann dich hier nicht Tag und Nacht bewachen. Ich werde herausfinden, was hier vor sich geht. Aber du musst für eine Weile verreisen."

Irene presste die Lippen zusammen. „Ich will, dass du mitkommst!"

„Das geht nicht. Aber ich werde vorsichtig sein und du musst dir keine Sorgen machen."

Irene schüttelte entschlossen den Kopf. Der Zweifel in ihren Augen überdeckte alle Trauer. Philipp wusste, dass er so keine Chance gegen diese starke Frau hatte. Obwohl es ihm ein weiteres Mal das Herz zerriss, musste er auf die Notlüge zurückgreifen, die er sich zurechtgelegt hatte.

„Ich habe schon die Polizei eingeschaltet. Die haben mich hierhergeschickt und mir genau gesagt, was wir machen sollen. Die passen hier auf mich auf. Aber die Beamten hielten es für sicherer, wenn du dich eine Weile nicht hier aufhältst."

Mit zusammengebissenen Zähnen wartete Philipp auf ihre Reaktion. Er konnte nur hoffen, dass ihr kriminalistischer Spürsinn, der ausschließlich vom ARD-Tatort geprägt war, keine Lücken aufdeckte. Doch der Zweifel in ihren Augen war noch nicht verschwunden. Philipp konnte ihrem Blick nur mit viel Mühe standhalten. Als sie schließlich sprach, atmete er leise auf.

„Wann?"

„Heute noch. Also ehrlich gesagt, am besten jetzt gleich."

„Auf keinen Fall!" Wieder schüttelte Irene entschlossen den Kopf.

„Ich habe gerade erst für's Mittagessen eingekauft. Und morgen gibt's Pfannkuchen, die Kartoffeln im Keller müssen langsam mal weg."

Philipp legte eine Hand auf die seiner Mutter. „Mama, es muss jetzt gleich sein. Ich nehm das Essen mit."

Als er ihr wenig später erklärte, die Beamten haben ihm zu einer Kreuzfahrt geraten, ging die Diskussion von vorne los. Klarzumachen, dass sie gerade wegen des ständig wechselnden Aufenthaltsortes ganz besonders sicher sei, war schwierig. Selbst als sie verstanden hatte, dass es eine gute Idee war, weil die Polizei noch keine richtigen Anhaltspunkte hatte, war das Problem nicht gelöst. Irene war außer sich, als Philipp obendrein verlangte, dass sie sich für die spontane Reise an der Auszahlungssumme der Lebensversicherung ihres verstorbenen Mannes bediente. Erst nach mehreren Stunden heftiger Verhandlungen stand fest, dass Irene eine Mittelmeerkreuzfahrt unternehmen würde. Während sie im oberen Stockwerk ihren Koffer packte, suchte Philipp im Internet nach geeigneten Angeboten. Irene war fertig mit dem Packen, als er drei Angebote zur Auswahl zusammengestellt hatte. Alle Fahrten begannen auf Mallorca. Aus dem Laugengebäck bereitete sie eine kleine Brotzeit vor, und Philipp buchte einen passenden Flug, der bereits am selben Abend auf die Baleareninsel ging. Es war später Nachmittag, als sich Irene endlich für eine der Kreuzfahrten entschieden hatte. Sobald alle Buchungen abgeschlossen und die Bestätigungen auf dem alten Drucker gedruckt waren, zog seine Mutter sicherheitshalber alle Stecker aus den Steckdosen, kontrollierte noch einmal den Kühlschrank und war schließlich bereit.

„Hast du dein Handy und das Ladegerät?"

Sie nickte.

„Du musst dich jeden Tag bei mir melden. Eine Nachricht reicht. Oder du rufst an. Versprichst du mir das?"

Wieder nickte Irene Lehmann. „Und hab ein bisschen Spaß, ja?" Philipp rang sich ein Lächeln ab, aber seine Mutter zuckte nur die Schultern. „Das kann ich dir nicht versprechen."

Obwohl ihr Gesichtsausdruck immer noch von Sorgen beherrscht war, stieg sie kurz darauf, ohne zu murren, in den Camper. Philipp schloss die Haustür zweimal ab, öffnete die seitliche

Schiebetür und stellte den Koffer in den Bus. Er öffnete das Gartentor, steuerte den VW auf die Straße und schloss es gleich darauf wieder ordentlich. Auf der Fahrt zum Flughafen sagte keiner der beiden ein Wort.

Kapitel 23

Böhm saß an einem runden Glastisch in seinem geräumigen Esszimmer. Vor ihm lagen die ausgedruckten Personalakten von Lehmann und Fröhlich. Aufmerksam studierte er gerade die Informationen über seine zukünftige Patientin. Josephine Fröhlich würde schon in zwei Tagen ihren ersten Termin in seinem Kinderwunschzentrum haben. Obwohl er sicher war, sie von einer Behandlung in seiner Klinik überzeugen zu können, war er äußerst gespannt darauf, sie und ihre Partnerin persönlich kennenzulernen. Das Klingeln des Handys riss ihn aus seinen Gedanken.

„Ich bin's."

Diese Aussage war völlig überflüssig. Schließlich rief ihn kein anderer auf diesem Telefon an. Dennoch zog der Arzt die Stirn kraus. Heikos Stimme war leiser als gewöhnlich und irgendwie weicher. Gingen diese Dinge am Ende doch nicht so spurlos an seinem Helfer vorbei, wie er ursprünglich geglaubt hatte? Nein, er musste sich täuschen. Das durfte nicht sein. Wenn Heiko auch nur in irgendeiner Weise weich oder unsicher werden würde, gefährdete er die ganze Sache. Böhm versuchte, sich von diesen Gedanken freizumachen und sich schweren Herzens wieder auf seinen eigentlichen Plan zu konzentrieren.

„Ich höre."

„Seine Mutter macht eine Mittelmeerkreuzfahrt. Ich habe mir die Reiseroute besorgt. Das Schiff legt morgen ab."

Die Faust des Arztes sauste mit einem lauten Knall auf die Tischplatte aus gehärtetem Glas.

„Wie geht es jetzt weiter? Solange ich meinen blinden Passagier habe, ist es schwierig, Lehmann im Auge zu behalten."

Er ärgerte sich, dass ihm Heiko das Offensichtliche unter die Nase rieb. Er wusste, dass sein Handlanger die Situation längst gelöst hätte, wenn er sich nicht gleichzeitig um eine Geisel kümmern müsste. Trotzdem fühlte er sich nicht bereit, die Sache zu beenden. Schnaubend sah er auf die goldene Rolex.

„Wir treffen uns in einer halben Stunde in der Wohnung", sagte er widerwillig, aber trotzdem mit möglichst fester Stimme, und beendete das Gespräch.

Wieder und wieder hatte er nach anderen Auswegen gesucht, sich immer wieder die lauten Vorwürfe seiner Frau aus dem Reich der Toten angehört. Die nächtliche Atemnot gepaart mit den schlimmsten Albträumen seines Lebens hatten gedroht, ihn schier um den Verstand zu bringen. Doch leider gab es keine andere Lösung. An diesem Punkt gab es keinen Weg zurück. Jetzt ging es nur noch in eine Richtung und Böhm ahnte, dass ihn dieser Weg geradeaus in die Hölle führen würde. Er nahm seine große lederne Arzttasche von der Garderobe und überprüfte, ob die kleine schwarze Kiste noch drin war, deren Inhalt er gehofft hatte, gar nicht zu brauchen. Seinen breitkrempigen Hut setzte er auf den Kopf und den dunklen Mantel nahm er über den Arm, dann ging er den Flur entlang, der zur Garage führte. Er startete den Wagen und wusste, dass er sein Haus zum letzten Mal als der Mensch verließ, den seine Frau Evelyn geheiratet hatte.

***

Er parkte den alten Jaguar in der kleinen Seitenstraße am Feldrand und schob seinen Hut etwas tiefer ins Gesicht, bevor er zu Fuß in die Kelsterbacherstraße einbog. Glücklicherweise stand die Einliegerwohnung im oberen Teil des Hauses schon lange leer und er musste sich nicht scheuen, einfach auf den Klingelknopf zu drücken. Einen Moment später schaute Heiko durch einen kleinen Spalt in der Tür, bevor er sie ganz öffnete und den Arzt eintreten ließ. Die Männer begrüßten einander mit einem stummen Kopfnicken und Heiko deutete ins Wohnzimmer. Während Böhm seinen Hut ordentlich an die Garderobe hängte, achtete er darauf, dass der junge Mann das Zittern seiner Hände nicht bemerkte. Er holte noch einmal tief Luft, legte seinen Zeigefinger an die Lippen und bedeutete Heiko mit einer Handbewegung, im Flur zurückzubleiben. Möglichst geräuschlos öffnete er erneut die Eingangstür, um sie gleich darauf mit einem Knall zuzuschmeißen. Laut rief er den Namen seiner Mieterin und rannte, so schnell er konnte, durch den Flur in das angrenzende Wohnzimmer. Helga Brumhäuser lag geknebelt und gefesselt rücklings auf ihrem geblümten Sofa. Ihre graue Stoffhose war verfärbt von unterschiedlichen Exkrementen. Größere und kleinere Flecken, die zu verschiedenen Zeiten getrocknet sein mussten, bevor sich die alte Frau erneut eingenässt hatte. Die blaue Bluse war zum Teil zerrissen und ebenfalls voller Flecken. Dunkle Flecken. Wahrscheinlich getrocknetes Blut. Der ganze Raum stank bereits erbärmlich. Um sein Erschüttern zum Ausdruck zu bringen, war keine schauspielerische Leistung notwendig. Er ließ seine Tasche zu Boden fallen und rannte schockiert und gleichzeitig voller Groll zu Helga, um sie von dem Knebel zu befreien.

„Oh mein Gott, Frau Brumhäuser! Was ist denn passiert? Wurden Sie überfallen? Geht es Ihnen gut?“, stotterte er aufgeregt, während er der zitternden Frau die Hände losband.

Sie war nicht in der Lage, einen klaren Ton hervorzubringen, was ihm in die Karten spielte. So hatte er die Zügel ganz allein in der Hand. Er bestimmte, wie es weiterging. Schnell lief er zum Telefon, das gut sichtbar neben dem Fernsehgerät in der dunkelbraunen Schrankwand stand.

„Ich rufe sofort die Polizei und dann erzählen Sie mir, was passiert ist.“ Einen Moment lauschte er der Stille in der Leitung und schilderte dann die Sachlage. Er forderte nicht nur einen Streifenwagen, sondern auch eine Ambulanz an, machte Pausen zwischen seinen Sätzen, in denen er erneut der Stille in der Leitung lauschte und widmete sich schließlich wieder der weinenden Patientin.

„Ich hole Ihnen ein Glas Wasser. In meiner Tasche müsste ich etwas zur Beruhigung haben. Haben Sie Schmerzen, Frau Brumhäuser?“

Helga nickte. Doch als er aufstehen wollte, um Wasser aus der Küche zu holen, packte sie ihn bei der Hand und hielt ihn so fest, dass er beinahe vor Gewissensbissen und Schamgefühl zusammenbrach. Brumhäuser war bereits Mieterin in diesem Haus gewesen, als es noch von seinem Vater vermietet worden war. Im Grunde genommen gehörte die alte Dame zur Familie.

„Gehen Sie nicht weg. Vielleicht ist er noch im Haus“, krächzte sie.

Er tätschelte ihre faltige Hand und versuchte, sie mit fester Stimme zu beruhigen. „Hier ist niemand, Frau Brumhäuser. Ich hole Ihnen nur ein Glas Wasser. Die Polizei ist sicher gleich da."

Wenig überzeugt, ließ sie seine Hand los. „Können Sie meine Tabletten mitbringen? Die muss ich eigentlich jeden Tag einnehmen. In der linken Schublade, die rötliche Packung!"

Eine Gänsehaut lief über seine Arme, als er die Packung Sevredol aus der Schublade zog. Die Offenheit und das Vertrauen seiner Mieterin kamen ihm auf grausame Art entgegen. Das Wissen um die langjährige Krebskrankheit der alten Dame hatte seinen Plan erst möglich gemacht. Bewegungslos starrte er die zitternde Schachtel mit dem Morphinpräparat in seiner Hand an. Trotz größter Anstrengung gelang es ihm nicht, die Stimme seines Gewissens auszublenden. Die Stimme, die seiner verstorbenen Frau zum Verwechseln ähnlich war, wurde immer lauter.

„*Natürlich vertraut sie dir. Du bist nicht nur ihr Vermieter, sondern schließlich auch Arzt. Ärzten vertraut man. Wie kannst du dieses Vertrauen so schamlos ausnutzen?*" Evelyn klang absolut entrüstet. Vielleicht war sie noch schockierter von seinem hinterhältigen Plan als er selbst, wenn das überhaupt möglich war. Der Schmerz in seiner Brust war unerträglich, doch er musste jetzt stark sein.

Zurück im Wohnzimmer stellte er ein Glas auf dem Tisch ab und goss Mineralwasser hinein. Die Morphin-Tabletten legte er daneben und sah zu, wie Brumhäuser zwei davon gierig in den Mund steckte und mit Wasser nachspülte. Inständig hoffte er, dass sie das Zittern seiner Hände nicht bemerkte, als er seine Arzttasche öffnete und darin nach der schwarzen Kiste tastete. Er öffnete sie und holte das kleine Röhrchen mit der klaren Flüssigkeit heraus, die er in das restliche Wasser einrührte.

„Trinken Sie das. Das kann sehr bitter schmecken, aber es wird Sie ein bisschen beruhigen, bevor der Krankenwagen kommt. Sie können dann schnell etwas nachtrinken."

Mit zittrigen Händen griff Helga Brumhäuser erneut zu dem Glas. In ihrem Blick lag etwas, was er noch nie zuvor gesehen hatte. Waren es Zweifel? War es Misstrauen? Vertraute sie ihm vielleicht doch nicht? Erschreckt von diesen Gedanken, versuchte er, sie mit aller Macht abzuschütteln, um seinem Plan konzentriert folgen zu können. Helga trank mit verzerrtem Gesicht die bittere Flüssigkeit. Sobald sie abgesetzt hatte, goss er frisches Wasser in ihr Glas, um sie nachtrinken zu lassen. Vorsichtig stellte sie das Glas auf dem Tisch ab und lehnte sich zurück. Ihr Zittern ging durch Mark und Bein. Es erinnerte ihn an ein verschüchtertes Wildtier. Man konnte ihr ansehen, dass die Erlebnisse der letzten Tage ihren gesamten Glauben an die Menschheit zerstört hatten. Sie wusste nicht mehr, was oder wer gut war, hatte aber offenbar keinen Zweifel an der Existenz des Bösen. Ihr Körper entspannte sich glücklicherweise schnell. Er setzte sich dicht neben sie auf das Sofa und streichelte ihre Hand, während die Überdosis Morphium wirkte. Als die alte Dame endlich eingeschlafen war, lief ihm eine Träne über die Wange, die er sofort wegwischte. Heiko kam ins Wohnzimmer. Er würde die Nacharbeit erledigen. Schließlich wurde die Zeit nun mehr als knapp.

Kapitel 24

„Was ist mit deinem Auge passiert?“, fragte Sophia, sobald er sich zu ihr gesetzt hatte. Zur Nase hin war seine Haut in einem merkwürdigen Rotbraun verfärbt und glänzte ein wenig.

„Ich dachte eigentlich, das bemerkt niemand mehr.“

Philipp grinste schief und Sophia betrachtete die Grübchen in seinen Wangen. Ihr wurde ganz warm und sie konnte trotzdem nicht aufhören, ihn anzuschauen.

„Ich hatte einen kleinen Zusammenstoß mit jemandem. Halb so schlimm!“

Obwohl sie wirklich gerne mehr darüber erfahren hätte, traute sie sich nicht, nachzubohren. Offenbar wollte er ihr nicht erzählen, was passiert war.

„Joey hat mir erzählt, dass dir das Tagebuch schreiben hilft“, versuchte er vorsichtig, eine Unterhaltung zu beginnen. Seine Zurückhaltung war schmeichelnd und Sophia musste lächeln.

„Ja, vielen Dank noch mal. Es hilft mir irgendwie, meine Gedanken zu sortieren“, brachte sie ebenfalls schüchtern hervor.

Sie glaubte, dass er über etwas Bestimmtes mit ihr sprechen wollte und fragte sich, was ihn daran hinderte, es auszusprechen.

„Das freut mich sehr“, sagte er knapp und löste seinen Blick von ihr. Philipp wirkte unentschlossen. Er rieb die Handflächen ineinander und saugte die Atemluft laut ein, bevor er wieder zu ihr aufschaute. „Hast du dem Professor das Tagebuch gezeigt?“

Sophia schüttelte den Kopf und bemerkte, wie sich Philipps Gesichtszüge ein wenig entspannten. Wieso war er erleichtert? Stumm wartete sie darauf, dass er weitersprach, und hoffte aus seinem Verhalten endlich schlau zu werden. Doch er sagte kein Wort. Wieder schien er mit sich zu ringen. Sophia wurde das Gefühl nicht los, etwas falsch gemacht zu haben.

„Bist du wegen der Schlägerei nicht zur Arbeit gekommen?“, fragte sie unvermittelt.

„Ja. Ich sah eine Weile nicht unbedingt vorzeigbar aus", erklärte er mit einem Schmunzeln.

„Das kann ich mir gar nicht vorstellen", grinste sie zurück und merkte, wie ihre Wangen warm wurden. Im Grunde genommen wusste Sophia, dass es keine gute Idee war, mit einem Pfleger zu flirten. Doch irgendwie konnte sie sich nicht helfen. Wieder blieb Philipp sehr lange still und sah mit leerem Blick aus dem Fenster.

„Was bedrückt dich so? Kannst du es mir nicht einfach sagen?"

Mit dieser direkten Frage holte sie ihn aus seiner Gedankenwelt. Er schaute ihr prüfend in die Augen. Es war, als suche er dort nach Antworten auf Fragen, die ihn schon lange umtrieben.

Er beugte sich zu ihr und sprach mit leiser Stimme. „Hör zu, Sophia, vielleicht verrenne ich mich gerade in irgendwelchen Spinnereien. Aber ganz ehrlich, ich glaube nicht, dass du geisteskrank bist. Und ich habe keine Ahnung, wegen welcher Straftat du hierhergekommen bist. Joey und ich, wir machen uns Sorgen, dass du eigentlich gar nicht hier reingehörst."

Als er den letzten Satz beendet hatte, machte er plötzlich den Eindruck, als würde er seine Worte am liebsten zurücknehmen. Er wischte sich mit der Hand über die Stirn, als er sich in seinem Sessel zurücklehnte. Sophia konnte seinem Blick nicht standhalten. Sie schaffte es nicht, ihn anzusehen, starrte stattdessen auf ihre Hände, die einander nervös kneteten. Sie fühlte sich plötzlich, als sei alle Kraft aus ihrem Körper gewichen. Ihre Muskeln gaben nach. Gleich würde sie in sich zusammensinken und hilflos aus ihrem Sessel purzeln. Sie hatte gar nicht bemerkt, dass er näher an sie herangerutscht war, als sie plötzlich seinen Finger unter ihrem Kinn spürte. Behutsam drückte er ihren Kopf in seine Richtung und sie schaute ihm direkt in die Augen. Eine Gänsehaut bedeckte ihren ganzen Körper, als er mit leiser Stimme sagte: „Du kannst mir vertrauen. Ich möchte dir helfen. Glaubst du denn, dass du hierhergehörst?"

Ein Schulterzucken war die einzige Antwort auf seine Frage. Dann sank ihr Kinn wieder auf ihre Brust.

„Das weiß ich nicht, Philipp", antwortete sie einen Moment später mit brüchiger Stimme und setzte beinahe flüsternd hinzu: „Wenn ich mir alles, was passiert ist, nur eingebildet habe, dann schätze ich schon, dass ich irgendwie krank bin."

„Warum hat dich die Polizei abgeholt?"

Eine lodernde Wärme stieg in ihr auf. Scham überdeckte jedes andere Gefühl und nahm ihren gesamten Körper ein.

„Ich denke, weil ich mich in die Wohnung meiner Nachbarn geschlichen habe."

Im Augenwinkel konnte Sophia sehen, dass Philipp den Kopf schüttelte. „Das kann nicht der Grund sein."

„Ich hatte ein Messer dabei!"

Sie spürte, dass sie die Kontrolle verlor. Übelkeit schnürte ihren Brustkorb zusammen und sie wusste, dass sie die Tränen nicht mehr lange zurückhalten konnte. Plötzlich hörte sie Joeys Stimme und sah auf.

„Also sowas! Ich hab dich ganz sicher nicht auf meine Station geschleust, damit du meine Patienten zum Weinen bringst, du Charmebolzen!"

Mit dem Ärmel ihres Pullovers wischte Sophia über ihre Augen und zog ein Taschentuch aus ihrer Jeans, um sich schnell die Nase zu schnäuzen.

„Wieso geschleust?", fragte sie, als sie das Tuch wegsteckte. Sie war für den Moment dankbar, nicht weiter über sich sprechen zu müssen.

Joey setzte sich auf die Armlehne von Philipps Sessel.

„Ach so, das hat er dir gar nicht erzählt. Phil arbeitet erst morgen wieder. Außerdem ist er hier auf der Station wohl nicht mehr so gerne gesehen, seitdem er sich verprügeln lassen hat. Aber der Prof kommt für gewöhnlich nicht vor der Mittagszeit auf Station und ich dachte, ihr solltet mal reden." Sie zwinkerte Sophia zu und ihr fröhliches Auftreten lockerte die Situation tatsächlich ein wenig auf.

„Ihr zwei seid echt außergewöhnlich", lachte Sophia.

„Wenn hier etwas faul ist, müssen wir das beweisen, bevor dein Gutachten fertig ist und es zu der Gerichtsverhandlung kommt. Das weißt du, oder?" Philipps Stimme war ernst, sein Blick durchdringend und Joey schubste ihn beinahe vom Sessel.

„Jetzt reiß dich aber mal zusammen. Ich hab dir schon mal gesagt, dass du sie nicht unter Druck setzen sollst."

Aber Sophia schüttelte den Kopf. „Ist schon okay. Er will mir ja nur helfen", krächzte sie und erschrak selbst, als sie ihre

Stimme hörte. Sie wollte raus aus dieser Klinik, so viel stand fest. Sicherheit, an die sie anfänglich geglaubt hatte, bot ihr dieser Ort nicht. Sie war im Gefängnis. Und wenn sie alles richtig verstanden hatte, bestand eine große Wahrscheinlichkeit, dass sie hier jahrelang bleiben sollte. Plötzlich kamen ihr die Gesichter ihrer Eltern in den Kopf. Sie musste ihr Leben zurückbekommen, und dafür würde sie kämpfen. Egal, wie unangenehm die Sache werden würde. Das größte Problem bestand darin, dass sie selbst nicht genau wusste, weshalb man sie eingesperrt hatte.

Entschlossen blickte sie Philipp in die Augen.

„Ich erzähle euch alles, was ich weiß! Wo soll ich anfangen?"

Kapitel 25

Sophia hatte den Überfall in der alten Wohnung und die Trennung von Marvin relativ kurz zusammengefasst. Als ihr Ex-Freund zur Sprache kam, fühlte sich Philipp schrecklich. Um ein Haar hätte er ihr von seinem Treffen mit Marvin erzählt, doch sie ließ dem Thema nur wenig Raum und fuhr direkt fort.

„Noch im Krankenhaus hat mich ein Polizeipsychologe besucht. Ich habe ein paarmal mit ihm gesprochen, und mir ist klar geworden, dass ich nicht mehr in die Wohnung zurückwollte, in der es passiert war. Er war sehr hilfsbereit und hat mir sogar geholfen, kurzfristig die neue Wohnung zu finden."

Philipp sah Joey an, die seinen fragenden Gesichtsausdruck bemerkte und die Schultern hob. Er hatte keine Ahnung, ob es üblich war, dass sich Polizeipsychologen um neue Unterkünfte für traumatisierte Opfer von Gewaltverbrechen kümmerten. Sophia sprach aber bereits weiter und er wollte sie nicht unterbrechen.

Sie berichtete von merkwürdigen Vorkommnissen in der neuen Wohnung, davon, dass sie glaubte, verrückt zu werden, und schließlich vom Verschwinden ihres Katers. Als sie von den Hubers anfing, glaubte Philipp, dass er zumindest die Nachforschungen in der Kelsterbacherstraße beichten musste. „Ich hoffe, du nimmst es uns nicht übel, aber wir waren bei deiner Wohnung, weil wir dachten, dass uns deine Nachbarn vielleicht weiterhelfen können."

Ihre Augen wurden groß, aber sie sagte kein Wort. Philipp fand, dass sie ängstlich aussah.

„Deine Nachbarn haben sich wirklich merkwürdig verhalten. Sie haben so getan, als hättest du nie dort gewohnt."

Sophia zog die Stirn kraus. „Vielleicht wart ihr im falschen Haus?"

Philipp schüttelte den Kopf. „Erik, der Sohn der Familie Huber, hat kurz von dir gesprochen, bevor es ihm sein Vater verboten hat.“

„Ich versteh das alles nicht“, Sophias Stimme war nur noch ein Flüstern.

„Wir dachten, dass uns möglicherweise dein Vermieter weiterhelfen könnte. Aber den zu finden, ist gar nicht so leicht.“

„Ich weiß. Den kenne ich ja selbst nicht. Alles ging immer über die Hausverwaltung. Diesem Kordler gehören wohl mehrere Häuser in der Straße und er kümmert sich eben nicht selbst.“

Philipp versuchte seine Enttäuschung darüber, dass Sophia auch keine Informationen über den Vermieter hatte, zu verbergen. „Und wie heißt dieser Polizeipsychologe?“

„Irgendwas wie Schulze oder so. In meinen Unterlagen müsste ich seine Visitenkarte haben, aber ich weiß es wirklich nicht mehr.“ Ihr Blick war auf den Boden gerichtet, die Situation war ihr sichtlich peinlich.

Philipp durfte nicht riskieren, dass sie sich wieder zurückzog. Er musste sich anstrengen, ruhig zu bleiben. Doch Joeys Nervosität steckte ihn langsam an. Sie saß immer noch auf der Armlehne seines Sessels. Auch ohne ihr unentwegt wippendes Knie wäre ihre Anspannung deutlich spürbar gewesen. Er legte die Hand auf das Bein und es hielt endlich still.

„Würdest du uns erzählen, was passiert ist, bevor du hierher gebracht wurdest?“

Er wendete seinen Blick nicht von Sophias Gesicht ab. Ihre Wangen waren gerötet. Mehr noch als ihre Augen. Joey atmete scharf ein, und wollte wohl gerade wieder Einspruch erheben, um ‚ihre Patientin zu schützen‘, doch Philipp hob die Hand und sie sagte nichts.

Sophia erzählte von ihrem Fund im Keller, der verschwunden war, bis die Polizei auftauchte und Philipp musste sofort an Erwin denken.

„Ich war ganz sicher, dass die Hubers mit allem zu tun hatten“, sagte Sophia entschuldigend und erzählte dann von ihrem Einbruch in der Nachbarswohnung. Philipp traute sich kaum zu atmen, weil er tatsächlich erwartete, dass gleich der Grund für ihre Einlieferung ans Licht kam.

Dann machte Sophia eine lange Pause.

„Was hast du gemacht, als das Messer auf den Boden gefallen ist?"

Sie atmete durch die Zähne ein. Es zischte, als habe sie sich die Hand auf einer heißen Herdplatte verbrannt. „Ich bin hin gehechtet, habe es aufgehoben, mich umgedreht und bin zur Wohnungstür gerannt. Ich war wie in einem dunklen Tunnel. An der Tür wäre ich beinahe mit meinem Nachbarn zusammengestoßen. Er ist zur Seite gesprungen, als er das Messer gesehen hat. Ich weiß nicht, wer von uns beiden sich mehr erschrocken hat." Sie versuchte sich an einem schiefen Grinsen, doch es gelang ihr nicht. „Dann bin ich die Treppe hochgerannt und hab mich in meiner Wohnung eingeschlossen."

Philipp hatte seine Hand gerade erst weggenommen, als Joeys Knie wieder zu wippen begann. Er stöhnte leise auf und legte die Hand wieder auf ihr Bein. Dieses Mal mit etwas mehr Druck.

Sophias Sprachpause zog sich in die Länge. Dazu hatte sie ihren Kopf zum Fenster gedreht. Philipp glaubte, dass sie am Ende ihrer Geschichte angelangt war.

„Wann hat dich die Polizei abgeholt?"

Sie sah ihn wieder an. Ihr Gesicht war immer noch gerötet und inzwischen auch so fleckig wie das eines starken Allergikers. „Kurz danach haben sie geklingelt. Vielleicht eine halbe Stunde später?" Ihre Stimmlage war am Ende des Satzes höher geworden, sodass es klang wie eine Frage. Unsicher schaute sie zwischen Philipp und Joey hin und her. „Könnt ihr damit etwas anfangen?"

Joey atmete tief ein. Ihr anderes, freies Bein wippte inzwischen so stark, dass die Bewegung in ihren Oberkörper überging. Philipp drehte sich zu ihr um. Auf der Unterlippe kauend, nickte ihm seine beste Freundin zögerlich zu, als würde sie ihm erlauben, sein Ergebnis zu präsentieren. Er wandte sich wieder Sophia zu. „Das ist kein Grund für eine einstweilige Verfügung. Da sind wir uns zumindest einig."

Joey nickte wieder.

„Sicherlich wird man nach so einem Vorfall von der Polizei befragt. Dass dir eine Anzeige gedroht hat, ist auch nicht unwahrscheinlich. Man hätte bestimmt auch für psychologische Betreuung gesorgt und vielleicht ein Gutachten erstellen lassen. Aber eine einstweilige Verfügung, die so schnell von den Strafverfolgungsbehörden veranlasst wird?"

Erst als Joey ihn anschubste, bemerkte er, dass er in Gedanken immer weitergesprochen hatte.

Sophias Augen waren groß geworden und ihr Mund stand ein wenig offen. „Also hätte man mich gar nicht hierherbringen dürfen?"

Philipp holte Luft und überlegte, was er am geschicktesten antworten sollte, als sich Joeys Finger in seiner Schulter bohrten. Eine unausgesprochene Warnung. *Geh nicht zu weit!*

Sophia starrte ins Leere. „Aber wer macht denn so etwas? Wer kann denn überhaupt so etwas veranlassen?"

***

Nach dem Gespräch mit Sophia fühlte sich Philipp wie elektrisiert. Mit den neuen Informationen sowie der Adresse und Telefonnummer ihrer Eltern hatte er viel bessere Chancen, die ganze Sache aufzuklären. Gleichzeitig schämte er sich ein wenig. Während Sophia offen und ehrlich über ihre Vergangenheit gesprochen hatte, hatte er es nicht einmal über sich gebracht, von der Sache mit ihrem Ex-Freund zu erzählen. Philipp versuchte, diesen Gedanken in den Hintergrund zu drängen. Schließlich ging es zunächst darum, Sophias Fall aufzudecken und sie aus der Klinik zu befreien. So schnell wie möglich.

Eine halbe Stunde nach dem Gespräch fuhr er bereits in Zeilsheim von der Autobahn ab. Das Smartphone navigierte ihn an der Kirche vorbei durch kleine Gässchen in das heimelige Wohngebiet der Zeilsheimer Kolonie. An seinem Ziel angekommen, stellte Philipp den Camper vor einer Lorbeerhecke ab. Ein kleiner Vorgarten grenzte das sandsteinfarbene Haus mit der Nummer dreiundsechzig von der verkehrsberuhigten Straße ab. Philipp war nervös. Vielleicht hätte er doch vorher anrufen sollen. Einen Moment blieb er vor dem niedrigen Gartenzaun stehen und zupfte den Saum seines Hemdes zurecht. Eine merkwürdige Aufregung staute sich in seinem Magen. Er versuchte sich daran zu erinnern, dass er lediglich Sophias Pfleger war. Und im Grunde genommen sogar das nicht mehr. Er wollte ihr bloß helfen und konnte seine irrationale Nervosität selbst nicht erklären. Es war schließlich nicht so, als würde er gerade im Begriff sein, die Eltern seiner Freundin kennenzulernen, obwohl er sich auf bizarre Art genau so fühlte. Er atmete noch einmal tief ein, nahm all seinen Mut zusammen und drückte auf den Klingelknopf. Nichts. Er sah auf seine Armbanduhr. Es war kurz nach zwölf. Sophia war der Meinung gewesen, dass ihre Eltern um diese Uhrzeit meistens zuhause waren, da die Mutter auf ein pünktliches Mittagessen gegen 13 Uhr großen Wert legte. Aber eben nur meistens. Er klingelte noch einmal und ließ sich einen Moment Zeit, bevor er sich zum Gehen umdrehte. Neben Philipps Bulli hielt ein weißer Audi TT. Auf der Beifahrerseite stieg ein blonder Junge aus und Philipp blieb wie vom Donner gerührt stehen. Sein Blick folgte dem schmalen Jungen zum Nachbargrundstück. Der Audi parkte vor dem VW-Bus ein und eine zierliche dunkelhaarige Frau im Hosenanzug kam lächelnd auf Philipp zu.

„Hallo, Sie wollten zu Konrads?"

Neugierig, aber freundlich streckte die Frau mit der betont geraden Körperhaltung die Hand nach ihm aus.

„Michaela Jacob, ich wohne nebenan."

Philipp hob die Augenbrauen und schüttelte ihre Hand. Er drehte sich noch einmal zu dem Jungen um, der sich einen Ball genommen hatte und im Vorgarten zu dribbeln begann.

„Philipp Lehmann. Ja, ich wollte zur Familie Konrad."

Jacob sah auf ihre filigrane Armbanduhr. „Hmmm, für gewöhnlich sind sie um die Zeit zuhause. Soll ich ihnen etwas ausrichten?"

Durch ihre feinen Gesichtszüge und die etwas hervorstehenden Wangenknochen wirkte Michaela Jacob sehr jung. Trotzdem strahlte sie eine alles einnehmende Autorität aus.

„Ich arbeite in der Lohrklinik und bin wegen der Tochter ihrer Nachbarn hier."

Er hatte es gerade ausgesprochen, da ärgerte es ihn bereits, der Frau sein Anliegen so bereitwillig auf die Nase gebunden zu haben. Ihr Mund öffnete sich, schloss sich aber gleich darauf wieder und ihr ohnehin sehr gerader Rücken streckte sich noch ein kleines Stück mehr durch.

„Verstehe. Geben Sie mir doch Ihre Telefonnummer und ich gebe sie weiter, sobald ich meine Nachbarn sehe."

Bevor er etwas erwidern konnte, hielt sie ihm ihr Handy hin und forderte ihn auf, die Nummer einfach einzugeben.

Philipp bedankte sich und ging zu seinem Bus. Er war nicht sicher, was ihm so merkwürdig vorgekommen war. Doch irgendwie meinte er, er habe etwas verpasst.

Kapitel 26

Dicht nebeneinander gedrängt, fast als könnte keiner der beiden ohne den Halt der anderen überleben, saßen die beiden Frauen Böhm gegenüber.

„Vielen Dank, dass sie diesen Termin möglich machen konnten", sagte die Kleinere der beiden, die ständig eine andere Sitzposition einnahm. Die Luft im Raum schien vor Anspannung zu prickeln. Die Tassen vor ihnen rührten sie nicht an und Böhm tat sich schwer bei dem Gezappel von Josephine Fröhlich, wenigstens seinen eigenen Kaffee zu genießen. Nach einem ersten Schluck nahm er das karierte Tuch aus seiner Hemdtasche und tupfte sich damit die Mundwinkel ab. Er wollte die Situation schnellstmöglich entschärfen. Jedoch musste dies so professionell wie möglich vonstattengehen, was im Grunde genommen voraussetzte, dass es eher langsam geschah.

„Unser erstes Treffen, bei dem wir leider keine Kapazitäten hatten, ist ja nun schon eine ganze Weile her. Möchten Sie mir vielleicht zuerst noch einmal ein wenig über sich selbst erzählen?", fragte er mit gesenkter Stimme und biss in seinen Karamellkeks.

Josephine Fröhlich nickte hastig und die Aufregung sprudelte nur so aus ihr heraus. Dem Arzt wurde beim Zuhören beinahe schwindelig, als die junge Frau im Schnelldurchlauf einen Bericht ihrer elfjährigen Beziehung mit der Heirat vor drei Jahren über Familien- und Wohnverhältnissen bis hin zu ihrem Berufsleben abgab.

„Sie hatten bei unserem ersten Gespräch gesagt, dass Sie das Kind austragen möchten. Ist das während Ihrer Wartezeit dabei geblieben?"

Wieder nickte Josephine Fröhlich und fügte mit leuchtenden Augen hinzu: „Ja! Das möchte ich machen!"

Ihre Wangen röteten sich ein wenig und sie sank in sich zusammen. „Also, wenn das überhaupt möglich ist“, setzte sie etwas kleinlaut hinterher.

„Das bekommen wir schon hin.“ Er lächelte.

Als sie sein Lächeln erwiderte, war Böhm sicher, dass er seiner neuen Patientin gegenübersaß. Ihre Anspannung löste sich endlich. Sie hatte begriffen, dass sie bei ihm an der richtigen Adresse waren. Sie wusste nun, dass er sehr wohl bereit und in der Lage war, ihnen zu helfen und schon ganz bald würde er das Vertrauen der Pflegerin gewonnen haben. Sie würde voll und ganz mit ihrer Schwangerschaft beschäftigt sein und kein Interesse mehr an Konrads Fall haben. Falls doch, hätte Böhm jederzeit die Möglichkeit, ihr Bettruhe beziehungsweise einen Aufenthalt in seiner Klinik aufzuerlegen. Sichtlich erleichtert lehnte sich die künftige Mutter ein wenig zurück und der Arzt konnte sich nun auch ihrer Frau widmen. Nach ein paar Worten von Mala Kumar war er überzeugt, dass der Kinderwunsch ihrerseits ebenso groß war, wenn auch nicht ganz so lautstark geäußert. Er begann, alles Nötige zu erklären.

„Zuerst müsste ich wissen, ob Sie einen bestimmten Samenspender aus ihrem Umfeld vorsehen, oder ob ich mich um einen Spender kümmern soll.“

Sie sahen einander fragend an, schienen sich aber schnell und ohne ein gesprochenes Wort einig zu sein. Joey hob die Schultern und schaute ihn fragend an. „Uns wäre eine anonyme Spende lieber.“

„Kein Problem. Auch das bekommen wir hin“, schmunzelte er und erkannte Erleichterung in beiden Gesichtern.

„Sie müssen sich die Frage stellen, mit welcher Methode die Behandlung erfolgen soll.“

Die beiden Frauen saßen ihm etwas nach vorne gelehnt gegenüber. Sie hingen an seinen Lippen und schienen jedes seiner Worte förmlich in sich aufzusaugen. Nun kam der heikle Punkt seiner Arbeit. Es war wichtig, sie zu überzeugen.

„Im Vergleich zu einer sogenannten Insemination, bei der der Samen direkt in die Gebärmutter eingebracht wird, ist die Invitro-Fertilisation, also die künstliche Befruchtung im Glas, der wesentlich erfolgversprechendere Weg. Wegen des zeitlichen und auch finanziellen Rahmens würde ich Ihnen natürlich zu dieser Methode raten. Hierbei wird mit sehr großer Wahrscheinlichkeit nur ein Versuch nötig sein, wobei wir bei der Insemination in den ersten drei Behandlungszyklen nur eine Erfolgsrate von circa sechzig Prozent haben."

Angestrengt runzelten beide Frauen die Stirn.

„Also drei Versuche und ungefähr sechzig Prozent Erfolgschance."

Er musterte die entschlossenen Gesichter, und Frau Fröhlich nutzte diese Gesprächspause sofort. „Ist es denn finanziell ein sehr großer Unterschied?", fragte sie, offenbar versucht, ihn glauben zu lassen, dass Geld keine so große Rolle spielte.

„Im Vergleich zu mehreren Inseminationen mit mehreren Spenden, die dafür notwendig sind, hält sich der Preisunterschied in Grenzen. Aber Genaueres gebe ich Ihnen später schriftlich. Die Unterlagen nehmen Sie mit nach Hause und machen sich in aller Ruhe Gedanken darüber."

Sie nickte überzeugt und auch ihre Frau schien mit dieser Aussicht zufrieden zu sein.

„Wir werden Sie während der ganzen Schwangerschaft intensiv betreuen. Wir machen jede Untersuchung direkt hier in der Klinik und hier werden Sie schlussendlich auch entbinden."

Sie stellten noch einige Fragen und er wies sie an, sich so viel Bedenkzeit wie nötig zu nehmen und dann telefonisch einen Termin für die Erstuntersuchung auszumachen. Am späten Nachmittag war endlich alles geklärt und er war sicher, dass er die beiden Frauen sehr bald wiedersehen würde.

Nach dem Termin mit der neuen Patientin im Besprechungsraum sah er auf dem Weg in sein Büro, dass Anastasia nicht an ihrem Platz saß. Das Telefon auf seinem Schreibtisch klingelte. Am Display erkannte er, dass der Anruf von der Zentrale kam. Frau Mühlberg vom Empfang hatte feste Vorgaben und stellte nur in ganz besonderen Ausnahmefällen zum Chef direkt durch. Entsprechend aufgeregt klang ihre Stimme, als sie dem Chefarzt erklärte, Staatsanwältin Jacob wolle ausschließlich mit ihm persönlich sprechen und ließe sich auch keineswegs vertrösten. Sie beteuerte, alles versucht zu haben.

Der Ansatz eines Lächelns huschte über sein Gesicht. Auch elf Jahre nach der Gründung dieser Institution genoss Böhm immer noch jedes Stück des außerordentlichen Respekts, den ihm seine Mitarbeiter entgegenbrachten. Als die Empfangsdame am anderen Ende der Leitung ein wenig zu stottern begann, erlöste er sie endlich und nahm das Gespräch entgegen.

„Meine Güte! Sie sind ja wirklich schwerer zu erreichen als der Papst. Ihre Mitarbeiter scheinen ja zu regelrechten Wachhunden ausgebildet zu sein."

Er verdrehte die Augen und ließ sich auf seinen Stuhl fallen. Mit dem Ellbogen auf der Schreibtischplatte stützte er seinen Kopf auf der Faust ab.

„Frau Jacob, was kann ich denn für Sie tun?"

Ohne auch nur Luft zu holen, polterte ein gewaltiger Wortschwall aus ihr heraus. „Ein Philipp Lehmann war hier. Er arbeitet in der Lohrklinik und wollte mit den Konrads sprechen. Wegen Sophia. Der Kerl hat Oskar ganz komisch angestarrt. Was hat das zu bedeuten, Böhm?"

Er rieb sich die Augen und holte gerade Luft, um etwas zu entgegnen, doch da ging die Ansprache bereits weiter.

„Wenn dieser Lehmann etwas weiß, müssen wir handeln. Das ist Ihnen klar, oder? Sie müssen etwas unternehmen. Am besten sofort!"

Als die Stimme der Staatsanwältin endlich pausierte, atmete Böhm auf.

„Frau Jacob, beruhigen Sie sich. Wir haben das längst im Blick und bestens unter Kontrolle."

Die Frau gab ein verächtliches Lachen von sich. „Unter Kontrolle? Wenn das so wäre, würde dieser Mann wohl kaum hier herumschnüffeln. Hören Sie, Böhm. Ich habe Ihren Plan unterstützt, weil Sie mich überzeugt hatten. Wenn die ganze Sache kippt, werde ich mich selbst darum kümmern müssen."

Böhm hatte das Taschentuch aus der Brusttasche gezogen und umklammerte es so fest mit der linken Hand, dass seine Knöchel weiß hervortraten.

„Frau Jacob, bitte reißen Sie sich zusammen. Wir haben einen Vertrag und an den werden Sie sich halten. Ich habe meine Leute für derartige Angelegenheiten. Und die sind bereits angewiesen. Sehen Sie die Sache als erledigt an."

Nicht nur Böhm war die Zornesröte ins Gesicht gestiegen. Allein der Ton seiner Gesprächspartnerin verriet, dass sie kurz vor einer Explosion stand. „Dieses ganze Getue ist mir endgültig genug. Es wäre einfacher, einen gewöhnlichen Mord zu verhandeln zu haben. Inzwischen geht es hier um viel mehr. Ich behalte das im Auge, Böhm, darauf können Sie sich verlassen."

Ehe er zu einer Antwort ansetzen konnte, war die Leitung tot.

***

Böhm war zuerst nicht einverstanden, das Treffen in dem American Diner im Zentrum der Innenstadt abzuhalten. Allein im Parkhaus am Theater zu parken, war ihm zuwider. Doch Albrecht ließ sich, was seine Essenswünsche anging, niemals von seinen konkreten Plänen abbringen. Außerdem hatte Böhm nun mal auf ein sofortiges Treffen bestanden. Da war ihm nichts anderes übriggeblieben, als sich nach Albrecht zu richten.

Böhm achtete seinen langjährigen Freund und hatte zumeist großen Respekt vor seiner Arbeit. Trotzdem ärgerte er sich jetzt, in diesen Fast-Food-Schuppen gekommen zu sein. Außerdem hatte sich an der Unpünktlichkeit des Kollegen seit der Studienzeit nichts geändert. Böhm ließ seinen Blick über die rot-weiß karierten Tischdecken und die fröhlichen Gesichter an den Nachbartischen schweifen. Jeder zweite in dem gut gefüllten Raum hatte bereits einen Cocktail vor sich stehen. Fünf Euro kostete einer, wie Böhm in der Karte gelesen hatte, weil gerade Happy Hour war. Er fragte sich, ob es tatsächlich Menschen gab, die ihren Restaurantbesuch nach solchen Aktionen richteten. Wenigstens hatte Albrecht recht behalten, was den Trubel in dieser Lokalität anging. Um diese Zeit herrschte hier ein derart reges Treiben, dass sie sich unbemerkt unterhalten konnten. Fast jeder Tisch war besetzt und auf den wenigen freien standen bereits „Reserviert"-Schilder. Außerdem saß Böhm in einer kleinen Nische und fühlte sich keineswegs von anderen Gästen beobachtet. Der nächste Tisch war ein ganzes Stück entfernt und das junge Paar, das daran saß, war in ein inniges Flirtgespräch vertieft. Er nippte an seinem Kaffee und schob den Koffer zwischen seinen Füßen noch ein kleines Stück nach hinten. Die Bitterkeit breitete sich fächerartig in seinem Mund aus und sorgte gepaart mit der Wärme, die durch seine Speiseröhre floss, für ein heimeliges Gefühl. Er atmete tief ein, nahm einen etwas größeren Schluck und schloss die Augen. Seine Schultern entspannten sich ein wenig. Ihm selbst war gar nicht bewusst, dass ein Lächeln über sein Gesicht huschte, als der Stuhl an der anderen Tischseite zurückgezogen wurde.

„Na, du siehst aber zufrieden aus! Dabei hattest du doch noch gar keinen Burger. Oder etwa doch? Du hast doch nicht schon ohne mich gegessen?“

Böhm schüttelte den Kopf. „Habe ich natürlich nicht. Obwohl du es verdient hättest. Du weißt genau, dass ich es hasse, wenn man mich warten lässt.“

Albrecht ließ sich schwungvoll auf seinen Stuhl fallen. „Die Zeiten, in denen du mich immer eine halbe Stunde früher bestellt hast, sind wohl Geschichte.“ Er griff nach der Speisekarte und blätterte sie viel zu schnell durch. Scheinbar wusste er, was er wollte. Wie immer. „Aber daran sieht man nur, dass wir uns zu selten treffen, alter Freund.“

Böhm lachte auf. Es hatte sich wirklich rein gar nichts verändert. Sobald die schlanke Kellnerin an den Tisch trat, bestellte sich Albrecht ein großes Pils und einen Smokehouse Burger, den er mit preisenden Worten empfahl. Böhm entschied sich trotzdem für einen gewöhnlichen Cheeseburger und kam, sobald die junge Dame weg war, zur Sache.

„Lehmann war bei Konrads Eltern. Die Staatsanwältin ist panisch. Jetzt haben wir ein echtes Problem.“

Damit war auch endlich Albrechts blödes Grinsen verschwunden. Sein Freund sah ihn jetzt ebenfalls ernst an.

„Ja, er war auch noch einmal bei ihr. Es ist wohl schwerer als gedacht, ihn von ihr fern zu halten.“

Böhm konnte seine Wut nicht mehr zurückhalten. „Dann musst du ihn rauswerfen, verdammt nochmal! So schwer kann das ja wohl nicht sein.“

Albrecht war hinter seinem dunklen Vollbart sehr blass geworden, doch er sagte kein Wort mehr.

„Wenn dein Plan nicht funktioniert, müssen wir es ansonsten auf meine Weise machen. Dann entlässt du Konrad aus der Klinik und ich kümmere mich um sie."

Die grauen Augen seines Kollegen waren eisig geworden. „Du hast mir dein Wort gegeben. Keine Toten! Das war unsere Abmachung. Darum hab ich dir überhaupt erst geholfen. Daran wirst du dich jetzt auch halten müssen."

Böhm schüttelte den Kopf. Was dachte sich dieser Kerl eigentlich? Es ging hier um seine Angelegenheiten, und er hatte das Sagen. „Ich habe einen Koffer zwischen den Füßen, der dich daran erinnern wird, warum und für wen du das hier machst."

Albrechts Blick blieb kalt. „Dein Geld kannst du behalten. Konrad bleibt bei mir."

Als Antwort kroch ein verächtliches Lachen aus seinem Hals und er senkte seinen Blick zu seinen Händen. „Dann musst du dich um Lehmann kümmern. Oder ich mache das."

Er schob den Geldkoffer zu seinem Kollegen herüber.

„Hier! Den kannst du dir jetzt mal zwischen die Füße klemmen."

Bevor Albrecht noch etwas entgegnen konnte, war er aufgestanden und verließ mit zügigen Schritten das American Diner.

Kapitel 27

Schon seit Minuten saß ihr Albrecht wortlos gegenüber. Nach dem Gespräch mit Philipp bereute es Sophia sehr, dem Professor von den Vorkommnissen in ihrer Wohnung erzählt zu haben. Die Stille in diesem Raum und der süßliche Blumenduft zermürbten sie. Trotzdem war es gut, dass er ihr im Moment keine Fragen stellte. Er strich sich durch den dunklen Bart, sah zu ihr auf und bedachte sie mit einem so überheblichen Blick, dass sie noch tiefer in ihren Sitz sank. Ihr war kalt. Philipps Misstrauen gegenüber Albrecht hatte ihr ungutes Gefühl bestärkt. Jetzt wendete er den Blick gar nicht mehr von ihr ab. Seine dunkelgrauen Augen durchbohrten Sophia, doch sie war immer noch fest entschlossen, ihren Mund zu halten, solange er selbst kein Wort sprach. Das war wirklich eine merkwürdige Therapie. Sollte man seinem Arzt nicht eigentlich vertrauen? War es nicht die Aufgabe des Arztes, dieses Vertrauen aufzubauen? Oder wollte er sie absichtlich einschüchtern? Sophia konnte sich einfach nicht vorstellen, dass es einen therapeutischen Zweck hatte, einen Patienten stumm anzustarren. Ihr Körper fühlte sich steif an, während sie mit aller Kraft versuchte, seinem kalten Blick standzuhalten. Sie zuckte zusammen, weil er zu sprechen begann und ärgerte sich sofort, diese Gefühlsregung zugelassen zu haben.

„Frau Konrad", begann er mit viel zu lauter Stimme, legte dann seine Hände gefaltet auf die Tischplatte vor sich und ließ sie wieder einige Sekunden auf die nächsten Worte aus seinem Mund warten. Sophia musste ganz unvermittelt an die neugierigen Touristen denken, die vor heiligen Felsformationen standen und auf eine unschätzbar wertvolle Lebensweisheit des Orakels warteten. Ihre Mundwinkel zuckten. Doch zum Lächeln war sie viel zu angespannt.

„Ich habe mir Ihre Eindrücke in der Wohnung lange durch den Kopf gehen lassen."

Wieder pausierte die höhere Instanz. Sophia glaubte ihm kein Wort, versuchte aber, keine Miene zu verziehen.

„Es wird Sie bestimmt freuen zu hören, dass sich mir Ihr Verhalten letzten Endes als durchaus plausibel darstellt."

Da klappte ihr der Mund auf. Unfreiwillig wurde sie doch zum neugierigen Touristen, der unbedingt wissen wollte, was die Steinformation zu sagen hatte.

„Aus Polizeiberichten weiß ich natürlich von dem Überfall in Ihrer alten Wohnung, von dem auch Ihre Verletzung stammt. Nach einem einschneidenden Schockerlebnis, wie Sie es durchleben mussten, ist eine posttraumatische Belastungsstörung eine häufig auftretende Erkrankung. Sie sind immer in Alarmbereitschaft, hören auf jedes Geräusch in der Wohnung und hören manchmal etwas zu genau hin."

Als Sophia die Worte ‚Posttraumatische Belastungsstörung' hörte, atmete sie so laut aus, dass Albrecht fragend die Brauen hob. Für diese Erkenntnis hätte ein kurzer Anruf bei ihrem Therapeuten Völkers gereicht. Ein Aufenthalt von fast einem Monat in der Geschlossenen schien ihr dafür etwas übertrieben. Sie versuchte ihre Wut herunterzuschlucken und wartete, bis Albrecht weitersprach.

„Auch Ihre Unsicherheit und der Kontrollzwang wird sehr wahrscheinlich darin begründet sein."

Ihre Fingernägel gruben sich in die Armlehnen des Ledersitzes, als ihre Selbstbeherrschung schwand und es schließlich aus ihr herausplatzte.

„Herrgott nochmal, dann erklären Sie mir jetzt bitte endlich, weshalb ich auf der forensischen Station gelandet bin! Ich bin sehr sicher, dass eine posttraumatische Belastungsstörung nicht unbedingt den Aufenthalt in einer Klinik zwischen geistesgestörten Schwerverbrechern rechtfertigt. Welche Straftat wird mir vorgeworfen?"

Ihr Puls raste und ihre Wut steigerte sich ins Unermessliche, als sich ein diabolisch triumphierendes Lächeln auf seinem Gesicht ausbreitete. Er lehnte sich in seinem Stuhl zurück und starrte sie wieder stumm an. Seine grauen Augen glänzten kalt. Das Blut schien in ihren Adern zu gefrieren und sie wagte nicht einmal zu atmen.

„Frau Konrad, ich denke, genau diese Impulsivität, die Sie gerade vorführten, hat Sie möglicherweise hierhergebracht. Mit einem Messer bei den Nachbarn einzubrechen, ist keine Kleinigkeit, und ob Ihre Einweisung gerechtfertigt ist, können Sie getrost mir überlassen. Das werde ich in meinem Gutachten evaluieren."

Die Angst trieb ihr Tränen in die Augen und sie blinzelte hektisch. Bei allem, was bisher geschehen war, hatte sie doch niemals zuvor solche bösen Augen gesehen. Nicht einmal in den Augen hinter der Sturmhaube, als ihr die Luft abgedrückt wurde, war diese Dunkelheit zu sehen gewesen.

***

Eigentlich hasste sie den vergitterten Balkon, auf dem sich außerhalb der täglichen Therapie-, Essens- und Arbeitszeiten immer eine Horde starker Raucher tummelte. Auch wenn die Aschenbecher gerade erst geleert worden waren, stank es erbärmlich nach kaltem Rauch. Trotzdem musste Sophia nach dem Gespräch mit Albrecht ins Freie. Sie fühlte sich, als wäre ihr Brustkorb in einen Schraubstock gespannt. Ihre Lungen brauchten Sauerstoff und auf einen Spaziergang im Klinikpark konnte sie leider vergeblich hoffen. Die weißen Plastikstühle sahen ausladend aus. Sophia stellte sich so nah sie konnte an die Gitterstäbe und streckte sich. Bei dem Versuch, die Welt hinter der Mauer sehen zu können, machte sie den Hals ganz lang und probierte, die Gitter in ihrem Blickfeld auszublenden. Links von ihr war die Frankfurter Skyline. Außerdem war es vom zweiten Stock aus möglich, einen schmalen Sandweg zu sehen, der zwischen einigen Bäumen verlief. Sophia war sicher, dass dieser Weg zum Ausgang des Klinikgeländes führte. Sie machte sich noch ein wenig länger und konnte bis zu einer kleinen Straße sehen, in die der Sandweg mündete. Was sie dort sah, verschlug ihr den Atem. Ihr Rachen brannte und ihr kamen schon wieder die Tränen. Sie erkannte die schlanke Person in dem dunklen Parka, die gerade mit hängendem Kopf den Weg entlang schlurfte. Sie wurde von einer breiteren Gestalt mit grauen Haaren gestützt und auch deren Gang hätte Sophia in tausend Metern Entfernung erkannt. Plötzlich drehte sich die Frau um und sah in ihre Richtung. Sie hielt sich ein Taschentuch vor das Gesicht und schnäuzte sich wohl gerade die Nase.

„Mama! Mama, ich bin hier!“ Sophia schrie so laut sie konnte, sie winkte und hüpfte, doch ihre Eltern hörten sie nicht. Tränen liefen über ihr Gesicht und ein lautes Schluchzen schüttelte ihren Körper. Dann rief sie noch einmal. Nach ihrem Vater, nach ihrer Mutter. Sie rief ihre Namen und verlor schließlich alle Beherrschung. „Holt mich hier raus! Bitte, bitte, holt mich hier raus!“, doch ihre Stimme war nur noch ein Krächzen.

Von hinten hörte Sophia Schritte, den lauten Knall der Schiebetür, die gegen den Rahmen schlug. Verzweifelt klammerte sie sich an die Gitterverstrebungen, sicher, dass man sie nach drinnen holen würde. Sie blickte weiter in die Richtung, in der ihre Eltern liefen, achtete gar nicht darauf, wer hinter ihr stand. Erst als sie zwei Hände an der Hüfte packten, drang die ruhige Stimme zu ihr durch.

„Sophia, was ist denn los? Dreh dich doch mal zu mir um. Ich bin‘s!“

Als sie ihn erkannte, öffneten sich ihre Hände. Sie ließ von den Verstrebungen ab. Es war Philipp! Gott sei Dank! Sophia schluckte, doch der Speichel klebte zähflüssig in ihrem Mund. Sie räusperte sich und bekam trotzdem nur einzelne Worte heraus, die selbst in ihren eigenen Ohren gestammelt klangen. „Meine Eltern … da sind meine Eltern!“, stotterte sie, drehte sich wieder um und deutete auf den Sandweg.

„Ich sehe da niemanden, Sophia“, sagte er mit gesenkter Stimme.

Und tatsächlich, ihre Eltern waren gegangen. Sofort begann Sophia wieder zu schluchzen. ‚Sie haben mich nicht gehört!‘, war der einzige Satz, der ihr, wie ein grausames Mantra, wieder und wieder durch den Kopf ging.

„Du bist ja ganz kalt“, hörte sie ihn von weit weg sagen.

Behutsam schob er sie in den Aufenthaltsraum und setzte sie in den großen Sessel. Ihr Blick fiel auf einen Fleck im Laminat. Eine besonders dunkle Maserung. Sophia fixierte diesen Punkt, bis er unscharf wurde, und sich ihre Augen langsam entspannten. Dann hob sie den Kopf und schaute Philipp wieder an. Er legte ihr gerade eine Wolldecke um die Schultern und rückte sich einen zweiten Sessel heran.

„Magst du mir vielleicht erzählen, was passiert ist, Sophia?"

Seine Stimme klang besorgt, trotzdem verstand sie nicht, warum er noch nicht begriffen hatte, was gerade geschehen war.

„Meine Eltern waren hier! Meine Mutter hat geweint." Sie musste sich zusammenreißen, damit ihre Stimme nicht zu laut wurde. „Warum waren sie nicht bei mir? Sie wollten doch bestimmt zu mir! Und ich dachte die ganze Zeit …" Philipps Blick verunsicherte sie. Ihre Verzweiflung wurde größer. „Du glaubst mir nicht, oder? Ich habe sie wirklich gesehen."

Beschwichtigend hob Philipp die Hände. Jetzt glaubte Sophia, dass sie doch zu laut gesprochen hatte.

„Doch, doch, ich glaube dir. Das kann schon sein. Die Besuche hier werden immer streng kontrolliert und gerade, wenn sie zu dir wollten, kann ich mir sehr gut vorstellen, dass sie weggeschickt worden sind."

Es beruhigte sie ein wenig, dass er ihr glaubte. Der Gedanke, Philipp könnte jetzt auch noch der Meinung sein, sie leide an Halluzinationen, war unerträglich. Trotzdem fiel es ihr schwer, sich zu beruhigen.

„Du wolltest doch zu meinen Eltern fahren. Hast du mit ihnen gesprochen? Was haben sie gesagt? Waren sie deshalb hier?"

Philipp presste die Lippen zu einer dünnen Linie zusammen.

„Sie waren gestern nicht zuhause. Aber ich habe die Nachbarin, eine Frau Jacob, kennengelernt. Sie wollte deinen Eltern meine Nummer geben."

Sophia nickte. „Michaela." Sie versuchte sich nicht anmerken zu lassen, wie traurig sie war, keine Nachricht von ihren Eltern zu bekommen. „Wirst du es nochmal versuchen, bei meinen Eltern?" Der flehende Unterton in ihrer Stimme war ihr selbst unangenehm und sie hoffte, ihn nicht zu sehr zu bedrängen. Gleichzeitig wünschte sie sich, dass er sobald wie möglich mit ihren Eltern spräche.

„Ja, natürlich. Ich habe auch schon versucht, bei ihnen anzurufen. Wer weiß, wann sie ihre Nachbarin sehen. Ich habe eine Nachricht auf dem Anrufbeantworter hinterlassen. Vielleicht ist ein Besuch mit Ankündigung besser."

Sein Lächeln traf sie mitten ins Herz und von ihren Schultern fiel ein schweres Gewicht. Zumindest würde sie erfahren, wieso sie bisher weder Anrufe noch Besuche bekommen hatte.

„Kennst du die Nachbarin deiner Eltern gut?"

Sophia nickte. „Ich habe ihren Sohn Oskar gesittet, seit ich sechzehn war."

Philipp sah sie so interessiert an, dass sie überlegte, was sie ihm noch über Michaela erzählen konnte. „Es hat immer Spaß gemacht und sie hat richtig gut bezahlt. Sie ist Staatsanwältin und hat immer super viel zu tun. Da hat sie sehr oft jemanden für Oskar gebraucht."

Eine kurze Regung in Philipps Gesicht, ließ sie innehalten. Nur ganz kurz hatten seine Augenbrauen gezuckt und seine Augen waren nur ein kleines bisschen größer geworden. Irgendeine Idee war ihm gekommen. Er kratzte seinen ordentlichen Dreitagebart.

„Sie ist Staatsanwältin, hast du gesagt?"

Kapitel 28

Wie ein Dieb schlich sich Philipp neben Joey zur Schleuse der forensischen Abteilung.

„Wir waren bei diesem Dr. Böhm auf dem Lerchesberg. Wir sind jetzt fest in der Kartei, in zwei Tagen ist unser nächster Termin. Und dann geht's auch schon ernsthaft los."

Joeys Stimme klang aufgeregt, was gut nachvollziehbar war, doch er konnte sich momentan nur wenig für sie freuen, denn er war viel zu angespannt. Es wäre ihm lieber gewesen, wenn sie ihm ihre Neuigkeiten bei einer ruhigen Kaffeepause erzählt hätte, und nicht, wenn er gerade versuchte, möglichst unbemerkt von der Station zu verschwinden. Er war froh, vor seiner Nachtschicht noch einmal mit Sophia gesprochen zu haben. Nur durfte er sich nicht erwischen lassen. Wenn ihm hier der Professor begegnete, könnte er sich am ersten Tag nach seiner Suspendierung wahrscheinlich direkt die Papiere abholen. Auch wenn Joey das wesentlich lockerer sah. Sie versetzte ihm einen kleinen Schups.

„Hey, hast du gehört? Ich bin bald schwanger. Hallo? Phil?"

Philipp presste seine Antwort hektisch durch die halbgeschlossenen Lippen. „Das klingt toll. Ich freue mich, dass euch dieser … Wie heißt er noch?"

Joey verdrehte die Augen „Dr. Böhm!"

„Dieser Dr. Böhm helfen kann. Aber jetzt muss ich hier verschwinden und erst mal meinen Dienst im Entzug antreten, bevor ich noch ganz rausfliege."

Auch wenn es nicht den Anforderungen des geschlossenen Entzugs entsprach, war Philipp in dieser Nacht zum wiederholten Mal allein auf seiner Station eingeteilt. Gegen zwei Uhr beendete er den zweiten nächtlichen Kontrollgang und setzte sich mit einer frischen Tasse Kaffee wieder vor die Akten im Stationsbüro. Philipp war im Begriff, seine Kontrollrunde zu dokumentieren, als das Stationstelefon klingelte. Sofort nahm er den Anruf an. „Lehmann."

„Hallo. Mein Name ist Schulze. Ich … tut mir leid, aber ich glaube, ich hab Ihr Auto angefahrn." Die Stimme klang verwaschen. Philipp merkte sofort, dass der Kerl betrunken war.

„Mein Auto? Wie … woher haben Sie denn diese Nummer?"

„Die hat mir der Wachmann gegebn. Der wusste, wem der T3 gehört."

Philipp fuhr sich nervös über den Nacken. „Bleiben Sie beim Auto, ich bin in ein paar Minuten da."

Er legte auf und wählte sofort die Nummer der Ambulanz im Erdgeschoss, um eine Ablösung anzufordern. Der Kollege am Telefon versprach, ihm so schnell wie möglich jemanden vorbeizuschicken. Philipp warf sich seine Jacke über und ging sofort zur Schleuse, wo er ungeduldig und vor allem ärgerlich auf und ab lief. Durch das Glas sah er einen jungen breitschultrigen Kollegen auf sich zukommen und öffnete ihm die Schleuse.

„Das ging aber schnell. Ich bin gleich wieder da. Danke."

Der Kollege nickte und Philipp stürmte an ihm vorbei. Über die Treppe rannte er ins Erdgeschoss und dann durch die Halle zum Haupteingang. Metzgers Glaskasten war nicht besetzt. Möglicherweise gönnte sich der Wachmann gerade eine Kaffee-, noch wahrscheinlicher eine Pinkelpause. Philipp trat auf den breiten Sandweg und die kühle klare Nachtluft ließ ihn frösteln. Er öffnete und schloss die Toranlage wieder hinter sich, rannte weiter zu seinem Parkplatz. Der Schotterweg war beleuchtet, aber rechts und links von dem Weg parkten nur noch wenige Autos. Bei seinem VW-Bus stand niemand. Philipp fluchte. Er rechnete damit, dass der Besoffene einfach abgehauen war. Mit dem Gesicht ganz nahe an der Karosserie suchte er den T3 nach Schäden ab. Er fand nichts.

Verwundert betrat er ein paar Minuten später wieder das Foyer der Klinik. Butch saß wie gewohnt an seinem Platz und schaute ihn mit hochgezogenen Augenbrauen an.

„Was meschst'n du hier, Sherlock?"

„Mich hat so ein Besoffener angerufen und behauptet, er habe den Camper angefahren. Hast du jemandem meine Nummer gegeben?"

Metzger schüttelte ungläubig den Kopf. „Bei mir war kaaner."

Philipp konnte sich zwar keinen Reim darauf machen, was gerade geschehen war, beeilte sich aber, zurück auf seine Station zu kommen. Als er das Stationsbüro betrat, sah er den Kollegen verwundert an.

„Wo ist denn der andere Kollege?"

Der kleine dunkelhaarige Pfleger hob die Schultern.

„Hier war kein anderer, als ich ankam. Ich sollte nur kurz vertreten."

Philipp kratzte sich am Nacken. Er wusste nicht mehr, was er denken sollte. Seiner Vertretung raunte er ein leises „Danke" zu, als der Mann an ihm vorbei ging und gleich darauf in der Schleuse verschwand.

Der anstehende Papierkram für die Nacht war schnell erledigt und Philipp dachte in den nächsten Stunden immer wieder an den merkwürdigen Anruf des Betrunkenen. Langsam fielen ihm immer wieder die Augen zu. Die Minuten vergingen quälend langsam und er war froh, als es endlich Zeit für den nächsten Kontrollgang war.

***

Das leise Quietschen der Türscharniere durchbrach die Stille, als Philipp vorsichtig die Tür zum vierten Patientenzimmer aufschob. Er ließ den hellen Lichtstrahl der Taschenlampe vom Nachttisch zum Bett hinübergleiten. Dort blieb der Lichtkegel zunächst auf dem dunklen Berg stehen. Philipp konzentrierte sich auf die hebende und senkende Bewegung, während er sich dem Bett näherte. Aus dieser Nähe konnte er sich der Atembewegung unter der Decke vollkommen sicher sein. Der Schein der Lampe ruhte kurz auf den strähnig-blonden Haaren, die unter dem Kopfkissen herausschauten. Dann wurde es mit einem Mal wieder stockdunkel und Philipp zog die Tür von außen zu. Ungeduldig blickte er auf die Uhr. Noch sechs Zimmer hatte er vor sich und die Müdigkeit überkam ihn in Schüben. Kurzentschlossen legte er eine kleine Pause ein. Er würde sich ein wenig Wasser ins Gesicht spritzen und den Rundgang erfrischt fortsetzen. Gähnend schlich er den langen Flur hinunter, griff zu dem großen Bund an seiner Gürtelschnalle und ließ einen Schlüssel nach dem anderen durch seine Finger gleiten. Den richtigen steckte er in das Schloss zur Mitarbeitertoilette. Kalte schimmelige Luft schlug ihm entgegen. Er drückte auf den Lichtschalter und zog gleichzeitig die Tür hinter sich zu. Nur langsam wurde der Raum mit einem klirrenden Geräusch in unstetes Licht getaucht. Schon oft hatte er sich gefragt, wieso jede andere Station nach und nach modernisiert wurde und der geschlossene Entzug immer wieder außen vor blieb. Philipp lehnte mit dem Rücken gegen die kalte Tür und sah nach oben. Solche alten Neonröhren fand man bestimmt nicht einmal mehr im Keller der Klinik. Vielleicht brauchten die Junkies nach Meinung der Verantwortlichen kein anständiges Licht, und so gab es eben auch für deren Pfleger keins. Über das Waschbecken gebeugt, sah er im Spiegel seine müden Augen an. Er fragte sich, wieso der dritte und letzte Kontrollgang während der Nachtschicht eigentlich immer der schlimmste war. Schließlich hätte er vor zwei Stunden bereits genauso müde sein können wie jetzt. In weiteren zwei Stunden, gegen sechs Uhr, würde die Hildenberg endlich zur Frühschicht erscheinen und ihn zum Feierabend ablösen. Dies war die einzige denkbare Situation, in der er sich auf die Anwesenheit des Stationsdrachen freute. Bei dem Gedanken an seine Ablösung bedachte er sein Spiegelbild mit einem schiefen Grinsen, drehte den Hahn auf und ließ kaltes Wasser in die hohlen Handflächen fließen. Mit einem Papiertuch trocknete er schließlich sein Gesicht ab und beschloss, noch schnell zur Toilette zu gehen. So würde er das Stationszimmer für den Rest der Schicht möglicherweise nicht mehr verlassen müssen und konnte es sich dort mit ausreichend Kaffee gemütlich machen. Wieder klirrte die Röhre und das Licht über ihm flackerte erneut. Die Kabinentür stieß beim Aufschieben gegen einen Widerstand. Er drückte fester und schob seinen Kopf durch den offenen Spalt, um zu schauen, weshalb sich die Tür nicht öffnen ließ. Nur wenige Sekunden konnte er dem grauenhaften Anblick standhalten. Sein Blick sauste von den dünnen Handgelenken zu Alanas verdrehten, halbgeöffneten Augen, zurück zu den Händen und dem abgebundenen Arm mit der frischen Einstichstelle in der Beuge. Er stieß einen lauten Schrei aus. So schnell er konnte, zog er den Kopf zurück und nahm keuchend einen tiefen Atemzug. Sofort drehte er sich wieder um, schob die Tür auf und versuchte, mit seinem Fuß das Bein des Mädchens zur Seite zu schieben, um in die Kabine zu gelangen. Seine zitternden Hände bewegten sich wie in Zeitlupe auf Alanas Hals zu. Ihre blasse Haut hatte nahezu die gleiche Farbe wie die Wand, an der sie lehnte. In sich zusammengesackt lag sie schief neben der Toilettenschüssel. Ihr Kopf war zur Seite gekippt, ihre Lippen zu einem stummen Schrei geöffnet. Obwohl er sicher war, keinen Puls zu finden, legte Philipp zwei Finger an ihren Hals, dann tastete er ihr Handgelenk ab. Nichts. Fassungslos sank er neben Alana auf den Boden. Bevor er sein Gesicht in den Händen vergrub, streifte sein Blick die Spritze neben ihrer Hand. Seine Schultern bebten, sein Atem war ungleichmäßig und sein Brustkorb zog sich scheinbar immer mehr zusammen. Erst einige Minuten später war er in der Lage aufzustehen. Er zog die Tür zur Mitarbeitertoilette hinter sich zu, lief zum Schwesternzimmer und alarmierte den zuständigen Arzt in Bereitschaft. Sobald er aufgelegt hatte, wählte er die Nummer der Polizei.

***

Mit einem dumpfen Knall schlug das flache Glas auf die hölzerne Tischplatte. Sofort griff Philipps Hand nach dem nächsten in der Reihe vor ihm und führte auch dieses zum Mund. Er legte den Kopf in den Nacken und leerte es noch schneller als das erste. Nachdem er den Vorgang ein weiteres Mal wiederholt hatte, verschwammen vor ihm schon die Zeiger auf seiner Armbanduhr. In wenigen Minuten würde Butch endlich Feierabend machen und direkt zu ihm stoßen. Philipp glaubte, seinen väterlichen Freund jetzt besonders zu brauchen, auch wenn er gerade eindrucksvoll bewies, dass er sich sehr wohl allein betrinken konnte. Als er den unterzeichneten Laufzettel zusammen mit seinem Ausweis und der Zugangsberechtigungskarte auf dem Tresen abgelegt hatte, war ihm der Wachmann mit einem traurigen Blick begegnet. Es waren nicht viele Worte zwischen ihnen notwendig gewesen, um die Verabredung nach Dienstschluss festzumachen. Beiden war natürlich klar, dass es an diesem Tag nicht um ein gewöhnliches Feierabendbier ging.

Immer wieder sah er die schrecklichen Bilder von Alanas gräulich-weißer Haut, den toten Augen und der Einstichstelle in der Armbeuge vor sich. Sein Kopf schwirrte, der stechende Schmerz in seiner Schläfe war kaum noch auszuhalten. Mit gehobener Hand bedeutete er der Kellnerin, noch eine Bestellung aufgeben zu wollen. Sie hob die Augenbrauen, als sie die drei leeren Gläser auf ihr Tablett stellte und er direkt fünf neue verlangte. Trotz ihres verstörten Grinsens machte sie sich sofort auf den Weg. Sicher war der Inhaber der Schänke froh, dass der billige Whiskey, den hier offenbar für gewöhnlich niemand bestellte, endlich einen Abnehmer fand. Am Nebentisch saß eine Gruppe Rentner vor Schinkenbroten und Frühstückseiern. Einer der Herren, mit einem breitkrempigen Hut, starrte Philipp unentwegt an. Sobald die Kellnerin die fünf kleinen Gläser vor ihm abgestellt hatte, blickte Philipp zu dem Rentner hoch und prostete ihm zu. Wie erwartet, senkte der Mann sofort den Blick. Philipp kippte die goldbraune Flüssigkeit in seinen Mund und schluckte.

Arno Metzger sah nicht glücklich aus, als er die Gaststätte betrat. Er trug eine dunkelbraune Lederjacke und eine Stetson-Schirmmütze aus demselben Material. Ohne ein Wort baute er sich vor Philipp auf, wickelte den dunklen Schal von seinem Hals und hängte ihn zusammen mit der Jacke ordentlich über einen Stuhl. Die Mütze behielt er auf dem Kopf, schließlich hatte er Feierabend. Er stellte seinen Rucksack ab und rückte neben Philipp auf die Sitzbank. Wie Philipp zog es auch Butch vor, mit dem Rücken zur Wand zu sitzen, um den Raum überblicken zu können. Wenn das nun bedeutete, dass sie dicht nebeneinandersitzen mussten, war das eben so. Um seine Bestellung aufzugeben, hob Arno zwei Finger. Sobald die beiden Bierkrüge vor ihnen abgestellt wurden, schob der Wachmann seine Hand durch den Henkel und umschloss das ganze Glas.

„Große Scheiße, Klaaner!“, sagte er, bevor er einen Schluck Bier trank. Sein Blick fiel starr geradeaus ins Leere.

„Ich hab keine Ahnung, wie sie auf meiner Station an das Zeug gekommen ist. Das muss irgendwie mit dem Anruf von dem Besoffenen zusammenhängen“, flüsterte Philipp.

Arno schnaufte und nahm einen weiteren Zug aus seinem Glas.

„Und dass sie in der Mitarbeitertoilette war. Das ist quasi unmöglich! Da muss jemand an einen Schlüssel gekommen sein."

Wieder schnaufte der Wachmann.

„Du hast sicher niemanden gesehen, den du nicht kennst, bevor ich zum Parkplatz gegangen bin?"

Philipp bemerkte, dass seine Stimme bereits lallender klang, als die des nächtlichen Anrufers. „Da waren irgendwie zwei Pfleger, die mich abgelöst haben. Es war ein anderer, als ich zurückkam."

Butch kratzte sich mit der tätowierten Hand am Kinn. „Junge, ich war korz uffm Klo. Ich hab da niemand gesehe. Aber weesche dem Schlissel. Also mei Glaskanzel, die war offe und da is ja aach de Schlisselkaste drin."

Philipp schaute den Wachmann mit großen Augen an. Natürlich wusste er, dass Butch ebenfalls in Teufelsküche kam, wenn bekannt wurde, dass er seinen Platz mitten in der Nacht verlassen hatte, ohne abzuschließen. Er wendete sich wieder seinen Getränken zu. Egal wer für Alanas Tod verantwortlich war, er kannte sich in der Klinik bestens aus. Nichts von dem, was in der Nacht wirklich geschehen war, würde aufgedeckt werden, da war sich Philipp sicher.

„Haste des alles de Poliziste erzählt?"

Philipp nickte. „Der Beamte meinte, sie werden natürlich ermitteln. Aber wir wissen beide, dass da nicht viel rauskommen wird."

Nach einer kurzen Pause erzählte Butch, was passiert war, nachdem Philipp die Klinik verlassen hatte. „Die Eltern sin komme, korz bevor ich Schluss gemacht hab." Arnos mitleidiger Blick schwenkte zu Philipp hinüber, bevor er wieder vor sich ins Leere starrte. „Die sin echt am End. Ich hoff nur, dess de Professor die ned zu ihr'm dote Kind losse dut. Sowas muss doch kaan Mensch ertrache."

Philipp wischte sich über die feuchten Augen und kippte noch einen Whiskey hinunter. Er trank einen großen Schluck Bier nach, zog geräuschvoll die Nase hoch und schüttelte entschlossen den Kopf.

„Die wollen mir das anhängen, Butch. Ganz sicher."

Metzger legte ihm eine Hand auf die Schulter. Doch er sagte kein Wort.

„Die ganze Sache hat irgendwas mit Sophia Konrad zu tun. Der Prof will mich schon die ganze Zeit aus der Klinik haben."

Der leichte Druck der Finger seines Freundes und das vorsichtige Klopfen auf seine Schulter spendete Philipp ein wenig Trost.

„Kann scho sei. Awwer wenn da echt was draa is, wär's dann ned besser, endlich die Finger von der ganz Sach zu lasse? Ich maan, dem Mädsche is doch ned geholfe, wenn de der immer widder die Finger verbrenne dust."

Philipp fühlte sich machtlos. Er zog die Schultern zu den Ohren. In Gedanken sah er Sophias Lächeln vor sich und wusste, dass er sie nicht im Stich lassen konnte. „Jetzt komm ich ja sowieso nicht mehr zu ihr." Erst als er es selbst ausgesprochen hatte, wurde es ihm bewusst. „Das ist es!", flüsterte er, mehr zu sich selbst als zu Metzger. „Die wollen mich von ihr fernhalten. Darum geht's. Vielleicht bin ich zu nah dran. Vielleicht weiß sie irgendwas! Und sie soll es mir nicht sagen können. Darum musste Alana sterben!" Stumm kippte er die restlichen Drinks hinunter. Er hoffte, der Alkohol würde die Gedanken an Alanas Tod verdrängen. Doch dem war nicht so. Nach einiger Zeit kam er auf die Füße und legte einen fünfzig-Euro-Schein auf den Tisch. Er streifte sich seinen Parka über, schulterte seinen Rucksack und blickte Metzger entschlossen an. „Ich hab ja jetzt Zeit. Erst mal muss ich wieder klar denken können. Aber ich komme schon noch dahinter."

Bevor der Wachmann reagieren konnte, sagte Philipp: „Danke, Butch!"

„He! Was hasten jetz vor? Lass die Finger weg, Klaaner!", rief Metzger ihm nach. Doch Philipp war schon fast am Ausgang und reagierte nicht mehr.

***

Hastig lief er über den breiten Kiesweg, der von der Lohrberg-Schänke zum äußersten Rand der Klinik führte. An der Klinikmauer entlang steuerte er zu den Parkplätzen und dachte über seine weiteren Schritte nach. Er sollte sich einen Anwalt nehmen. Außerdem würde er mit Sophias Eltern sprechen, dann wäre er sicher ein ganzes Stück weiter. Bis die Ermittlungen abgeschlossen waren, war er wieder freigestellt, doch auf seinen Job machte er sich keine Hoffnungen mehr. Albrecht konnte zwar seinen direkten Kontakt zu der Patientin unterbinden, doch die Situation brachte auch Vorteile mit sich. Beruflich hatte Philipp nun nichts mehr zu verlieren. Es gab jetzt keinen Grund mehr, vorsichtig zu sein.

Dafür, dass er ein wenig taumelte, waren seine Schritte zu schnell. Die Arme und Beine fühlten sich schwer an. Das Gewicht des Rucksacks, in den er den gesamten Inhalt seines Spints gestopft hatte, lag ihm schwer auf den Schultern. Alles bremste ihn aus. Er zog den Autoschlüssel aus der Hosentasche und konnte es selbst kaum glauben, dass er in diesem Zustand in seinen geliebten Bulli stieg. Als er auf dem Fahrersitz saß, zögerte er nur einen kurzen Moment und drehte dann den Schlüssel in der Zündung. Im Blindflug rollte er aus der Parklücke und lenkte auf den Berger Weg, der vom Lohrberg herab und direkt zur angrenzenden Bundesstraße führte. Der VW nahm gerade an Fahrt auf, als Philipp die dunkle Front eines großen Fahrzeugs erkannte. Der Fahrer wollte sich offenbar aus einer der Seitenstraßen in den Berger Weg vortasten, doch er sah den Bulli kommen und bremste ab. Trotzdem sauste Philipps Fuß auf das mittlere Pedal. Kein Widerstand. Obwohl er die Bremse bis zum Bodenblech durchtrat, wurde der VW-Bus bergab immer schneller. Philipp erfasste gerade noch, dass der schwarze Sprinter vor ihm auf den Weg schoss.

Kapitel 29

Böhm hatte von Anfang an ein schlechtes Gefühl, die Frau des Stadtrats überhaupt zu untersuchen. Im Grunde genommen blieb ihm jedoch keine Wahl. So eine Anfrage konnte er nicht grundlos ablehnen. Jetzt lief ihm eine dicke Gänsehaut über die Arme, weil Hergenröder mit seinen tiefschwarzen Augen direkt in seine Seele zu starren schien.

„Wenn Sie sagen, dass ihre Eizellen in Ordnung sind und mein Sperma ebenso, muss es Ihnen doch möglich sein, unser Kind zu zeugen."

Der Blick des Mannes war schrecklich überheblich. Hergenröder schien sich mit jedem Atemzug mehr Autorität einzuverleiben. Schon immer hatte es Böhm gehasst, mit einflussreichen Menschen Geschäfte zu machen. Inzwischen widerte ihn deren gespielte Wichtigkeit an. Eine solche Zusammenarbeit hatte ihn schließlich schon einmal in große Schwierigkeiten gebracht. Genau genommen hasste er es sogar, mit diesem Schlag Mensch in einem Raum zu sein. Es hatte schon seinen Grund, weshalb er nur einmal in diesem Golfclub gewesen war, in den ihn Albrecht gegen seinen Willen geschleppt hatte. Diese Leute waren ihm unangenehm, daran änderte auch der Fakt, dass sie unglaublich gut zahlten, nichts.

„Wir brauchen also nur eine andere Brutstätte. Das muss doch gehen", stellte der Mann fest, ohne dabei die feuchten Augen seiner Frau zu beachten. Böhm hatte Mitleid mit ihr. Nicht nur, weil die arme Seele gerade die Nachricht verarbeiten musste, dass sie niemals selbst in der Lage sein würde, ihr eigenes Kind auszutragen, sondern auch, weil sie mit diesem gefühlskalten Egozentriker zusammenlebte.

„Hören Sie, Herr Hergenröder, ich möchte Ihnen wirklich gerne helfen. Nur ist es leider so, dass das System der Leihmutterschaft in Deutschland verboten ist. Mir sind die Hände gebunden."

Mit einem lauten Knall schlugen beide Handflächen des Anzugträgers auf die Holzoberfläche des Schreibtischs. Hergenröder stand nun vorgebeugt so nahe vor Böhm, dass dieser bei jedem seiner Worte Speicheltröpfchen auf dem Gesicht spürte.

„Jetzt kommen Sie mir nicht so, Herr Doktor! Tun Sie nicht, als hätten Sie keine Ahnung, was hier für Sie auf dem Spiel steht, verdammt nochmal. Glauben Sie wirklich, ich wäre hier, wenn ich nicht wüsste, dass solche Dinge kein Hindernis für Sie sind?"

Der Mann spie die Worte mit einem solch unbändigen Zorn heraus, dass Böhm nicht verwundert gewesen wäre, hätte er ihm zum Abschluss noch einmal gezielt ins Gesicht gespuckt.

„Sie werden einen Weg für uns finden! Ich erwarte Ihren Anruf!" Ohne seinen Blick von Böhms Gesicht abzuwenden, sagte er: „Ute, wir gehen!"

Die stumm weinende Frau erhob sich von ihrem Stuhl und schlich ihrem Mann mit gesenktem Kopf hinterher. Als die Tür komplett geschlossen war, zog er das karierte Stofftaschentuch aus der Brusttasche seines Hemdes und wischte sich damit über die grauen Bartstoppeln. Er trocknete seine Wangen und atmete tief durch, bevor er Anastasia um einen frischen Kaffee bat.

Seine Gedanken kreisten um den Stadtrat und seine unerhörten Forderungen. Jede Frau, die ein Kind in ihrem Körper austrug, wollte, dass es ihr eigenes ist. Manche waren auf fremde Eizellen oder auch fremdes Sperma angewiesen. Doch jetzt sollte er eine Leihmutter für diesen überheblichen Idioten finden? Natürlich hatte er gewisse Möglichkeiten. Und genau genommen hatte er auch schon die passende Patientin dafür. Trotzdem fragte sich Böhm auch in dieser Situation, was Evelyn zu der ganzen Sache gesagt hätte. Hätte sie auch ein fremdes Kind ausgetragen? Die Bilder von der letzten Geburt vor einigen Tagen mischten sich mit den Erinnerungen an seine verstorbene Frau. Die letzte Patientin hatte sich ungewöhnlich lange gegen einen Kaiserschnitt gewehrt und erst zugestimmt, als er ihr glaubhaft versicherte, dass es der einzig sichere Weg für sie und das Baby war. Der vehemente Wunsch nach einer natürlichen Geburt hatte ihn an seine Frau erinnert. Als wäre es gestern gewesen, sah er Evelyns gerötetes, schwitzendes Gesicht vor sich. Wie sie zuerst nur leicht den Kopf schüttelte, sich ihr Oberkörper bei der nächsten Wehe wieder aufbäumte und sie ihn schließlich lauthals anschrie. Er glaubte, ihre Stimme aus dieser längst vergangenen Zeit noch immer hören zu können. Sie hatte ihm befohlen, endlich mit diesem beschissenen Kaiserschnitt aufzuhören. Sie müsse ihren Paul spüren, hatte sie gebrüllt. Sie würde ihn genauso, wie es sein musste, zur Welt bringen. ‚Und wenn ich selbst dabei sterbe', hatte sie gebrüllt. Ihre Worte hallten noch immer in seinen Ohren nach. Noch im Geburtskanal hatte der kleine Paul dieses Schicksal bereitwillig anstelle seiner Mutter übernommen. Der Anblick des blutverschmierten Köpfchens, an dem die zarten dunklen Haare klebten, war in das Gedächtnis des Arztes eingebrannt. Er erinnerte sich an das blassblaue, leblose Gesicht seines Sohnes. An das kleine eingedrückte Näschen. Diese Bilder waren in seinem Kopf noch genauso lebendig wie Evelyns Wutausbrüche, der Hass und die Ablehnung, die er noch Wochen und Monate nach der Totgeburt zu spüren bekommen hatte. Paul war ein Sternenkind gewesen, wie man Säuglinge bezeichnet, die während oder direkt nach der Geburt versterben. *Unser Sternenkind*, dachte er, bevor er mit aller Kraft versuchte, die Gedanken daran abzuschütteln und sich einmal mehr damit zu trösten, dass er nun schon seit Jahren Frauen wie Evelyn half.

Kapitel 30

Philipp öffnete die Augen und blickte in völlige Dunkelheit. Unfähig den Mund zu öffnen, saugte er durch die Nase stickige Luft an. Er lag auf dem Rücken und konnte sich nicht ausstrecken. Mit leicht angewinkelten Beinen stießen seine Knie und seine Fußballen gleichzeitig gegen einen Widerstand. Seine Handgelenke waren eng zusammengebunden. Wahrscheinlich mit dem Klebeband, das auch seine Lippen fest zusammenhielt. Ruckartig riss er die Arme nach oben und krachte mit den Daumen zuerst gegen den Deckel der Kiste. Seine Nasenflügel bebten. Sein Schnaufen klang wie das Hecheln von Erwin an einem heißen Sommertag. Noch einmal hob er die Hände, dieses Mal langsamer, um die Platte über ihm abzutasten. Er klopfte mit den Knöcheln dagegen und hörte ein hölzernes Geräusch. Sollte er in einem Sarg stecken, so hatte man bei der Auswahl nicht nur seine Körpergröße außer Acht gelassen. Das hier war definitiv kein Luxusexemplar. Die Platte über ihm war nicht mit Seide verkleidet, sondern bestand aus unbehandeltem Holz, das sich beim Anfassen in kleinen Splittern unter seine Haut bohrte. Der Versuch, ohne Schwung nehmen zu können, gegen die Bodenplatte zu treten, war erfolglos. Wie ein Boxer ohne Handschuhe ballte Philipp die rechte Faust und legte die Finger der linken zur Stabilisierung um den Handrücken. Wie beim Bankdrücken positionierte er die Hand ungefähr auf Brusthöhe und drückte mit aller Kraft nach oben. Für einen Moment fiel durch einen Spalt im Holz Licht, dann wurde es sofort wieder dunkel. Philipps schnaubende Atemzüge wurden hektischer. Er musste sich beruhigen. Nachdenken. Kam ihm der etwas muffige Holzgeruch bekannt vor? Was war das Letzte woran er sich erinnern konnte?

Alanas Leiche. Er hatte sich in der Lohrberg-Schänke betrunken. Zusammen mit Butch. Die neugierigen Blicke des Rentners, und dann, der Unfall. Ganz langsam sickerte ein Erinnerungsstück nach dem anderen in sein Bewusstsein. Die Bremse hatte nicht funktioniert und der schwarze Wagen war in seinen Weg geschossen. Noch einmal stemmte Philipp die Hände gegen die Platte über ihm. Zusammen mit dem Licht, das in die Kiste fiel, mischte sich auch wieder der bekannte Geruch mit dem Holzgeruch seines Gefängnisses. Es roch nach zuhause. Plötzlich wusste er, wo er war. Er war in seinem Bulli. Das hier musste die Staukiste unter der Sitzbank sein. Seine Panik nahm ihm kurzzeitig die Luft zum Atmen. Man hatte ihn nach dem Unfall gefesselt und in den Staukasten seines eigenen Fahrzeugs verfrachtet. Zusammen mit dieser Erkenntnis traf ihn die Ausweglosigkeit seiner Situation wie ein Schlag. Noch einmal drückte er mit aller Kraft gegen den Deckel der Kiste. Der Spalt wurde, seinem Gefühl nach, ein wenig größer. Es gelang ihm, den kleinen Finger hindurch zu schieben. An der einen Seite des Randes spürte er einen klebrigen Widerstand. Wer auch immer ihn hier eingesperrt hatte, hatte die Staukiste wahrscheinlich mit demselben Klebeband verklebt, das auch um seine Handgelenke lag. Er hatte es gerade geschafft, eine kleine Ecke des Panzertapes einzureißen, als der ganze Bus wackelte. Philipp konnte sich nicht sicher sein. Zuerst glaubte er, sich möglicherweise mitsamt seinem Bulli auf einem Schiff zu befinden. Doch es wackelte zu stark. Eine Sekunde später hatte er keinen Zweifel mehr. Das laute Quietschen von Metall bestätigte seine Vermutung. Der T3 wurde angehoben. Sein eigenes Jaulen konnte er bei dem Lärm nicht einmal selbst hören. Er musste hier raus. So fest er konnte, schlug er gegen die Deckplatte der Kiste. Das Sperrholz, aus dem er den verkleideten Deckel zusammen mit seinem ehemals besten Freund gesägt hatte, knackte. Zwei oder drei Schläge später knackte es noch einmal. Seine Knie drückten nun zusammen mit den Händen gegen das Holz, doch das war sinnlos. Wenn er es zerbrechen wollte, musste er nur von einer Seite drücken. Noch ein Schlag und er wurde vom hellen Licht geblendet. Was auch immer den Bulli hochgehoben hatte, hatte den Fahrzeughimmel völlig zerknautscht. Sein Kopf fuhr herum. Das große Fenster auf der Hinterseite war zerbrochen. Philipp stieß sich mit den gefesselten Füßen vom Boden der Kiste ab und drückte sich zu dem offenen Fenster hoch. Ohne zu sehen wohin, stürzte er sich aus dem Wagen und schlug hart auf. Ein stechender Schmerz fuhr in seine Schulter und von seiner Seite aus ins Bein. Er lag auf einem Boden aus grobem Kies und blickte in den Himmel. Sein geliebter Bulli hing an dem riesigen Greifarm des Baggers, nur wenige Meter über ihm. Plötzlich ruckelte etwas an seinem Arm. Neben ihm war ein Mann aufgetaucht, der irgendetwas schrie, das Philipp nicht verstehen konnte. Hektisch riss ihm der Mann das Klebeband vom Mund und befreite auch seine Fuß- und Handgelenke davon. Langsam nahm Philipp einzelne Worte unter einem starken Akzent wahr. „Verrückt? ... Kaputt! ... Doktor." Der dickliche Mann neben ihm war völlig aufgelöst. Unter keinen Umständen hatte er gewusst, dass in dem Fahrzeug noch jemand gewesen war. Der T3 hing immer noch über dem gierigen Schlund der Schrottpresse.

„Stellen Sie den Bus sofort wieder ab!", befahl Philipp. Doch der Mann sah ihn nur fragend an. Dann schlug er die Hände vor dem Gesicht zusammen.

Philipp drehte den Kopf. Um ihn herum standen etliche Schrottautos. An den Seiten des Geländes stapelten sich gepresste Würfel und am hinteren Ende war ein Baucontainer zu sehen. Nur mit Mühe kam er auf die Beine. Der aufgelöste Mann am Boden würde seinen Bus vorerst nicht in die Presse bugsieren. Da war sich Philipp sicher. Auch wenn er nicht wusste, weshalb ihm das so wichtig war, denn der obere Teil des Bullis war bereits Schrott. Der Schmerz in seiner rechten Seite wurde von dem pulsierenden Stechen in seiner Schläfe übertönt. Vorsichtig setzte er einen Fuß vor den anderen. Seine Schritte schlugen auf den groben Kiesuntergrund. Das scheußliche Krachen und Quietschen, das von einer zweiten Presse auf dem Gelände kommen musste, ließ ihn die schwerfälligen Schritte beschleunigen. Er stolperte vorwärts. Rechts und links von ihm säumten Autowracks den Weg. Neben dem breiten Rohrrahmentor, das die Umzäunung des Geländes unterbrach, stand der Container. Philipp hatte die Tür endlich erreicht und riss sie scheppernd auf. Der bullige Kerl im Blaumann zuckte zusammen und ließ sein Sandwich auf den Schreibtisch vor ihm fallen.

„Wer hat Ihnen den Bulli gebracht?"

Die Schultern des Arbeiters entspannten sich und seine Hände sanken auf den Tisch. „Fuck, was is denn mit dir passiert?"

Philipp ging drei weitere Schritte auf den Kerl zu und berührte nun mit den Oberschenkeln seinen Schreibtisch. Die Wut stand ihm offenbar ins Gesicht geschrieben, denn die mächtige Gestalt wich zurück.

„Ich habe Sie gefragt, wer den Bulli gebracht hat!"

Als der Mann noch immer kein Wort sagte, griff Philipp nach dem Telefon, das direkt neben dem Sandwich lag.

„He, was machstn da? Bist du besoffen?"

Philipps Schläfen pochten inzwischen schneller, als er denken konnte, und ihm wurde bewusst, dass die verschwommene Sicht nicht zwingend von seinem Unfall herrühren musste.

„Ich hatte einen Unfall und Ihr Kollege da draußen, hätte mich eben um ein Haar zusammen mit meinem Bulli zu einem Würfel gepresst. Was glauben Sie, was ich mache? Ich rufe die Polizei!"

In diesem Moment wurde ihm der Telefonhörer grob aus der Hand gerissen.

„Momentchen mal! Wenn das stimmt, was du grad gesagt hast, machen die mir hier den Laden zu."

Philipp hob die Schultern und wollte gerade deutlich machen, wie herzlich egal ihm das war, als der Kerl weitersprach.

„Ich schwör dir, dass wir keine Ahnung hatten. Ich sag dir alles, was ich weiß."

„Das können Sie auch der Polizei sagen."

„Überleg doch mal. Du bist voll wie ne Haubitze. Das riech ich drei Meter gegen den Wind."

Philipp nickte zögerlich.

„Das ist ein echter Brocken. Hör zu, ich führe ordentliche Dokumente und kontrolliere die Autos nach Vorschrift. Der breite Typ, der den Bulli gebracht hat, hatte es irgendwie besonders eilig, als ich den Wagen durchgesehen hab."

„Breit sagen Sie? Breite Schultern, blonder Bürstenhaarschnitt?"

Der Schrottplatzinhaber nickte. Philipp sank auf einen zerbrechlich wirkenden Aluminiumhocker neben der Tür und stützte sein Gesicht in die Hände. Er dachte an den Pfleger, der ihn im Entzug abgelöst hatte, an die Sache mit Erwin und an den Brand bei Bärbel, der nachweislich nur ein Unfall gewesen sein sollte.

„Mensch, Mensch, unter uns gesagt: Wenn deine Geschichte stimmt, hast du echte Feinde. Ich weiß ja nicht, was du ausgefressen hast, aber ich würd die an deiner Stelle nicht wissen lassen, dass du aus der Presse gekrochen bist."

Kapitel 31

Sophias Rücken lehnte an der Wand. Direkt neben dem vergitterten Fenster. Die Bettdecke bis zum Hals hochgezogen, war ihr Blick geradeaus auf die Holztür mit dem Sichtausschnitt in der oberen Hälfte gerichtet. Das Bild verschwamm vor ihren Augen. Sie nickte immer nur kurz ein, denn sie musste Wache halten. Seitdem ihr die Medikamente nicht mehr die Sinne vernebelten, war ihr bewusst geworden, wie gefährlich dieser Ort war. Nachdem sie in einer Nacht versucht hatte, ihre Tür mit dem Stuhl zu blockieren, und der Pfleger bei seinem Rundgang nicht sofort in ihr Zimmer kam, hatte man ihr den Stuhl weggenommen. Erst in zwei Nächten würde Joey wieder Dienst haben. Sie würde die Tür heimlich abschließen. Das waren die einzigen Nächte, in denen Sophia noch schlafen konnte.

Sie streckte sich und nahm das Taschenbuch vom Nachttisch. Bevor sie es aufschlug, sah sie noch einmal auf die Uhr, nur um ganz sicher zu gehen. Der nächste Kontrollgang würde erst in achtunddreißig Minuten beginnen. Erst dann musste sie das Licht ausschalten und sich schlafend stellen, um eine weitere Zwangsdosis Schlafmittel und das damit einhergehende Erbrechen zu vermeiden. Die Buchstaben tanzten auf dem Papier und alles um sie herum wurde undeutlich und schwammig. Plötzlich hörte sie ein ungewohntes Geräusch und öffnete die Augen. Alle Muskeln in ihrem Körper spannten sich an, als ihr erster Schrei in ihren eigenen Ohren klingelte. Es war einer der anderen Patienten. Sophia kannte nicht einmal seinen Namen. Der kleine Mann mit der Brille schaute sich verwirrt in ihrem Zimmer um und kam mit zielstrebigen Schritten auf sie zu. Panisch strampelte sie die Bettdecke von sich weg und sprang aus dem Bett. Sie drückte sich an der anderen Seite des Zimmers gegen die Wand, versuchte so viel Abstand wie möglich zwischen sich und diesen Kerl zu bringen. Als kämen ihre Schreie gar nicht bei ihm an, setzte er sich ungerührt auf das Bett. Sophia stürzte zur Tür, bemerkte eine Bewegung und drehte sich noch einmal zu ihm um. Der Mann sah ihr völlig gleichgültig ins Gesicht, ließ sich zur Seite fallen und zog ihre Bettdecke über seinen Rücken. Endlich öffnete sich die Tür ein weiteres Mal und einer der Pfleger trat in den Raum. Er sagte etwas. Seine Lippen bewegten sich, doch sie konnte ihn nicht hören. Erst als er sie an der Schulter berührte und sie leicht zusammenzuckte, merkte sie, dass sie immer noch schrie. Sie schnappte nach Luft.

„Frau Konrad. Alles ist in Ordnung. Versuchen Sie sich zu beruhigen. Ich werde Herrn Bergdorf in sein Zimmer zurückbringen. Er hat sich bestimmt nur verlaufen. Versuchen Sie, ganz ruhig zu atmen. Ich bin gleich wieder bei Ihnen."

***

Lustlos kaute sie auf einem wässrigen Dosenpilz herum und wünschte sich gleichzeitig, für heute das vegetarische Gericht bestellt zu haben. Klar, die Nudeln, die sie auf den Nachbartischen betrachtete, waren sicherlich wieder bis zur Unkenntlichkeit verkocht. Trotzdem sahen sie in ihrer Tomatensoße ganz passabel aus. Sicher hätte sie die auch leichter schlucken können, was ihr mit dem knorpeligen Schweinefleisch ihres sogenannten „Schnitzeltöpfchens" beinahe unmöglich war. Jeder Bissen war eine Tortur für ihre brennende Speiseröhre. Sie schob die Fleischstücke auf dem Teller hin und her, steckte sich noch ein Stück der mehligen Salzkartoffeln in den Mund und blinzelte mit den schweren Lidern. Schon beim Frühstück hatte sie gegen den Schlaf gekämpft, der sie in jeder Minute dieses Tages wieder einholen wollte. Beim nächsten Zwinkern blieben ihre Augen geschlossen und ihr Nacken gab nach. Sie roch das Essen und ihr Gesicht bremste wenige Zentimeter vor den zerdrückten Kartoffeln in Soße. Mit kerzengerader Wirbelsäule saß sie Sekunden später auf ihrem Stuhl und blickte sich im Raum um. Keiner der Pfleger schien ihren Beinaheunfall bemerkt zu haben. Ein Nickerchen im Mittagessen hätte sie möglicherweise vermuten lassen, dass die abendlichen Schlafmittel ihre Wirkung verfehlten. Sie brauchte einen Plan. Obwohl Joey in zwei Tagen endlich wieder Nachdienst hatte, musste Sophia vorher einen Weg finden zu schlafen. Das ging aber nur, wenn sie sicher war vor diesen ganzen Verrückten. Hektisch drückte sie die restlichen Kartoffeln in die Soße und schaufelte sie in den Mund. Sie schluckte und versuchte, das Brennen auszublenden, schließlich konnte sie keinen vollen Teller Essen zurückgehen lassen. Nachdem sie ihr Besteck ordnungsgemäß abgegeben und die Medikamente brav hinuntergeschluckt hatte, ging sie – um kein Aufsehen zu erregen – wie jeden Tag zuerst in den Aufenthaltsraum. Dort blieb sie niemals länger als fünf Minuten. Für gewöhnlich blätterte sie in einer Zeitung oder schaute aus dem Fenster. Mit dem Blick auf ihre Armbanduhr schlug sie jetzt die Illustrierte in ihrem Schoß zu und machte sich auf den Weg zur Toilette, um sich dort, wie nach jedem Essen, den Finger in den entzündeten Hals zu stecken. Auf Knien hockte sie vor der Schüssel und versuchte möglichst geräuschlos, in großen Schüben den kompletten Inhalt ihres Magens loszuwerden. Wenn man ihr einige Wochen zuvor gesagt hätte, dass es möglich war, die eigene Kotztechnik zu perfektionieren, hätte sie es nicht geglaubt. Zum Schluss kam der gewohnte, besonders stark brennende Schwall der gelben Flüssigkeit. Sie schmeckte Galle und lehnte sich rückwärts gegen die Toilettentür. Wieder einmal hatte sie es geschafft. Zumindest bis zum Abendessen. Von dem Druck, der durch das Würgen entstand, bekam sie jedes Mal Kopfschmerzen. Sie schloss die Augen und legte den Kopf in den Nacken. Sie wollte nur schlafen. Nichts mehr, als endlich in Ruhe schlafen. Schwerfällig rappelte sie sich auf und schleppte sich zum Waschbecken. Sie ließ Wasser in die hohlen Hände laufen und legte ihr Gesicht hinein. Dann spülte sie ihren Mund aus. Möglichst aufrecht schlich sie in ihr Zimmer und setzte sich auf das Bett. Wenn sie sich recht erinnerte, war sie heute mit Blumengießen an der Reihe. Bald werden sie die Pfleger vermissen und nach ihr sehen. Sie hatte diesen Gedanken kaum zu Ende gebracht, als sich auch schon die Tür öffnete. Vor ihr stand einer der Tagdienstpfleger. Er öffnete den Mund, wollte vermutlich gerade fragen, ob es ihr gut ging, als sie einer blitzartigen Idee folgend aufsprang und den Notknopf des Funkgeräts an seiner Gürtelschlaufe drückte. Sie erinnerte sich an diesen Knopf, der bei dem Vorfall mit dem verrückten Karl von mehreren Pflegern gleichzeitig gedrückt worden war.

Sicherheitshalber griff sie auch noch nach seinem Schlüsselbund und versuchte ihn unbeholfen von seinem Gürtel zu lösen. Der Pfleger umklammerte ihre Handgelenke und hatte sie einen Moment später bereits zu Boden gedrückt. Alle Kraft wich aus ihrem Körper und sie ließ die herbeieilenden Pfleger ihre Arbeit machen. Erst als der Assistenzarzt die Spritze setzte und sie durch den hellen Trakt in den kalten Raum geschoben wurde, von dem sie sich Schutz und Schlaf versprochen hatte, überkam sie doch noch ein erdrückendes Gefühl. Zweifel flammten in ihr auf. Vielleicht hatte sie gerade einen großen Fehler gemacht.

Kapitel 32

Böhm saß auf seinem Hocker und blickte angewidert durch das Mikroskop. Niemals zuvor hatte es ihm so widerstrebt, einen Kinderwunsch zu erfüllen. Er war zwar auch in der Vergangenheit durch den Druck einflussreicher Personen in Bedrängnis geraten, doch niemals zuvor hatte es ihn derart abgestoßen, ein neues Leben zu zeugen. Schnaufend beugte er sich wieder vor und blickte erneut durch das Mikroskop. Mit präzisen Bewegungen injizierte er das aufbereitete Sperma dieses Mannes gleich in acht prächtig reife Eizellen. In achtzehn Stunden würde er bereits sehen, welche davon befruchtet seien. Er würde ganz sichergehen müssen und direkt vier der besten Eizellen zu Embryonen reifen lassen. Die restlichen würde er einfrieren. Alles musste genau nach Plan verlaufen. Böhm dachte an das Zwiegespräch, das er in der vergangenen Nacht mit seinem Gewissen – oder vielleicht auch mit seiner verstorbenen Frau – geführt hatte. Angetrieben von Evelyn und seinem Unterbewusstsein war ihm letztlich klar geworden, dass er mit dieser Arbeit nicht ewig weitermachen konnte. Er würde zu einem Ende kommen müssen. Den Kopf in den Nacken gelegt, atmete er tief ein. Die Klinik würde in absehbarer Zeit schließen. Das hatte er sich und Evelyn in den endlosen Stunden, die er wach gelegen hatte, letztlich geschworen. Vorerst bestand sein einziger Trost darin, dass er auch mit diesem Werk und der Bereicherung für Familie Fröhlich ein großes Glück auf diese Welt bringen würde.

Das Ergebnis seiner Arbeit verfrachtete er bei 37 Grad Celsius in den Brutschrank und machte sich bereit für seinen nächsten Termin.

Kapitel 33

Philipp hatte noch eine ganze Weile im Container des Schrottplatz-Inhabers gesessen und verzweifelt darüber nachgedacht, ob er nicht doch die Polizei benachrichtigen sollte. Irgendwann war ihm klar geworden, dass er zunächst versuchen wollte, sich möglichst unsichtbar zu machen. Da ein halbwegs zerstörter Camper nicht leicht zu verstecken war, hatte er eine schwere Entscheidung getroffen. Man hatte seinen Bulli noch einmal vom Haken gelassen und Philipp holte neben seinem Rucksack auch ein altes Set Schraubenschlüssel, das ihm sein Adoptivvater mit dem Camper zusammen geschenkt hatte, heraus. Er warf noch einen kurzen Blick auf die Miniaturboxhandschuhe von Melanie und ließ sie dann am Rückspiegel hängen. Er sah dabei zu, wie sein geliebter Bus in der Presse verschwand. Das laute Scheppern, Knirschen und Quietschen, war kaum auszuhalten. Der Inhaber legte ihm eine Hand auf die Schulter, die Philipp sofort im Gehen abschüttelte.

„Rufen Sie mir bitte ein Taxi."

Philipp stieg am Supermarkt aus und lief schnellen Schrittes durch die Seitenstraßen zu seinem Hauseingang. Er blickte sich immer wieder um, und hoffte, dass ihn niemand bemerken würde. In seiner Wohnung angekommen, ließ er alle Rollläden herunter. Im Badezimmer holte er sich Schmerztabletten, in der Küche ein Glas Wasser und unter dem Spülbecken sicherheitshalber einen Eimer. Im Schlafzimmer stellte er alles neben seiner Matratze auf den Boden und legte sich hin. Erst jetzt wurden ihm seine Schmerzen und die alles überlagernde Übelkeit richtig bewusst. Seine Schulter, seine Hüfte, alles tat weh, von dem Sprung aus dem Bulli. Von dem Unfall hatte er scheinbar keine größeren Verletzungen davongetragen. Wahrscheinlich hatte er sich ordentlich den Kopf gestoßen, wovon vielleicht die Nackenschmerzen und die Übelkeit kamen. Vorsichtig bewegte er die Schulter und tastete seine Hüfte ab. Er glaubte aber, dass außer ein paar Blutergüssen von dem Aufprall wenig zurückbleiben würde. Alles in Allem hatte er wohl Glück im Unglück gehabt. Er schloss die Augen und sofort sah er die tote Alana vor sich. Er fuhr herum und schaffte es gerade noch, seinen Kopf über den Eimer zu halten, bevor er sich übergab. Dieses Spiel musste er in den folgenden Stunden noch einige Male mitmachen. Als nichts mehr kam, nahm er etwas gegen die Schmerzen und fiel kurz darauf vollkommen entkräftet in einen tiefen Schlaf.

Am Morgen weckte ihn sein knurrender Magen und ihm wurde direkt bewusst, dass es nicht einfach werden würde, sich ohne Kontakt zur Außenwelt in seiner Wohnung zu verschanzen. Der Blick in den Kühlschrank war enttäuschend. Es herrschte gähnende Leere. Eine Packung Milch, ein Vorratspack Kaffee und ein paar Scheiben Toast waren seine einzigen Vorräte. Er steckte die Brotscheiben in den Toaster, freute sich über ein Glas Nutella, in dem noch ein letzter Rest war, und verschlang das Essen so schnell, dass er danach fürchtete, sich wieder übergeben zu müssen. Aus dem Rucksack holte er sein Handy und war kein bisschen überrascht, dass der Akku längst wieder den Geist aufgegeben hatte. Das Kabel fand er im Schlafzimmer. Er stöpselte das Gerät ein und ein paar Minuten später konnte er es endlich anschalten. Wie erwartet, hatte Joey bereits mehrmals angerufen und drei ziemlich deutliche Textnachrichten geschickt. Auch wenn er diese Leute glauben lassen musste, dass er in der Schrottpresse gestorben war, blieb ihm wohl nichts anderes übrig, als seine Freundin zu informieren. War Joey nicht vielleicht auch in Gefahr?

Fest entschlossen wählte er die Nummer der Polizei. Er wollte den Anruf gerade absetzen, da erinnerte er sich wieder an die Worte des Schrottplatzinhabers. Er hatte keine Beweise. Philipp legte das Handy weg. Das Einzige, was er sicher wusste, war, dass er sich zuerst einen Überblick verschaffen musste. Auf der Suche nach seinem Drucker und anderem Büromaterial öffnete er einige Umzugskartons, bevor er fündig wurde. Auf dem Couchtisch baute er sich eine kleine Workstation auf und stapelte alle Kartons in einer Ecke des Wohnzimmers. Den so freigewordenen Fußboden wischte er mit einem Frotteehandtuch aus dem Wäschekorb. Kurz darauf lagen bereits einige beschriebene Seiten

Druckerpapier auf dem Laminat. Auf dem ersten Zettel stand in großen Buchstaben *Ich bin in Lebensgefahr!* und darunter *Alle anderen, die sich in Sophias Fall einmischen, wahrscheinlich auch.*

In den nächsten Stunden begann eine Phase, in der Philipp beinahe stündlich das Telefon in der Hand hatte mit dem festen Vorhaben, sich doch an die Polizei zu wenden. Jedes Mal, wenn er die Nummer gewählt hatte, kamen ihm neue Zweifel, was seine Beweise anging, und er drückte doch nicht den Anrufknopf. Er musste erst alle Indizien zusammentragen, doch das wichtigste war, dass Joey sich nicht weiter in Gefahr begab.

Philipp verbrachte ganze Stunden damit, nach einem Weg zu suchen, Joey aus der Schusslinie zu bringen, ohne ihr von der Schrottpresse zu erzählen. Er fand keinen Ausweg und wählte schließlich, obwohl er immer noch unsicher war, ihre Nummer. Es klingelte nur ein einziges Mal.

„Phil! Endlich! Bist du okay?"

Philipp kratzte sich etwas verlegen am Nacken. „Naja, ich lebe."

„Ich würde dir jetzt echt gerne so richtig die Meinung geigen, aber dafür bin ich einfach zu froh, dass du endlich zurückrufst."

Sie wollte noch weitersprechen, doch Philipp unterbrach sie. „Hör zu. Das mit Alana ist nicht das Einzige, was passiert ist. Ich bin danach sturzbesoffen in den T3 gestiegen und hatte einen Unfall. Meine Bremsen haben nicht funktioniert. Da hatte jemand die Finger dran."

Jetzt unterbrach sie ihn.

„Oh mein Gott, Phil, bist du in Ordnung? Warum hast du dich nicht gemeldet?"

Mit einem etwas lauteren: „Hör bitte zu, Joey!", brachte er sie zum Schweigen. „Das klingt jetzt wirklich verrückt. Ich bin gefesselt im Stauraum vom Bulli wachgeworden. Kurz bevor sie mich in einer Schrottpresse zerquetschen wollten."

Joey atmete laut hörbar ein, sagte aber kein weiteres Wort.

„Es muss alles mit Sophia zu tun haben. Du musst dich von ihr fernhalten. Was wir da angefangen haben, ist gefährlicher, als ich dachte."

Jetzt konnte sie sich nicht mehr zurückhalten. „Was hat die Polizei gesagt? Du warst bei der Polizei! Richtig?"

Philipp schüttelte den Kopf. Auch wenn sie seine Geste am Telefon nicht sehen konnte, reichte sein Schweigen wohl aus. Sie wusste Bescheid.

„Philipp, die wollten dich umbringen. Du musst zur Polizei gehen!“ Ihre Stimme war laut und schrill.

„Glaub mir, ich hab mir das wirklich gut überlegt. Ich kann so gut wie nichts beweisen. Der Schrottplatzinhaber hat seine Pflichten vernachlässigt, weil er den Wagen nicht ordnungsgemäß durchsucht hat. Der sagt ganz sicher nicht für mich aus, damit würde er sich selbst belasten. Außerdem ist der Bulli jetzt verschrottet, dass den vorher jemand manipuliert hatte, kann ich also auch nicht mehr beweisen. Dazu kommt, dass ich sturzbetrunken war, als der Unfall passiert ist. Und dann auch noch die laufenden Ermittlungen wegen Alana.“

Nach einer weiteren Stunde, in der die Diskussion mehrmals drohte zu eskalieren, konnte Philipp seine beste Freundin schließlich überzeugen, dass die Polizei erst mal keine Option war, und vor allem, dass sie sich zunächst von Sophia fernhalten musste. Joey hatte ihm nur beiläufig erzählt, dass sie bereits in ein paar Tagen den alles entscheidenden Termin im Kinderwunschzentrum hatten und Philipp fühlte sich nach dem Gespräch ein wenig schlecht, weil er in dieser für Joey so wichtigen Zeit keinen Kopf für ihr Thema hatte.

Neben diesem Telefonat bestand sein einziger Kontakt zur Außenwelt aus den täglichen Anrufen oder Textnachrichten seiner Mutter. Irene Lehmann ging es gut, und sie konnte ihre Kreuzfahrt inzwischen sogar ein wenig genießen. Trotzdem machte sie sich Sorgen um ihren Sohn. Philipp glaubte nicht, dass sie ihm seine Notlügen abnahm, als er fragte, ob er sich ihren Fiat Panda ausleihen dürfe. Er erklärte, dass der Bulli in der Werkstatt war. Aber mit ihrer Antwort hatte sie viel zu lange gezögert.

Am dritten Tag seiner Isolation rief er sich ein Taxi, das ihn eine Querstraße von seiner Wohnung entfernt abholte und zum Haus seiner Mutter brachte. Mit dem geliehenen Panda fuhr er daraufhin spät abends in einen dunklen Pullover und eine Baseballcap gekleidet zum Supermarkt in Hattersheim. Hier kaufte er sonst nie ein, aber es kam ihm einfach klüger vor. Er deckte sich mit dem Nötigsten ein und kam sich vor wie ein Nachkriegskind, das aus einem angezogenen Instinkt heraus den Keller mit Konservendosen füllte.

***

Zwei Wochen hatte er mit diesen Vorräten in seiner Wohnung verbracht. Den Rest hatten seither zwei Lieferdienste besorgt, bei denen er jedes Mal genug Essen für zwei Tage bestellt hatte. Er war untergetaucht, wie er es sonst nur aus Vorabendkrimis kannte. Zeitungsausschnitte vom Brand bei Bärbel und Bilder von Erwin hatten ihn immer wieder daran erinnert, wie persönlich und gefährlich die ganze Angelegenheit war. Auch wenn er wusste, dass er sich wie ein verrückt gewordener Privatdetektiv verhielt, war seine Faktensammlung notwendig gewesen, um sich einen Überblick zu verschaffen. Neben ausgedruckten Fotografien von Sophia, ihren Freundinnen Tanja und Moe, von Marvin und dem Kater, lag auch die Adresse und die Telefonnummer von Sophias Eltern auf dem Boden. Die Nachricht, die sie auf seiner Mailbox hinterlassen hatten, hatte er längst abgehört. Sie waren bereit, sich mit ihm zu treffen und warteten sicher darauf, dass er sich wieder meldete. Doch in den vergangenen Tagen hatte einfach alles auf Pause gestanden. Philipp hatte Zeit gebraucht, um seine Gedanken, seine Ängste und seine Erkenntnisse zu sortieren. Die beschriebenen Zettel waren mit jedem Tag mehr geworden und die Zeit des Grübelns war nun endlich vorbei.

Mit zerzausten Haaren saß er auf dem Laminatboden in seinem Wohnzimmer. Er trug karierte Boxershorts und ein helles T-Shirt, das seit mindestens zwei Tagen in den Wäschekorb gehört hätte. An seine letzte Dusche konnte er sich selbst kaum erinnern. Aber Philipp war entschlossen, sein Leben und alles, was um ihn herum geschehen war, wieder fest in die Hand zu nehmen. Bis seine Mutter in ein paar Tagen von ihrer Kreuzfahrt zurückkommen würde, musste die ganze Sache geklärt sein.

Er beendete gerade ein Telefongespräch und kritzelte den Termin, den er ausgemacht hatte, auf einen der Zettel.

Familie Konrad
Erfurter Weg 63
Morgen, 11 Uhr

Endlich fühlte er sich wieder zu klaren Gedanken fähig. Er war jetzt bereit, das Rätsel zu lösen.

***

Philipp stellte den Panda an der gleichen Stelle ab, an der er vor Kurzem noch seinen geliebten Bulli geparkt hatte. Auch wenn er wusste, dass es sich lediglich um einen materiellen Verlust handelte, wurde er wieder traurig. Mit einem Seufzen stieg er aus dem Wagen, warf die Tür zu und drehte den Schlüssel im Schloss. Er öffnete das hüfthohe Gartentürchen und ging zielstrebig auf den Hauseingang mit der Nummer dreiundsechzig zu. Ein Teil der Nervosität vom letzten Mal stellte sich wieder ein, als er den Klingelknopf berührte. Das Gefühl verstärkte sich, als Sophias Mutter lächelnd die Eingangstür öffnete und ihm freundlich die Hand entgegenstreckte. „Sabine Konrad." Ihre blonden, von grauen Strähnen durchzogenen Haare waren locker auf dem Kopf zusammengesteckt und der gerade Pony endete nur knapp über dem dunklen Rand ihrer modischen Brille. Ihre Augen wirkten traurig und müde. Bei genauerem Hinsehen erkannte Philipp in dem gräulich-grünen Farbgemisch aber den Glanz, den auch Sophias Augen hatten. Erstaunt darüber, dass Sabine Konrad so viel jünger als seine eigene Mutter wirkte, hatte er sie wohl etwas zu lange gemustert.

„Kommen Sie doch rein", forderte sie ihn auf und führte ihn an einem kleinen Wohnbereich vorbei zum großen Esstisch, an dem ihn noch drei weitere Personen erwarteten. Wie vom Donner gerührt blieb Philipp stehen. Sein Mund öffnete sich, und schloss sich sofort wieder. Eine der beiden Frauen am Tisch war Marlene Sparks. Schlagartig erinnerte er sich an die Social-Media-Nachricht, die er Sophias Freundin geschickt hatte.

Sophias Vater war aufgestanden und streckte Philipp die Hand entgegen. „Ich bin Herbert Konrad. Wir sind sehr froh, dass Sie hier sind, Herr Lehmann."

Lächelnd schüttelte Philipp die Hand des Mannes. Mit der grauen Kurzhaarfrisur und dem Ansatz eines Wohlstandsbauches sah er wesentlich älter aus als seine Frau.

„Es tut mir wirklich leid, dass ich nicht früher kommen konnte."

„Hauptsache, Sie sind jetzt da", warf Sabine Konrad ein.

„Das ist Frau Novak. Unsere Anwältin."

Sie deutete auf die schlanke Frau mit den langen, dunklen Haaren, die gerade von der Eckbank gegenüber aufstand.

Entschuldigend fügte Herbert Konrad hinzu: „Ich hoffe, es ist in Ordnung für Sie, dass wir Frau Novak direkt dazu gebeten haben. Wir dachten, sie kann vielleicht helfen."

Philipp nickte zögerlich und drückte, über den Tisch gebeugt, auch die ausgestreckte Hand der Anwältin.

„Und ich bin Moe", meldete sich Sophias Freundin, während ihre Hand ebenfalls in seine Richtung schoss.

Philipp nickte und nahm die Hand. „Das weiß ich."

„Dann war diese ominöse Nachricht wirklich von dir?"

Philipps Wangen wurden heiß, aber er nickte.

„Sorry, aber einem Fake-Account mit irgendwelchen gekauften Fotos antworte ich doch nicht auf eine PN."

Philipp versuchte sich ein Grinsen zu verkneifen. Sie hatte natürlich recht, der Account war niemals dafür gedacht gewesen, jemanden anzuschreiben. Bisher hatte er ihn nur genutzt, um sich ein Bild über seine Patienten zu machen. Und das auch nur, wenn diese öffentliche Profile hatten.

„War ne dumme Idee, ich weiß", gab er zu und versuchte ihrem herausfordernden Blick standzuhalten.

Sophias Mutter bat ihn, Platz zu nehmen und bot ihm Kaffee an, den er dankend annahm. Herbert Konrad atmete schwer. Fragend sah er seine Anwältin an, die ihm ermutigend zunickte.

„Wir sind wirklich froh, dass Sie sich bei uns gemeldet haben. Wie geht es unserer Tochter?"

„Ich habe Sophia schon länger nicht gesehen. Aber sie hat sich tapfer gehalten. Ich glaube, ihr war lange nicht klar, was eine Einweisung in den Maßregelvollzug bedeuten kann, aber jetzt möchte sie alles tun, um entlassen zu werden."

Sophias Vater wirkte verzweifelt. „Nach ihrer Einweisung haben wir einen Brief bekommen. Aber da stand nichts über die Gründe, oder darüber, wie es ihr geht. Wenn wir anrufen, werden wir abgewimmelt."

„Und wenn wir sie direkt besuchen wollten, sind wir immer an der Pforte weggeschickt worden", ergänzte Moe.

Konrad nickte. „Ja, mit dem Arzt kann man auch nicht sprechen. Darum haben wir Frau Novak eingeschaltet."

Sophias Mutter sagte nichts. Sie schaute Philipp fragend an und die Tränen, die in ihren Augen glänzten, weckten so großes Mitgefühl, dass er sich erneut fragte, wie gefährlich es war, sich ihnen anzuvertrauen. Wenn er dieser Familie helfen wollte, musste er mit offenen Karten spielen. Andererseits konnte er nicht abschätzen, ob er sie damit auch in Gefahr brachte.

Philipp wurde aus seinen Gedanken gerissen, als die junge Anwältin das Wort ergriff. „Leider sind wir auch auf rechtlichem Wege bisher nicht viel weitergekommen. Professor Albrecht hat sich wirklich gut abgesichert. Man kommt nicht an ihn heran. Wir hatten gehofft, dass Sie uns vielleicht mit einigen Informationen versorgen können, Herr Lehmann." Novak fixierte ihn mit festem Blick.

„Man versucht mich mit Gewalt von Sophia fernzuhalten, damit ich auf keine relevanten Informationen stoße. Ehrlich gesagt, arbeite ich gar nicht mehr in der Klinik. Nach einem …", Philipp stockte einen Augenblick. „… Vorfall, den man mir zulasten legen will, bin ich erneut freigestellt worden."

Alle Anwesenden sahen ihn fragend an.

„Ich bin vor ein paar Wochen schon einmal suspendiert worden und ich glaube, das hatte auch schon mit Sophia zu tun."

Moe konnte einfach nicht stillsitzen, als müsse sie dringend zur Toilette. Es war deutlich zu sehen, dass es sie unendliche Anstrengung kostete, sich zurückzuhalten. Sie kaute auf ihrer Unterlippe und obwohl Novak bereits wieder Luft holte, schoss sie nun dazwischen. „Sorry. Ich muss zuallererst einfach fragen. Keiner hier denkt, dass Sophi wirklich verrückt ist, oder?"

Sie wartete keine Antwort ab. „Diese Dinge, die in ihrer Wohnung passiert sind. Ich meine, okay, ich hab versucht, sie zu beruhigen, aber das war alles echt strange. Ich war doch oft dabei.

Sophi hat sich das nicht eingebildet." Sie wendete sich an Sophias Mutter. „Sabine, du weißt doch auch, dass die Katze, die wir aus der Wohnung geholt haben, ganz sicher nicht Puck war."

Sabine Konrad nickte.

„Ich meine, natürlich war sie etwas durch den Wind. Und der Überfall in der alten Wohnung ist sicher nicht spurlos an ihr vorbeigegangen. Aber sie ist nicht verrückt und sie hat auch bestimmt niemandem etwas getan."

Als Moe ihren Monolog beendet hatte, mischte sich Philipp wieder ein. „Sophia hat mir schon sehr viel von dem erzählt, was vor ihrer Einweisung passiert ist. Trotzdem habe ich gehofft, dass Sie noch etwas mehr Licht ins Dunkel bringen können." Philipp blickte in die Runde. „Ihre Sicht auf die Dinge kann vielleicht irgendwas aufdecken, aus einem anderen Blickwinkel eben. Und zu deiner Frage", jetzt sah er Moe fest in die Augen. „Ich bin überzeugt, dass Sophia nicht in den Maßregelvollzug gehört. Und ich glaube, dass es für ihre Einweisung einen Grund gibt, den wir herausfinden müssen, wenn wir sie da rausholen wollen."

Moe nickte zufrieden. Ein wissendes Grinsen umspielte ihre Lippen und Philipp kam sich ertappt vor. Er fragte sich, ob er zu emotional von Sophia gesprochen hatte.

Die meisten Dinge, die Sophias Freundin in den folgenden Minuten von den Ereignissen vor der Einlieferung erzählte, hatte Philipp tatsächlich schon von Sophia selbst gehört. Trotzdem entstand durch Moes Erzählungen eine Vermutung. Möglicherweise hatte man versucht, Sophia in den Wahnsinn zu treiben, um eine Einlieferung zu rechtfertigen. Moe erwähnte auch den Namen von Sophias Therapeuten. Woraufhin sich die Anwältin wieder zu Wort meldete.

„Ich werde diesen Herrn Völkers kontaktieren. Über Sophias Zustand wird er mir aufgrund seiner Schweigepflicht nichts sagen dürfen. Aber vielleicht kann er uns ja doch irgendwie weiterhelfen, wenn ich ihm ihre Situation schildere."

Dann wendete sich Philipp an Sophias Eltern. „Haben Sie denn vielleicht eine Vermutung? Ist Ihnen etwas aufgefallen? Hat Sophia vielleicht irgendwas erwähnt, was Ihnen merkwürdig vorkam?"

Traurig schüttelte Sabine Konrad den Kopf. „Kurz nach ihrem Umzug hat sie uns mal von irgendwelchen Sachen erzählt, die sie verlegt und später wiedergefunden hat. Und einmal hat sie gesagt, dass sie manchmal Angst hat in ihrer Wohnung." Die Stimme von Sophias Mutter brach ab, sie stützte das Gesicht in die Hände und was sie dann sagte, kam nur gedämpft bei Philipp an. „Wir haben ihr gesagt, dass sie sich das einbilden muss."

Sophias Vater sah jetzt ebenso traurig aus. „Wir dachten, dass das alles mit dem Überfall zusammenhängt. Außerdem haben wir halt nicht so viel von Therapie und solchen Sachen gehalten. Wir kennen uns da nicht aus."

Philipp merkte, dass sich Sophias Eltern große Vorwürfe machten.

„Danach hat sie nie mehr darüber geredet. Marlene war wahrscheinlich die Einzige, der sie sich anvertraut hat." Die Stimme von Sophias Mutter war beinahe ein Flüstern und Philipp musste ganz genau hinhören, um sie zu verstehen: „Wir hätten viel mehr auf sie eingehen sollen." Sabine Konrads Blick fiel ins Leere und für eine Weile sagte niemand ein Wort.

Um seine bisherigen Erkenntnisse möglichst nüchtern vorbringen zu können, musste er die Verzweiflung der Familie ausblenden. Philipp fokussierte die Anwältin. Er blickte in ihre ehrlichen Augen und begann von seiner letzten Nachtschicht im Entzug zu erzählen. Er schilderte alles ganz genau. Wie er von der Station weggelockt worden war, den falschen Kollegen, der ihn abgelöst hatte, und Alanas Tod. Selbst die Anwältin sah schockiert aus.

„Ich vermute inzwischen, dass Sophia irgendetwas weiß, was ich unter keinen Umständen erfahren soll. Was das ist, ist ihr vielleicht selbst gar nicht bewusst. Und wer auch immer dahintersteckt, hat nach dem Tod meiner Patientin auch noch versucht, mich umzubringen."

Sophias Mutter stöhnte schockiert auf. Philipp erzählte von den manipulierten Bremsen, von dem Unfall, in den er verwickelt worden war, und vom Schrottplatz. Auch Sophias Vater und der Anwältin standen die Münder offen. Moe hielt sich eine Hand vor den Mund und machte genauso große Augen wie die anderen.

Nachdem er Sophias Familie ebenfalls verständlich gemacht hatte, weshalb er nicht bei der Polizei gewesen war, äußerte er noch die Vermutung, dass die Nachbarn in der Kelsterbacherstraße wesentlich mehr wussten, als sie zugaben.

„Ich habe versucht, den Vermieter ausfindig zu machen. Sein Name ist Kordler und ihm gehören einige Immobilien in der Kelsterbacherstraße. Vielleicht ist es Ihnen ja möglich, diesen Mann aufzutreiben."

Die Anwältin machte sich eine Notiz und nickte.

Er versuchte, den Brand bei Bärbel und was mit Erwin passiert war, möglichst nüchtern herauszubringen, und berichtete, dass er seine Mutter sicherheitshalber in den Urlaub geschickt hatte, sie aber schon in ein paar Tagen zurückkommen würde.

Er blickte in die besorgten Gesichter und fühlte sich kurz etwas schlecht, ihnen noch mehr Sorgen mitgebracht zu haben.

Die Anwältin blätterte konzentriert in den Notizen auf ihrem Schoß. Sie räusperte sich und schaute wieder zu Philipp auf. „Damit kann ich sicher etwas herausfinden. Vielen Dank, Herr Lehmann."

Ihr Lächeln entblößte die langen Eckzähne, die ihr ansonsten sehr geradliniges Gebiss ein wenig unregelmäßig erscheinen ließen. Philipp bemerkte, dass sie dieses Lächeln besonders sympathisch machte und seine Mundwinkel zuckten ebenfalls nach oben.

„Auch das Haus mit der Nummer vierzehn in der Kelsterbacherstraße gehört diesem Kordler. Darin wohnt eine ältere Dame. Helga Brumhäuser. Man könnte sagen, sie ist eine Informantin. Aber leider erreiche ich sie seit Tagen nicht."

Novak nickte aufmerksam und machte sich eine weitere Notiz. „Ich kümmere mich darum." Dann sah die Anwältin zu Sabine Konrad auf. „Es ist wohl besser, wenn Sie beide vorerst nichts mehr unternehmen." Mit ernster Miene sah sie zwischen den Eheleuten hin und her. „Ich werde mit diesen Informationen bestimmt etwas herausfinden und melde mich dann sofort bei Ihnen."

Sie klappte ihr Notizbuch zu und machte Anstalten, sich zu erheben. Auch Philipp spürte, dass es für ihn ebenfalls Zeit war und er beschloss, die Aufbruchsstimmung zu nutzen.

Vor der Tür drückte ihm Frau Novak eine Visitenkarte in die Hand und bat ihn, sich sofort zu melden, falls sich irgendetwas Relevantes ergab. Mit einem Lächeln und einer winkenden Bewegung drehte sie sich um, warf aber im Gehen noch einmal den Kopf zurück und rief: „Hat mich wirklich gefreut, Herr Lehmann!"

Philipp studierte die Karte zwischen seinen Fingern. Blieb nur zu hoffen, dass sich die Konrads eine richtig gute Anwältin genommen hatten.

Ein rhythmisches Geräusch zog Philipps Aufmerksamkeit auf sich. Er drehte den Kopf und sah den Sohn der Nachbarin, der im angrenzenden Garten einen Basketball auf den Boden aufschlagen ließ. Leichtfüßig dribbelte der hellblonde Junge, was das Zeug hielt. Philipp ging ein paar Schritte auf das Nachbargrundstück zu und versuchte eine bessere Sicht auf den Jungen zu erhaschen. Beim letzten Mal war es nur ein merkwürdiges Gefühl gewesen. Doch jetzt war Philipp sicher, dass er den Sohn der Staatsanwältin schon einmal irgendwo gesehen hatte. Seinem Bauchgefühl folgend, zog er das Handy aus seiner Tasche und aktivierte die Kamera des Gerätes. Er zoomte ein wenig an den zierlichen Jungen heran. Gerade als Oskar Jacob den Kopf anhob und mit konzentrierter Miene auf den Basketballkorb an der Hauswand zielte, betätigte Philipp den Auslöser.

Kapitel 34

Joey hielt ihren Ausweis an den Kartenleser und die Glastür schob sich summend wie ein ganzer Schwarm Bienen aus dem Weg. Sophia trat dicht neben ihr in die Schleuse. Joey hatte sie zur Therapiesitzung bei Albrecht abgeholt, aber außer einem ‚Guten Morgen, bist du soweit?‘ hatte sie noch kein Wort zu ihr gesagt.

Seit sich Sophia absichtlich fixieren lassen hatte, konnte sie in jeder von Joeys Gesten ihren Ärger erkennen. Sie hatte der Pflegerin erklärt, wie sehr sie unter dem Schlafentzug gelitten hatte, und dass ihr in dem Moment nicht klar gewesen war, wie dumm so etwas war. Doch Joey hatte keinerlei Verständnis gezeigt. ‚Ein negatives Gutachten zu schreiben, ist doch jetzt ein Klacks. Das spielt dem Prof in die Karten, wenn du jetzt schon auf Pfleger losgehst.‘

Dieses Gespräch war nun schon fast zwei Wochen her. Doch Joeys Worte hallten immer noch in Sophias Kopf nach. Zumal die Pflegerin seither kaum mehr ein Wort mit ihr gewechselt hatte. Sophia war sicher, dass sie ihr aus dem Weg ging, und das machte ihr furchtbare Angst. Sie war allein.

Endlich drehte sich Joey zu ihr um. „Dir ist schon klar, dass es nicht nur mir auffällt, dass du immer dünner wirst?“

Sophia war froh, dass sie wenigstens mit ihr sprach, aber sie hatte keine Ahnung was sie erwidern sollte.

„Willst du etwa verhungern?“

„Ich kann die Medikamente nicht bei mir behalten, wenn ich einigermaßen klar denken will. Die machen mich total wirr im Kopf.“

Joey blieb schnaubend stehen. Sie waren bereits vor den Aufzügen und Joey drehte ihren Kopf dicht zu ihr. „Ich bin echt nicht sicher, warum er dich nicht längst zwangsernährt“, flüsterte sie. „Und wenn er damit anfängt, dann bekommst du Medikamente, die dir nicht nur deinen Kreislauf durcheinanderbringen und deine Sicht auf die Dinge ein wenig vernebeln."

Wie ein Geschwür wuchs die Angst in Sophias Magen. Es schnürte ihr die Kehle zu, als sie mutlos hinter der Pflegerin her tappte. Mit jedem Schritt, den sie sich Albrechts Büro näherten, wurden ihre Beine schwerer. Die Übelkeit trieb eine brennende Flüssigkeit durch ihre Speiseröhre. Am liebsten wäre Sophia weinend auf dem Flur zusammengebrochen und hätte nach ihrer Mutter gerufen.

„Könntest du ihm sagen, dass es mir nicht gut geht, und wir die Sitzung verschieben müssen?"

Joey sah sie traurig an. „Das nimmt er mir doch nicht ab, dann heißt es nur, du sollst ja zu ihm kommen, damit es dir besser geht."

***

Professor Albrecht sagte nichts, als Sophia sein Büro betrat. Anders als sonst, schaute er nicht einmal zu ihr auf, bis er das Tonbandgerät eingeschaltet und seinen gewohnten Text aufgesagt hatte. Als seine kalten Augen ihre trafen, holte Sophia tief Luft.

„Ich möchte mit meinen Eltern telefonieren", verlangte sie.

„Frau Konrad, darüber haben wir doch bereits gesprochen. In dieser Einrichtung gelten strikte Regeln, was Telefongespräche und Besuche angeht. Sobald ich als Ihr behandelnder Arzt einen Kontakt nach außen für ratsam erachte, werden Sie die Möglichkeit bekommen."

Die Machtverhältnisse waren klar. Weil Sophia aber glaubte, Angriff sei möglicherweise die beste Verteidigung, nahm sie ihre letzten Kräfte zusammen und richtete sich noch einmal auf. „Ich will einen Anwalt. Ich muss mit einem Anwalt sprechen dürfen. Das darf man doch sogar im Gefängnis!"

Ehe sie ihren Satz beendet hatte, sanken ihre Schultern nach vorne.

Albrecht lächelte kalt. „Frau Konrad, Ihr erheblicher Gewichtsverlust macht mir mittlerweile Sorgen." Er ignorierte alles, was sie gesagt hatte und ging selbst zum Angriff über. „Ich weiß, dass Ihre Nahrungsaufnahme zwar etwas weniger geworden ist, Sie aber immer noch regelmäßig essen. Wollen Sie mir erklären, weshalb Sie ihre Medikamente erbrechen?“

***

Als sie in ihrem Bett aufwachte, blieb ihr die Luft weg. Andrea beugte sich über sie. Sophia konnte sich nicht bewegen, sie konnte nicht um Hilfe schreien. Sofort dachte sie an das Klebeband aus der Werkbank des Vaters, mit dem die Verrückte den Mund ihres kleinen Bruders verklebt hatte. Ja, dass musste es sein. Andrea hatte ihr den Mund mit Klebeband zugeklebt. Was hatte sie nur vor? Sophia sah zu ihren Armen. Wie war die Verrückte bloß an die Gurte aus den B-Zellen gekommen? Ihre erstickten Schreie würde hinter dem Klebeband niemand hören. Plötzlich erschien eine Zange in Sophias Blickfeld und sie musste würgen.

„Ich habe dir etwas mitgebracht, Süße!“ Ein grunzendes Lachen drang aus Andreas Kehle. Das ekelerregende Grinsen entblößte ihr gelbes Gebiss. Sie führte die Zange zu Sophias Zeigefinger. Die letzte Luft strömte aus ihren Lungen. Ein erbärmlicher Schmerz sauste durch ihren ganzen Arm. Immer noch keine Luft. Es kam kein Sauerstoff mehr nach. Jetzt hielt ihr Andrea eine große Spritze vor die Nase.

„Jetzt bekommst du auch etwas von meiner Lust ab. Sobald das Zeug durch deine Adern fließt, wirst du den Schmerz lieben, genau wie ich es tue.“

Der Stich bohrte sich in ihre Armbeuge und sie schnappte nach Luft. Ihre Lungen füllten sich endlich wieder. Doch wollte sie das überhaupt? Wollte sie leben, wenn sie verseucht war mit Andreas Mordlust? Wollte sie selbst ein Monster sein?

Sophia spürte, wie sie das dumpfe Gefühl einer nahenden Bewusstlosigkeit einholte. Es kam immer näher, als sie ein Geräusch an der Zimmertür hörte. Endlich! Endlich wurde sie vor dieser Verrückten gerettet. Sie schaffte es, den Kopf ein kleines Stück zu drehen und sah Oskar. Oskar Jacob saß, mit einem dicken Strick an einen Rollstuhl gefesselt, direkt im Türrahmen zu ihrem Zimmer. Das Grauen traf sie mit voller Wucht, als hinter ihm der Professor auftauchte. Seine Augen waren schwarz und das teuflische Grinsen stand ihm im Gesicht. Dann hob er die Hand und winkte ihr höhnisch zu.

***

Als sie die Augen öffnete, fühlte sie sich um Jahre gealtert. Sie saß im Speiseraum. Der Professor saß ihr mit starrer Miene gegenüber. Ansonsten war niemand im Raum.

„Sie werden jetzt essen, Frau Konrad."

Sophia presste ihre Lippen zusammen. Sie wollte den Kopf schütteln, doch ihre Hand griff wie von selbst nach dem Löffel. Sie starrte auf die Linsensuppe. Die kleinen Linsen im Teller bewegten sich. Ihr Löffel kratzte über den Teller und die kleinen Linsen schwammen zappelnd davon. Der gefüllte Löffel bewegte sich ungebremst auf ihren Mund zu. Die Linsen hatten kleine Beinchen und zappelten immer heftiger. Sophia musste würgen.

***

In einer anderen Welt öffnete Sophia noch einmal die Augen. Sie hatte geträumt. Jetzt erkannte sie den kalten, leeren Raum der B-Zelle sofort. Hinter dem Sichtfenster in der Tür war es dunkel. Ihre Arme und Beine waren fixiert, auch um ihre Hüfte lag wieder ein Gurt. Als sie die Infusion in ihrer Armbeuge sah, dachte sie sofort wieder an den Traum von Andrea. An ihrem Zeigefinger steckte eine schwarze Klammer, die durch ein Kabel mit den Gerätschaften neben ihrem Bett verbunden war. Erst jetzt nahm sie ein regelmäßiges Piepen wahr. Sophia schluckte trocken. Ihr Rachen stieß auf einen Widerstand. Ihr Hals brannte. Durch die Nase konnte sie kaum atmen. Nur ganz langsam begann sie zu begreifen, was geschehen war. In ihrer Nase steckte ein Schlauch, der mit Klebeband an ihrer Wange festgemacht war. Dieser Schlauch führte direkt in ihren Magen.

Kapitel 35

Philipp hatte sich nach dem Besuch bei Sophias Eltern in Zeilsheim noch etwas zu essen besorgt. Auf dem Couchtisch schob er seine improvisierte Workstation aus Laptop und Drucker ein wenig beiseite, um seinen Teller darauf abzustellen. Wie so oft, bevor das ganze Chaos ausgebrochen war, setzte er sich mit dem Dönersandwich aufs Sofa, da kam ihm seine Mutter in den Sinn. Er legte das Essen wieder auf den Teller und zog hastig sein Smartphone aus der Hosentasche. Im Ordner mit den Kurznachrichten war nichts. Auch im Chat gab es keine neuen Nachrichten. Philipp kontrollierte auch noch die Liste der letzten Anrufe. Ebenfalls nichts! Der Tag war mit dem Treffen bei Sophias Eltern so ereignisreich gewesen, dass er gar nicht darauf geachtet hatte, ob sich seine Mutter bei ihm meldete. Und tatsächlich, sie hatte seit dem letzten Morgen keinen Kontakt aufgenommen. Das war jetzt schon über 30 Stunden her und gar kein gutes Zeichen. Philipp war sicher, dass sie niemals vergessen würde, sich zu melden. Sie selbst machte sich schließlich immer und zu jeder Gelegenheit Sorgen. Über die Schnellwahltaste tippte er ihr Foto an und die Verbindung baute sich auf. Eine blecherne Stimme wies ihn an, eine Nachricht zu hinterlassen.

„Hallo Mama, bitte ruf mich an, wenn du das hörst."

Philipp hoffte, möglichst unbeschwert geklungen zu haben, aber bei den sensiblen Antennen seiner Mutter war es quasi ausgeschlossen, dass sie nicht bemerkte, wenn er sich Sorgen machte. Zusätzlich tippte er noch eine Nachricht an sie. Nur für den Fall, dass sie die Mailbox doch nicht abhörte. Im Chatfenster konnte er sehen, dass sein kurzer Text zwar rausgegangen, aber nicht bei seiner Mutter angekommen war. Möglicherweise hatte sie einfach Probleme mit dem Netzempfang, und er machte sich völlig umsonst Gedanken.

Er hatte gerade zum ersten Mal abgebissen, als sein Handy einen lauten Benachrichtigungston von sich gab. *Vielleicht seine Mutter?*

In der Tüte war eine Serviette, mit der er sich schnell die Finger abwischte, dann öffnete er die neue Nachricht. Sie war von Joey gekommen. *Jetzt hat er sie fixieren lassen. Sie wird künstlich ernährt. Hier sieht's langsam nicht mehr gut aus, Phil.*

Selbst in den wenigen Worten konnte er ihre Wut herauslesen. Philipp wusste, dass sie immer noch sauer war, weil sich Sophia freiwillig hatte fixieren lassen. Sie hatte auch keinerlei Verständnis dafür, dass Sophia sich nach der Einnahme ihrer Medikamente übergab. Im Gegensatz zu Joey konnte Philipp zumindest Letzteres nachvollziehen. Es ärgerte ihn, dass es jetzt zur Zwangsernährung gekommen war. Damit würde sie in Zukunft nur noch mehr Medikamente bekommen. Er wollte nicht mit Joey darüber streiten und überlegte kurz, ob er sich einfach später bei ihr melden sollte. Er sah von seinem Handy zum Döner und wieder zurück. Dann wählte er ihre Nummer.

„Hey, ich bin gerade raus und im Aufzug. Könnte sein, dass du gleich weg bist."

Die Verbindung war schlecht und ihre letzten Worte hatte Philipp nur halb verstanden, sich aber denken können. Sobald sie aus dem Aufzug gestiegen war, konnte er sie wieder besser hören.

„Ich bin in letzter Zeit ein bisschen faul geworden. Ich denke ja, das könnte vielleicht echt an der Schwangerschaft liegen."

Ihre Stimme klang schwärmerisch und Philipp wusste, dass er zuerst darauf eingehen musste, auch wenn er eigentlich wegen Sophia angerufen hatte.

„Wann erfahrt ihr denn, ob es geklappt hat?"

Joey räusperte sich laut. „Also bitte. Was heißt hier ob? Es hat geklappt! Wir erfahren es morgen Nachmittag. Gleich nach meinem Dienst haben wir einen Termin. Ich bin so aufgeregt, Phil!"

Er konnte ihr Strahlen am Telefon förmlich hören und sogar das war ansteckend. Grinsend antwortete er: „Ich freue mich sehr für euch. Rufst du mich an?"

Joey lachte laut. „Klar. Du bist doch der Patenonkel."

„Hast du Sophia gesehen?"

Nach seiner Frage war es kurz leise, und Philipp dachte schon, es wäre etwas mit der Verbindung schiefgegangen. Doch dann hörte er wieder Joeys Stimme: „So, jetzt sitze ich im Auto. Du hast doch gesagt, ich soll mich von ihr fernhalten, so gut ich kann. Ich hab meinen ganz normalen Dienst gemacht. Natürlich hab ich zweimal nach ihr gesehen, weil das nun mal mein Job ist, und es auffallen würde, wenn ich immer die anderen schicke. Aber ich habe versucht, mich ganz normal zu verhalten."

So viel Zurückhaltung und Vorsicht sah Joey gar nicht ähnlich. Wer weiß, vielleicht waren das tatsächlich die Hormone.

„Das ist gut. Du musst vorsichtig sein. Ich war bei ihren Eltern. Die haben eine Anwältin eingeschaltet. Vielleicht findet die etwas raus. Der ganze Albtraum ist bestimmt bald vorbei."

Joey zögerte einen Moment. Dann klang ihre Stimme zweifelnd: „Hör mal Phil, ich weiß, dass die Sache echt schlimm ist. Alles, was dir passiert ist und so. Aber bist du wirklich sicher, dass das alles mit Sophia zusammenhängt?"

Philipp fuhr sich mit der Hand über den Nacken. Er wollte nicht wieder mit ihr streiten und musste sich zusammennehmen.

„Ich kann echt nicht glauben, dass du immer noch Zweifel hast", sagte er möglichst ruhig.

„Da ist schon irgendwas im Busch, keine Frage. Aber wenn sie wirklich ohne Grund hergebracht wurde, dann würde da doch nicht nur der Prof sondern auch die Staatsanwaltschaft drinstecken. Meinst du wirklich, dass …"

Joey sprach noch weiter, doch Philipp hörte ihr gar nicht mehr zu. Einem plötzlichen Geistesblitz folgend, hatte er das Handy vom Ohr genommen und umständlich versucht, die Bildergalerie zu öffnen. Dann ging er zurück zum Telefonat und aktivierte den Lautsprecher.

„Hör zu, Joey. Die Nachbarin von Sophias Eltern ist Staatsanwältin, und ich glaube, die hat etwas damit zu tun."

Er klappte den Laptop auf und loggte sich auf der Social Media-Plattform ein.

„Aber warum sollte die dann …"

Wieder ließ er Joey nicht aussprechen. „Ich muss auflegen, sonst bekomm ich die Bildergalerie im Handy nicht auf. Ich erklär dir alles, wenn ich sicher bin. Lass dir einfach weiter nix anmerken."

Als er aufgelegt hatte, konnte er endlich das Bild des Sohnes der Staatsanwältin öffnen, und seine Nackenhaare stellten sich auf. Sophia hatte ihm erzählt, dass sie jahrelang bei Oskar Jacob babygesittet hatte. Plötzlich wurde ihm klar, warum er das Foto gemacht hatte. Er kannte dieses Gesicht. Ohne länger darüber nachzudenken, öffnete er das Profil von Sophias Kollegin. Er versuchte, Tanjas Bildergalerie zu öffnen. Leider kam er hier nicht weiter. Um ihre Fotos ansehen zu können, musste sie ihn zuerst freigeben. Nach einigen weiteren Klicks, einer Freundschaftsanfrage und einer persönlichen Nachricht an Tanja starrte er, an seinem Daumennagel kauend, auf den Bildschirm. Hoffentlich würde es nicht lange dauern, schließlich war es inzwischen normal, dass man vierundzwanzig Stunden am Tag Zugriff auf seine virtuelle Identität hatte. Und tatsächlich. Keine drei Minuten, nachdem die Anfrage verschickt war, kam Tanjas Bestätigung. Philipp atmete tief ein und behielt die ganze Luft in seiner Lunge, während er die Fotografien durchging. Beim ersten Familienfoto hielt er inne. Mit geweiteten Augen und offenem Mund führte er sein Handy neben den Bildschirm und schaute zwischen den beiden Kindern hin und her. Es bestand kein Zweifel. Der ordentlich gekämmte Lucas Grunwald, der zwischen seinen Eltern sitzend, brav in die Kamera lachte, und der ballspielende Oskar Jacob könnten ein und dieselbe Person sein.

Kapitel 36

‚Wie kann ein Mensch an einem kalten Oktobertag bloß so schwitzen?‘, fragte sich Böhm und steckte das leicht benetzte Tuch zurück in die Hemdtasche. Mit einem Blick auf seine Schuhe holte er schnaubend ein Papiertaschentuch aus seiner Jacke und wischte damit über den matschig braunen Lederschuh. Es war ja gut und schön, dass sie hier vor ewigen Zeiten gemeinsam zur Schule gegangen waren und einen Teil ihrer Jugend in diesem Park verbracht hatten, doch das änderte weder etwas am schlechten Wetter noch daran, dass es im Berufsverkehr keinen Spaß machte, durch halb Frankfurt zu fahren, nur um in den Höchster Stadtpark zu gelangen. Obwohl sich Albrecht unbedingt hier treffen wollte, war er wieder zu spät. Für ihn musste es vom Lohrberg aus um diese Uhrzeit schließlich eine kleine Weltreise sein. Was für eine Schnapsidee. Ungeduldig sah Böhm noch einmal auf die goldene Armbanduhr. Schon wieder spürte er Wut in sich aufsteigen. Er schloss die Augen und begann, langsam bis zehn zu zählen. Wenn er sich zu sehr aufregte, würde er nur noch mehr schwitzen, und bei diesen Temperaturen nass auf der Parkbank zu sitzen, würde ihm noch eine Lungenentzündung einbringen und das schneller, als sein Freund Albrecht zu einer Verabredung erscheinen konnte. Er öffnete die Augen und ihm fiel eine dunkle Gestalt auf der kleinen Brücke auf, die über die schmalste Stelle des Sees führte. In seinem langen schwarzen Fleecemantel, dem passenden Hut und dem dunklen langen Bart hatte Albrecht etwas Mystisches an sich. Wie ein Rabbi auf dem Weg zum Abendgebet schritt er beinahe bedächtig auf Böhm zu und nahm neben ihm Platz, ohne sich für die Verspätung zu entschuldigen oder seinen Freund zu begrüßen.

„Kannst du dich noch daran erinnern, als wir im Sportunterricht um diesen dämlichen See joggen mussten?“, waren seine ersten Worte.

„Klar kann ich das! Der kam einem damals viel größer vor", schnaubte Böhm. „Aber ist diese Erinnerung wirklich Grund genug, um sich um diese Zeit in den Frankfurter Westen zu quälen? Auf der A66 muss doch die Hölle los gewesen sein."

Albrecht brummte wie ein verärgerter Bär. „Ich hatte gehofft, dass dich die Erinnerung dem Eberhard, den ich mal kannte, etwas näherbringt. Wenn ich daran denke, was du getan hast, kommt mir die Galle hoch."

„Meinst du wegen des Mädchens oder wegen Lehmann?" Die Frage war ihm herausgerutscht, bevor er darüber nachdenken konnte.

„Natürlich wegen des Mädchens, was ist denn jetzt mit Lehmann? Den hast du doch jetzt aus meiner Klinik entfernt. Was gibt es denn da noch?"

Obwohl er sich ärgerte, Lehmann überhaupt erwähnt zu haben, freute es Böhm doch ein wenig, dass seinem Freund die gespielte Ruhe langsam abhandenkam. „Also, wegen des Mädchens. Du warst doch einverstanden."

Jetzt war es mit Albrechts Zurückhaltung ganz vorbei. Er fuhr zu seinem Kollegen herum und sprach mit solcher Inbrunst, dass Speicheltröpfchen auf seinem Fleecemantel landeten. „Ich war damit einverstanden, dass Heroin auf die Station geschmuggelt wird, während Lehmann allein Dienst hatte. Meine Bedingung war immer, dass es keine Toten gibt, verdammt nochmal, darum mach ich doch diese ganze Scheiße."

Böhm atmete tief ein. „Ist ja gut. Tut mir leid. Aber sag mir doch bitte, wie es mit Sophia Konrad aussieht. Du hast darauf bestanden, dass wir uns hier treffen, um mir das zu erzählen. Ich muss wissen, dass das unter Kontrolle ist."

Albrecht fiel es offensichtlich schwer, an sich zu halten. Böhm erwartete beinahe, dass er aus diesem Gespräch bestenfalls mit einem blauen Auge oder einer gebrochenen Nase herausgehen würde. Doch der ärztliche Direktor griff ihn nicht an. Mit starrer Miene versuchte er sich an einem möglichst neutralen Tonfall. „Was ist mit Lehmann?"

Böhm verdrehte die Augen. „Ich wollte die Geschehnisse in der Klinik mitverfolgen und war in der Nacht am Lohrberg. Morgens habe ich meine Pokerrunde zu einem Frühstück in der Schänke eingeladen. Wir sind schließlich alle längst im Rentenalter und fallen dort gar nicht auf."

Albrecht hob die Augenbrauen und deutete mit einer winkenden Bewegung an, dass er endlich zum Punkt kommen solle.

„Ich hatte darauf spekuliert, dass sich Lehmann einen hinter die Binde kippt, nach dem, was er in der Klinik erlebt hatte. Nun ja, ich hatte recht."

Albrecht stöhnte. „Jetzt hör endlich auf, mich auf die Folter zu spannen."

„Ist ja gut. Er hat sich mit eurem Wachmann unterhalten. Dem, mit dem starken Dialekt. Lehmann hatte nicht vor, die Sache auf sich beruhen zu lassen. Da musste ich eben etwas unternehmen. Bin mir aber sicher, dass du das lieber nicht wissen willst."

Albrecht schloss die Augen und legte sich eine Hand auf die Stirn.

„Wenn ich nicht selbst in den Bau wandern würde, würde ich dir die Polizei auf den Hals jagen. Du hast die Kontrolle komplett verloren."

Am liebsten hätte Böhm zugegeben, dass er sich manchmal selbst nicht mehr erkannte. Stattdessen versuchte er den festen Kloß, der ihm das Atmen schwer machte, herunterzuschlucken.

„Beruhig dich. Er lebt! Aber dazu komme ich später. Ich hab dir jetzt von ihm erzählt. Jetzt bringst du mich bitte auf den neuesten Stand wegen Konrad."

Im Gesicht stand ihm nichts als Abscheu und Ekel, trotzdem lieferte Albrecht endlich seinen Bericht ab: „Der Fall Konrad wird frühestens in fünf Monaten verhandelt. Mein Gutachten wird absolut wasserdicht sein. Das steht jetzt zweifellos fest. Um die Patientin musst du dir keine Sorgen mehr machen. Die bleibt bei mir." Albrecht drehte sich zu ihm um und in seinem Blick lag die unausgesprochene Bitte, Sophia am Leben zu lassen. „Ich glaube nicht, dass Konrad die Ivanov-Jacob-Geschichte überhaupt mit ihrem Aufenthalt in der Klinik in Verbindung bringt."

Böhm antwortete nicht.

Albrecht hatte eine Schachtel Lutschbonbons aus der erstaunlich geräumigen Innentasche seines Mantels geholt und hielt sie Böhm vor die Nase. Als dieser ablehnend die Hand hob, nahm sich Albrecht eines davon heraus und verstaute den Rest wieder umständlich in der Tasche. Kurz darauf nahm Böhm den starken Lavendelgeruch wahr. Vielleicht glaubte sein Kollege, dass ihn diese Pastillen beruhigten. Böhm schwieg noch einen Moment und entschied dann, ihn lange genug verschont zu haben.

„Lehmann hat ein Foto vom Jacob-Jungen gemacht." Dicke Schweißperlen sammelten sich auf Böhms Stirn, als er an den Anruf von der Staatsanwältin dachte. „Michaela Jacob hat ihn dabei beobachtet. Sie ist völlig am Durchdrehen. Außerdem hat sie ihn zusammen mit der Anwältin der Familie gesehen. Elena Novak. Jacob kennt sie vom Gericht. Ist wohl sehr zäh diese Frau." Er fischte das karierte Tuch wieder aus der Hemdtasche und wischte damit über das Gesicht.

Geräuschvoll schob Albrecht das Bonbon von einer Wangentasche in die andere. „Und?"

Böhm schnaubte laut. „Was, und? Ist dir eigentlich klar, dass nicht nur meine Existenz, sondern mein Lebenswerk auf dem Spiel steht?"

Mit einem lauten *Plopp* hatte Albrecht das Bonbon ausgespuckt und fuhr zu ihm herum. Jetzt war Böhm sicher, dass ihm doch noch eine körperliche Abreibung drohte.

„Und du glaubst, dass du wegen deines beschissenen Kunstfehlers einfach so Menschen umbringen kannst? Du hast doch völlig den Verstand verloren."

Schlagartig spürte Böhm eine unbändige Wut in sich aufsteigen. Er musste sich zusammenreißen, um nicht selbst derjenige zu sein, der im Park eine Schlägerei anfing. „Du hast doch gar keine Ahnung von meiner Arbeit. Ich habe nicht ohne Grund meine Vorsichtsmaßnahmen." Es kostete ihn viel Kraft, seine Stimme zu zügeln und nicht einfach laut loszubrüllen. „Kunstfehler? Dass ich nicht lache!" Mit versteinerter Miene beugte er sich zu seinem Freund herüber. „Obwohl du es sowieso nicht verstehen wirst, versuche ich es dir jetzt einmal zu erklären: Dichoriale Zwillinge sind eineiig, teilen sich aber bis zum dritten Tag nach der Befruchtung vollständig. Es entstehen zwei Fruchtblasen und zwei Plazentas. Man kann also nicht immer erkennen, dass sie eineiig sind. So etwas kann niemand voraussehen und das sehe ich unter Umständen nicht einmal bei der Geburt."

„Ist gut, du konntest also nicht wissen, dass es eineiige Zwillinge waren. Aber ganz ehrlich: Kunstfehler oder Laune der Natur, du kannst wegen deiner Machenschaften niemanden umbringen."

Einen Moment lang saßen die beiden Ärzte noch schweigend nebeneinander und blickten auf die ruhige Oberfläche des Sees. Dann stand Böhm auf und klopfte seinem langjährigen Freund auf die Schulter. Ohne ein weiteres Wort verließ er den Park seiner Jugend. Er wusste jetzt ganz sicher, dass er nicht mehr auf Albrecht zählen konnte.

Kapitel 37

„Frau Konrad, wir müssen reden", riss sie die schrecklichste Stimme der Welt aus dem traumlosen Schlaf. Sophia kniff die Augen zusammen und wünschte sich, dass sie das schwarze Nichts wieder einholte. Sie wollte wieder eingeschlossen sein, in der Dunkelheit. Gefangen und trotzdem leicht. Dort gab es keine Schmerzen, keine Sorgen und vor allem keine Angst. Im Nichts war alles vorbei und das war gut.

„Frau Konrad, öffnen Sie die Augen. Ich kann Ihnen zumindest einen Teil Ihrer Ungewissheit nehmen."

Der Professor saß auf einem Stuhl neben ihrem Bett und lächelte sie an. Sophia erwartete beinahe, dass ihm jeden Moment lange Fangzähne wuchsen, die sich Sekunden später in ihren Hals bohrten. Aus ihrem nebeligen Unterbewusstsein stieg eine undeutliche Erkenntnis auf. Das Monster war zufrieden. Auch wenn sie nicht wusste, weshalb, hatte er sie offenbar genau dort, wo er sie haben wollte. Schwach, festgebunden und kaum mehr fähig, einen klaren Gedanken zu fassen.

„Ihr Gerichtstermin wird in ungefähr fünf Monaten sein. Wir haben also noch Zeit, alles in Ruhe auszuarbeiten. Ich dachte, dieses Wissen gibt Ihnen vielleicht eine gewisse Sicherheit und auch ein wenig Perspektive."

Undeutliche Gedanken schwirrten durch ihren Kopf. *Gerichtstermin? Für was kam sie vor Gericht? Hatte er fünf Monate gesagt?*

„Bis dahin schlage ich vor …"

Er sprach weiter, doch sie konnte seine Worte nicht verstehen. Sie musste sich verhört haben. Ganz sicher hatte sie ihn falsch verstanden. Sie würde doch keine weiteren fünf Monate hierbleiben müssen. An diesem Ort verlor sie den Verstand. Die stumpfe Gewissheit, dass ihr Leben vorbei war und sie in den Fängen dieses Monsters bleiben würde, brachte die Dunkelheit wieder näher. Sophia nahm sie gerne an, sie versuchte, sich darin zurückzuziehen. Eine Träne lief über das Gesicht eines Körpers, der nicht mehr zu ihrer Wirklichkeit gehörte. Irgendwo ganz weit weg lief ein leises Tonband. „Sobald Sie wieder einigermaßen auf dem Damm sind, werden wir Sie zurück auf die Station bringen. Besonders in den Stunden nach den Mahlzeiten wird Ihnen dann eine gesonderte Betreuung zur Seite gestellt. Es ist schließlich in Ihrem Interesse, dass Sie bis zur Verhandlung wieder fit sind.“

Kapitel 38

Kaum hatte er am Abend die Verbindung zwischen dem Kind von dieser Staatsanwältin und dem Sohn der Ivanovs erkannt, hatte er sofort eine Nachricht an Elena Novak geschickt. Bereits zwei Minuten später hatte ihn die Anwältin angerufen und auf ein Treffen am nächsten Morgen bestanden. Auch sie habe Neuigkeiten, wolle ihm diese aber lieber persönlich mitteilen.

Nach einer unruhigen Nacht öffnete Philipp die Augen, tastete den Boden nach seinem Handy ab und entsperrte sofort das Display. Es war bald fünf Uhr und von seiner Mutter hatte er seit fast zwei Tagen nichts mehr gehört. Inzwischen machte er sich ernsthafte Sorgen und überlegte, den Reiseveranstalter oder die Reederei zu kontaktieren, auch wenn das wegen eines versäumten Kontrollanrufs vielleicht etwas übertrieben war. Ungeachtet der frühen Uhrzeit wählte er noch einmal ihre Nummer und kam wieder direkt auf der Mailbox raus. Er schrieb ihr eine weitere Textnachricht, legte sich wieder auf den Rücken und starrte die Decke an.

Bis zu seinem Treffen mit der Anwältin würde er noch einige Stunden überbrücken müssen. Er war so ungeduldig, dass er einfach nicht mehr liegen konnte. In einer schnellen Bewegung schlug er die Bettdecke zurück, blieb mit den Füßen darin hängen und stolperte beim Aufstehen in den Flur. Zuerst musste er richtig wach werden. Seine erste Tasse Kaffee nahm er mit ins Bad. Er duschte so kalt wie möglich und fühlte sich danach schon wieder fast wie ein Mensch. Mit dem zweiten Kaffee und seinem Laptop setzte er sich anschließend auf das Sofa. Über Social-Media hatte er drei neue Nachrichten von Moe. In der ersten fragte sie, ob er über seine Kollegen etwas von Sophia gehört habe. Die zweite Nachricht beinhaltete ihre Handynummer und die Bitte, dass er sich doch bei ihr melden solle. In der dritten Nachricht bat sie schließlich um ein Treffen und erkundigte sich, ob es Philipp trotz seiner Kündigung möglich war, einen Brief für Sophia in die Klinik zu schleusen.

Philipp speicherte die Nummer in seinen Kontakten. Er zögerte. Natürlich wollte er keine weiteren Personen in die Geschichte reinziehen und damit möglicherweise gefährden. Dennoch war er sicher, dass es Sophia enorm viel Kraft geben würde, etwas von ihrer Freundin zu hören. Zumindest sobald sie nicht mehr fixiert und endlich wieder auf der normalen Station sein würde. Er öffnete die App und schrieb ihr eine Kurznachricht. *Hey, hier ist Philipp, sorry dass ich mich jetzt erst melde. Sophia hat in letzter Zeit viel abgenommen und wird momentan über eine Magensonde ernährt.*

Es dauerte keine fünf Minuten bis Moes Antwort kam. Etwas verunsichert sah Philipp noch einmal auf die Uhr. Es war nicht einmal halb sechs. Er hatte Sophias Freundin nicht für eine Frühaufsteherin gehalten. Schliefen Künstler nicht für gewöhnlich lang?

Omg. Wir müssen sie da unbedingt rausholen. Gibt es schon Neuigkeiten von der Anwältin?

Philipp zögerte einen Moment. Offenbar würde es nicht einfach sein, Moe aus der Sache herauszuhalten. Sophias Freundin kam ihm nicht vor wie jemand, der sich etwas sagen ließ. Außerdem kannte sie Michaela Jacob und ihren Sohn Oskar vielleicht sogar. Er flüsterte „was soll's?“, und schrieb ihr noch eine Nachricht. *Ehrlich gesagt, bin ich vielleicht auf etwas Hilfreiches gestoßen. Ich treffe mich heute um zehn Uhr mit Frau Novak im Alex (Skyline Plaza). Magst du dazukommen?*

Keine Minute später war Moes Antwort bereits da.

Ich arbeite heute bei meinem Dad im Laden und muss das klären. Aber ich versuche, um zehn im Alex zu sein. LG Moe

Auch wenn er zu aufgewühlt zum Schlafen war, machte ihn die Müdigkeit träge. Er schleppte sich gerade noch einmal in die Küche, um sich einen dritten Kaffee zu machen, als sein Smartphone erneut aufleuchtete.

Mein lieber Junge, es tut mir leid, dass ich dich nicht anrufen kann. Unser Landgang ist wegen eines Unwetters ausgefallen und das Telefon hat keinen Empfang. Darum schreibe ich dir einfach eine Nachricht. Dann weißt du, dass alles in Ordnung ist. Ich hab dich lieb.

Philipp lachte erleichtert auf. Es war zwar irgendwie tragisch, dass seine Mutter nicht verstand, dass man für Textnachrichten ebenfalls Netzempfang brauchte, aber er war beruhigt. Es ging ihr gut und sie hatte diese Nachricht offenbar bereits am Vortag abgeschickt und war der Meinung gewesen, sich vollkommen verantwortungsbewusst gemeldet zu haben.

Gegen neun Uhr dreißig saß er dann endlich in dem Panda und fuhr am Friedhof vorbei zum hinteren Ortsausgang von Sindlingen. Er hielt an dem Stoppschild und wollte gerade in Richtung Autobahn abbiegen, als er den ebenfalls links blinkenden Transporter im Rückspiegel bemerkte. Am Rückspiegel des Wagens hingen helle Plüschwürfel, die Philipp schon einmal gesehen hatte. Kurzentschlossen gab er im letzten Moment Gas und fuhr, trotz des falsch gesetzten Blinkers, rechtsherum. Der schwarze Mercedes folgte ihm, ohne Rücksicht auf den hupenden Kleinwagen, dessen Vorfahrt er missachtete. Philipp überlegte kurz und ging am Zebrastreifen des Kreisverkehrs fest in die Eisen, obwohl kein Fußgänger zu sehen war. Der Sprinter kam ihm offenbar näher, als dessen Fahrer geplant hatte, was Philipp seinem Gesichtsausdruck entnahm. Das Gesicht des jungen, breitschultrigen Mannes kam ihm ebenfalls bekannt vor, doch er achtete nur kurz darauf. Sein eigentliches Interesse galt dem Nummernschild des Wagens. F-OO-174. Philipp wiederholte die Nummer ein paar Mal im Kopf, während er auf die Höchster Farbenstraße fuhr. Er war überrascht, dass der Mercedes ihm nicht folgte, sondern stattdessen auf die Zufahrt des Industrieparks zuhielt. An der nächsten Bushaltestelle fuhr er in die Haltebucht ein. Er bremste ab, und notierte das Kennzeichen sofort in seinem Handy.

Das Parkhaus des mehrstöckigen Einkaufszentrums war noch relativ leer. Philipp nahm sich einen Platz nahe an den Aufzügen und fuhr in den obersten Stock. Er öffnete die Glastür zu dem modern eingerichteten Restaurant-Bar-Konzept, und ihm wurde klar, weshalb sich Novak ausgerechnet hier mit ihm treffen wollte. Obwohl es ein gewöhnlicher Wochentag war, waren viele Tische bereits mit frühstückenden Menschen besetzt. Manche waren geschäftsmäßig gekleidet, andere im legeren Freizeitoutfit und in der Ecke fiel Philipp ein langer Tisch auf, der wohl gerade für eine private Feier hergerichtet wurde. Voll beladene Teller und vielbeschäftigte Kellner, wo man hinsah. Hier schlug einem die Anonymität der Stadt förmlich ins Gesicht. Die Tische standen angenehm weit auseinander und niemand würde sich für ihr Gespräch interessieren, geschweige denn es mit anhören können. Im hinteren Teil des Ladens saß Elena Novak auf einer, mit dunkelrotem Leder bezogenen Bank. Auf dem Holztisch vor ihr stand bereits ein Kaffeeglas, in dem sie mit einem langen Löffel rührte. Ihre Schultern entspannten sich ein wenig, als sie zu Philipp aufschaute.

„Guten Morgen." Lächelnd deutete sie auf den Stuhl ihr gegenüber. Philipp begrüßte sie knapp und setzte sich.

„Hier gibt es ein ziemlich passables Frühstücksbuffet, falls Sie hungrig sind."

Er griff nach der Karte und blätterte zu den Kaffeespezialitäten. „Vielleicht später. Ich denke, wir sollten uns erst einmal unterhalten."

Novak sank in ihre Rückenlehne. Sie nickte zwar, trotzdem bemerkte Philipp, dass sie ein wenig enttäuscht war.

„Sie können gerne schon etwas essen. Ich brauche einfach noch einen Moment." Seine Erklärung wirkte entschuldigend und er fragte sich, warum er es dieser Frau so gerne recht machen wollte.

„Schon in Ordnung. Wir können später essen. Kommen wir erst mal zur Sache."

Philipp holte Luft und beide fragten wie aus einem Mund: „Was wollten Sie mir sagen?"

Nach einem kurzen Wortwechsel „Sie zuerst!", „Nein! Sie zuerst!" begann die Anwältin mit Helga Brumhäuser. Ihr Gesichtsausdruck hatte sich verdunkelt. Sie schaute Philipp mitleidig an. „Es tut mir leid. Frau Brumhäuser wurde vor zwei Wochen tot in ihrer Wohnung gefunden."

Philipps Nackenhaare stellten sich auf.

Novak fuhr mit der Hand über ihren Nacken, um sich die nussbraunen Locken vorn über die Schulter zu legen. Nach einer kurzen Pause fuhr sie fort. „Ihre Tochter hatte wohl ebenfalls versucht, sie zu erreichen und war schließlich selbst zur Wohnung gefahren, um nachzusehen."

Die plötzliche Übelkeit trieb ihm säuerlichen Kaffeegeschmack in den Hals. „Die schrecken wirklich vor gar nichts zurück", flüsterte er. Ein merkwürdiges Schuldgefühl stieg in ihm auf. Konnte es wirklich sein, dass er eine gewisse Mitschuld am Tod dieser Frau hatte? Schließlich war sie die Einzige, die bereit gewesen war, einen Kontakt zu Kordler herzustellen. Novak schüttelte aber den Kopf.

„Frau Brumhäuser ist eines natürlichen Todes gestorben. In ihrem Blut hat man lediglich Morphinpräparate gefunden. Von Medikamenten, die sie schon seit langer Zeit nimmt. Sie war schon lange krank. Es hat keine äußerlichen Einwirkungen gegeben."

„Das kann kein Zufall sein", flüsterte er gedankenverloren.

Die Anwältin beugte sich ein wenig zu ihm vor. „Wenn das so ist, werden wir das irgendwie herausfinden." Dann hob sie fragend die Augenbrauen. „Jetzt sind Sie dran. Was sind Ihre Neuigkeiten?"

Philipp erklärte gerade, dass er glaubte, von einem Mann in einem dunklen Transporter beschattet zu werden, als Moe plötzlich neben ihm stand. Es war, als wäre sie aus dem Nichts aufgetaucht.

„Sorry, ich hab's nicht eher geschafft." Von einem anderen Tisch zog sie sich einen Stuhl heran und wendete sich dann an Frau Novak: „Guten Morgen."

Für einen kleinen Moment sah die Anwältin aus, als hätte man ihr eine Ohrfeige verpasst. Dann erwiderte sie den Gruß und wandte sich wieder an Philipp. „Wo waren Sie stehengeblieben?"

„Der Transporter ist mir auf jeden Fall nachgefahren. Und ich glaube, dass ich den auch vorher schon mal gesehen habe. Das Auto und den Fahrer."

Novak war offenbar skeptisch. „Haben Sie ein Kennzeichen?"

Er hielt ihr die Notiz auf seinem Handy hin.

„Wir können auf jeden Fall herausfinden, wem der Wagen gehört."

Novak tippte noch eine Weile auf ihrem Smartphone, während Philipp das ausgedruckte Foto von Tanjas Online-Album herausholte und es vor der Anwältin auf den Tisch legte. „Das ist nicht alles."

Novak blickte von ihrem Smartphone auf und ihre Augenbrauen standen immer noch ziemlich nahe beieinander. Trotzdem war ihr skeptischer Ausdruck einem eher neugierigen gewichen. Philipp glaubte, sie überzeugen zu können. „Ich hatte ja erwähnt, dass ich vermute, Sophia weiß irgendetwas, was vertuscht werden soll. Obwohl ich nicht glaube, dass ihr das selbst bewusst ist."

Philipp zeigte auf das Foto. „Das hier ist Sophias Arbeitskollegin, Tanja Ivanov, mit ihrer Familie."

Während Moes Augen ein wenig größer wurden und sie einen nachdenklichen Gesichtsausdruck auflegte, tippte Philipp die Bildergalerie in seinem Handy an. Er öffnete das Foto vom Kind der Staatsanwältin, das er vom Grundstück der Konrads aus aufgenommen hatte.

„Oskar", sagte Moe.

„Ja, das hier ist Oskar Jacob. Das Nachbarskind von Familie Konrad. Sophia hat jahrelang auf den Sohn der Staatsanwältin aufgepasst. Es muss ihr aufgefallen sein, als sie den Sohn ihrer neuen Kollegin kennengelernt hat." Philipps Finger war wieder zu dem Ausdruck gewandert.

Novak bekam große Augen. Immer wieder sah sie zwischen den beiden Fotografien hin und her. „Die sehen vollkommen gleich aus."

„Jetzt sagen Sie bitte nicht, dass Sie immer noch zweifeln."

Philipp wurde langsam ungeduldig.

„Nein. Ja. Ich meine … was hat das zu bedeuten?", stammelte die Anwältin.

„Das weiß ich auch noch nicht", gab Philipp zu. „Aber ich denke, wir müssen das Sophias ehemaliger Kollegin zeigen. Tanja Ivanov weiß vielleicht mehr."

Novak kratzte den letzten Milchschaum aus ihrem Glas und sah Philipp fragend an. „Und Sophia hat nie etwas von der Ähnlichkeit der Kinder gesagt?" Dann blickte sie zu Moe, die mit dem Foto in der Hand immer noch kopfschüttelnd dasaß. Scheinbar war sie sprachlos. Philipp konnte sich denken, dass das nicht oft passierte.

„Nein, nie!", sagte Moe schließlich. „Vielleicht war sie zu dem Zeitpunkt schon so verwirrt, dass sie wirklich glaubte, sie sei verrückt." Moes Augen waren feucht geworden, in ihrem Blick lag Verzweiflung. „Diese ganzen Sachen, die in ihrer Wohnung passiert sind. Manchmal hab ich auch gedacht, dass sie sich manches nur einbildet.“ Moe stockte einen Moment. Als sie ihre Stimme wiederfand, klang sie brüchig. „Wenn sie mir gesagt hätte, dass sich die beiden Kinder so ähneln, hätte ich vielleicht selbst gemeint, dass es Einbildung sein muss.“

Sie ließ den Kopf auf die Brust sinken und die Hand mit der Fotografie lag vor ihr auf dem Tisch, als würde sie nicht zu ihr gehören. Philipp nahm das Bild und hielt Moes Hand fest.

„So etwas kann sich doch niemand vorstellen. Jetzt mach dir keine Vorwürfe. Wir bekommen sie schon da raus.“

Dann wendete er sich wieder an die Anwältin. Novaks Blick lag auf seiner Hand. Es sah aus, als wunderte sie sich, dass zwischen Moe und ihm eine selbstverständliche Verbundenheit herrschte. Vielleicht, weil beiden so viel an Sophia lag. Philipp ließ Moes Hand los. Aber es stimmte. Er hatte keinen Moment gezögert, Sophias Freundin zu duzen. Wobei er die Anwältin ganz selbstverständlich immer noch mit Sie ansprach.

Er räusperte sich. „Womöglich hat sie die ganze Sache verdrängt, nach allem was ihr passiert ist.“

„Aber vorher?“ Moe stellte die Frage laut, die auch der Anwältin auf der Zunge gelegen hatte.

Philipp kratzte sich am Kopf. Es war ihm ein wenig unangenehm seine Ideen so ins Blaue hinein zu äußern: „Ich stelle hier nur wilde Vermutungen an. Aber vielleicht hat sie es jemandem gesagt, und genau das wurde zum Problem? Irgendwie kommt es mir komisch vor, dass Oskars Mutter Staatsanwältin ist.“

„Die Staatsanwaltschaft unterzeichnet den Einlieferungsbefehl“, brachte Novak Philipps Gedanken zu Ende. „Trotzdem haben Sie recht. Das ist erst mal nur eine Vermutung. Möglicherweise gibt es eine plausible Begründung. Vielleicht ist einer der Zwillinge zur Adoption freigegeben worden. Vielleicht hat die ganze Sache gar nichts mit Frau Konrad zu tun.“

Philipp leuchtete der Zweifel der Anwältin ein. Er fragte sich, ob er aus seiner Verzweiflung heraus die Indizien, die er hatte, überinterpretierte.

Trotz der Aufregung wurde er doch langsam hungrig. Alle drei besorgten sich ein ordentliches Frühstück vom Buffet. Sie grübelten gemeinsam, welche nächsten Schritte auch ohne handfeste Beweise die besten waren. Wenn an der Adoptionstheorie etwas dran war, würden sie mit einem offenen Gespräch womöglich alte Wunden aufreißen. Zumal sie sich mit der ganzen Sache tief in die Privatsphäre anderer Menschen einmischen mussten.

Trotzdem waren sie sich eine Stunde später einig, mit Tanja Ivanov sprechen zu müssen. Sie verließen zusammen das Lokal und fuhren mit dem Aufzug ins Parkhaus. Philipp hatte weiter oben geparkt als die beiden Frauen und musste daher zuerst aussteigen. Als er aus dem Lift trat, sah er den dunklen Kastenwagen in der hintersten Ecke der Parkebene stehen. Mit einer schnellen Bewegung blockierte er die Aufzugstür, ehe sie sich ganz schließen konnte, und schob sich zurück in die Kabine. Er drückte sich an die Wand, bis sich die Tür endlich wieder schloss und fuhr dann zu Novak und Moe herum, die ihn beide mit großen Augen anstarrten.

„Der schwarze Transporter ist hier. Er muss mir doch gefolgt sein. Und ich glaube, der Kerl hat mich gesehen. Der hatte eine Waffe … Vielleicht war es auch nur ein Telefon. Jedenfalls hatte er irgendetwas in der Hand“, stammelte Philipp.

Es fiel ihm schwer, einen klaren Gedanken zu fassen. Trotzdem redete er schnell: „Ich kann auf keinen Fall mit meinem Auto wegfahren. Können Sie mich vielleicht mitnehmen?“

Novak fiel das Nachdenken offenbar genauso schwer. „Natürlich. Aber wohin fahren wir?“

Moe schüttelte entschlossen den Kopf. „Was für ein Auto fahren Sie?“

Novak blickte sie fassungslos an. „Was hat das …?“

„Sagen Sie schon.“

„Ein Mercedes GLK.“

„Sowas dachte ich mir. Das ist ein rollender Panzer. Wenn uns jemand verfolgt, brauchen wir etwas Wendiges. Wir fahren mit meinem.“

Novak öffnete den Mund, schloss ihn aber gleich wieder, als der Aufzug anhielt und die Tür mit einem Pling auffuhr.

Philipp war zuerst hin- und hergerissen, fixierte dann aber Novak. „Da ist was dran. Sie können ruhig Ihren Wagen nehmen. Falls er jemanden verfolgt, dann mich.“

Die Anwältin schüttelte den Kopf. „Wir fahren zusammen."

Ein triumphierendes Lächeln umspielte Moes Mundwinkel. „Hier entlang."

Im Laufschritt folgten sie Moe zu einem blauen Mini Cooper mit rosafarbenen Rennstreifen, während Philipp sich einigermaßen panisch in alle Richtungen umsah.

„Hiermit sind wir überhaupt nicht auffällig", murmelte Novak, als sie auf der Rückbank Platz nahm. „Um zu meiner letzten Frage zurück zu kommen, wohin fahren wir?"

Philipp hatte sein Telefon aus der Tasche geholt und drückte darauf herum. „Ehrlich gesagt, weiß ich das noch gar nicht genau. Lassen Sie uns erst einmal hier rausfahren und sehen, dass er uns nicht folgt."

Moe fuhr mit quietschenden Reifen an, und der Anwältin entfuhr ein: „Na bravo!"

Als sie das Parkhaus verlassen hatten und der Mini über die Mainzer Landstraße bretterte, zeigte Philipps Handy wieder eine stabile Verbindung an. Er öffnete den Browser und wollte gerade etwas eintippen, als sein Telefon vibrierte. Ein anonymer Anruf wurde auf dem großen Display angezeigt. Philipp kontrollierte den Rückspiegel, doch der Sprinter war nicht zu sehen. „Moe, fahr bitte nach Sindlingen. Ich habe zuhause ein Fahrrad, damit dürfte ich fürs Erste mobil sein."

Moe holte tief Luft und wollte ihm offenbar widersprechen, doch Philipp hielt sein Telefon bedeutungsvoll hoch und legte einen Finger auf seine Lippen.

„Hallo?"

Am anderen Ende der Leitung hörte Philipp eine vollkommen unbekannte Stimme.

„Guten Tag, Herr Lehmann. Es ist gar nicht so leicht, Ihnen beizubringen, aus welchen Dingen Sie sich besser raushalten sollten."

Philipp gefror das Blut in den Adern. Er konnte nicht gleich reagieren und als er endlich zur Besinnung kam, drückte er auf den Lautsprecherknopf, damit Novak und Moe das Gespräch mithören konnten.

„Wer sind Sie?" `Philipp hob vielsagend die Augenbrauen und zeigte auf das Handy.

„Ich hoffe, es ist Ihnen bewusst, dass Sie mit Ihrem Herumschnüffeln einigen Menschen sehr viel Leid beschert haben. Denken Sie bloß an die arme Familie Ivanov. Bevor Sie sich einmischten, waren das vollkommen glückliche Menschen."

Philipp wollte gerade etwas erwidern, als ein leises Klicken zu hören war. Die Leitung war tot. Wer auch immer das gewesen war, legte es offenbar darauf an, dass Philipp mit Tanja Ivanov sprach. Trotzdem war jetzt klar, dass genau das auch geschehen musste. Die Familie war möglicherweise in Gefahr.

„Dir ist bewusst, dass ich dich nicht in Sindlingen absetzen werde, oder?", fragte Moe.

„Fahr einfach weiter, erst mal Richtung Hattersheim. Ich hoffe, dein Tank ist voll."

Philipp wollte schon gar nicht mehr zu seinem Fahrrad. Er hatte es jetzt eilig. Moe grinste. Im Augenwinkel sah er, dass die Anwältin wieder auf ihrem Handy tippte.

„Ich schalte jetzt die Polizei ein", sagte Novak.

Philipp rieb sich die Schläfen, er konnte einfach nicht entscheiden, was gerade das Beste war. „Sind Sie sicher?" Er drehte sich zu der Anwältin um, doch die ließ sich nicht von ihrem Handy ablenken.

„Ich habe schon einem befreundeten Polizisten das Kennzeichen des Transporters mitgeteilt. Er hat gerade geantwortet."

Moe neben ihm sog die Luft durch die Zähne, als habe sie sich an einer Herdplatte verbrannt.

„Der Wagen ist auf einen Dr. Eberhard Böhm zugelassen. Das muss natürlich erst mal gar nichts heißen. Ich ging sogar eher davon aus, dass der als gestohlen gemeldet worden ist. Aber dieser Böhm ist Leiter eines Kinderwunschzentrums. Ich fürchte, an Ihrer Vermutung ist doch etwas dran, Herr Lehmann. Vielleicht hat das alles etwas mit den Kindern zu tun."

Philipp wurde schlecht. Den Namen des Arztes hatte er schon einmal gehört. Er schluckte, und seine Stimme war jetzt zittrig: „Böhm? Ist das die Klinik auf dem Lerchesberg? In dem Villenviertel?"

„Ja, wieso?" Novaks Augen weiteten sich.

„Weil meine beste Freundin seit Kurzem bei ihm in Behandlung ist. Sie ist auch meine Kollegin und arbeitet auf Sophias

Station." Philipp drehte sich wieder zu Moe um. „Weißt du wo Sophias Büro ist?"

Moe nickte und sagte entschlossen: „Da fahren wir hin!"

Er war fast sicher, dass Joey gesagt hatte, an diesem Tag ihren nächsten Termin bei dem Arzt zu haben. Philipp musste sich sehr beherrschen, um einigermaßen ruhig zu bleiben. Mit zitternden Fingern tippte er hektisch auf das Display. Er wählte Joeys Bild auf der Schnellwahlliste aus und ließ es so lange klingeln, bis die Mailbox ansprang.

„Joey, bitte ruf mich sofort an, wenn du das hörst."

Dann versuchte er es auf der Festnetznummer, wo er leider auch keinen Erfolg hatte, und ebenfalls eine Nachricht hinterließ. Nachdem er aufgelegt hatte, wählte er die Nummer der Klinik und rechnete damit, bei Metzger herauszukommen, doch dort saß eine Vertretung. Er konnte nur hoffen, dass dieser Kerl nichts von seiner Freistellung wusste.

„Hallo, hier ist Philipp Lehmann, ich muss dringend mit meiner Kollegin Josephine Fröhlich sprechen. Würden Sie mich bitte in die Forensik durchstellen?"

Nur kurz hörte Philipp die Warteschleifenmelodie, dann war der Wachmann wieder am Telefon. „Tut mir leid, Herr Lehmann, ich kann sie leider nicht weiterleiten. Anweisung von oben."

Philipp sendete eine Textnachricht an Joey. Er wollte wissen, ob sie im Dienst war oder zuhause, und er schrieb, dass er unbedingt vor dem Termin mit diesem Doktor Böhm mit ihr sprechen musste. Das wiederholte er mehrmals. Auch wenn Joey sein Verhalten manchmal für übertrieben hielt, war er sicher, dass sie die Dringlichkeit seiner Nachricht herauslesen würde.

Philipp kontrollierte noch einmal, ob der Ton an seinem Handy eingeschaltet war und steckte es dann in die Tasche seines Parkas. Er sah wieder auf die Fahrbahn und nahm gerade noch die Ortseinfahrt von Hattersheim wahr, da sagte Moe: „Also ich habe keinen Transporter bemerkt. Ich glaube nicht, dass er uns nachgefahren ist."

Sie fuhren auf den Parkplatz von E&F, stiegen aus dem kleinen Renn-Cooper aus und gingen zur Anmeldung. Hinter der Glasscheibe saß dieselbe junge Frau wie beim letzten Mal und Philipp atmete auf.

„Wir müssen unbedingt mit Tanja Ivanov sprechen“, sagte Philipp.

Moe, die ein ganzes Stück kleiner war als er, reckte den Hals an ihm vorbei. „Es geht um Sophia.“

Frau Novak fügte sicherheitshalber noch ein kurzes „Ich bin ihre Anwältin“ hinzu, doch die Studentin betätigte schon den Türöffner, hatte aber gleichzeitig den Telefonhörer am Ohr, um den Besuch anzumelden.

Im Flur piepte Philipps Handy und einige Köpfe drehten sich zu ihm um. Eilig öffnete er die eingegangene Nachricht.

Kann nicht telefonieren. Albrecht sitzt mir im Nacken. Arbeite bis 15 Uhr und habe dann direkt den Termin im Kinderwunschzentrum. Bin so aufgeregt. Ich ruf dich danach an.

Im Gehen tippte Philipp eine weitere Nachricht.

Ich muss mit dir reden, BEVOR ihr dahin fahrt. Unbedingt!

Tanja Ivanov hatte ihre Jacke an und die Handtasche über der Schulter, als die Drei bei ihrem Büro ankamen. Die Frau war kreidebleich und wäre beinahe mit Philipp zusammengestoßen. Ungläubig sah sie zu ihm auf, als wäre er gerade aus dem Nichts erschienen. „Was machen Sie denn hier?“

Ihre Stimme war nur ein Flüstern und Philipp bemerkte, dass ihre Augen weit aufgerissen waren.

„Wir müssen dringend mit Ihnen sprechen. Aber was ist denn passiert? Geht’s Ihnen nicht gut?“, fragte Philipp unbeholfen.

„Lucas ist entführt worden.“

Kapitel 39

Das säuerlich-scharfe Gewürz dieser elenden Frikadellen stieß Sophia immer wieder auf. Brennend gurgelte es ihre Speiseröhre hoch. Ihr Hals war entzündet. Ob es eine Nachwirkung vom ständigen Erbrechen war oder von den Schläuchen kam, die sie in ihren Magen geführt hatten, wusste Sophia nicht. Es spielte auch keine Rolle. Herr Melius sah sie über seine Zeitung hinweg an. Auch wenn sie versuchte, sich nichts anmerken zu lassen, spürte sie doch seinen Blick auf ihrer Haut. Bereits seit einigen Minuten starrte sie auf die Seite 238 von *Wer die Nachtigall stört.* Sie musste nicht umblättern, denn sie las nicht. Natürlich hatte sie es versucht, aber sie konnte sich nicht konzentrieren. Melius war ihr seit dem Mittagessen nicht von der Seite gewichen. Mehrmals hatte er ihr angeboten, ein Kartenspiel zu spielen. Natürlich war das nett von ihm, doch auch dafür hätte sie keine Konzentration aufgebracht. Ihre schwammig grauen Gedanken drehten sich im Kreis, vermischten sich miteinander und waren manchmal völlig still. Seufzend klappte sie das Buch zu und schaute für einen kurzen Moment aus dem Fenster. Sie glaubte, dass es draußen kalt war. Die dichte, weiße Wolkendecke war von grauen Schlieren durchzogen. Nach dem nächsten Wimpernschlag lag ihr Blick wieder auf dem Buch in ihren Händen. Ihr Zeigefinger fuhr über den Baumstamm auf der Vorderseite. Immer wieder streifte sie die Stelle, an der das Papier schon ein wenig dünner war. Wie lange sie das Buch von Harper Lee wohl schon begleitete? Auf merkwürdige Weise vermisste sie die kleine Stadt Maycomb, in der sie sich beim Lesen irgendwie heimisch gefühlt hatte. Sie wünschte sich, wieder lesen zu können. Doch wenigstens hatte sie es immer bei sich. Der Baum auf dem Cover war ihr vertraut. Es fühlte sich an, als säße sie jeden Tag an seinen Stamm gelehnt im Schatten seines dichten Blattwerks.

Plötzlich spürte sie einen Druck auf ihrer Schulter. Sophia zuckte zusammen und blickte direkt in Melius‘ knabenhaftes Gesicht. Sie musste eingeschlafen sein, denn sie war sicher, ein gewisses Zeitfenster übersprungen zu haben.

„Wir müssen los, Frau Konrad", sagte er mit einer Dringlichkeit, als wiederholte er diesen Satz bereits zum fünften Mal. „Der Professor erwartet Sie."

Erst als sie die letzte Schleuse hinter sich gelassen hatten und bereits den Verwaltungstrakt der Klinik erreichten, wurde Sophia klar, was als nächstes geschehen würde. Kurz vor Albrechts Büro begannen ihre Arme zu zittern und sie hatte ein Rauschen in den Ohren. Wie eingefroren blieb sie, mit angehaltenem Atem, auf der Stelle stehen. Als plötzlich jemand neben ihr auftauchte, breitete sich ein Lächeln auf ihrem Gesicht aus. Sie hatte Joey so lange nicht mehr gesehen, dass es sie jetzt wie eine große Überraschung traf. Joey sagte etwas und kam noch einen Schritt näher, doch Melius öffnete die Tür. Er packte Sophia am Arm und bugsierte sie in das Büro des Professors, bevor sie Joeys Worte verstanden hatte. Hinter ihr schloss sich die Tür.

***

In ihrem Schoß lag die Geschichte von Scout Finch. Natürlich las sie nicht in dem Buch, doch ihr Zeigefinger rieb wieder über den Baumstamm. Der Finger passte genau in die kleine Delle. Dort, wo der Stamm ein wenig heller war. Das Buch beruhigte sie und lenkte sie von dem süßlichen Geruch in diesem Büro ab. Ihre Atmung wurde gleichmäßiger und auch die Übelkeit legte sich langsam.

„Können wir anfangen, Frau Konrad?"

Mit seiner Stimme schwoll die Übelkeit wieder an, wie Hefe in einem rohen Teiggemisch. Ihr Finger hielt in der Bewegung inne und sie blickte in die grauen Eisaugen des Mannes, der sie gefangen hielt. Ohne zu wissen, woher ihre Gedanken kamen, oder ob es überhaupt ihre eigenen Gedanken waren, die plötzlich aus dem Sumpf in ihrem Kopf aufstiegen, begann sie zu sprechen: „Ich will mit einem Anwalt reden! Heute noch. Ich weiß, dass mir das zusteht."

„Aber, Frau Konrad“, antwortete er mit hochgezogenen Brauen. „Ihre Anwältin war doch erst gestern hier. Sie haben über eine Stunde mit Frau Novak gesprochen.“

Sophias Kehle zog sich zusammen. Ihr Hals wurde so eng, dass die gurgelnde Übelkeit zurückgedrängt wurde. Frau Novak? Auch dieser Name versank im Nebel ihrer Sinne, ohne die geringste Spur zu hinterlassen. War sie wirklich sicher, diesen Namen noch nie gehört zu haben? Irgendwie glaubte sie, eine Frau Novak zu kennen. Auf keinen Fall durfte sie vor dem Professor zugeben, dass sie das Treffen mit ihrer Anwältin offenbar vergessen hatte.

„Richtig“, sagte sie. Dann senkte sie den Kopf und begann wieder über den Baumstamm zu streichen.

***

Das dampfende Wasser prasselte auf ihren Nacken und lief mit einem angenehmen Kribbeln über ihren Körper. Es fühlte sich an, als würde es den Nebel in ihrem Kopf wegspülen. Leider wurde es nicht richtig klar. Dünne Schwaden, wie hellgraue Seidentücher gespannt, versperrten ihr immer noch die Sicht auf einen Gedanken, der im Hintergrund lag. Doch Sophia wusste, dass er da war und der Gedanke wuchs mit jedem Tropfen, der aus dem Duschkopf schoss. Er wurde deutlicher und schließlich wusste sie, was zu tun war. Sie erinnerte sich, dass viele einen fatalen Fehler machten. *Doch wie war das noch? Längs oder quer? Und wie lange würde sie dafür brauchen?* Sophia beugte sich aus der halboffenen Duschkabine heraus und bat Andrea, ihr den Rasierer auszuleihen. Sie versprach, ihn wieder in die Tasche zu legen, sobald sie fertig war. Auf diese kleine Notlüge kam es jetzt auch nicht mehr an. Sie ging in die Hocke und nutzte alle Kraft, um das Plastikgestell des Einwegrasierers zu zerbrechen. Die Klinge legte sie unter ihre Zunge. Dann drehte sie den Wasserhahn ab und griff nach ihrem Handtuch.

Kapitel 40

Tanja Ivanov stammelte etwas von einem Anruf. Sie weigerte sich, die Polizei einzuschalten, und bestand darauf, sofort zu ihrem Haus zu fahren, wie es der Entführer am Telefon verlangt hatte. Zuerst beschuldigte sie Philipp sogar, etwas mit der Entführung zu tun zu haben. „Vielleicht stecken Sie ja mit denen unter einer Decke. Bevor Sie hier aufgetaucht sind, war doch alles in Ordnung."

Novak versuchte zu erklären, dass sie Sophias Anwältin war, und dass sie ihr versichern könne, Herr Lehmann habe mit der Entführung nichts zu tun. Doch Tanja Ivanov hatte angefangen zu weinen und zu schreien. Sie versuchte alles, um an den dreien vorbei zu kommen und Philipp steckte sogar einige Schläge von ihr ein. Ein paar Kollegen aus anderen Büros waren schließlich dazugekommen und hatten ihr klargemacht, dass sie so erst mal nicht Auto fahren konnte. Moe hatte ihr ein Glas Wasser geholt, und als Tanja Sophias Freundin erkannte, wurde sie ein wenig ruhiger. Unter den dreien war wenigstens eine Person, die sie schon öfter gesehen hatte. Daran musste sich die verzweifelte Mutter offenbar klammern. So war es auch Moe, die sie schließlich überzeugen konnte, dass es besser war, wenn sie alle zusammen zu ihrem Haus fahren würden.

Moe lenkte den dunkelgrauen VW Sharan der Familie vorsichtig durch Hattersheims Straßen. Von der Rennfahrerin in ihrem Mini war nichts mehr zu merken. Wahrscheinlich wusste sie, dass die verzweifelte Mutter mit keiner zusätzlichen Aufregung umgehen konnte.

Immer wieder wählte Ivanov die Nummer ihres Mannes, der sich auf einer Fortbildung in München befand. Sie hinterließ ihm flehende Nachrichten und fluchte jedes Mal, wenn sie aufgelegt hatte. Außerdem wählte sie noch einige andere Nummern, bei denen sie stets etwas sagte wie: „Hallo, hier ist Tanja, ich glaube,

Lucas ist entführt worden. Kannst du Paul fragen, ob er was gesehen hat?"

Sie telefonierte wohl alle Schulfreunde ihres Sohnes ab, und formulierte jede Frage so, als würde sie insgeheim hoffen, dass sich alles als ein ganz schreckliches Missverständnis entpuppte.

Moe lenkte den Sharan in die verkehrsberuhigte Wohnsiedlung und Ivanov wühlte immer hektischer in ihrer Handtasche.

„Was suchen Sie denn?", fragte Philipp vorsichtig.

„Den Schlüssel, da ist der Öffner für die Garage dran."

Novak streckte die Hand nach vorne aus. „Soll ich mal schauen?"

Tanja schluchzte auf, enttäuscht darüber, dass sie auch diese Kleinigkeit nicht mehr unter Kontrolle hatte. Dann gab sie der Anwältin ihre Tasche.

***

„Ich würde Ihnen gerne etwas zum Trinken anbieten, aber ich glaube nicht, dass ich in der Lage bin, Kaffee zu kochen."

Tanja stand, mit ihrer Tasche bepackt, verloren in der Mitte des Wohnzimmers. Die drei waren ihr aus dem Flur dorthin gefolgt. Philipp nahm ihr vorsichtig die Tasche ab, stellte sie auf den Boden und machte Anstalten, ihr aus dem Mantel zu helfen.

„Wir brauchen nichts zu trinken. Setzen Sie sich erst einmal und erzählen Sie uns, was genau passiert ist."

Er fasste sie behutsam bei den Schultern. Ein ganz leichter Druck genügte, um die verstörte Frau auf dem Sofa zu platzieren. Schnell rückte er den Fußhocker näher heran und setzte sich. So war er mit Tanja Ivanov auf Augenhöhe. Die arme Frau hatte ihr ein und alles verloren. Es kam ihm vor, als säße nur eine leere Hülle vor ihm.

„Haben Sie an der Schule nach Lucas gefragt?", fragte er nach einer Weile vorsichtig.

Endlich erwiderte Ivanov seinen Blick. „Natürlich habe ich nach meinem Sohn gefragt", antwortete sie empört. „Kurz vor Schulschluss hat mich jemand angerufen. Er hat gedroht, Lucas etwas anzutun, wenn ich die Polizei einschalte. Ich hab sofort bei der Schule angerufen." Sie schluchzte lautstark in ein Taschentuch und sah anschließend wieder zu Philipp auf.

Er nickte verständnisvoll. „Hat an der Schule jemand etwas gesehen?"

„Einer der Mitschüler hat einen dunklen Bus gesehen. Da soll Lucas angeblich eingestiegen sein. Aber …" Ihre Stimme brach ab. „Aber mein Lucas würde doch nicht einfach in einen fremden Bus einsteigen. Warum wollen Sie das alles eigentlich wissen? Warum sind Sie hier? Erst schreiben Sie mich im Internet an, dann kommen Sie unangemeldet in mein Büro, und jetzt, wo Lucas weg ist, tauchen Sie wieder auf." Tränen liefen über ihr Gesicht. Dann drehte sie den Kopf zu Novak und Moe, die sich beide auf einen Zweisitzer in der Ecke gesetzt hatten. „Ist das wirklich Sophias Anwältin?"

Moe nickte. „Ja, wir denken, dass das alles mit Lucas zu tun hat. Und mit Oskar", sie biss sich auf die Unterlippe, weil sie zu viel gesagt hatte.

„Oskar? Ich kenne keinen Oskar."

Philipps Mund war trocken und sein Hals zog sich zusammen. Als Novak gerade ansetzen wollte, begann er zu sprechen. Er musste das selbst erklären.

„Frau Ivanov, sie haben mir gesagt, dass Sie bis vor Kurzem in NRW gewohnt haben, und dass Ihr Sohn hier geboren wurde."

„Aber was hat das mit …? Sagen Sie doch endlich, was Sie sagen wollen."

„Das ist sehr persönlich, aber sind Sie vielleicht bei einem Dr. Böhm in Behandlung gewesen?"

Tanja nickte zögerlich. „Ja, aber warum fragen Sie mich das?"

Philipp ignorierte die Frage. „Ich weiß, dass es sehr verwirrend ist, aber es ist sehr wichtig. Sind Sie mit einer fremden Samen- und einer Eizellspende schwanger geworden?"

Ivanovs Wangen wurden rot und Philipp wusste nicht, ob das von ihrer Wut kam oder ob ihr seine Fragen peinlich waren. Vielleicht war auch beides der Fall.

„Das ist wirklich sehr persönlich. Es geht Sie überhaupt nichts an, und ich kann mir beim besten Willen nicht vorstellen, wie das gerade meinem Sohn helfen soll."

Philipp spürte, dass er eine Verbindung herstellen musste. Sonst würde sie gar nicht mehr mit ihm sprechen. „Ich glaube, der gleiche Wagen, der Lucas entführt hat, verfolgt mich seit einiger Zeit. Und ich glaube, ich weiß, warum Lucas entführt wurde." Philipp versuchte, seine Stimme mit einem Räuspern unter Kontrolle zu bringen. „Sie sagten vorhin, dass man Ihnen gedroht hat. Haben Sie die Stimme am Telefon erkannt?"

Ivanov sah aus, als würde sie sich jeden Moment übergeben. „Nein …, also ich weiß nicht genau", stammelte sie. „Ich dachte zuerst, dass er mir bekannt vorkommt. Dann aber wieder nicht. Jetzt sagen Sie verdammt nochmal endlich, was Sie sagen wollen." Ihre Stimme hatte sich beinahe überschlagen, so laut war Tanja Ivanov geworden.

„Ich muss Ihnen etwas zeigen." Philipp versuchte, seine Worte mit Bedacht zu wählen. Allerdings hatte er keine Ahnung, wie es möglich sein sollte, die Welt einer Mutter behutsam zu zerbrechen.

„Was ich Ihnen jetzt zeige, ist wahrscheinlich nicht zu verstehen. Ich verstehe es selbst nicht."

Philipp holte sein Telefon hervor und öffnete das Bild von Oskar Jacob. „Warum haben Sie ein Foto von Lu …?" Tanjas Stimme brach ab. „Aber das ist doch nicht Lu …?" Wieder brachte sie den Namen ihres Sohnes nicht ganz heraus. „Ist das Lucas?", flüsterte sie schließlich.

Niemals zuvor hatte Philipp einen so ungläubigen Gesichtsausdruck gesehen. Tanja Ivanov konnte nicht begreifen, wie sie selbst unsicher sein konnte, ob das auf dem Bild ihr eigener Sohn war. Es war, als wolle man einem Menschen erklären, dass er eigentlich kein Mensch, sondern ein umgebauter Rasenmäher war. Es war unmöglich.

Moe war neben ihm aufgetaucht und ging vor Ivanov auf die Knie. Sie nahm ihre Hand und zu Philipps erstaunen, ließ die Frau diese Berührung zu.

„Tanja, hattest du vielleicht eine Samen- und eine Eizellspende? Dann könnte das …", als die Mutter den Kopf schüttelte, sagte Moe nichts mehr.

„Es waren meine Eizellen. Wir hatten nur eine Samenspende und es war auch nur ein Embryo, der mir eingesetzt wurde. Ich hab doch die Ultraschallbilder gesehen." Sie vergrub das Gesicht in den Händen und weinte. Kurz darauf blickte sie wieder auf und sah erneut zwischen den beiden Bildern hin und her.

„Also ist es ausgeschlossen, dass Lucas einen Zwillingsbruder hat?" Die Frage war Philipp herausgerutscht, bevor er realisierte, was er damit auslöste. Wieder kamen Tanja Ivanov die Tränen.

„Das kann nicht sein", weinte sie kopfschüttelnd. „Wie soll das …? Ich meine, wieso?"

Ihre Worte wurden hinter dem lauten Schluchzen immer undeutlicher.

„Das auf dem Foto ist Oskar Jacob. Sophia hat als Jugendliche immer auf ihn aufgepasst. Oskar wohnt mit seiner Mutter neben dem Haus von Sophias Eltern."

Ivanov schaute Moe fragend an. „Das stimmt", bestätigte Sophias Freundin.

Philipp rutschte ein Stück vor und neigte seinen Kopf in dem Versuch, Tanjas Blick zu begegnen.

„Sie haben doch gesagt, dass Sophia merkwürdig reagiert hat, als sie Lucas begegnet ist. Ich glaube, dass Sophia eingesperrt ist, weil sie die Ähnlichkeit bemerkt hat. Und ich befürchte, dass Lucas' Entführung auch etwas damit zu tun hat."

In diesem Moment klingelte das Telefon.

Kapitel 41

„Böhm! Lassen Sie den Scheiß! Wir wissen ganz genau, dass Sie es sind. Wo ist der Junge?“, rief Lehmann in den Hörer.

Böhm legte den Stimmverzerrer aus der Hand. Außerdem hörte er damit auf, seine Stimme zusätzlich zu verstellen. Das kleine eckige Gerät stammte von einem dieser suspekten Versandhäuser, in deren Katalogen man vom Badvorleger bis zur Kugelschreiberkamera alles bestellen konnte. So ganz hatte er dem Teil von Anfang an nicht getraut.

„Da Sie so ein schlaues Kerlchen sind, können Sie sich inzwischen sicherlich denken, dass für mich eine Menge auf dem Spiel steht.“ Seine Hand umklammerte das karierte Taschentuch und er tupfte Schweißperlen von seiner Stirn. „Schalten Sie doch bitte den Lautsprecher an, damit Frau Ivanov, Frau Novak und Frau Sparks ebenfalls an unserem Gespräch teilnehmen können.“

„Ist an!“ Lehmanns Stimme hörte sich nun entfernter an.

„Guten Tag, die Damen. Können Sie mich alle hören?“

Zuerst nahm er die zitternde Stimme seiner ehemaligen Patientin wahr. Gleich darauf bestätigten zwei weitere, ihm unbekannte Stimmen, ihn ebenfalls hören zu können.

„Jetzt, wo Sie alle so gemütlich zusammensitzen, muss ich darauf bestehen, dass Sie es bis auf Weiteres dabei belassen. Sollte einer von Ihnen das Haus verlassen oder die Polizei einschalten, ist Lucas tot!“

Der Arzt blickte auf einen Monitor. Eine Bewegung im unteren Teil des Bildschirms weckte seine Aufmerksamkeit. Mit einem Klick vergrößerte er das Bild und die anderen Ausschnitte verkleinerten sich im Hintergrund. Lehmann lief aus dem Wohnzimmer und verschwand kurz darauf im Flur.

„Sagen Sie Herrn Lehmann sofort, dass er zu Ihnen zurück ins Wohnzimmer kommen soll.“ Böhm konnte zwar keine Gesichtsausdrücke erkennen, doch die Bewegung, in der Ivanov auf dem Sofa zusammensackte, machte ihre Verzweiflung deutlich. Sparks war hinter ihm hergerannt und im Türrahmen zum Wohnzimmer stehengeblieben. „Philipp, komm wieder rein. Er kann uns sehen."

Der Arzt klickte auf ein anderes Bild und beobachtete, wie sich die Eingangstür des Einfamilienhauses einen Spaltbreit öffnete, um sich kurz darauf wieder zu schließen. Als Lehmann zurück im Zimmer war, sprach Böhm mit fester Stimme weiter. „Sie werden die Kameras nicht finden, Lehmann. Wenn Sie wollen, dass der Junge überlebt, werden Sie jetzt einfach mal abwarten müssen."

Böhm hörte laute Stimmen in seinem Vorzimmer, ohne zu zögern beendete er das Gespräch. Ein Blick auf seine Armbanduhr löste ein unangenehmes Reißen in seinem Magen aus. Erneut griff er zum Hörer. Dieses Mal, um seine Assistentin anzurufen. „Ist der Besprechungsraum vorbereitet?"

„Ja, ist er. Aber er ist schon …", hörte er Anastasia gerade noch sagen, ehe die schwere Holztür zu seinem Büro aufflog.

„Moment mal!", schallte Anastasias Stimme gleichzeitig durch die offene Tür und durch den Hörer in seiner Hand.

Doch Stadtrat Hergenröder stand bereits mit unbewegter Miene direkt vor seinem Schreibtisch.

„Ich bin sofort soweit. Sie können gerne im Besprechungsraum auf mich warten, Herr Hergenröder. Anastasia wird Sie hinbringen."

Hergenröder zeigte keinerlei Reaktion und zog den Stuhl zurück, um auf der gegenüberliegenden Seite des Tisches Platz zu nehmen.

Böhm nickte Anastasia verbissen zu, die noch immer entrüstet im Türrahmen stand. Sie zuckte mit den Schultern und zog die Holztür zu.

Der Mann war ihm mit seinem teuren Anzug und der seidenen Krawatte immer noch so unsympathisch wie am ersten Tag.

„Herr Hergenröder, wie geht es Ihrer Frau?"

Die schwarzen Augen des Mannes durchbohrten ihn beinahe. „Meine Frau will wissen, ob wir ein Kind erwarten. Meine Frau möchte die Schwangerschaft miterleben. Wir wollen endlich einen Kontakt, Böhm."

„Ich habe Ihnen bereits erklärt, dass ich nichts zur Identität der Schwangeren sagen kann. Leihmutterschaft ist verboten und wenn Sie die Schwangerschaft miterleben wollen, müssen Sie sich selbst eine Leihmutter suchen. Es ist alles in die Wege geleitet, und Sie werden Ihr Kind bekommen, so wie wir es besprochen hatten."

Mit wutrotem Gesicht setzte der Stadtrat zu einer Antwort an, doch in diesem Moment klingelte das Notfalltelefon in Böhms Kitteltasche. Der Arzt stand auf, verließ mit dem Telefon in der Hand fluchtartig sein eigenes Büro und ließ den protestierenden Hergenröder einfach sitzen. Im Vorzimmer blieb er stehen und schickte Anastasia mit einer ungeduldigen Handbewegung vor die Tür. Schon seit Stunden wartete er auf diesen Anruf. Als Anastasia endlich weg war, nahm er das Gespräch entgegen. Er hörte ein gedämpftes Quieken, gefolgt von trommelnden metallischen Schlägen. Die unterdrückten Schreie stammten zweifellos von einem Kind. Seine Gesichtsmuskeln entspannten sich. Sein Junge hatte es wieder einmal geschafft, für ihn die Kohlen aus dem Feuer zu holen. Erst jetzt nahm er hektische Atemzüge wahr und im Hintergrund hörte er noch etwas. Waren das Sirenen?

„Heiko?", rief er in das Gerät.

Die verzweifelte Stimme seines Schützlings zog Böhm schmerzlich den Magen zusammen. „Sie wollen mich anhalten. Die Polizei ist hinter mir her. Lehmann hat mich gesehen. Aber ich kann doch nicht anhalten. Sonst finden sie das Kind. Was soll ich machen? Es tut mir leid."

Vor Kurzem hatte der Doktor noch geglaubt, die kalte Stimme des Killers, der einen großen Teil von Heikos Persönlichkeit eingenommen hatte, wäre für ihn unerträglich gewesen. Doch das kindliche Gestammel voller Angst war um einiges schwerer zu ertragen.

„So leid es mir tut, aber wir müssen zum Notfallplan übergehen. Sie sind alle in dem Haus."

Heikos Schweigen drückte sein Unbehagen aus. Auch Böhm selbst hasste es, sich mit diesen halbgaren, übereilten Ideen beschäftigen zu müssen. Doch es gab einfach keinen gescheiten Ausweg aus dieser Misere.

„Es tut mir leid, Heiko. Aber es geht nicht anders. Dein Überwachungssystem funktioniert. Du hast den ersten Teil des Jobs wieder einwandfrei erledigt. Diese Leute wissen einfach zu viel."

Schritt für Schritt ging er jeden Punkt durch. Dabei sprach er langsam und mit kräftiger Stimme. Genauso, wie es der Junge seit seiner Geburt gewohnt war.

„Aber ich kann doch nicht …" Seine Stimme war immer noch die des kleinen Jungen. Wo war bloß der Killer geblieben?

Böhm war sicher, dass er noch ein Ass im Ärmel hatte. Damit würde er ihn todsicher dazu bringen, seine Anweisungen zu befolgen. Er schloss die Augen und sagte etwas, das er noch niemals zu Heiko gesagt hatte: „Ich bin stolz auf dich, mein Junge."

Kapitel 42

Novak konnte offenbar nicht mehr stillsitzen. Seit einigen Minuten trat sie unruhig von einem Fuß auf den anderen. Moe hatte begonnen, an ihren Fingernägeln zu kauen, und Tanja Ivanov hatte die Arme um ihren Oberkörper geschlungen. Sie wiegte sich vor und zurück. Neben ihrem Schluchzen herrschte für eine Weile absolute Stille. Dann begann sie zu flüstern: „Ich habe mich in letzter Zeit so oft beobachtet gefühlt. Ich dachte, ich bilde mir das ein." Philipp hatte sich wieder zu ihr gesetzt. Er rückte etwas näher heran, um jedes Wort verstehen zu können.

„Ich habe mich immer umgeschaut. Aber jetzt weiß ich, dass das keine Einbildung war. Es war sogar jemand in unserem Haus." Wieder schüttelt sie ungläubig den Kopf. „Kameras, wie geht denn sowas?", waren die letzten geflüsterten Worte. Dann wippte ihr Oberkörper wieder stärker und mehr Tränen liefen über ihre Wangen.

„War in letzter Zeit ein Handwerker in Ihrem Haus?", vielleicht gelang es ihm ja, die Frau ein wenig abzulenken.

Tanja Ivanov überlegte. „Wir hatten vor ein paar Wochen Schwierigkeiten mit unserem Telefonanschluss und dem Internet. Da war jemand hier." Dann schlug sie die Hand vor den Mund. „Oh Gott, der war sogar oben. Vielleicht sind da ja auch Kameras."

Die Anwältin tippte ihm von hinten auf die Schulter. „Philipp, kann ich Sie kurz sprechen?" Novak stand dicht hinter ihm und Philipp fragte sich, ob es angemessen war, sich mit Vornamen anzusprechen, wenn man gemeinsam als Geisel gehalten wurde. Er stand auf und drehte sich zu ihr. Da keiner von ihnen wusste, wo die Kameras installiert waren, ergab es Sinn, möglichst nahe beieinander zu stehen.

Die Anwältin flüsterte: „Vorhin im Auto, als wir über meinen Bekannten von der Polizei gesprochen haben …"

Philipp hielt die Luft an, als ihm klar wurde, worauf Novak möglicherweise hinauswollte.

„Ich denke nicht, dass er nur das Kennzeichen herausgesucht hat. Möglicherweise geht er der Sache nach." Ihre leise Stimme hatte brüchig geklungen und ihr Gesicht war sehr blass.

Philipp legte ihr eine Hand auf den Oberarm und drückte leicht zu. Er versuchte, ihr die Angst zu nehmen, doch sein Blick drückte Unsicherheit aus. Beiden war bewusst, dass sie es sich niemals verzeihen würden, wenn Lucas ihretwegen etwas zustieß.

Beim Gedanken an den Jungen kam Philipp etwas anderes in den Kopf, das er sich ebenfalls niemals verzeihen würde. Nervös sah er auf seine Armbanduhr. Es war nicht einmal mehr eine Stunde Zeit, bis Joey die Klinik verlassen und diesem Psychopathen in die Arme laufen würde. Er bezweifelte, dass sie sich von seinen Text- und Sprachnachrichten abhalten ließ, zu diesem Kinderwunschzentrum zu fahren. Auch ohne ganz genau zu wissen, was dieser Verbrecher mit ihr anstellen würde, musste er es verhindern. Doch davon musste er sie schon selbst überzeugen. Wegen der Kameraüberwachung konnte er nicht einfach zum Telefon greifen und ihr ausführlich erklären, was gerade passierte. Der Verrückte hatte sich immer noch nicht gemeldet und jetzt noch pünktlich an der Klinik anzukommen, um Joey persönlich von ihrem Termin abzuhalten, war ohnehin unmöglich.

Ein tiefes Brummen riss Philipp aus seinen Gedanken. Novak hatte ihr Smartphone in der Hand. Sie machte große Augen. Mit leicht geröteten Wangen hob sie den Kopf und sah ganz kurz zu Tanja auf. „Entschuldigung."

Ivanov blickte sich ängstlich im Raum um. „Wenn er das merkt. Legen Sie das Telefon weg!"

Novak hielt dem Anblick der verzweifelten Frau nur kurz stand, bevor sie hilfesuchend zu Philipp schaute. Sie steckte das Telefon weg und ließ mit gequältem Gesichtsausdruck, ohne ein Wort zu sprechen, einige Minuten verstreichen. Offensichtlich tat sie das, um Tanja Ivanov glauben zu machen, es handelte sich bei der eingegangenen Nachricht um eine private Angelegenheit. Philipp platzte bald vor Neugierde, als Novak wieder aufstand und ihm einen bedeutungsvollen Blick zuwarf. „Frau Ivanov, dürfte ich vielleicht Ihre Toilette benutzen?“

Tanja hielt in ihrer Wiegebewegung inne und zeigte mit zittriger Hand in Richtung Diele. „Links und dann geradeaus bis zum Ende des Gangs.“

Etwa eine halbe Minute mochte es Philipp ausgehalten haben, bevor er sich ebenfalls möglichst langsam erhob. „Wo ist denn die Küche? Ich würde uns gerne etwas Wasser holen.“

Tanja sah ihn zwar verwundert an, hob aber gleich darauf den Arm und deutete in dieselbe Richtung, in die sie Novak geschickt hatte. „Schräg gegenüber“, krächzte sie gleichgültig und ließ den Kopf wieder zur Brust sinken.

Als Moe ebenfalls aufsprang, schaute er sie ernst an und schüttelte den Kopf. „Bleib bitte bei Frau Ivanov. Ich bringe dir etwas zu trinken mit.“

Philipp war sich sicher gewesen, dass Novak im geräumigen Flur auf ihn warten würde. Mit dem Rücken an die Küchentür gelehnt, fragte er sich, ob er ihr Verhalten falsch gedeutet hatte. Er konnte nur hoffen, dass dieser Arzt mit seiner dämlichen Kameraüberwachung nicht gerade den Flurbereich ins Visier nahm. Dann öffnete sich endlich die Badezimmertür. Ihr schiefer Mund und die hochgezogenen Schultern sagten lautlos: ‚Sorry, ich musste wirklich‘, während sie erneut das Smartphone hervorholte. Stumm tippte Novak auf dem Gerät und hielt es ihm endlich unter die Nase.

Philipp stockte der Atem, als er die Nachricht las.

Hey Eli! Hattest mal wieder den richtigen Riecher. Wir haben den Wagen gefunden. Der Kerl sträubt sich noch ein bisschen gegen die Fahrzeugkontrolle.

Kapitel 43

Josephine Fröhlich saß breitbeinig auf dem Behandlungsstuhl. Ihre Ungeduld und Vorfreude elektrisierten den Raum. Böhm musste automatisch lächeln, als er sie sah. Wie immer war alles bestens vorbereitet. Er setzte sich auf den Hocker und drehte den kleinen Bildschirm der Spezialanfertigung für seine Praxis noch ein wenig in seine Richtung. Mala drückte aufgeregt die Hand ihrer Partnerin. Die Anspannung im Raum war zum Greifen spürbar.

„Bereit?“, fragte er die lächelnde Patientin und wartete ihr euphorisches Nicken ab, bevor er den Schallkopf einführte. Gleich darauf drückte er auf den Knopf, der das Bild auf dem großen Monitor aktivierte, den die beiden Frauen gebannt anstarrten. Jede seiner Bewegungen war nun perfekt durchdacht und bis ins kleinste Detail geplant. Wie bei einer Bühnenchoreographie vor ausverkauftem Haus musste jetzt jeder Handgriff sitzen. Absolut synchron lief auf beiden Monitoren *fast* das gleiche Geschehen ab. Seine Choreographie würde allerdings erst richtig kompliziert werden, wenn die Embryonen größer waren. Dann musste er schon eher aufpassen, wie er die Sonde auf dem Bauch der Patientin bewegte, damit die Bewegungen zu dem passten, was sie auf dem Video erkennen konnte. Böhm kontrollierte mit konzentrierter Miene seine tatsächliche Arbeit auf dem kleinen Bildschirm vor ihm und hob dann den Kopf.

„Sehen Sie den hellen Punkt?“ Vorsichtshalber schaltete er das kleine Bild mit den beiden hellen Punkten ab, bevor er den großen Monitor anschaute. „Das ist die Fruchthöhle, sie hat sich eingenistet. Alles, wie es sein soll.“

Die Frauen nickten beide und eine kleine Träne lief der werdenden Mutter über die Wange.

„In zwei Wochen werden wir schon ein bisschen mehr von Ihrem Kind sehen. In den nächsten Tagen ist Ruhe wichtig. Wir machen das wie besprochen. Sie bleiben erst mal ein oder zwei

Nächte hier in der Klinik. Da können Sie sich richtig ausruhen. Wir haben alles für Sie vorbereitet. In unseren Zimmern ist natürlich auch genügend Platz für zwei, falls Sie bei Ihrer Partnerin bleiben möchten, Frau Kumar-Fröhlich."

Mala nickte dankbar, auch ihre Augen glänzten jetzt. Böhm war erleichtert, dass sie inzwischen wieder stabil wirkte. Beim letzten Termin hatte sie während der Prozedur den Anschein gemacht, wie ein theatralischer Vater im Kreißsaal, ohnmächtig zu werden.

„Danke, Herr Doktor!", sagte sie strahlend. Die Erleichterung und das Glück in ihrer Stimme waren deutlich hörbar.

Genau dafür machte Böhm diese Arbeit. Diese beiden Menschen erwartete nun eine glückliche Zukunft, und das war ganz allein sein Werk.

Kapitel 44

Die verzweifelte Stille wurde von quietschenden Reifen vor dem Haus unterbrochen. Sirenen waren zu hören, und eine männliche Stimme brüllte irgendwelche Anweisungen. Schneller als Philipp jemals hätte reagieren können, war Tanja Ivanov zur Tür gerannt und hatte sie aufgerissen. Philipp war im Türrahmen zum Wohnzimmer stehengeblieben. Der breitschultrige Mann aus dem Transporter hielt dem kleinen Lucas eine Schusswaffe an den Kopf und schrie die Polizisten auf der Straße an: „Wenn Sie näher kommen, ist er tot!"

Mit einer ruckartigen Bewegung schob er den Jungen ins Haus und schlug die Tür zu. „Alle ins Wohnzimmer, sofort!"

Tanja gab ein animalisches Wimmern von sich, während sie mit erhobenen Händen rückwärtsging. Der Mann schob den an den Handgelenken gefesselten Jungen vor sich ins Zimmer und hielt ihm dabei weiterhin die Waffe an den Kopf.

„Eine falsche Bewegung und ich knall ihn ab."

Mit einem kurzen Ruck stieß der Lauf der Waffe an Lucas' Schläfe. Über seinem Mund verlief ein breiter Streifen Klebeband. Stoßweise saugten seine kleinen Nasenlöcher Luft ein, während er hektisch versuchte, die Tränen in seinen Augen wegzublinzeln. Es sah aus, als wolle er sie vor seiner weinenden Mutter verbergen, die er als einzige im Raum ansah.

Philipp wendete sich an den breiten Kerl mit Bürstenhaarschnitt, in dem er inzwischen auch den falschen Pfleger erkannte, der ihn in der Klinik abgelöst hatte. „Was wollen Sie? Warum tun Sie das?"

Der Entführer blickte zu Philipp auf. „Sie wissen alle zu viel. Wenn Sie weiterleben, sind viele andere Familien in Gefahr. Das dürfen wir nicht zulassen. Darum muss das sein." Seine Worte klangen auswendiggelernt und entschlossen. Aber seine Stimme war brüchig und sein Gesichtsausdruck fragend.

Philipp erkannte, dass der Mann zögerte. Die Frage war nur, wie lange? Der Lauf der Schusswaffe durfte nicht weiter auf den Jungen gerichtet sein.

Mit möglichst fester Stimme fragte Philipp laut: „Wollen Sie uns alle umbringen?"

Der Mann setzte zu einer Antwort an und bewegte dabei die Hand mit der Waffe, sodass sie nicht direkt auf Lucas' Kopf zeigte. Ohne eine weitere Sekunde zu verschwenden, machte Philipp einen gewaltigen Satz auf den Mann zu. „Dann fang mit mir an."

***

Sein linkes Bein stand in Flammen, als ihn der Mann von sich runter rollte. Die schimpfende Stimme des Entführers und die lauten Schreie der Frauen nahm Philipp nur hintergründig war. Aus dem oberen Drittel seines Schenkels strömte in pumpenden Stößen irrsinnig viel Blut. Verzweifelt presste er beide Hände auf die Stelle, an der er die Wunde vermutete. Die zweite Kugel hatte sein Kniegelenk zerfetzt. Im Kampf gegen die Bewusstlosigkeit robbte er ein Stück zurück und lehnte seinen Rücken an den Einbauschrank. Der junge Mann brüllte eine Anweisung, während er die Waffe abwechselnd auf alle Anwesenden richtete. Philipp strengte sich an, mitzubekommen, was der Verrückte von sich gab, obwohl seine Pulsschläge wesentlich deutlicher bei ihm ankamen als die Worte des blonden Kerls. Er beobachtete, wie die Frauen vor dem Entführer niederknieten. Der Lauf der Pistole wanderte unentwegt zwischen ihnen hin und her. Philipp sah dem jungen Mann ins Gesicht, als er wieder zu sprechen begann. Seine Augen waren feucht geworden. „Ich habe mich oft gefragt, was aus mir geworden wäre, wenn ich so ein Wunschkind wie der hier gewesen wäre."

Er hielt Lucas an der Schulter fest und schüttelte ihn leicht.

„Wenn ich nicht nur aus Sperma und aufgemöbelten Eizellen entstanden wäre." Ein grausiges Lachen kroch aus seiner Kehle.

„Ich habe immer alles getan, was er von mir verlangt hat, und jetzt opfert er mich. Ich weiß, dass er mich opfert. Wahrscheinlich glaubt er, dass ich es nicht verstehe, weil ich zu dumm bin.

Aber es ist, weil ich bloß ein Experiment war. Sein erster Versuch. Nur eine Kopie. Die echte Version von mir lebt irgendwo anders. Dieser Kerl wird geliebt, so wie der hier geliebt wird."

Wieder hielt er die Waffe an Lucas' Stirn und Tanja Ivanov gab einen Schrei von sich, wie ihn Philipp noch nie gehört hatte. Einen Schrei, der so laut, so schrill und so verzweifelt war, dass Philipp ihn in jeder Bewusstlosigkeit gehört hätte:

„NEEEEEEEEIIIIIIIIN!"

Der Arm des jungen Mannes schnellte nach oben, während er dem Jungen mit der linken Hand einen festen Stoß nach vorne verpasste.

Ein weiterer Schuss fiel.

Ehe Philipp begreifen konnte, was geschehen war, sackte der Entführer wie ein riesiger Mehlsack in sich zusammen. Die Hand mit der Pistole krachte auf den Boden, öffnete sich und gab die Waffe frei, die über den Holzboden schlitterte. Weitere Schüsse waren zu hören. Auf den ohrenbetäubenden Lärm folgte ein durchgängiger Pfeifton in Philipps Ohren. Wie aus weiter Ferne nahm er gellende Schreie wahr.

Immer noch an den Schrank gelehnt, schaute sich Philipp das Schauspiel mit weit aufgerissenem Mund an. Auch wenn alles langsam zu geschehen schien, rannten plötzlich Polizisten zu dem am Boden liegenden Mann. Lucas flüchtete zu seiner Mutter, die ihn sofort von dem Klebeband befreite. Erst jetzt traute sich Philipps Verstand zu begreifen, was geschehen war. Er sah die vom Schuss zerschmetterte Fensterscheibe und drehte sich zu Novak um, die in einer Art Schockstarre zusammengekauert am Boden saß. Moe hatte den Mund weit aufgerissen, als würde sie schreien, doch auch das konnte Philipp nicht hören. Neben ihr saß Tanja, die ihren weinenden Sohn in den Armen hielt und ihn, wie es aussah, nie wieder loslassen würde.

Epilog

Schon zum dritten Mal sah sie zu Philipp hinüber. Endlich gelang es ihr, seinen Blick einzufangen. Sie lächelte ihn verkrampft an. Er hielt nur kurz den Augenkontakt und erwiderte kaum merklich ihr Lächeln.

Pünktlich wie immer saß er bestimmt schon eine halbe Stunde länger als sie in diesem stickigen Saal. Neben ihm saß sein Anwalt, einen Platz weiter Joey, die instinktiv die riesige Kugel unter ihrer gespannten Bluse streichelte. Sophia versuchte, wie an jedem Tag, der seit ihrer Befreiung vergangen war, ihr schlechtes Gewissen zu unterdrücken. Diese Menschen waren ihretwegen hier.

Dann ergriff der Richter erneut das Wort:

„Ich rufe nun die Geschädigte Sophia Konrad in den Zeugenstand."

Ihr Mund wurde trocken. Nachdem sich alle Angeklagten, inklusive Albrecht, Michaela Jacob, Sophias ehemaligen Nachbarn, Familie Huber und alle Angestellten des Kinderwunschzentrums zur Anklage geäußert hatten, wurden nun die Nebenkläger vernommen. Trotzdem war es ein merkwürdiges Gefühl, selbst an der Reihe zu sein. Sophia schritt erhobenen Hauptes durch den Gerichtssaal. Diese Stärke hatte ihr nicht zuletzt das ausführliche Gutachten ihres Therapeuten gebracht. Herr Völkers hatte dem Gericht unmissverständlich klar gemacht, wie es um Sophia stand, und sie konnte sicher sein, dass keiner im Gerichtssaal an ihrer geistigen Gesundheit zweifelte.

Sophia nahm im Zeugenstand Platz. Nur ganz kurz streifte ihr Blick Michaela Jacob. Seit sie in der Verhandlung erfahren hatte, dass es die Ex-Staatsanwältin war, die den Einlieferungsbefehl unterschrieben hatte, war ihr Begriff von Gut und Böse ein anderer. Ihre ehemalige Nachbarin hatte nach Böhms ausführlichem Geständnis zugeben müssen, dass sie es war, die gewollt hatte, dass Sophia aus dem Weg geräumt wurde. Sie hatte Angst gehabt, Oskar zu verlieren, nachdem ihr Sophia von seiner Ähnlichkeit zu Lucas Ivanov erzählt hatte. Damit war Michaela Jacob auch dafür verantwortlich gewesen, dass Heiko Böhm, der Kerl hinter der Sturmhaube, in der alten Wohnung aufgetaucht war. Heiko hatte sie also tatsächlich umbringen sollen. Ihre Gedanken sorgten dafür, dass Sophia wieder übel wurde. Sie holte tief Luft und blickte zum Richter auf.

„Frau Konrad, Sie wissen, dass Sie als Zeugin vor Gericht die Wahrheit sagen müssen. Sollten Sie nicht die Wahrheit sagen, machen Sie sich strafbar."

Bevor der Staatsanwalt die ersten Fragen stellte, musste Sophia noch ihre personenbezogenen Daten bestätigen. Dann ging es los.

„Frau Konrad, ist es richtig, dass Sie jahrelang auf Frau Jacobs angeblichen Sohn Oskar aufgepasst haben?"

„Ja."

„Stimmt es auch, dass Sie den Sohn ihrer Arbeitskollegin, Tanja Ivanov, erst Wochen vor dem Überfall in ihrer damaligen Wohnung kennengelernt haben?"

„Ja, das stimmt. Ich habe Lucas im April letzten Jahres zum ersten Mal gesehen."

Sophias Gesichtszüge waren wie versteinert, ihr Blick vollkommen konzentriert und emotionslos.

„Ist Ihnen die Ähnlichkeit der Jungen sofort bewusst gewesen?"

Sophia nickte. „Ja. Und ich habe Michaela, also Frau Jacob, auch einige Tage danach auf die Ähnlichkeit angesprochen. Sie stand mir ja im Grunde genommen viel näher als Tanja. Ich kenne Oskar seit seiner Geburt. Und ich dachte, Michaela gehört irgendwie zur Familie. Mit meinem Smartphone habe ich ihr dann ein Foto von Tanjas Chatprofil gezeigt."

Der Staatsanwalt zog die Brauen hoch. „Wie hat Frau Jacob reagiert?"

„Sie hat erst mal gestaunt und dann gelacht. Sie hat gesagt, das sei ein komischer Zufall."

„Kam Ihnen das nicht merkwürdig vor?"

Nicht nur Sophia wurde nun noch nervöser. Das Getuschel im Gerichtssaal ließ darauf schließen, dass einige Zuschauer ebenfalls zweifelten, weshalb der Staatsanwalt das eigentliche Opfer der ganzen Sache in die Mangel nahm. Vielleicht ging es ihm einfach gegen den Strich, dass seine Kollegin angeklagt war. Sophia streckte ihren Rücken und versuchte, ihren ganzen Mut zusammenzunehmen. Sie hatte sich schließlich nichts vorzuwerfen.

„Ich hab es ehrlich gesagt auch für einen komischen Zufall gehalten. Manchmal sehen sich Kinder ja ähnlich. Außerdem hatte mir Tanja mal erzählt, dass sie in einer Kinderwunschklinik war. Ich habe Oskars Vater nie kennengelernt. Hätte doch sein können, dass die beiden Kinder den gleichen Vater hatten. Und nach dem Überfall hatte ich dann ehrlich gesagt meine eigenen Probleme."

„Frau Konrad, wir haben im Laufe der Verhandlung erfahren, dass sich der verstorbene Hauptangeklagte Böhm kurz nach dem Überfall als Polizeipsychologe ausgegeben hat. Er hat Ihnen die neue Wohnung vermittelt. War es für Sie nie verwunderlich, dass Sie Ihren Vermieter nie persönlich kennengelernt haben?"

Sophia räusperte sich. „Doch, das war es. Aber Sie haben auch bereits erfahren, wie schwer es sogar für meine Anwältin war, diesen Herrn Kordler aufzuspüren."

Sophia wurde noch eine ganze Weile eindringlich zu dem Überfall sowie zu allen Geschehnissen in ihrer Wohnung befragt. Erst danach ging man langsam zu ihrem Aufenthalt in der Klinik über, aus dem sich schließlich die Anklage der Freiheitsberaubung in besonders schwerem Fall ergab. Als Sophia Albrecht ansah, kratzte sich der Angeklagte seinen dunklen Vollbart. Er hatte bisher an jedem Verhandlungstag mit unbewegter Miene auf der Anklagebank gesessen, was zu seiner Verweigerung jeglicher Aussage passte. Böhm hatte zwar längst gestanden, seinen alten Studienkollegen dafür bezahlt zu haben, dass er Sophia festhielt, doch auch das brachte den Arzt nicht zum Sprechen.

Sehr sachlich schilderte Sophia ihren Aufenthalt in der forensischen Psychiatrie. Erst als der Staatsanwalt beantragte, ein weiteres relevantes Beweisstück in die Hauptverhandlung aufzunehmen, und eine Tonbandaufnahme von Albrecht abgespielt wurde, verlor Sophia die Fassung. Die kalte, grausige Stimme des Professors setzte ihr immer noch zu. Ihre Hände begannen zu zittern, als der ehemalige ärztliche Direktor ihr einzureden versuchte, dass sie am Vortag mit ihrer Anwältin gesprochen hatte.

„Frau Konrad, ist es richtig, dass Sie sich am Abend nach dieser letzten Sitzung mit Professor Albrecht das Leben nehmen wollten?", fragte der Staatsanwalt jetzt.

Als Sophia nickte, war ein lautes Schluchzen aus den Zuschauerreihen zu hören. Sie erkannte die Stimme ihrer Mutter und hörte ebenfalls ein helles Geräusch, das ganz sicher von Moe stammte. „Ja. Ich wollte es versuchen. Aber bei der Rückgabe der Hygieneartikel arbeiten die Pfleger ganz genau. Die haben natürlich gemerkt, dass die Klinge in Andreas Rasierer fehlte."

Es fühlte sich an wie eine Ewigkeit, bis endlich keiner mehr Fragen an Sophia hatte und sie auf den Platz neben Elena Novak entlassen wurde.

„Bevor wir mit der Vernehmung der Nebenklage fortfahren, möchte ich noch Frau Hellinghaus vom Jugendamt in den Zeugenstand rufen."

Auch die blonde Mitvierzigerin im dunklen Hosenanzug wurde zunächst belehrt, bevor der Richter mit der Befragung begann: „Frau Hellinghaus, Herr Böhm hat bei seiner ersten Befragung bereits gestanden, in seiner Klinik mehrfach Mehrlingsgeburten per Kaiserschnitt zur Welt gebracht und Neugeborene ohne das Wissen der leiblichen Eltern an zahlende Familien weitergegeben zu haben. Bezüglich der Identität dieser Familien hat er jedoch bis zum Schluss geschwiegen. Leider ist es anhand des Beweisstücks Nummer sechzehn dieser Hauptverhandlung noch nicht gelungen, viele Opferfamilien aus der Bilderkartei von Eberhard Böhm zu identifizieren. Trotzdem möchten wir von Ihnen gerne einen kurzen Bericht zur ersten gelungenen Familienzusammenführung hören. Daraus könnten wir uns vielleicht ein Bild machen, was die psychologischen Folgen für die Opferfamilien angeht. Das könnte für die Strafsetzung relevant werden."

Frau Hellinghaus schüttelte traurig den Kopf, folgte aber anstandslos der Aufforderung des Gerichts: „Oskar tut sich auch nach Monaten intensiver psychologischer Betreuung sehr schwer, sich in seiner rechtmäßigen Familie zurechtzufinden. Auch wenn es ihm bei den Ivanovs an nichts fehlt, ist die neue Situation für den Jungen kaum zu ertragen. Desweiteren ist mir natürlich klar, dass allen Hinweisen nachgegangen werden muss. Dennoch möchte ich darauf hinweisen, dass bedacht werden sollte, wie sich mögliche Änderungen auf das Leben der betroffenen Kinder und deren Familien auswirken."

Im Gerichtssaal herrschte Totenstille. Auch der Richter schien diese außergewöhnliche Anmerkung, die natürlich keine Auswirkungen auf die rechtliche Situation hatte, erst einmal sacken lassen zu wollen und vertagte das Verfahren.

Nach und nach erhoben sich alle Anwesenden und machten Anstalten, den Saal zu verlassen.

Moe hatte sich zu Sophia durchgekämpft und drückte sie fest an ihre Brust. „Ich bin so stolz auf dich." Direkt hinter ihrer Freundin tauchten ihre Eltern auf und schlossen sie ebenfalls nacheinander in die Arme. Als sich Sophia von ihnen lösen konnte, sah sie sich im Vorraum um. Ihr Blick fiel zuerst auf die hochschwangere Joey, die ihren Bauch streichelte, während Mala einen Arm um sie gelegt hatte. Seit die Frau des Stadtrats Kontakt zu Joey aufgenommen hatte, und Ansprüche auf ihre ungeborenen Kinder stellen wollte, war Mala ihrer Frau nicht mehr von der Seite gewichen. Diese Fremde hatte behauptet, Böhm hätte bei Joeys Behandlung nicht nur das Sperma ihres Mannes, sondern auch ihre eigenen aufbereiteten Eizellen verwendet. Weder Joey noch Mala wollten vor der Geburt wissen, ob die Zwillinge ihre DNA hatten. Ihre Kinder würden sie jedenfalls um keinen Preis weggeben, dass wusste Sophia ganz genau. Mala beschützte Joey und die ungeborenen Babys wie eine Löwenmutter. Und genauso stand sie jetzt auch dicht neben der Schwangeren. Keine zwei Schritte entfernt stützte sich Philipp auf seine Krücken und lächelte die beiden an.

Sophia drehte sich zu Moe und ihren Eltern um. „Kommt ihr mit?"

Dicht gefolgt von ihrer Familie, ging sie auf die kleine Gruppe zu. Sophias Vater klopfte Philipp dankbar auf die Schulter. Das tat er jetzt immer, wenn er ihn sah. Ihre Mutter stellte sich zu den werdenden Müttern und umarmte beide nacheinander. Moe gab Sophia einen kleinen Schubs. „Geh schon! Du hast dir das Happy Ending jetzt mehr als verdient."

Mit breitem Lächeln auf den Lippen ging sie auf ihn zu. Er kam ihr ein Stück entgegen und lehnte eine der Krücken an die Wand. Mit dem freien Arm zog Philipp sie ganz eng an sich heran. Seine Augen glänzten freudig und Sophia wurde es plötzlich ganz warm. Er vergrub sein Gesicht in ihren Haaren, küsste ihren Hals und flüsterte ihr zärtlich ins Ohr: „Wir haben es geschafft. Jetzt kann unsere eigene Geschichte beginnen.“

Danksagung

Auch in diesem Buch habe ich über Dinge geschrieben, von denen ich nicht aus eigener Erfahrung berichten kann. Bei meiner Recherche war ich also auf Unterstützung angewiesen. Lieber Sebastian, ohne dich hätte ich mir kein Bild von den Abläufen im Maßregelvollzug machen können. Ich danke dir von ganzem Herzen und hoffe, dass dir das Ergebnis gefällt. Liebe Katharina, ich danke dir für das geteilte Wissen zu Gerichtsverhandlungen und einstweiligen Unterbringungen. Judith, vielen Dank für die Gespräche und die Einblicke in deine Arbeit im geschlossenen Entzug. Lieber Mario, danke für die Mundartübersetzung, du hast Butch eine ganz besondere Stimme gegeben. Liebe Christine von ‚wiekindundkatze', danke für die Informationen über Regenbogenfamilienzentren und die Stiefkindadoption. Ich wünsche mir, dass endlich keine Unterschiede mehr gemacht werden.
Meiner Ansicht nach sind Testleser Gold wert. Allen voran danke ich der wunderbaren Sonja Rüther für die großartige Arbeit. Sonne, du hast das Buch so viel besser gemacht. Liebe Steffie, danke, dass du dich sogar noch ein zweites Mal mit der Geschichte beschäftigt hast. Martin, Frauke, Andy und James, ihr erkennt das Buch sehr wahrscheinlich kaum noch wieder, aber auch ihr habt mir auf der langen Reise, die diese Geschichte gemacht hat, viel geholfen. Danke! Lieber Philipp, auch dir danke ich von Herzen. Du hast mir vor Jahren die Augen geöffnet und damit das Buch in seinen Grundzügen verändert. Bettina, du hast dir meine Geschichte mehr als einmal angesehen und dich zusammen mit mir damit beschäftigt. Danke.
Daniel, ohne dich wäre nicht nur das schlimme Ereignis, das mich zu dieser Geschichte inspiriert hat, so glimpflich ausgegangen. Du hast mich in meiner Arbeit bestärkt und mir insbesondere im Jahr vor der Veröffentlichung den Rücken freigehalten. Ohne deine

Unterstützung und dein Engagement für unsere Familie wäre so vieles nicht möglich. Danke für deine Geduld, deinen Einsatz und dein Verständnis.
Ganz herzlich danke ich natürlich auch meinem lieben Verleger Gerd. Ich bin so stolz, dass dich auch diese Geschichte direkt überzeugen konnte. Danke für dein Vertrauen und die wunderbare Zusammenarbeit.
Last but not least danke ich natürlich allen Leser*innen für die investierte Zeit. Ich hoffe, ihr hattet ein paar spannende Lesestunden.

Eure Jennifer

Ebenfalls bei mainbook erschienen: Jennifer Hauffs LGBTQI-Thriller „Verschnitt"

In „Verschnitt" spielt ein Arzt Gott, indem er geschlechtsverändernde Operationen an intergeschlechtlichen Kindern vornimmt, um seine Studien voranzutreiben. Eine Krankenschwester kommt ihm auf die Schliche und will ihm das Handwerk legen. Das Buch ist inspiriert von dem wahren Fall des Kanadiers David Reimer, der als Junge geboren und als Mädchen aufgezogen wurde.

„Verschnitt" ist brandaktuell. Im März 2021 hat der Bundestag ein Gesetz zum Verbot geschlechtsangleichender Operationen verabschiedet.